Ann Liang

IF YOU COULD SEE THE SUN

ANN LIANG

If You Could See the Sun

Aus dem amerikanischen Englisch
von Doris Attwood

cbj

Penguin Random House Verlagsgruppe
FSC® N001967

1. Auflage 2024

Die amerikanische Originalausgabe erschien 2022 unter dem Titel:
»If You Could See the Sun«
bei Inkyard Press, Toronto, Canada
Übersetzung: Doris Attwood
Umschlagkonzeption: Kathrin Schüler
skn · Herstellung: AW
Satz: GGP Media GmbH, Pößneck
Druck: GGP Media GmbH, Pößneck
ISBN 978-3-570-16707-6
Printed in Germany

www.cbj-verlag.de

Für meine wundervollen Eltern,
die dieses Buch nicht lesen dürfen.
Und für meine kleine Schwester Alyssa, die möchte,
dass alle wissen, wie großartig sie ist.

Kapitel 1

Meine Eltern führen mich stets nur aus einem von drei Gründen zum Essen aus. Erstens: Jemand ist tot – was angesichts unserer über neunzig Mitglieder starken WeChat-Familiengruppe öfter passiert, als man meinen würde. Zweitens: Jemand hat Geburtstag. Oder drittens: Sie haben mir etwas Lebensveränderndes zu verkünden.

Manchmal ist es auch eine Kombination aus Gründen, zum Beispiel, als meine Urgroßtante am Morgen meines zwölften Geburtstags verstarb und meine Eltern beschlossen, mir bei einer Schüssel gebratener Nudeln zu eröffnen, sie wollten mich aufs Internat schicken, oder genauer gesagt: auf die Airington International Boarding School.

Jetzt ist allerdings August, die erdrückende Sommerhitze selbst in dem klimatisierten Restaurant greifbar, und niemand im engeren Familienkreis hat in diesem Monat Geburtstag. Womit, natürlich, nur noch zwei weitere Möglichkeiten bleiben …

Der bange Knoten in meinem Magen zieht sich noch enger zusammen. Ich muss mich wirklich zusammenreißen, um nicht direkt wieder durch die Glastür nach draußen zu rennen. Bezeichnet mich von mir aus als Schwächling, aber ich bin wirklich nicht in der Lage, mit schlechten Nachrichten klarzukommen, wie auch immer sie ausfallen mögen.

Vor allem nicht heute.

»Alice, warum siehst du denn so nervös aus?«, fragt Mama, während uns eine nicht lächelnde, in ein Qipao gekleidete Kellnerin zu unseren Plätzen ganz hinten in der Ecke führt.

Wir quetschen uns zuerst an einem überfüllten Tisch voller älterer Leute vorbei, die sich einen rosa Kuchen in Form eines Pfirsichs teilen, dann an einem zweiten, an dem offenbar ein Firmenessen stattfindet, mit in steifen Hemden heftig schwitzenden Männern und sich weißen Puder auf die Wangen tupfenden Frauen. Ein paar von ihnen drehen sich um und starren mich an, als sie meine Uniform bemerken. Ich kann nicht sagen, ob es daran liegt, dass sie das auf der Brusttasche meines Blazers prangende Tigerwappen erkennen, oder daran, dass das Design im Vergleich zu den Trainingsanzügen der örtlichen Schulen unglaublich protzig wirkt.

»Ich bin nicht nervös«, erwidere ich und setze mich zwischen sie und Baba. »Mein Gesicht sieht immer so aus.« Das ist nicht direkt gelogen. Meine Tante scherzt gerne, falls ich mich jemals an einem Tatort wiederfände, wäre ich die Erste, die verhaftet werden würde, allein aufgrund meines Gesichtsausdrucks und meiner Körpersprache. *Ich hab noch nie jemanden gesehen, der so schreckhaft ist wie du,* meinte sie. *Du musst in deinem früheren Leben eine Maus gewesen sein.*

Damals habe ich ihr den Vergleich übel genommen, aber jetzt komme ich mir doch wie eine Maus vor – eine Maus, die gleich geradewegs in eine Falle tappen wird.

Mama streckt sich und reicht mir die laminierte Speisekarte. Das durch das nahe Fenster hereinströmende Licht fällt dabei auf ihre knochigen Hände. Es lässt die seilartige weiße Narbe, die über ihre Handfläche verläuft, noch stärker hervortreten. Das

Brennen allzu vertrauter Schuldgefühle steigt in mir auf, flackert wie eine Flamme.

»Haizi«, holt Mama mich wieder zurück. »Was willst du essen?«

»Oh. Ähm, mir ist alles recht«, antworte ich und wende schnell den Blick ab.

Baba bricht seine hölzernen Einmal-Essstäbchen mit einem lauten Knacken auseinander. »Kinder heutzutage wissen gar nicht, was für Glück sie haben«, sagt er und reibt die Essstäbchen aneinander, um sämtliche Splitter zu entfernen, bevor er mir hilft, dasselbe zu tun. »Wachsen alle in Honigtopf auf. Weißt du, was ich in deinem Alter esse? Süßkartoffel. Jeden Tag Süßkartoffel.«

Während er zu einer detaillierteren Beschreibung des täglichen Lebens in den ländlichen Dörfern in Henan ansetzt, winkt Mama die Kellnerin herbei und rattert eine Bestellliste herunter, die klingt, als würde das komplette Restaurant davon satt werden.

»Ma«, protestiere ich und ziehe das Wort auf Mandarin in die Länge. »Wir brauchen nicht …«

»Doch, du schon«, unterbricht sie mich bestimmt. »Du wirst immer ganz dünn, wenn Schule wieder anfängt. Ganz schlecht für deinen Körper.«

Widerwillig unterdrücke ich den Drang, mit den Augen zu rollen. Vor noch nicht mal zehn Minuten hat sie eine Bemerkung dazu fallen lassen, meine Wangen wären in den Sommerferien deutlich runder geworden. Nur bei ihrer Logik ist es möglich, gleichzeitig zu moppelig und gefährlich unterernährt zu sein.

Als Mama endlich mit Bestellen fertig ist, wechseln sie und Baba einen Blick und wenden sich dann mit so ernsten Mienen wieder mir zu, dass ich mit dem Ersten rausplatze, was mir in den Sinn kommt: »Geht's … geht's Grandpa gut?«

Mama kneift ihre dünnen Augenbrauen zusammen, was ihre strengen Gesichtszüge noch stärker unterstreicht. »Natürlich. Warum fragst du das?«

»N…nur so. Vergiss es.« Ich erlaube mir ein leises, erleichtertes Seufzen, aber meine Muskeln bleiben angespannt, als wollte ich mich gegen einen Schlag wappnen. »Okay, was auch immer ihr für schlechte Neuigkeiten habt, können wir es bitte schnell hinter uns bringen? Die Preisverleihung beginnt in einer Stunde, und falls ich einen Nervenzusammenbruch erleide, brauche ich mindestens zwanzig Minuten, um mich wieder zu erholen, bevor ich diese Bühne betrete.«

Baba blinzelt irritiert. »Preisverleihung? Welche Preisverleihung?«

Meine Besorgnis weicht für einen Moment Frustration. »*Die* Preisverleihung, für die Jahrgangsbesten.«

Er starrt mich nur weiter mit leerer Miene an.

»Komm schon, Ba. Ich hab sie diesen Sommer mindestens fünfzigmal erwähnt.«

Das ist nur minimal übertrieben. So traurig es klingt, diese flüchtigen Momente im Glanz des hell leuchtenden Lichts der Aula sind das Einzige, worauf ich mich in den vergangenen paar Monaten wirklich gefreut habe.

Selbst wenn ich sie mit Henry Li teilen muss.

Wie immer habe ich, wenn ich seinen Namen nur *denke*, diesen scharfen, bitteren Geschmack im Mund, wie Gift. Gott, ich hasse ihn. Ich hasse ihn und seine Porzellanhaut, seine makellose Uniform und seine demonstrative Gelassenheit, die ebenso unerreichbar und grenzenlos ist wie die stetig wachsende Liste seiner Errungenschaften. Ich hasse es, wie die Leute ihn anschauen und *sehen*, selbst wenn er vollkommen still ist und mit gesenktem Kopf an seinem Pult arbeitet.

Ich hasse ihn schon, seit er vor vier Jahren in die Schule stolziert kam, brandneu und alles überstrahlend. Am Ende des ersten Tages hatte er mich mit sage und schreibe zweieinhalb Punkten in unserem Geschichtstest geschlagen und alle kannten seinen Namen.

Allein bei dem Gedanken daran juckt es mich in den Fingern.

Baba runzelt die Stirn, sieht Mama nach Bestätigung suchend an. »Sollen wir da hingehen, zu dieser – dieser Verleihung?«

»Sie ist nur für Schülerinnen und Schüler«, erinnere ich ihn, obwohl es nicht immer so war. Die Schule beschloss, die Sache in eine privatere Veranstaltung zu verwandeln, nachdem Krystal Lam, die sehr berühmte Mutter einer Klassenkameradin, bei der Verleihung auftauchte und aus Versehen die Paparazzi gleich mit reinbrachte. Noch Tage später kursierten auf Weibo unzählige Fotos aus unserer Aula.

»Wie dem auch sei, das ist nicht der Punkt. Der *Punkt* ist, dass sie Preise verleihen und …«

»Ja, ja, du redest von nichts anderem als von Preisen«, unterbricht Mama mich ungeduldig. »Und was ist dir wichtig, hm? Bringt deine Schule dir nicht richtige Werte bei? Familie sollte zuerst kommen, dann Gesundheit, dann für den Ruhestand sparen, dann – hörst du zu?«

Es bleibt mir erspart, sie anlügen zu müssen, weil unser Essen serviert wird.

In den schickeren Pekingente-Restaurants – Quanjude, zum Beispiel –, in denen die anderen aus meiner Klasse regelmäßig speisen, ohne dass vorher jemand sterben muss, bringen die

Köche die gebratene Ente immer auf einem Tablett herein und tranchieren sie direkt am Tisch. Es grenzt schon fast an eine Show: Die knusprige, glasierte Haut wird von der glänzenden Klinge durchtrennt und enthüllt das zarte Fleisch und das brutzelnde Öl darunter.

Hier serviert uns die Kellnerin jedoch nur eine ganze, in große Stücke zerlegte Ente, mit Kopf und allem Drum und Dran.

Mama muss den Ausdruck auf meinem Gesicht sehen, denn sie seufzt und dreht die Ente von mir weg, während sie irgendwas von wegen meiner westlichen Empfindlichkeiten murmelt.

Weitere Gerichte treffen ein, eins nach dem anderen: mit Essig beträufelte und gehacktem Knoblauch verfeinerte Gurken, knusprig ausgebackene, dünnschichtige Frühlingszwiebelpfannkuchen, weicher, in goldbrauner Soße schwimmender Tofu und klebrige, dünn mit Zucker bestäubte Reiskuchen. Ich kann sehen, wie Mama das Essen bereits mit ihren scharfsichtigen braunen Augen abschätzt und höchstwahrscheinlich kalkuliert, wie viele weitere Mahlzeiten sie und Baba aus den Resten zubereiten können.

Ich zwinge mich zu warten, bis Mama und Baba ein paar Happen von ihrem Essen probiert haben, bevor ich nachhake: »Ähm, ich bin mir ziemlich sicher, ihr zwei wolltet mir irgendwas Wichtiges sagen …«

Zur Antwort trinkt Baba einen ausgedehnten Schluck von seinem noch immer dampfenden Jasmintee und spült die Flüssigkeit in seinem Mund hin und her, als hätte er alle Zeit der Welt. Mama scherzt manchmal, ich käme in jeglicher Hinsicht nach Baba – von seinem eckigen Kiefer, den geraden Augenbrauen und der dunkleren Haut bis hin zu seiner starrköpfigen, perfektionistischen Seite. Von seiner Geduld habe ich jedoch eindeutig nichts geerbt.

»*Baba*«, dränge ich und versuche mein Bestes, weiter respektvoll zu klingen.

Er hebt eine Hand und leert den Rest seines Tees, bevor er endlich den Mund aufmacht, um zu sprechen. »Ah. Ja. Nun, deine Mama und ich dachten … Willst du gern auf andere Schule gehen?«

»Moment mal. *Was?*« Meine Stimme klingt zu laut und zu schrill, schneidet durch die Geräuschkulisse des Restaurants und bricht schließlich fiepsend, wie bei einem vorpubertären Jungen. Die Firmenangestellten am Nebentisch halten mitten im Anstoßen inne und werfen mir missbilligende Blicke zu. »Was?«, wiederhole ich, flüsternd diesmal, meine Wangen glühend.

»Vielleicht gehst du auf örtliche Schule, wie deine Cousins und Cousinen«, fügt Mama hinzu und legt mit einem Lächeln ein perfekt portioniertes Stück Pekingente auf meinem Teller ab. Es ist ein Lächeln, bei dem sofort Alarmglocken in meinem Kopf läuten. Die Art von Lächeln, die Zahnärzte dir schenken, kurz bevor sie dir deine Zähne rausreißen. »Oder wir lassen dich zurück nach Amerika. Du kennst meine Freundin, Tante Shen? Die mit dem netten Sohn – dem Arzt?«

Ich nicke langsam, so als wären nicht zwei Drittel der Kinder ihrer Freundinnen bereits zukünftige Ärztinnen und Ärzte.

»Sie sagt, gibt eine sehr schöne staatliche Schule in Maine, in der Nähe von ihrem Haus. Vielleicht wenn du in ihrem Restaurant hilfst, darfst du bei ihr wohnen …«

»Ich verstehe das nicht«, unterbreche ich sie, weil ich einfach nicht anders kann. Ich spüre dieses flaue Gefühl der Übelkeit im Magen, wie damals, als ich beim Sportfest in der Schule zu schnell gerannt bin, nur um Henry zu schlagen, und mich beinahe auf dem Rasen übergeben musste. »Ich bin … Was stimmt denn nicht mit der Airington?«

Baba wirkt ein wenig verdutzt über meine Reaktion. »Ich dachte, du hasst die Airington«, erwidert er, zu Mandarin wechselnd.

»Ich habe nie gesagt, dass ich sie *hasse* …«

»Einmal hast du das Logo der Schule ausgedruckt und einen ganzen Nachmittag damit verbracht, mit deinem Stift darauf einzustechen.«

»Na gut, dann war ich am Anfang vielleicht nicht ihr größter Fan«, räume ich ein und lege meine Essstäbchen auf der Plastiktischdecke ab. Meine Finger zittern ein wenig. »Aber das war vor fünf Jahren. Jetzt wissen alle, wer ich bin. Ich hab mir einen Ruf erarbeitet – einen guten. Die Lehrerinnen und Lehrer mögen mich – ich meine: Sie mögen mich wirklich –, und die meisten aus meiner Klasse halten mich für schlau und interessieren sich tatsächlich für das, was ich zu sagen habe …« Doch mit jedem Wort, das über meine Lippen sprudelt, wird die Miene meiner Eltern grimmiger, und das flaue Gefühl verschärft sich zu eiskalter Angst. Trotzdem mache ich in meiner Verzweiflung weiter. »Und ich hab ein Stipendium, schon vergessen? Das einzige in der ganzen Schule. Wäre es nicht die reinste Verschwendung, wenn ich einfach gehen …«

»Du hast ein halbes Stipendium«, korrigiert Mama mich.

»Na ja, mehr bieten sie schließlich nicht an …« Und dann trifft es mich wie ein Schlag. Es ist so offensichtlich, dass ich über meine eigene Begriffsstutzigkeit nur staunen kann. Warum sonst sollten meine Eltern so plötzlich vorschlagen, mich von der Schule zu nehmen, nachdem sie jahrelang so unermüdlich dafür gearbeitet haben, mich dorthin schicken zu können?

»Geht es … geht es hier um die Schulgebühren?«, frage ich mit leiser Stimme, damit niemand ringsum es hören kann.

Zuerst sagt Mama nichts, fummelt nur an dem losen Knopf an ihrer langweiligen geblümten Bluse herum – noch so ein Billigkauf aus dem Supermarkt, ihrem neuen Lieblingsklamottenladen, nachdem der Yaxiu-Markt in ein lebloses Einkaufszentrum für überteuerte Markenimitationen verwandelt wurde.

»Darüber musst du dir nicht den Kopf zerbrechen«, antwortet sie schließlich.

Was *Ja* bedeutet.

Ich lasse mich auf meinem Stuhl zurücksinken und versuche angestrengt, mich wieder zu sammeln. Es ist nicht so, als wüsste ich nicht, dass wir sparen müssen, und das nun schon seit einer Weile – seit Babas alte Druckerei dichtgemacht hat und Mamas Spätschichten im Xiehe-Krankenhaus gekürzt wurden. Aber Mama und Baba waren schon immer sehr gut darin, das wahre Ausmaß ihrer Sorgen zu verstecken und all meine Bedenken mit einem Winken und einem »Konzentrier du dich einfach auf die Schule« oder »Du albernes Kind, sieht es vielleicht aus, als würden wir dich verhungern lassen?« abzutun.

Ich schaue die beiden über den Tisch hinweg an, schaue sie *wirklich* an und sehe die vereinzelten grauen Haare an Babas Schläfen, die müden Falten unter Mamas Augen, die langen Arbeitstage, die ihren Tribut fordern, während ich völlig behütet in meiner kleinen Airington-Blase dahindümple. Scham rumort in meinem Magen. Wie viel leichter wäre ihr Leben, wenn sie nicht jedes Jahr die zusätzlichen 165 000 RMB aufbringen müssten?

»Was, ähm, steht noch mal zur Auswahl?«, höre ich mich fragen. »Örtliche Schule in Peking oder eine staatliche Schule in Maine?«

Offensichtliche Erleichterung huscht über Mamas Gesicht. Sie tunkt das nächste Stück Pekingente in ein Schälchen mit dicker schwarzer Soße, wickelt es zusammen mit zwei Gurkenscheiben – ohne Zwiebeln, genauso, wie ich es mag – in einen papierdünnen Pfannkuchen und legt es auf meinen Teller. »Ja, ja. Beides ist gut.«

Ich kaue auf meiner Unterlippe herum. Ehrlich gesagt ist *keine* der beiden Optionen gut. Auf eine örtliche chinesische Schule zu gehen, bedeutet, ich muss das Gao Kao ablegen, mit die schwerste Aufnahmeprüfung fürs College – und das wäre sie auch, wenn sie mir nicht durch meine Chinesischkenntnisse auf Grundschulniveau zusätzlich erschwert würde. Und was Maine angeht: Alles, was ich darüber weiß, ist, dass es der am wenigsten diverse Bundesstaat der USA ist. Außerdem beschränkt sich mein Wissen über die SATs mehr oder weniger auf das, was ich in Highschool-Dramen auf Netflix gesehen habe. Außerdem sind die Chancen, dass mich eine staatliche Schule mit meinem IB-Kurs fortfahren lässt, verschwindend gering.

»Wir müssen nicht jetzt gleich entscheiden«, fügt Mama hastig hinzu. »Dein Baba und ich haben schon dein erstes Halbjahr in der Airington bezahlt. Du kannst Lehrer fragen, deine Freunde, ein bisschen drüber nachdenken, und dann sprechen wir noch mal. Okay?«

»Ja«, antworte ich, obwohl ich mich alles andere als okay fühle. »Klingt super.«

Baba klopft mit den Knöcheln auf den Tisch und Mama und ich erschrecken beide. »Aiya, zu viel Reden beim Essen.« Er zeigt mit seinen Essstäbchen auf die Teller zwischen uns. »Gerichte werden schon kalt.«

Während ich wieder zu meinen eigenen Essstäbchen greife, beginnen die älteren Gäste am Nebentisch, die chinesische Version von »Happy Birthday« zu singen, laut und schief. *»Zhuni* *shengri kuaile … Zhuni shengri kuaile …«* Die alte Nainai, die in der Mitte sitzt, nickt begeistert und klatscht im Takt mit, ein breites, zahnloses Grinsen im Gesicht.

Wenigstens eine verlässt dieses Restaurant in besserer Stimmung, als sie es betreten hat.

Schweißperlen rinnen fast sofort von meiner Stirn, als wir nach draußen gehen. Die Kinder in Kalifornien damals haben sich ständig über die Hitze beschwert, aber die Sommer in Peking sind erdrückend, gnadenlos, der spärliche Schatten dank der entlang der Straßen gepflanzten Wutong-Bäume bietet oft die einzige Abkühlung.

Im Augenblick ist es so heiß, dass ich kaum atmen kann. Oder vielleicht ist das auch nur die einsetzende Panik.

»Haizi, wir gehen«, ruft Mama mir zu. Kleine Plastiktüten mit den Resten baumeln von ihrem Ellenbogen, vollgestopft mit allem – und ich meine *allem* –, was vom Mittagessen noch übrig war. Sie hat sogar die Entenknochen eingepackt.

Ich winke ihr zu. Atme aus. Bringe ein Nicken und ein Lächeln zustande, als Mama noch einmal kurz stehen bleibt, um mir zum Abschied ihre üblichen Ratschläge mit auf den Weg zu geben: Schlaf nicht länger als bis elf, sonst stirbst du; trink kein kaltes Wasser, sonst stirbst du; pass auf dem Weg zur Schule auf Kinderschänder auf; iss Ingwer; denk dran, jeden Tag die Luftqualität zu checken …

Dann trotten die beiden zur nächsten U-Bahn-Station davon, Mamas zierliche Gestalt und Babas großer, eckiger Körper schon bald von der Menge verschluckt, und ich stehe plötzlich ganz allein da.

Ein schrecklicher Druck baut sich in meiner Kehle auf.

Nein. Ich kann nicht weinen. Nicht hier, nicht jetzt. Nicht, wenn ich gleich noch an einer Preisverleihung teilnehmen soll – der vielleicht letzten Preisverleihung meines Lebens.

Ich zwinge mich, mich zu bewegen, mich auf meine Umgebung zu konzentrieren – alles, um meine Gedanken aus diesem schwarzen Loch der Sorgen in meinem Kopf zu reißen.

Eine Ansammlung von Wolkenkratzern erhebt sich in der Ferne, nichts als Glas und Stahl und ungenierter Luxus, ihre schmal zulaufenden Spitzen in den wässrig blauen Himmel ragend. Wenn ich die Augen zusammenkneife, kann ich sogar die berühmte Silhouette des CCTV-Hauptsitzes sehen. Alle nennen das Gebäude aufgrund seiner Form nur »die riesige Unterhose«, obwohl Mina Huang – deren Dad es anscheinend entworfen hat – in den vergangenen fünf Jahren ebenso verzweifelt wie erfolglos versucht hat, alle davon abzuhalten.

Mein Handy brummt in meiner Rocktasche, und ich weiß, ohne einen Blick darauf zu werfen, dass es keine Nachricht ist – ist es nie –, sondern eine Erinnerung: nur noch zwanzig Minuten bis zum Beginn der Schulversammlung. Ich zwinge mich, schneller zu gehen, vorbei an den sich schlängelnden, von Rikschas, Händlern und kleinen gelben Fahrrädern verstopften Gassen, den unzähligen Lebensmittelläden, Nudellokalen und blinkenden Neonschildern mit kalligrafischen chinesischen Schriftzeichen, die ich alle nur verschwommen wahrnehme.

Der Verkehr und die Menge dünnen aus, als ich mich der Third Ring Road nähere. Dort sind alle möglichen Leute unterwegs: Onkel mit Beinahe-Glatze, die sich mit Strohfächern kühlen, eine Zigarette in ihrem Mundwinkel baumelnd, das Hemd halb hochgeschoben und der sonnenverbrannte Bauch entblößt, die perfekte Illustration von Ist-mir-scheißegal; alte Tanten, die entschlossenen Schrittes in Richtung Freiluftmarkt marschieren, ihre geblümten Einkaufs-Trolleys hinter sich herziehend; eine Gruppe von Schülerinnen und Schülern, die sich riesige Becher Bubble Tea und gebratene Süßkartoffeln teilen, Stapel mit Hausaufgabenheften auf einem Hocker zwischen sich aufgeschlagen, die karierten Seiten in der Brise flatternd.

Im Vorbeigehen höre ich, wie einer der Schüler einen anderen in dramatischem Flüsterton und mit starkem Pekinger Akzent fragt: »Alter, hast du das gesehen?«

»Was gesehen?«, fragt ein Mädchen.

Ich gehe weiter, den Blick nach vorne gerichtet, und gebe mir alle Mühe, so auszusehen, als könnte ich nicht hören, was sie sagen. Aber sie nehmen wahrscheinlich sowieso an, dass ich kein Chinesisch verstehe: Mir wurde von Einheimischen immer wieder erklärt, ich hätte dieses ausländische Auftreten, oder *qizhi*, was immer zur Hölle das auch bedeuten soll.

»Sie geht auf *diese Schule*. Diese Sängerin aus Hongkong – wie heißt sie noch mal? Krystal Lam? – schickt ihre Tochter auch dorthin, und der Geschäftsführer von SYS auch … Warte, ich check das schnell bei Baidu …«

»Wocao!«, stößt das Mädchen ein paar Sekunden später aus. Ich kann praktisch *spüren*, wie sich ihr Blick in meinen Hinterkopf bohrt. Mein Gesicht beginnt zu glühen. *»330 000 RMB* für *ein* Jahr? Was unterrichten die da? Wie man jemand aus dem Königshaus verführt?« Sie verstummt einen Moment. »Aber ist das nicht eine internationale Schule? Ich dachte, die wären nur für *weiße* Schülerinnen und Schüler.«

»Was weißt du schon?«, schnaubt der erste Junge. »Die meisten internationalen Kids haben einfach nur ausländische Pässe. Ist ganz leicht, wenn man reich und in Übersee geboren ist.«

Das stimmt überhaupt nicht: Ich wurde hier in Peking geboren und bin mit meinen Eltern erst nach Kalifornien gezogen, als ich sieben war. Und was das Reichsein angeht … Nein. Aber was auch immer. Ich werde sicher nicht noch mal zurückgehen und ihn korrigieren. Außerdem musste ich meine Lebensgeschichte irgendwelchen Wildfremden schon oft genug erzählen, um zu wissen, dass es manchmal deutlich leichter ist, sie einfach annehmen zu lassen, was sie wollen.

Ohne darauf zu warten, dass die Ampel umspringt – niemand hier achtet wirklich auf sie –, überquere ich die Straße, froh, ein wenig mehr Distanz zwischen mich und den Rest ihrer Unterhaltung bringen zu können. Dann erstelle ich im Kopf schnell eine To-do-Liste.

Das funktioniert für mich immer am besten, wenn ich von irgendwas überwältigt oder frustriert bin: kurzfristige Ziele. Überwindbare Hindernisse. Dinge, die innerhalb meiner Kontrolle liegen. Zum Beispiel:

Erstens, es durch die komplette Preisverleihung schaffen, ohne Henry Li von der Bühne zu schubsen.

Zweitens, den Chinesisch-Aufsatz früher abgeben – meine letzte Chance, bei Wei Laoshi Eindruck zu schinden.

Drittens, vor dem Mittagessen den Lehrplan für den Geschichtskurs lesen.

Viertens, zu Maine und den nächstgelegenen staatlichen Schulen in Peking recherchieren und herausfinden, welche – falls überhaupt eine – die höchste Wahrscheinlichkeit für zukünftigen Erfolg bietet, ohne einen Nervenzusammenbruch zu erleiden und/oder auf irgendwas einzuschlagen.

Seht ihr? Alles total machbar.

»Bist du sicher, dass du hier zur Schule gehst?«

Der Wachmann kneift seine buschigen Augenbrauen zusammen und starrt mich von der anderen Seite des schmiedeeisernen Schultors an.

Ich schlucke meinen Frust hinunter. Wir spielen das jedes Mal durch, ungeachtet der Tatsache, dass ich die Schuluniform trage oder mich heute Morgen schon mal angemeldet habe, um meine Sachen wieder auf mein Wohnheimzimmer zu bringen. Vielleicht würde es mich nicht so sehr nerven, wenn ich nicht persönlich Zeugin geworden wäre, wie derselbe Wachmann Henry Li mit einem breiten Grinsen einfach durchwinkte, ohne Fragen zu stellen. Leute wie Henry müssen wahrscheinlich noch nicht mal einen Ausweis mit sich rumtragen, weil ihr Gesicht und ihr Name als Bestätigung genügen.

»*Ja*, ich bin mir sicher«, erwidere ich und wische mir mit dem Blazerärmel den Schweiß von der Stirn. »Wenn Sie mich bitte reinlassen könnten, *shushu* …«

»Name?«, unterbricht er mich und holt ein teuer aussehendes Tablet hervor, um meine Daten zu erfassen. Seit unsere Schule vor ein paar Jahren beschloss, komplett papierfrei zu werden, kennt das Ausmaß neu eingeführter unnötiger Technologie keine Grenzen. Selbst die Speisekarten in der Cafeteria gibt's nur noch digital.

»Mein chinesischer Name ist Sun Yan. Englischer Name Alice Sun.«

»Welche Klasse?«

»Zwölfte Klasse.«

»Schülerausweis?« Er muss den Ausdruck auf meinem Gesicht sehen, denn sein Stirnrunzeln vertieft sich noch mehr. »*Xiao pengyou*, wenn du keinen Schülerausweis hast …«

»N…nein, nein, das ist es nicht … Okay, sehen Sie, ich hab ihn hier«, grummle ich, angle die Karte aus meiner Tasche und halte sie hoch, damit er sie begutachten kann. Wir haben die Fotos für die Schülerausweise letztes Jahr während der Prüfungswochen machen lassen – mit dem Ergebnis, dass ich auf meinem aussehe wie irgendetwas, das gerade aus einem Gully gekrochen ist: Mein normalerweise glänzend schwarzer Pferdeschwanz glich nach einer Woche Verzicht auf Haarewaschen, um mehr Zeit zum Lernen zu haben, einer einzigen fettigen Katastrophe, und mein Gesicht war von Stressflecken übersät, während sich unter meinen verquollenen Augen fette dunkle Ringe zeigten.

Ich schwöre, ich kann sehen, wie der Wachmann beim Anblick meines Fotos leicht die Augenbrauen hochzieht, aber wenigstens öffnet sich ein paar Sekunden später knarrend das Tor, bis die mächtigen Flügel vor den beiden steinernen Löwen anhalten, die mit wachsamem Blick auf die Straße hinausblicken. Ich sammle den letzten Rest meiner Würde ein, bedanke mich bei dem Mann und eile hinein.

Wer auch immer das Schulgelände der Airington entworfen hat, wollte dabei ganz eindeutig östliche und westliche, alte und moderne architektonische Elemente miteinander verschmelzen lassen. Deshalb sind am Haupteingang flache, breite Fliesen verlegt, wie die in der Verbotenen Stadt, und tiefer auf dem Gelände befinden sich künstlich angelegte chinesische Gärten inklusive Koi-Teichen und Stufenpagoden mit zinnoberroten Schrägdächern, während die Gebäude an sich elegante, vom Boden bis zur Decke reichende Fenster und sich über grüne Rasenstreifen spannende Glasbrücken zieren.

Aber wenn ich ehrlich bin, sieht es eher aus, als hätte hier jemand eins von diesen im alten China spielenden Kostümdramen gedreht und vergessen, den Set hinterher wieder aufzuräumen.

Es hilft auch nicht, dass alles so weitläufig ist. Man braucht fast zehn Minuten, um über den Schulhof, um das Naturwissenschaftsgebäude herum und in die Aula zu *rennen*, und als ich dort ankomme, wimmelt es in dem riesigen, hell erleuchteten Saal bereits von Schülerinnen und Schülern.

Aufgeregte Stimmen hallen rauschend von den Wänden wider, wie Wellen am Strand. Der Lärmpegel ist noch höher als sonst, weil alle durcheinandererzählen, was sie im Sommer erlebt haben. Ich muss ihnen nicht zuhören, um die Details zu kennen – man konnte alles bei Instagram sehen, von Rainie Lams Bikinifotos in irgendeiner Villa, in der die Kardashians mal übernachtet haben, bis hin zu Chanel Caos unzähligen Selfies mit diversen Filtern auf der neuen Jacht ihrer Eltern.

Während die Lautstärke ihren Höhepunkt erreicht, lasse ich den Blick auf der Suche nach einem freien Platz durch den Saal schweifen – oder um genau zu sein: nach Leuten, neben die ich mich setzen kann. Ich habe zwar zu allen ein recht freundschaftliches Verhältnis, aber auch wir sind hier in soziale Kategorien unterteilt, die sich nach allem Möglichen richten, angefangen bei unserer Muttersprache – Englisch und Mandarin sind die häufigsten, gefolgt von Koreanisch, Japanisch und Kantonesisch – bis hin zu der Frage, wie oft man schon etwas erreicht hat, das beeindruckend genug war, um im monatlichen Newsletter der Schule Erwähnung zu finden. Ich schätze, es ist die beste Version der Meritokratie, die man an einem Ort wie diesem nun mal erwarten kann – abgesehen von der Tatsache, dass Henry Li in seinen vier Jahren hier bereits fünfzehnmal im Newsletter erwähnt wurde.

Nicht, dass ich mitzählen würde oder so.

»Alice!«

Ich hebe den Blick und sehe meine Zimmergenossin, Chanel, die mir aus einer der mittleren Reihen zuwinkt. Sie ist hübsch, auf diese Taobao-Model-Art: spitzes Kinn, blasse, gläserne Haut, absichtlich zerzauste Air Bangs, eine Taille vom Umfang meines Oberschenkels und Doppellider, die vor zwei Sommern definitiv noch nicht da waren. Ihre Mum, Coco Cao, *ist* Model – sie hatte erst letztes Jahr eine Fotoserie in der *Vogue China*, und ihr Gesicht war so ziemlich an jedem Zeitungsstand der Stadt zu sehen –, und ihrem Dad gehört eine Kette edler, überall in Peking und Schanghai verteilter Nachtclubs.

Das ist allerdings so ziemlich alles, was ich über sie weiß. Als wir damals in der siebten Klasse unsere Wohnheimzimmer bezogen, hatte ich im Stillen gehofft, wir würden beste Freundinnen werden. Und für eine Weile sah es auch ganz danach aus. Wir gingen jeden Morgen zusammen zum Frühstück in die Cafeteria und warteten nach dem Unterricht an den Spinden aufeinander. Doch irgendwann lud sie mich ein, mit ihr und ihren reichen Fuerdai-Freunden im Sanlitun Village oder in Guomao shoppen zu gehen, wo die Designertaschen vermutlich mehr kosten als die komplette Wohnung meiner Eltern. Nachdem ich zum dritten Mal mit irgendeiner gestammelten Ausrede dankend abgelehnt hatte, hörte sie einfach auf, mich zu fragen.

Trotzdem ist es nicht so, als würden wir uns nicht verstehen, und neben ihr ist auch noch ein Platz frei …

Ich steuere darauf zu und hoffe, man merkt mir nicht an, wie unbehaglich ich mich fühle. »Kann ich mich hier hinsetzen?«

Sie blinzelt mich an, eindeutig ein wenig verdutzt. Dass sie mir zugewinkt hat, war reine Höflichkeit, keine Einladung. Doch dann lächelt sie zu meiner Erleichterung, und ihre perfekten porzellanweißen Veneers leuchten beinahe, als das Licht in der Aula langsam gedimmt wird. »Ja, klar.«

Ich habe mich kaum niedergelassen, als der Vertrauenslehrer der Oberstufe und unser Geschichtslehrer, Mr Murphy, die Bühne betritt, ein Mikrofon in der Hand. Er ist einer der vielen amerikanischen Expats an unserer Schule: Englisch-Abschluss an einer renommierten, aber keiner Ivy-League-Universität, chinesische Frau, zwei Kinder, kam wahrscheinlich wegen einer kleineren Midlife-Crisis nach China und blieb dann wegen der guten Bezahlung hier.

Er tippt zweimal ans Mikrofon und sorgt damit für ein grässlich kreischendes Dröhnen, bei dem alle zusammenzucken.

»Hallo, hallo«, sagt er in die darauffolgende Stille. »Willkommen zur ersten Versammlung dieses Schuljahrs – und zu einer ganz besonderen noch dazu, wie ihr euch vielleicht erinnert …«

Ich setze mich ein wenig aufrechter hin, obwohl ich weiß, dass die Preise erst ganz am Ende verliehen werden.

Zuerst müssen wir noch eine ausgedehnte Runde Selbstbeweihräucherung über uns ergehen lassen.

Mr Murphy gibt ein Handzeichen, und der Projektor geht an, woraufhin sich der Bildschirm hinter ihm mit vertrauten Namen, Zahlen und Uni-Logos mit hohem Wiedererkennungswert füllt: Annahmequoten.

Laut der PowerPoint wurden im vergangenen Jahr über 50 Prozent der Abschlussklasse an einer Ivy-League- oder Oxbridge-Universität angenommen.

Staunendes Murmeln ist in der Aula zu hören – vermutlich von den diesjährigen Neulingen. Alle anderen sind bereits daran gewöhnt und zwar ebenfalls beeindruckt, aber nicht mehr ehrfürchtig. Außerdem hatte die Abschlussklasse im Jahr zuvor eine noch höhere Quote.

Mr Murphy schwadroniert gefühlt jahrelang irgendwas von *Erfolg in allen Bereichen* und einer *Verpflichtung zu Exzellenz*. Dann verkündet er, wer heute noch auftreten wird, und alle sind sofort wieder aufmerksam, als Rainie Lams Name fällt. Irgendjemand jubelt sogar.

Rainie stolziert von ohrenbetäubendem Applaus begleitet auf die Bühne, und ich kann das leichte Ziehen in meiner Brust – halb Bewunderung, halb Neid – nicht ignorieren. Es ist genau wie damals im Kindergarten, wenn eins der Kinder ein brandneues Spielzeug mitbrachte, auf das man selbst schon seit Wochen ein Auge geworfen hatte.

Als Rainie sich am Klavier niederlässt und der Scheinwerfer über ihr einen leuchtend goldenen Heiligenschein auf sie wirft, sieht sie genauso aus wie ihre Mutter, Krystal Lam. Wie ein richtiger Hongkonger Star, der schon überall auf der Welt auf Tour war. Und das muss sie auch selbst wissen, denn sie wirft ihr glänzendes mahagonibraunes Haar zurück, als wäre sie in einer Pantene-Werbung, und zwinkert der Menge zu. Genau genommen ist es uns gar nicht erlaubt, uns die Haare zu färben, aber Rainie ging in dieser Sache strategisch vor. Vergangenes Jahr hat sie ihr Haar alle zwei Wochen nach und nach eine Schattierung heller gefärbt, damit die Lehrerinnen und Lehrer die Veränderung nicht bemerkten. Ihre Hingabe ist beinahe bewundernswert. Andererseits ist es vermutlich leicht, strategisch vorzugehen, wenn man die Zeit und das nötige Kleingeld dazu hat.

Nachdem auch der letzte Jubel endlich verebbt ist, macht Rainie den Mund auf und beginnt zu singen, und natürlich ist es eine der neuesten Singles von JJ Lin. Eine schamlose Anspielung auf die Tatsache, dass er letzten November Gast bei einem der Konzerte ihrer Mutter war.

Nach ihr betritt Peter Oh die Bühne und gibt einen seiner eigenen Raps zum Besten. Bei jedem anderen würden sich wahrscheinlich alle im Saal fremdschämen und auf ihren Plätzen kichern, aber Peter ist gut. *Richtig* gut. Es kursieren Gerüchte, er hätte bereits einen Deal mit irgendeinem asiatischen Hip-Hop-Label in der Tasche, obwohl genauso wahrscheinlich ist, dass er die Position seines Dads bei Longfeng Oil erben wird.

Weitere Darbietungen folgen: ein Geigenwunderkind aus der Stufe unter uns, eine professionell ausgebildete asiatisch-australische Opernsängerin, die schon mal im Sydney Opera House aufgetreten ist, und eine Guzheng-Spielerin in traditionellem chinesischem Gewand.

Dann, endlich, bin ich an der Reihe.

Das Klavier wird in irgendeine dunkle Ecke hinter dem Vorhang gerollt und die PowerPoint-Folie wechselt. Die Worte *Preis für die Jahrgangsbesten* leuchten in fetten Buchstaben auf dem Bildschirm auf. Mir geht ein bisschen das Herz auf.

Diese Preisverleihungen sind wirklich nicht besonders spannend. Man teilt uns schon Monate im Voraus mit, ob wir einen Preis bekommen, und abgesehen von der achten Klasse, als ich in meine Chinesisch-Prüfung verhauen habe, weil ich eine üble Lebensmittelvergiftung hatte, haben Henry und ich uns den Jahrgangsbestenpreis jedes Jahr geteilt, seit er an der Schule ist. Man sollte meinen, ich hätte mich inzwischen daran gewöhnt und es würde mich vielleicht ein bisschen weniger kümmern, aber das Gegenteil ist der Fall. Nun, da ich auf eine Erfolgssträhne zurückblicken kann und einen Ruf zu verteidigen habe, steht umso mehr auf dem Spiel, und es ist ein umso berauschenderes Gefühl, zu gewinnen.

Nach allem, was man sagt, ist es ein bisschen so, wie den Menschen zu küssen, den man liebt – nicht, dass ich darüber wirklich irgendwas wüsste. Aber es fühlt sich jedes Mal wieder an wie das erste Mal.

»Alice Sun«, dröhnt Mr Murphy ins Mikrofon.

Aller Augen richten sich auf mich, als ich mich langsam von meinem Stuhl erhebe. Es brandet kein begeisterter Jubel auf, nicht wie bei Rainie, aber wenigstens schauen sie her. Wenigstens können sie mich sehen.

Ich streiche meine Uniform glatt, gehe zur Bühne und passe auf, unterwegs nicht zu stolpern. Als Mr Murphy vor mir steht, meine Hand schüttelt und mich ins Scheinwerferlicht führt, fangen alle an zu klatschen.

Ernsthaft, ich würde zusammenschrumpeln oder auf der Stelle sterben wollen, falls ich jemals glauben würde, die Leute würden hinter meinem Rücken über mich urteilen oder irgendwelchen Scheiß erzählen. Aber das hier, diese Art von positiver Aufmerksamkeit, während mein vollständiger Name auf einem Bildschirm erstrahlt und Applaus wie Paukenschläge durch den Raum hallt? Es würde mir nicht das Geringste ausmachen, mich bis in alle Ewigkeit in diesem Moment zu sonnen.

Doch der Moment dauert kaum ein paar Sekunden, weil Mr Murphy dann Henry Lis Namen ruft und mit einem Mal aller Aufmerksamkeit abgelenkt wird. Neu justiert. Auch der Applaus wird deutlich – schmerzlich – lauter.

Ich folge ihren Blicken, und mir krampft sich der Magen zusammen, als ich ihn in der ersten Reihe aufstehen sehe.

Es ist wahrhaftig eine der größten Ungerechtigkeiten des Lebens – natürlich abgesehen von Jugendarbeitslosigkeit und Steuern und alldem –, dass Henry Li so aussehen darf, wie er aussieht. Im Gegensatz zum Rest von uns scheint er diese peinlich-unbeholfene mittlere Pubertätsphase komplett übersprungen und sein süßes Image des Kumon-Vorzeigekinds Ende letzten Jahres praktisch über Nacht abgeschüttelt zu haben. Jetzt, mit seinem kantigen Profil, der schlanken Figur und dem dichten, welligen schwarzen Haar, das irgendwie immer perfekt in seine dunklen Augenbrauen fällt, könnte er ebenso gut als Idol-Nachwuchs wie als Erbe des zweitgrößten Technologie-Start-ups in China durchgehen.

Seine Bewegungen sind geschmeidig, aber zielstrebig, als er mit einem einzigen Schritt die Bühne betritt, diesen Ausdruck gelinden Interesses, den ich so sehr hasse, in seinem schrecklichen wunderschönen Gesicht.

Als könnte er meine Gedanken hören, richtet er den Blick auf mich. Das bohrende, brennende Gefühl in meinem Magen wird messerscharf.

Mr Murphy stellt sich vor mich. »Herzlichen Glückwunsch, Henry«, gratuliert er und lacht dann laut. »Diese ganzen Auszeichnungen müssen dir ja schon langsam langweilig werden, was?«

Henry schenkt ihm zur Antwort nur ein knappes, höfliches Lächeln.

Ich zwinge mich, ebenfalls zu lächeln, obwohl ich die Zähne so fest zusammenbeiße, dass mir der Kiefer wehtut. Obwohl Henry sich furchtbar dicht neben mich setzt und nur fünf Zentimeter Platz zwischen uns lässt, was mich noch mehr nervt. Obwohl sich meine Muskeln, wie immer in seiner Gegenwart, unwillkürlich anspannen, als er sich zu mir lehnt, die unausgesprochene Grenze überschreitet und so leise flüstert, dass nur ich es hören kann: »Herzlichen Glückwunsch, Alice. Ich hatte schon Angst, du schaffst es dieses Jahr nicht.«

Wer internationale Schulen besucht, endet meist mit einem verwässerten amerikanischen Akzent, aber Henrys hat einen eindeutig britischen Einschlag. Anfangs dachte ich, er folgt nur einem Schritt-für-Schritt-Tutorial, wie man der prätentiöseste Mensch der Welt wird, aber nach ein wenig Stalking – nein, *Recherche* – fand ich heraus, dass er tatsächlich zwei Jahre lang eine Grundschule in England besucht hatte. Und auch nicht nur irgendeine Grundschule, sondern dieselbe Grundschule wie der Sohn des Premierministers. Es existiert sogar ein Foto von den beiden zusammen im Reitstall der Schule, mit breitem Grinsen und geröteten Wangen, während jemand im Hintergrund Pferdeäpfel schippt.

Henrys Akzent lenkt mich so sehr ab, dass ich eine volle Minute brauche, um seine Beleidigung überhaupt zu registrieren.

Ich weiß, dass er von unserer letzten Chemieprüfung spricht. Er erreichte dabei wie üblich die volle Punktzahl, während ich einen Punkt einbüßte, nur weil ich eine besonders komplizierte Redox-Gleichung zu hastig bearbeitet hatte. Wenn die beiden Zusatzaufgaben am Ende nicht gewesen wären, die ich perfekt abliefern konnte, hätte ich mir meine Gesamtnote versaut.

Einen Moment lang kann ich mich nicht entscheiden, was ich mehr hasse: Redox-Gleichungen oder ihn.

Dann sehe ich das eingebildete Grinsen, das um seine Mundwinkel zuckt, und mir fällt mit frisch aufflammender Abneigung wieder ein, wie wir zum ersten Mal gemeinsam hier auf der Bühne standen. Ich hatte mein Bestes versucht, mich zivilisiert zu verhalten – ihm sogar ein *Kompliment* gemacht, weil er bei der

Geschichtsklausur besser abgeschnitten hatte als ich. Aber er setzte nur denselben selbstgefälligen Ausdruck auf, der mich auch jetzt so wütend macht, zuckte kurz mit den Schultern und sagte: *Die Klausur war easy.*

Ich beiße die Zähne noch fester zusammen.

Mit größter Anstrengung ermahne ich mich selbst, dass ich mir vorhin ein Ziel gesetzt habe: davon Abstand nehmen, Henry von der Bühne zu schubsen. Obwohl es sehr, *sehr* befriedigend wäre. Obwohl er seit knapp einem halben Jahrzehnt wie ein Fluch in meinem Leben ist, es total verdient hätte und mich immer noch mit diesem lächerlichen schiefen Grinsen anguckt ...

Nein. Halt dich zurück.

Wir müssen sowieso bleiben, wo wir sind, weil ein Fotograf nach vorne eilt, um ein Foto fürs Jahrbuch zu knipsen.

Dann trifft mich plötzlich die Erkenntnis, wie ein Eimer eiskaltes Wasser: Wenn das Jahrbuch erscheint, werde ich hier nicht mehr zur Schule gehen. Und nicht nur das: Ich werde auch meinen Abschluss nicht in dieser Aula machen, meinen Namen nicht in der Liste der Ivy-League-Zusagen lesen, nicht mit einer strahlenden Zukunft vor mir ein letztes Mal durch das Schultor spazieren.

Ich spüre, wie das Lächeln auf meinem Gesicht erstarrt und zu zerbrechen droht. Ich blinzle zu hastig. Aus dem Augenwinkel nehme ich den Schulslogan wahr – *Airington bedeutet zu Hause* –, in riesigen Buchstaben auf ein aufgehängtes Banner gedruckt. Aber die Airington ist nicht zu Hause, oder sie ist für jemanden wie mich nicht *nur* ein Zuhause. Die Airington ist eine Leiter. Die einzige Leiter, über die meine Eltern aus ihrer tristen Wohnung am Stadtrand von Peking aufsteigen und die mir zu einem siebenstelligen Jahresgehalt verhelfen könnte, die es mir jemals ermöglichen könnte, jemandem wie Henry Li auf einer großen, hochglanzpolierten Bühne wie dieser wirklich auf Augenhöhe zu begegnen.

Wie zur Hölle soll ich ohne sie ganz nach oben klettern?

Dies ist die Frage, die an meinen Nerven nagt wie eine ausgehungerte Ratte, als ich wie in Trance zu meinem Platz zurückkehre. Und sie ist der Grund, warum ich Mr Chens anerkennendes Nicken, Chanels Lächeln oder die geflüsterten Glückwünsche meiner Klassenkameradinnen und -kameraden kaum registriere.

Der Rest der Veranstaltung vergeht im Schneckentempo, und ich sitze so lange reglos da, mein Körper wie erstarrt, während mein Verstand in rasendem Tempo weiterrattert, dass mir irgendwann ganz kalt wird, trotz der erdrückenden Sommerhitze.

Ich zittere tatsächlich, als Mr Murphy uns für heute entlässt, und als ich mich dem Meer der zu den Türen hinausströmenden Schülerinnen und Schüler anschließe, kommt einem kleinen Teil meines Gehirns der Gedanke, dass es vielleicht nicht normal sein könnte, dass mir so kalt ist.

Bevor ich jedoch checken kann, ob ich vielleicht Fieber habe oder so, räuspert sich jemand hinter mir. Es klingt seltsam förmlich, so als würde sich die Person darauf vorbereiten, eine Rede zu halten.

Ich wirble herum. Es ist Henry.

Natürlich.

Für einen langen Moment starrt er mich nur an, den Kopf zur Seite geneigt, abschätzend. Es lässt sich unmöglich sagen, was er denkt. Dann macht er einen Schritt auf mich zu und murmelt mit diesem britischen Akzent, der mich so rasend macht: »Du siehst nicht besonders gut aus.«

Die Wut kocht in mir hoch.

Jetzt reicht's.

»Beleidigen wir jetzt schon mein Äußeres?«, frage ich. Meine Stimme klingt schrill, selbst für meine eigenen Ohren, und einige der an uns Vorbeidrängenden drehen sich um und werfen uns neugierige Blicke zu.

»Was?« Henrys Augen weiten sich ein wenig und ein winziger Anflug von Verwirrung stört die präzise Symmetrie seiner Züge. »Nein, ich meine nur …« Dann scheint er etwas auf meinem Gesicht zu erkennen – etwas Gemeines, Angespanntes –, denn seine eigene Miene verhärtet sich. Er steckt die Hände in die Hosentaschen und wendet den Blick ab. »Weißt du, was? Vergiss es.«

Mir wird ganz flau im Magen, als ich seinen plötzlich so emotionslosen Tonfall höre, und ich hasse ihn dafür, hasse mich selbst noch mehr für meine Reaktion. Es gibt mindestens zwanzigtausend wichtigere Dinge, über die ich mir Sorgen machen sollte, als darüber, was Henry Li von mir hält.

Dinge wie die Kälte, die sich weiter unter meiner Haut ausbreitet.

Ich wirble wieder herum und renne zur Tür hinaus, auf den mit Kunstrasen bedeckten Schulhof. Ich hatte erwartet, mich in der Sonne besser zu fühlen, aber mein Zittern wird nur noch heftiger und die Kälte kriecht bis in meine Zehen hinunter.

Definitiv nicht normal.

Dann, ohne Vorwarnung, kracht etwas gegen meinen Rücken.

Ich habe noch nicht mal Zeit, einen Schrei auszustoßen, und knalle mit voller Wucht auf die Knie. Ein Schmerz schießt durch mich hindurch und das steife künstliche Gras bohrt sich in meine wunden Handflächen.

Ich zucke zusammen und hebe gerade noch rechtzeitig den Blick, um zu erkennen, dass der Schuldige nicht *etwas* ist, sondern *jemand*. Jemand, der wie ein Stier gebaut und doppelt so groß ist wie ich.

Andrew She.

Ich warte darauf, dass er mir aufhilft – sich wenigstens bei mir entschuldigt –, aber er runzelt nur die Stirn, während er das Gleichgewicht wiederfindet, schaut einfach über mich hinweg und wendet sich zum Gehen.

Verwirrung und Empörung ringen in meinem Kopf miteinander. Wir sprechen hier schließlich von *Andrew She* – dem Jungen, der jeden seiner Sätze mit »Tut mir leid« oder »Glaub ich« oder »Vielleicht« polstert, der vor dem Rest der Klasse keinen Ton rauskriegt, ohne knallrot anzulaufen, der immer der Erste ist, der den Lehrern einen guten Morgen wünscht, und der von jedem in unserer Stufe gnadenlos für seine übertriebene Höflichkeit gehänselt wird.

Doch als ich mich zu den getönten Glastüren umdrehe, um mich selbst auf Verletzungen zu überprüfen, verschwinden sämtliche Gedanken an Andrew She und grundlegende Manieren aus meinem Kopf. Mein Herz hämmert in rasendem Tempo gegen meine Rippen – ein lauter, wilder Rhythmus aus das-kann-nicht-passieren-das-kann-nicht-passieren …

Denn in den Türen kann ich alles wie in einem Spiegel sehen: die die Basketballfelder flutenden Schülerinnen und Schüler, die rings um das Naturwissenschaftsgebäude gepflanzten smaragdgrünen Bambushaine, den in der Ferne in den Himmel hinaufflatternden Schwarm Sperlinge …

Alles, außer mich selbst.

Kapitel 2

Mein erster Gedanke ist weniger ein richtiger Gedanke als ein einzelnes Wort, das mit *Sch* beginnt.

Mein zweiter Gedanke ist: *Wie soll ich so meinen Chinesisch-Aufsatz abliefern?*

Langsam kapiere ich, was Mama damit gemeint hat, ich müsste ernsthaft über meine Prioritäten nachdenken.

Während ich auf die leere Stelle in der Glasscheibe starre – die Stelle, an der eigentlich ich zu sehen sein sollte –, rauscht ein Wirbelsturm aus Tausenden Fragen und Möglichkeiten durch meinen Kopf, wie ein Schwarm aufgescheuchter, wild mit den Flügeln flatternder Vögel, nichts als schiere Kraft ohne Richtung. *Das muss ein Traum sein,* rede ich mir selbst gut zu. Doch obwohl ich die Worte mehrfach wiederhole, glaube ich sie nicht. Meine Träume sind nie so lebendig. Ich kann noch immer die Gewürze und das Kokosnusscurry aus der Schul-Cafeteria riechen, spüre den kühlen, glatten Stoff meines Rocks auf meinem Oberschenkel und wie die Spitzen meines Pferdeschwanzes meinen schweißbedeckten Nacken kitzeln.

Ich stoße mich zitternd vom Boden ab. Meine Knie brennen höllisch, und ich bin mir der kleinen Blutstropfen, die aus meinen Handflächen quellen, vage bewusst, aber sie sind im Moment meine geringste Sorge. Ich versuche zu atmen, mich wieder zu beruhigen.

Es funktioniert nicht. Da ist dieses leise Brummen in meinen Ohren, und meine Atmung ist zu schnell, zu flach und abgehackt.

Doch durch diese Wolke der Panik steigt Gereiztheit in mir auf. Ich habe jetzt *wirklich* keine Zeit zu hyperventilieren.

Was ich brauche, sind Antworten.

Oder noch besser: Was ich brauche, ist eine weitere Liste. Ein eindeutiger Aktionsplan, zum Beispiel:

Erstens: herausfinden, warum zur Hölle ich mein eigenes Spiegelbild nicht sehen kann, als wäre ich eine Vampirin in einem Film aus den frühen 2000ern.

Zweitens: meinen Hausaufgabenplan für den Nachmittag den Ergebnissen entsprechend anpassen.

Drittens …

Während ich mir auf der Suche nach einem dritten Punkt das Hirn zermartere, kommt mir der Gedanke, dass ich vielleicht einfach halluziniere, mich womöglich im Frühstadium irgendeiner psychischen Erkrankung befinde – es würde zumindest auch die seltsame Kälteepisode von vorhin erklären – und vermutlich die Schulkrankenschwester aufsuchen sollte.

Doch auf dem Weg dorthin kriecht das Gefühl, dass hier irgendetwas total *falsch* läuft, tief in meine Knochen. Noch mehr Schülerinnen und Schüler rempeln mich an, während ihre Blicke über mein Gesicht gleiten, als wäre ich gar nicht da. Nachdem mir die fünfte Person auf den Fuß trampelt und nur mit einem verdutzten Blick Richtung Boden darauf reagiert, meldet sich ein ebenso bizarrer wie schrecklicher Gedanke.

Nur um ihn zu testen, renne ich zum nächstbesten Schüler in meinem Blickfeld und fuchtle mit einer Hand vor seiner Nase herum.

Nichts.

Noch nicht mal ein Blinzeln.

Mein Herz hämmert so heftig, dass ich Angst habe, es könnte aus meinem Brustkorb schießen.

Ich wedle noch mal mit der Hand, hoffe wider jede Vernunft, dass ich mich trotz allem irre, aber er starrt einfach nur geradeaus.

Was bedeutet, es hat sich entweder die ganze Schule gegen mich verschworen und sämtliche Oberflächen auf dem Gelände manipuliert, um den aufwendigsten Streich aller Zeiten abzuziehen, oder …

Oder ich bin unsichtbar.

Was sich direkt als einen Hauch unpraktischer erweist, als ich es mir vorgestellt hätte.

Ich husche zur Seite, damit der Typ mich nicht doch noch umrennt, und flüchte mich in den Schutz einer nahen Eiche. In meinem Kopf dreht sich alles. Es hat keinen Sinn, die Krankenschwester aufzusuchen, wenn sie mich noch nicht mal *sehen* kann. Aber vielleicht – ganz bestimmt – kann mir jemand anders helfen. Jemand, der mir glauben wird und dem eine Lösung einfällt – oder falls nicht, der mich wenigstens tröstet. Mir sagt, dass alles gut werden wird.

Ich gehe alle Leute durch, die ich kenne – und das Ergebnis ist die harte, schmerzhafte Wahrheit: Ich habe zwar zu allen hier ein freundschaftliches Verhältnis … bin aber mit niemandem wirklich befreundet.

Dies klingt exakt nach der Art von Erkenntnis, die mindestens eine Stunde gründlicher Selbstanalyse nach sich ziehen sollte. Und unter anderen Umständen würde sie das wahrscheinlich auch. Doch der Rausch aus Angst und Adrenalin, der in meinen

Adern pulsiert, lässt mich nicht zur Ruhe kommen, während ich bereits diverse weitere Möglichkeiten abwäge und mein Bestes versuche dahinterzukommen, wie mein nächster Schritt aussehen sollte.

Ich pflege also keine engen Beziehungen, auf die ich mich in einer persönlichen, möglicherweise übernatürlichen Krise verlassen kann. Na schön. Von mir aus. Ich kann diese Sache auch ganz objektiv angehen. Sie wie eine Zusatzaufgabe in einer Klausur behandeln, bei der es ausschließlich darauf ankommt, die richtige Antwort zu finden.

Gut. Objektiv betrachtet *gibt* es hier in der Schule eine Person, die sich als nützlich erweisen könnte. Eine Person, die zum Vergnügen irgendwelche obskuren akademischen Journale liest, ein Praktikum bei der NASA gemacht und noch nicht mal mit der Wimper gezuckt hat, als irgendein Würdenträger aus Nordkorea an der Airington auftauchte. Eine Person, die womöglich tatsächlich gelassen bleiben würde und kompetent genug wäre, dieser ganzen beschissenen Situation auf den Grund zu gehen.

Und falls er doch keine Ahnung hat, was mit mir passiert … Nun, dann wird mir dies wenigstens die Befriedigung des Wissens bescheren, dass es ein Rätsel gibt, das Henry Li nicht lösen kann.

Bevor mein Stolz meine Logik einholen und mir erklären kann, warum das hier eine ganz miese Idee ist, marschiere ich direkt auf das Gebäude zu, dem ich mich ansonsten noch nicht mal genähert, ganz davon zu schweigen, dass ich es absichtlich betreten hätte.

Wenige Minuten später starre ich zu den Worten hinauf, die in geschwungener Kalligrafie über der zinnoberroten Eingangstür prangen: *Mengzi-Haus*

Ich atme tief durch. Schaue mich um, um mich zu vergewissern, dass mich wirklich niemand sieht. Dann stoße ich die Tür auf und gehe hinein.

Die vier Wohnheime auf dem Schulgelände sind alle nach Philosophen aus dem alten China benannt: Konfuzius, Mengzi, Laozi und Mozi. Es *klingt* total nobel – bis man mal kurz darüber nachdenkt, wie viele hormongesteuerte Teenager wahrscheinlich schon im Konfuzius-Haus miteinander rumgemacht haben.

Mengzi ist mit Abstand das schickste Gebäude von allen. Die Korridore sind breit und makellos, so als würden sie stündlich von den *ayis* der Schule gereinigt, während die Wände in tiefem Meeresblau gehalten und mit eingerahmten Tintengemälden von Vögeln und ausschweifenden Landschaften dekoriert sind. Wenn die über sämtlichen Türen stehenden Namen nicht wären, könnte der Bau glatt als Fünfsternehotel durchgehen.

Ich brauche nicht lange, um Henrys Zimmer zu finden. Seine Eltern haben dieses Gebäude schließlich gespendet, weshalb die Schule auch zu dem Schluss kam, es sei nur fair, ihm das einzige Einzelzimmer am Ende des Flurs zuzuteilen.

Zu meiner Überraschung steht seine Tür halb offen. Ich dachte immer, er gehört zu diesen superprivaten Leuten, die nur das Nötigste von sich preisgeben. Vorsichtig mache ich noch einen Schritt vorwärts und bleibe in der Tür stehen, von dem plötzlichen, unerklärlichen Drang erfasst, mir das Haar glatt zu streichen.

Dann fällt mir jedoch wieder ein, warum ich hier bin, und hysterisches Lachen blubbert aus mir heraus.

Bevor ich doch noch den Mut verlieren oder die wahre Absurdität meines Vorhabens wirklich begreifen kann, schlüpfe ich ins Zimmer.

Und erstarre.

Ich bin mir nicht sicher, was genau ich zu sehen erwartet hatte. Vielleicht, wie Henry entspannt auf riesigen Geldhaufen lümmelt, eine seiner zahlreichen glänzenden Trophäen poliert oder seine geradezu lächerlich reine Haut mit einem aus gemahlenen Diamanten und dem Blut von Gastarbeitern hergestellten Peeling behandelt. So was in der Art eben.

Doch stattdessen sitzt er am Schreibtisch, seine dunklen Augenbrauen konzentriert zusammengekniffen, während er auf seinem Laptop tippt. Der oberste Knopf seines weißen Schuluniformhemds ist offen, seine Ärmel sind hochgekrempelt und enthüllen die schlanken Muskeln in seinen Armen. Weiches Nachmittagslicht strömt durch das offene Fenster neben ihm herein und taucht seine perfekten Züge in Gold. Und als wäre diese ganze Szene nicht schon filmreif genug, weht auch noch eine sanfte Brise herein, und er fährt sich mit den Fingern durchs Haar, als wäre das hier ein gottverdammtes K-Pop-Video.

Während ich ihn mit einer Mischung aus Faszination und Abscheu anglotze, greift Henry nach der Dose White-Rabbit-Milchbonbons neben seinem Laptop. Wickelt mit seinen schlanken Fingern ein Bonbon aus dem blau-weißen Papier aus und steckt es sich in den Mund. Seine Augen schließen sich für einen Moment mit einem Flattern.

Dann erinnert mich eine leise Stimme in meinem Hinterkopf daran, dass ich nicht den ganzen Weg hierhergekommen bin, um Henry Li dabei zuzusehen, wie er ein Kaubonbon isst.

Nicht sicher, wie ich sonst weiter vorgehen soll, räuspere ich mich und sage: »Henry.«

Er reagiert nicht. Schaut noch nicht mal auf.

Panik rauscht durch meine Adern, und ich fange an, mich zu fragen, ob andere Leute mich vielleicht auch nicht mehr *hören* können – als wäre unsichtbar zu sein nicht schon schwer genug. Doch dann bemerke ich, dass er AirPods drin hat. Ich schleiche mich näher, um einen Blick auf seine Spotify-Playlist zu werfen, beinahe sicher, dass sie nur aus weißem Rauschen oder klassischer Orchestermusik besteht, muss jedoch feststellen, dass stattdessen Taylor Swifts neuestes Album läuft.

Ich will gerade eine Bemerkung dazu machen, doch dann fällt mein Blick auf das an seinen Schreibtisch geklebte laminierte Foto – und die Tatsache, dass Henry Li heimlich zu Tay Tay abgeht, verblasst im Vergleich dazu völlig.

Es ist ein Foto von uns beiden.

Ich kann mich noch daran erinnern, dass es durch ein paar Werbeanzeigen für die Schule huschte. Es wurde bei der Preisverleihung vor drei Jahren aufgenommen, als ich noch diesen lächerlichen Seitenpony hatte, der mein halbes Gesicht verdeckte. Auf dem Foto macht Henry sein typisches Gesicht: dieser Ausdruck höflichen Interesses, der mich so rasend macht, so als hätte er was Besseres zu tun, als dort rumzustehen und noch mehr Applaus und renommierte Auszeichnungen einzuheimsen. Aber was mich noch rasender macht, ist die Tatsache, dass dem wahrscheinlich auch so ist. Ich starre neben ihm direkt in die Kamera, meine Schultern angespannt, die Arme steif an meinen Seiten. Mein Lächeln wirkt total gezwungen, und es ist echt ein Wunder, dass der Fotograf uns nicht erklärt hat, er müsse noch mal ein Bild knipsen.

Ich habe keine Ahnung, warum Henry es überhaupt hat, außer als eindeutigen Beweis dafür, dass ich absolut unfähig bin, auf Fotos besser auszusehen als er.

Plötzlich spannt Henry sich an. Zieht seine AirPods raus. Wirbelt auf seinem Stuhl herum und lässt den Blick durch den Raum schweifen. Ich brauche eine Sekunde, um zu kapieren, dass ich mich zu weit vorgelehnt und aus Versehen seine Schulter gestreift habe.

Na, ich schätze, das ist *eine* Möglichkeit, seine Aufmerksamkeit zu erregen.

»Okay«, beginne ich, und er erschrickt und reißt den Kopf herum, als er meine Stimme hört. »Okay, bitte flipp jetzt nicht aus oder so, aber ... hier ist Alice. Du, ähm, kannst mich im Moment bloß nicht sehen. Ich verspreche dir, ich erkläre es dir später, aber ich bin direkt neben dir.« Ich nehme den Stoff seines linken Ärmels zwischen Daumen und Zeigefinger und ziehe daran, ganz sanft, nur um es ihm zu beweisen. Er erstarrt komplett.

»Alice?«, fragt er, und ich hasse es, dass mein Name aus seinem Mund so viel nobler klingt. So elegant. »Soll das ein Witz sein oder so?«

Zur Antwort ziehe ich ein bisschen fester an seinem Ärmel und beobachte die Folge der Emotionen, die wie Schatten über sein Gesicht huschen: Schock, Unsicherheit, Angst, Skepsis, sogar ein Anflug von Genervtheit. Sein Kiefermuskel spannt sich an.

Doch schon im nächsten Moment sitzt – unglaublich, aber wahr – seine übliche Maske der Gelassenheit wieder an ihrem Platz.

»Wie ... eigenartig«, sagt er nach langem Schweigen.

Ich rolle mit den Augen angesichts dieser unfassbaren Untertreibung, bis mir wieder einfällt, dass er mich natürlich nicht sehen kann.

Großartig. Ich kann ihn noch nicht mal angemessen verhöhnen.

»Es ist mehr als eigenartig«, erwidere ich. »Ich sollte … Ich meine, das hier sollte *unmöglich* sein.«

Henry atmet tief durch. Schüttelt den Kopf. Sein Blick sucht mich erneut, bleibt jedoch an irgendeiner willkürlichen Stelle über meinem Schlüsselbein hängen. »Aber ich hab dich vor nicht mal einer halben Stunde noch gesehen …«

Hitze steigt bei der Erinnerung an unsere letzte Begegnung in mir auf. Ich zwinge sie nieder. »Tja, in einer halben Stunde kann sich eine Menge ändern.«

»Richtig«, bestätigt er, zieht das Wort in die Länge. Dann schüttelt er wieder den Kopf. »Okay, wie genau ist denn das«, er macht eine Geste in meine ungefähre Richtung, »passiert?«

Um ehrlich zu sein, dachte ich, er würde mir die ganze Sache viel schwerer machen – zumindest wissen wollen, warum ich *hierher* gekommen bin, ausgerechnet. Aber er klappt nur seinen Laptop zu und schiebt ihn ein Stück nach hinten, wodurch er – absichtlich oder aus Versehen – das Foto von uns verdeckt, während er darauf wartet, dass ich ihm antworte.

Also tue ich es.

Ich gehe noch einmal alles durch, von der kurzen Kälteepisode bis zu Andrew She, der mich umgerannt hat, wobei ich darauf achte, kein einziges Detail auszulassen, das als Hinweis darauf dienen könnte, was zur Hölle hier los ist. Nun, alles bis auf das Treffen mit meinen Eltern vor der Schulversammlung. Niemand in der Schule weiß über meine familiäre Situation Bescheid, und ich gedenke es auch dabei zu belassen.

Als ich fertig bin, lehnt Henry sich plötzlich vor, seine Hände im Schoß gefaltet, seine dunklen Augen nachdenklich. »Weißt du, was?«

»Was?«, frage ich und versuche, nicht zu hoffnungsvoll zu

klingen. Ich erwarte etwas Tiefschürfendes, Wissenschaftliches, einen Bezug zu einem seit Kurzem auftretenden gesellschaftlichen Phänomen, von dem ich bloß noch nichts gelesen haben. Aber was ihm stattdessen über die Lippen kommt, ist …

»Das erinnert mich alles total an *Der Herr der Ringe*.«

»*Was?*«

»Na ja, dass du unsichtbar bist …«

»Ja, nein, das hab ich schon verstanden«, stammle ich. »Aber wie … Warum … Okay. Warte mal kurz. Seit wann stehst du bitte auf High Fantasy?«

Er richtet sich auf seinem Stuhl auf. »In ein paar Jahren«, erklärt er mir, und es klingt sofort nach einer seiner sehr weitschweifigen Antworten auf eine ganz direkte Frage, »werde ich der Geschäftsführer des größten Technologie-Start-ups in ganz China sein …«

»Zweitgrößten«, korrigiere ich ihn automatisch. »Nicht lügen. Das stand erst vor einer Woche im *Wall Street Journal*.«

Er wirft mir einen seltsamen Blick zu, und mir kommt eine Sekunde zu spät der Gedanke, dass ich definitiv nicht so viel über das Unternehmen seines Vaters wissen sollte. »Im Augenblick, ja«, entgegnet er nach einer kurzen Pause. Dann wandert sein Mundwinkel nach oben, mit einem so selbstgefälligen Ausdruck, dass ich dem Drang widerstehen muss, ihm eine reinzuhauen. »Aber nicht mehr, wenn ich es erst mal übernommen habe. Wie dem auch sei«, fährt er dann fort, als hätte er nicht gerade die arroganteste Behauptung in der Geschichte der Menschheit aufgestellt, »angesichts der Rolle, die ich eines Tages übernehmen werde, ist es entscheidend, dass ich über eine Vielzahl von Themen bestens informiert bin, einschließlich kommerziell erfolgreicher Filme und Medienproduktionen. Dies erleichtert es außerdem, eine Verbindung zu den Kundinnen und Kunden aufzubauen.«

»Richtig«, murmle ich. »Vergiss einfach, dass ich gefragt hab.«

»Aber um auf deine neue Superkraft zurückzukommen …«

»Es ist keine *Superkraft*«, unterbreche ich ihn. »Es ist ein … ein Leiden, eine Erschwernis, ein überaus unpraktischer Umstand …«

»Alles ist eine Form von Macht«, erwidert er schlicht.

»Ja, na ja, die Bezeichnung Macht impliziert aber ein gewisses Maß an Kontrolle«, widerspreche ich ihm, obwohl ein kleiner Teil meines Gehirns – der Teil, der nicht von Panik und meinem seit vier Jahren schwelenden Groll gegen Henry vernebelt ist – seiner Aussage zustimmt. Theoretisch. »Und ich kann meine momentane Situation in keiner Weise kontrollieren.«

»Tatsächlich?« Er stützt die Wange auf seiner Hand ab. Neigt den Kopf zur Seite, als gerade eine weitere träge Brise hereinweht und sein Haar flattern lässt. »Hast du es schon versucht?«

»Natürlich hab ich es …«

»Hast du es *wirklich* versucht?«

Die Frage oder eher die Art, wie er sie stellt, hat etwas so Herablassendes an sich, dass auch mein allerletzter Geduldsfaden – der dank Henrys bloßer Anwesenheit ohnehin schon viel zu straff gespannt ist – endgültig reißt.

Ich packe die Lehne seines Stuhls und ziehe ihn mit einem kräftigen Ruck näher zu mir heran, während eine nur allzu vertraute Wut unter meiner Haut brodelt. Zu meiner immensen Befriedigung weiten sich seine Augen ein wenig. »Henry Li, wenn du damit andeuten willst, dass es hier nur um mangelnde Willenskraft geht, dann *schwöre ich bei Gott* …«

»Ich hab doch nur gefragt …«

»Als ob *du* mit dieser Scheiße besser klarkommen würdest …«

»Das hab ich doch gar nicht behauptet. Beruhige dich wieder …«

»Sag mir nicht, dass ich mich beruhigen soll … «

Es klopft zweimal laut an der halb offenen Tür und der Rest meines Satzes bleibt mir im Hals stecken. Henry wird neben mir noch stiller, sein Körper vollkommen reglos, so als wäre er aus Eis gehauen. Jemand schnaubt auf der anderen Seite der Tür und eine Sekunde später dringt eine männliche Stimme mit leichtem Akzent durch den Spalt ins Zimmer …

»Alter, ist ein Mädchen bei dir da drin oder so?«

Ich brauche einen Moment, um die Stimme als Jake Nguyens zu identifizieren: Supersportler, auf dem Weg nach Harvard und – wenn man den Gerüchten glauben darf – der Cousin eines berühmten männlichen Pornodarstellers. Mir fällt wieder ein, dass ich seinen Namen auf dem Weg hierher ein paar Türen weiter vorn gelesen habe.

»Hab ich nicht«, versichert Henry überzeugend, obwohl seine Antwort ein wenig verspätet kommt. »Ich telefoniere.«

»Mit deiner Freundin?«, hakt Jake nach, und ich kann das schiefe Grinsen auf seinem breiten Gesicht beinahe vor mir sehen.

»Nein.« Henry verstummt für einen Moment. »Es ist nur meine Großmutter.«

Ich reiße den Kopf herum und schicke einen vernichtenden Blick in seine Richtung. Dann wird mir jedoch klar, dass dies in meinem momentanen Zustand vergebliche Mühe ist, und zische stattdessen gerade laut genug, dass nur er es hören kann: »Ernsthaft? Deine *Großmutter*?«

Der Arsch besitzt noch nicht mal den Anstand, eine entschuldigende Miene aufzusetzen.

Und als wäre nicht schon alles schrecklich genug, sagt Jake: »Alter, das soll jetzt keine Beleidigung sein oder so, aber warum klingt deine Großmutter wie Alice Sun? Total schrill und aggressiv und so?«

»Findest du?«, fragt Henry zurück, sein Tonfall völlig neutral. »Ist mir noch nie aufgefallen.«

Jake lacht sein übliches Hyänenlachen, klopft erneut an die Tür und fügt hinzu: »Okay, Kumpel. Dann lass ich dich mal weiterquatschen … Oh, und falls du *doch* mal ein Mädchen oder auch zwei bei dir im Zimmer hast …«

»Ich versichere dir, die Wahrscheinlichkeit ist recht gering«, unterbricht Henry ihn.

Doch Jake lässt sich nicht beirren. »Zöger nicht, mich einzuladen, okay?«

Henry runzelt die Stirn und wirkt, als würde er mit sich ringen, ob er darauf antworten soll oder nicht. Dann, mit einem Seufzen, erwidert er: »Was ist mit deiner Freundin?«

»Was?« Jake klingt aufrichtig verwirrt.

»Du weißt schon: Rainie Lam?«

»Oh, *die*.« Ein weiteres lautes Lachen. »Alter, wo lebst du denn? Wir haben schon vor Ewigkeiten Schluss gemacht – ist schon fast einen *Monat* her. Ich bin wieder total zu haben.«

»Okay«, murmelt Henry. »Gut zu wissen.«

Bitte, geh einfach, flehe ich Jake stumm an. Aber das Universum scheint heute definitiv nicht in kooperativer Stimmung zu sein, denn Jake hakt nach:

»Moment mal. Du fragst das doch nicht, weil *du* an Rainie interessiert bist, oder? Ich meine, ich hätte absolut kein Problem damit. Verdammt, ich würde euch zwei sogar miteinander verkuppeln …«

»Nein«, unterbricht Henry ihn erneut mit überraschender Vehemenz. Sein Blick huscht zu einer Stelle in der Nähe meines Kinns, so als wollte er mich anschauen. So als wäre ich plötzlich ein wichtiger Teil dieser Unterhaltung. »Ich habe nicht das geringste Interesse an ihr.«

»Okay, okay«, erwidert Jake hastig. »Ich mein ja nur. Aber falls sich daran jemals was ändert …«

»Wird es nicht.«

»Aber falls *doch*, dann können wir, na ja, einen Deal abschließen, wenn du verstehst, was ich meine?«

Henry gibt ein kehliges, unverbindliches Geräusch von sich, das Jake, endlich, als Stichwort aufzufassen scheint, sich wieder zu verziehen. Ich höre, wie das schwere Donnern seiner Schritte im Flur verhallt – es beweist in sehr peinlicher Weise, wie laut ich eben selbst geredet haben muss, wenn ich sie nicht habe kommen hören –, und zähle im Kopf bis zehn, um mich wieder zu beruhigen.

Oder zumindest versuche ich es. Ich bin noch nicht mal bei sieben angekommen, als Henry sich zu mir umdreht.

»Ähm«, sagt er, auf sehr Henry-untypische Weise. Seine Augen wandern nach oben, um in meine zu schauen, und als die Sonne genau im richtigen Winkel darauffällt, kann ich beinahe die Wölbung jeder einzelnen Wimper erkennen. Es ist lächerlich. »I…ich kann dich wieder sehen.«

Ich kann dich wieder sehen.

Ich glaube nicht, dass ich in meinem ganzen Leben schon mal so schöne Worte gehört habe.

Doch meine Erleichterung ist nur von kurzer Dauer, weil mir bewusst wird, dass ich viel zu dicht neben ihm stehe. Ich taumle rückwärts und stoße mir beinahe das Bein an der Ecke seines Betts an.

Er macht Anstalten, mir zu helfen, scheint es sich dann jedoch anders zu überlegen. »Ist … alles okay?«

Ich richte mich auf. Verschränke die Arme über der Brust und versuche, das Gefühl abzuschütteln, gerade aus einem desorientierenden Traum erwacht zu sein. »Ja. Bestens.«

Unbehagliche Stille folgt. Nun, da sich das akute Problem meiner Unsichtbarkeit in Luft aufgelöst hat, weiß keiner von uns, was er als Nächstes tun soll.

Nach ein paar weiteren Sekunden fährt Henry sich mit einer Hand durchs Haar und sagt: »Na, das war interessant.«

Ich fixiere das blasse Band des Himmels, das sich vor seinem Fenster erstreckt – alles, bloß nicht ihn – und nicke verlegen. »Mm-hmm.«

»Ich bin mir sicher, es war ein einmaliges Ereignis«, fügt er hinzu, nun mit dieser Stimme, die er auch benutzt, wenn er im Unterricht eine Frage beantwortet, sein Akzent stärker und jedes Wort klar ausgesprochen, um cleverer zu klingen, überzeugender. Ich bezweifle, dass ihm überhaupt bewusst ist, dass er das tut. »Eine Kuriosität. Das Äquivalent eines Monstersturms, nur möglich unter ganz spezifischen Voraussetzungen. Bestimmt«, ergänzt er, mit all der Zuversicht eines Menschen, dem man nur selten widerspricht, der einen Platz in dieser Welt hat und das auch weiß, »läuft ab sofort alles wieder völlig normal.«

Zum vielleicht ersten Mal in meinem Leben irrt sich Henry Li – und ich kann mich noch nicht mal daran weiden.

Denn trotz all meiner Gebete läuft alles definitiv nicht wieder völlig normal.

Ich sitze im Chinesischkurs, als es wieder passiert, nur zwei Tage nach der Preisverleihung. Wei Laoshi, im vorderen Teil des Zimmers, trinkt aus seiner riesigen Thermosflasche mit heißem Tee, während alle um mich herum über den Aufsatz stöhnen, den wir im Unterricht schreiben müssen: fünfhundert Wörter über ein Tier unserer Wahl.

Nach allem, was ich gehört habe, muss der Erstsprachenkurs für Fortgeschrittene – hauptsächlich Schülerinnen und Schüler vom Festland, die staatliche Schulen besucht haben – das chinesische Pendant von Shakespeare auseinandernehmen und Kurzgeschichten zu irgendwelchen seltsam spezifischen Themen verfassen, zum Beispiel »Ein erinnerungswürdiges Paar Schuhe«. Mein Kurs besteht hingehen aus verwestlichten Schülerinnen und Schülern aus Malaysia und Singapur, in den USA geborenen Chinesen und Leuten wie mir, die Mandarin ziemlich gut sprechen und verstehen, aber kaum Redewendungen kennen, außer *renshan renhai*: Leute-Berg Leute-Meer.

Deshalb kriegen wir stattdessen Aufsätze über Tiere. Manchmal auch über Jahreszeiten, falls unser Lehrer einen besonders sentimentalen Tag hat.

Ich starre auf mein kariertes Heft hinunter, dann an die Klassenzimmerwände hinauf, in der Hoffnung, dass sie mir irgendeine Inspiration liefern. Dort stehen die Zweizeiler, die wir für das Chinesische Neujahr geschrieben haben, die wackligen Schriftzeichen für *Frieden* und *Glück* auf purpurroten Bannern, die kunstvollen Scherenschnitte, über die runden Fenster gehängte Fächer und eine Reihe von Polaroids von unserem »China Erleben«-Ausflug letztes Jahr, mit eindeutig zu vielen Schnappschüssen von Rainie und nicht mal annähernd genug von den Terrakotta-Kriegern – oder von irgendwelchen Tieren.

Frust steigt in mir auf. Es ist nicht so, dass die Aufgabe an sich zu schwierig wäre. Ich würde darauf wetten, dass sich die meisten für den Panda oder eins der zwölf Tierkreiszeichen entscheiden. Was jedoch bedeutet, dass ich was anderes machen muss.

Was Besseres.

Ich massiere mir die Schläfen und versuche, das Geräusch von Wei Laoshis Teeschlürfen und Henrys wütendem Kritzeln drei Plätze weiter zu ignorieren. Letzteres war zu erwarten: Henry ist bei sämtlichen Aufgaben immer derjenige, der als Erster anfängt und fertig ist. Aber es löst trotzdem das Bedürfnis in mir aus, ein Loch in mein Pult zu hauen.

Nachdem ich mir fünf weitere qualvolle Minuten lang das Hirn nach einer bestnotenwürdigen Idee zermartert habe, bringe ich schließlich die Rohfassung einer ersten Zeile zu Papier: *Der Sperling und der Adler können beide jagen, fliegen und singen, doch während sich der eine frei in die Lüfte schwingt, ist der andere …*

Dann halte ich inne. Starre auf meine schiefe chinesische Handschrift hinunter. Lese die Zeile immer wieder, bis ich zu dem Schluss komme, dass es sich dabei um die vermutlich mieseste Kombination von Wörtern handelt, die seit Anbeginn der Zeit jemals jemandem eingefallen ist.

Ein leises Zischen entweicht durch meine zusammengebissenen Zähne.

Gott, wenn das hier Englisch wäre, wäre ich bereits halb mit der zweiten Seite fertig und die richtigen Worte würden nur so aus mir heraussprudeln. Wahrscheinlich wäre ich sogar schon *fertig*.

Ich will gerade alles durchstreichen und mit einem neuen Aufsatzentwurf beginnen, als diese schreckliche, nicht abzuschüttelnde Kälte, die ich neulich in der Aula zum ersten Mal gespürt habe, erneut unter meine Haut kriecht.

Mein Stift erstarrt über der Seite.

Nicht noch mal, flehe ich stumm. *Bitte nicht noch mal.*

Doch die Kälte wird stärker, schärfer, strömt in jede einzelne Pore meines Körpers, als wären meine Klamotten mit Eiswasser getränkt, während mein Verstand trotz allem erkennt, dass ich entweder hohes Fieber habe oder gleich unsichtbar werde, in einem Klassenzimmer mit zweiundzwanzig Leuten.

Ich springe so abrupt auf, dass Wei Laoshi hochschreckt und beinahe seinen Tee verschüttet. Zweiundzwanzig Augenpaare schnellen zu mir herum, während die Kälte weiter durch meinen Körper kriecht, sich ausbreitet wie ein grauenvoller Ausschlag, und jede Sekunde …

»Ich … ähm … ich muss auf die Toilette«, platze ich heraus und renne aus dem Raum, bevor Wei Laoshi irgendetwas erwidern kann. Scham und Verlegenheit steigen in mir auf, während ich den Korridor hinuntereile, meine alten Lederschuhe über den glänzenden Fußboden donnernd. Wahrscheinlich glauben jetzt alle in meinem Chinesischkurs, ich würde an chronischem Durchfall leiden oder so.

Aber lieber das als die Wahrheit. Was immer auch verflucht noch mal die Wahrheit ist.

Als ich die nächstgelegene Toilette im zweiten Stock erreiche, bin ich bereits unsichtbar. Um meine Füße ist kein Schatten zu sehen, und das Bild in den bodentiefen Spiegeln verändert sich auch nicht, als ich mich davorstelle, sondern zeigt nur die blassrosa Tür, die scheinbar von ganz allein weit aufschwingt. Wäre sonst noch jemand hier, würde diejenige wahrscheinlich glauben, die Toilette würde von Geistern heimgesucht.

Ich schließe mich mit zitternden Fingern in der letzten Kabine ein und zucke zusammen, als mir der beißende Geruch von Desinfektionsmittel in die Nase steigt. Dann lasse ich mich auf dem geschlossenen Klodeckel nieder. Versuche nachzudenken.

Aber alles, was mir in den Kopf kommt, ist:

Einmal ist keinmal. Zweimal ist ein Zufall. Dreimal ist ein Muster.

Also.

Es ist bereits zweimal passiert. Es könnte immer noch gar nichts zu bedeuten haben.

Oder vielleicht ist es ja sogar ein gängigeres Leiden, als mir bewusst ist, und die Leute, die davon befallen sind, neigen nur dazu, es für sich zu behalten – wie das Reizdarmsyndrom oder Herpes.

Mit diesem inspirierenden Gedanken ziehe ich mein Handy aus der Innentasche meines Blazers. Es ist ein altes Xiaomi – im Prinzip ein Smartphone für alte Leute –, aber es funktioniert und war billig, deshalb werde ich mich sicher nicht beschweren.

Es dauert ein paar Minuten, bis der Homescreen auf dem gesprungenen Bildschirm erscheint, und ein paar weitere Minuten, bis mein VPN steht und ich zu Google wechseln kann.

Aber schließlich kann ich in die Suchleiste tippen: *Warst du schon mal unsichtbar?*

Ich halte den Atem an und warte.

Die Ergebnisse tauchen fast sofort auf und Enttäuschung senkt sich tief in meinen Magen. Es sind nur die üblichen Selbsthilfe-Tipps und Anekdoten von irgendwelchen Leuten, die sich unsichtbar *fühlen*, sowie ein paar Memes zum selben Thema, aber ich bin nicht in der Stimmung, sie durchzuscrollen.

Dann sticht mir jedoch ein verwandtes Suchergebnis ins Auge.

Was würdest du tun, wenn du einen Tag lang unsichtbar wärst?

Es wurde bereits über zwei Millionen Mal angeklickt und hat mehrere Tausend Antworten. Nachdem ich mehr als nur eine Handvoll echt grusliger Kommentare überfliegen durfte, bin ich von der Vielfalt der restlichen Antworten ebenso überrascht wie von der Ernsthaftigkeit – und Verzweiflung –, die bei vielen von ihnen durchklingt. Es ist alles dabei, von Spionage und Raubüberfällen über das Löschen aus Versehen an Vorgesetzte verschickter E-Mails bis hin zum Zurückholen von Liebesbriefen an die Ex. Kurz: alle möglichen Sachen, die den Leuten normalerweise viel zu peinlich wären.

Und während ich weiterlese, kommen mir Henrys Worte wieder in den Sinn: *Alles ist eine Form von Macht.*

Natürlich ist es schwer, sich mächtig zu fühlen, wenn man auf einer Toilette sitzt und sich versteckt. Aber vielleicht, nur vielleicht …

Noch bevor ich den Gedanken zu Ende bringen kann, sehe ich einen am Ende des Threads begrabenen Kommentar, der schon mehrere Jahre alt ist. Der oder die anonyme Nutzerin schreibt: *Descartes hatte unrecht, als er sagte: »Um gut zu leben, musst du ungesehen leben.« Glaubt mir, tatsächlich unsichtbar zu sein, macht nicht mal annähernd so viel Spaß, wie ihr alle glaubt.*

Ich starre ohne zu blinzeln auf meinen gesprungenen Bildschirm hinunter, bis vor meinen Augen alles verschwimmt. Bis der Satz anfängt, durch meinen Kopf zu tanzen. *Glaubt mir … unsichtbar zu sein …*

Ich lehne mich mit hämmerndem Herzen gegen den Spülkasten zurück.

Es sollte ein Witz sein. Nichts weiter. Alle anderen in dem Forum scheinen es jedenfalls so zu sehen: Der Kommentar hat nur sechs Likes gekriegt und vier Dislikes. Außerdem war das

Erste, was wir in Geschichte gelernt haben, wie man vertrauenswürdige von nicht vertrauenswürdigen Quellen unterscheidet, und ein anonymer Kommentar eines inzwischen deaktivierten Accounts auf einer Website, die vor allem für Shitposts bekannt ist, ist praktisch die *Definition* von nicht vertrauenswürdig.

Aber falls er oder sie, rein hypothetisch gesprochen, jedes Wort genauso gemeint hat …

Was würde das dann für mich bedeuten?

Die Toilettentür schwingt mit einem Knall auf und durchbricht meine Gedanken. Scharfes, wiederholtes Keuchen ist zu hören, wie … gedämpftes Schluchzen. Ich erstarre. Schritte folgen. Ein Wasserhahn geht an. Dann mischt sich eine Stimme unter das stete Rauschen des Wassers, leise und tränenerstickt:

»… könnte *ihn umbringen*, verdammt noch mal. Es ist nur … Es ist so schrecklich. Es ist so verdammt schrecklich, und wenn sie erst mal raus sind …«

Mir klappt die Kinnlade herunter.

Anfangs erkenne ich die Stimme fast nicht. Rainie klingt sonst immer, als würde sie auf Instagram von irgendeinem neuen gesponserten Haarpflegeprodukt schwärmen – und angesichts ihrer rund fünfhunderttausend Follower tut sie das wahrscheinlich auch ziemlich häufig. Trotzdem hat sie immer noch diese unverkennbare raue Note – diese besondere Eigenheit, die auch ihre Mutter berühmt gemacht hat –, deshalb bin ich mir, als sie weiterspricht, auch sicher, dass sie es ist.

»Nein – nein – hör mir zu, ich weiß, dass du nur versuchst, mich zu trösten, und ich liebe dich, aber du … du verstehst das nicht.« Sie holt lange und zitternd Luft. Der Wasserhahn quietscht und das Wasser rauscht noch lauter. »Das ist eine Riesensache, verdammte Scheiße, okay? Wenn es irgendjemand bei

Weibo oder so leakt, dann endet das Ganze in einer Hexenjagd. Es spielt keine Rolle, ob es rein theoretisch illegal ist, sie werden mir trotzdem alle die Schuld daran geben, das weißt du genau, das tun sie schließlich immer … O Gott, ich bin so eine verfluchte Idiotin. Ich hab wirklich keine Ahnung, was ich mir dabei gedacht hab, und jetzt … jetzt ist alles vorbei …« Ihre Stimme bricht bei dem letzten Wort und sie fängt wieder an zu weinen. Ihr Schluchzen wird immer lauter und höher, bis es kaum noch menschlich klingt, eher wie das Jaulen eines verwundeten Tieres.

Schuldgefühle bohren sich in meinen Magen. Das Letzte, was ich will, ist, hier zu sitzen und eine offensichtlich ziemlich ernste und sehr private Krise zu belauschen, aber ich komme hier unmöglich raus. Nicht ohne Rainie einen Herzinfarkt zu bescheren.

Ich versuche immer noch herauszufinden, was ich als Nächstes tun soll, als mir bewusst wird, dass es auf der Toilette plötzlich vollkommen still ist, abgesehen von dem ins Waschbecken fließenden Wasser.

»Ist … ist da jemand?«, ruft Rainie.

Mein Herz setzt einen Schlag lang aus. Wie kann sie das wissen?

Dann schaue ich nach unten und sehe meinen Schatten, der sich um meine Füße ausbreitet, schwarz und deutlich zu erkennen auf dem hellrosa Boden. Mein Körper muss sich eben wieder materialisiert haben, ohne dass ich es bemerkt habe.

Ich beiße die Zähne zusammen. Diese ganze Unsichtbarkeitsgeschichte scheint ungefähr so vorhersehbar zu sein wie die Luftverschmutzung in Peking – in der einen Sekunde da, in der nächsten nicht mehr.

»Äh, hallo?«, versucht Rainie es erneut, und mir wird klar, dass ich mich nicht länger verstecken kann.

Ich mache mich auf alles gefasst, entriegle die Kabinentür und trete hinaus. Als sie mich sieht, verändert sich Rainies Ausdruck in verstörendem Tempo, die Falte zwischen ihren langen, perfekt definierten Augenbrauen glättet sich wieder, und die Winkel ihrer vollen Lippen wandern mit einem leichten Lächeln nach oben. Wenn ihre Augen nicht so verquollen und die blassroten Flecken auf ihren Wangen nicht wären, hätte ich womöglich geglaubt, ich hätte mir ihren Zusammenbruch eben nur eingebildet.

»Oh, hi, Süße!«

Rainie und ich haben uns noch nicht ein einziges Mal richtig unterhalten, seit sie in der Siebten hier an die Schule kam – es sei denn, wir zählen mit, wie ich ihr damals bei ihren Geschichts-Hausaufgaben geholfen habe –, aber so, wie sie mich jetzt begrüßt, könnte man meinen, wir wären die besten Freundinnen.

Während ich noch versuche, mir eine passende Reaktion einfallen zu lassen, steckt sie ihr Handy in die Rocktasche und reckt den Hals in Richtung der Kabine, aus der ich gerade erschienen bin. Sie runzelt ein wenig die Stirn. »Warst du … schon lange da drin? Ich hab dich beim Reinkommen gar nicht gesehen.«

»Ja, nein«, stammle ich. »Ich meine … ja. Äh … relativ lange.«

Sie betrachtet mich einen Moment lang. Dann packt sie mich am Handgelenk, ihre Augen voller Mitgefühl geweitet. »Süße, hast du Krämpfe oder so?« Bevor ich widersprechen kann, fährt sie fort: »Weil ich das *beste* Wärmeduftkissen dagegen habe – ich meine, ich weiß, dass sie mich sponsern, aber ich würde niemals irgendwas empfehlen, das ich nicht selbst ausprobiert hab, das glaubst du mir doch, oder?«

»Sicher. Ich, äh, glaub dir.«

Sie lächelt mich mit solcher Wärme an, dass ich es beinahe erwidere. »Okay, also, wenn du magst, kannst du einfach auf den Link in meiner Bio klicken – du folgst mir doch auf Instagram, oder?«

»Sicher«, wiederhole ich. Ich füge nicht hinzu, dass sie mir ihrerseits allerdings nicht folgt. Das ist jetzt nicht der richtige Zeitpunkt, kleinlich zu sein.

»Cool, cool, cool«, sagt sie und nickt bei jedem Wort mit dem Kopf. »Du kriegst sogar einen kleinen Rabatt, wenn du meinen Promo-Code benutzt, INTHERAINIE. Ist derselbe wie mein Handle …«

»Tut mir leid«, unterbreche ich sie, weil ich einfach nicht anders kann und das irrationale Bedürfnis habe, mich um Leute zu kümmern, die *ich* ganz offensichtlich nicht kümmere. »Es ist nur … vorhin … Ich hab zufällig gehört … Bist du … Ist alles okay?«

Rainie erstarrt für einen Moment, ihre Miene unlesbar. Dann legt sie ihren hübschen Kopf in den Nacken und lacht, lange und laut und atemlos. »O mein Gott, *das*. Süße, ich hab nur meinen Text für eine Rolle geprobt, für die ich vorspreche. Mein Agent will, dass ich mich, na ja, ein bisschen breiter aufstelle und es mal mit Schauspielerei versuche – heutzutage machen das alle Idols, weißt du? Eigentlich sollte das ein Geheimnis sein, aber …« Sie lehnt sich zu mir und senkt ihre Stimme auf ein verführerisches Flüstern herab. »Ich hab gehört, Xiao Zhan spielt die männliche Hauptrolle.« Sie weicht einen Schritt zurück, ihr Grinsen noch breiter. »Ich meine, wie großartig wär das denn bitte?«

»Oh«, ist alles, was mir dazu einfällt, während Verwirrung und Verlegenheit in mir wirbeln. Könnte sie tatsächlich die Wahrheit sagen? Aber ihr Schluchzen vorhin klang so echt – und was sie am Telefon gesagt hat …

Vielleicht kann Rainie mir die Unsicherheit am Gesicht ablesen, denn sie drückt meinen Arm und sagt, von einem weiteren Lachen begleitet: »Vertrau mir, mein Leben ist nicht so dramatisch. Aber es ist total süß, dass du dir Sorgen machst. Ich meine, wenn ich jetzt so darüber nachdenke, ist es echt komisch, dass wir nicht viel öfter zusammen abhängen, weißt du? Ich wette, wir hätten jede Menge Spaß.«

Und plötzlich verstehe ich, warum alle in der Schule Rainie Lam so sehr lieben. Es liegt nicht nur daran, dass sie wunderschön ist. In meiner Stufe sind praktisch alle Mädchen auf die eine oder andere Weise hübsch, und Mama sagt sowieso immer, es gibt keine hässlichen Frauen, nur faule, auch wenn nach allem, was ich so mitkriege, eher stimmt: Es gibt keine hässlichen Frauen, nur abgebrannte. Es liegt an dem Gefühl, das Rainie einem vermittelt, wenn man mit ihr zusammen ist, so als wäre man wirklich von Bedeutung. So als hätte man eine ganz besondere Verbindung zu ihr, selbst wenn man noch nie mehr als ein paar Sätze mit ihr gewechselt hat. Es ist eine seltene Gabe, die man sich nicht durch schiere Entschlossenheit und harte Arbeit aneignen kann.

Eifersucht schlingt ihre kalten Krallen um meine Kehle und drückt zu, fest. Ich ertappe mich dabei, wie ich mir – nicht zum ersten Mal – wünsche, ich wäre mir der Dinge, an denen es mir mangelt, nicht immer so bewusst.

»Ähm, Alice?« Rainie schaut mich an. »Ist mit dir alles okay?«

Wenn Rainie eine überzeugende Schauspielerin ist, dann bin ich eine ganz miese. Man sieht mir wahrscheinlich am Gesicht an, was ich gerade denke.

»Natürlich«, antworte ich und zwinge mich zu einem Lächeln. Die Anstrengung ist beinahe schmerzhaft. »Aber, also ja, das klingt alles wirklich gut. Solange bei dir – das ist großartig.« Ich drehe mich zur Tür um, mehr als bereit, diese seltsame Unterhaltung und den beißenden Geruch von Desinfektionsmittel hinter mir zu lassen. »Aber ich sollte jetzt wahrscheinlich wieder zurück zum Unterricht. Viel Glück bei deinem Vorsprechen und allem.«

»Danke, Süße.« Rainie schenkt mir ein weiteres perfektes Insta-Model-Strahlen und fügt dann, beinahe beiläufig, hinzu: »Oh, und erzähl bitte niemandem von dem Vorsprechen, ja? Nur für den Fall, dass ich die Rolle nicht kriege – ich will schließlich nicht, dass alle wegen nichts und wieder nichts total aus dem Häuschen sind, wenn du verstehst, was ich meine?«

Ihre Stimme klingt leicht und luftig, aber es schwingt eine eigenartige Anspannung in ihren Worten mit, das leiseste Zittern am Ende ihres Satzes, wie bei einer Nachrichtensprecherin, die versucht, die Fassung zu wahren, während direkt hinter ihr ein Vulkan ausbricht.

Oder vielleicht bilde ich es mir auch nur ein.

So oder so, ich tue, als würde ich meine Lippen mit einem Reißverschluss verschließen, während ich mich frage, was Rainie wohl sagen würde, wenn sie wüsste, was für Geheimnisse ich sonst noch so tief in meinem Inneren verstecke.

Der Rest der Schulwoche verstreicht in einem verschwommenen Nebel aus Übelkeit und ängstlicher Nervosität.

Am Donnerstag spüre ich erneut die verräterische Kälte und bin gezwungen, aus dem Geschichtskurs zu flüchten, bevor ich auch nur ein einziges Wort von Mr Murphys Vorlesung zum Taiping-Aufstand mitgeschrieben habe. Schon auf halber Strecke durch den Korridor muss ich mitansehen, wie mein Schatten verschwindet. Am Freitag in der Mittagspause passiert es noch mal und erstickt meine letzte Hoffnung im Keim, das Ganze könnte doch nur irgendein vorübergehendes Phänomen gewesen sein.

Als ich mich daher zum dritten Mal seit Schulbeginn in einer Toilettenkabine verstecke, meine erstickte, ungleichmäßige Atmung über die Spülung in der Nebenkabine hinweg deutlich hörbar, bin ich gezwungen, der Wahrheit ins Auge zu blicken:

Die Sache ist ein Problem.

Natürlich ist es aus offensichtlichen Gründen generell ein Problem, in irgendeinem x-beliebigen Moment unsichtbar zu werden. Aber es ist sogar ein noch größeres Problem, weil ich deswegen ständig Unterricht verpasse. Allein bei dem Gedanken an all die rot markierten Fehlzeiten in meiner bislang so makellosen Anwesenheitsbilanz verknotet sich mein Magen, wie diese frittierten geflochtenen Mahua-Snackstangen, die sie in der Schul-Cafeteria verkaufen. Wenn das noch lange so weitergeht, werden die Lehrkräfte garantiert anfangen, mir Fragen zu stellen, vielleicht sogar eine Mail an den Rektor schicken und – o Gott, was, wenn sie es meinen Eltern erzählen?

Sie werden wahrscheinlich denken, ich wäre vor lauter Sorge, weil ich die Airington verlassen muss, schon ganz krank. Und dann werden *sie* vor Sorge ganz krank werden und noch mal mit mir reden wollen, über Maine und staatliche Schulen in China und unzureichende Stipendien und meine Zukunft …

Während eine neue Woge der Panik über mich hinwegschwappt, vibriert mein Handy in meiner Tasche.

Es ist eine WeChat-Nachricht von meiner Tante.

Ich klicke auf die App und erwarte einen weiteren Artikel darüber, wie man zu große innere Hitze mit Kräutern behandeln kann, aber stattdessen umfasst die Nachricht nur eine Zeile, geschrieben in vereinfachtem Chinesisch:

Ist alles okay?

Ich betrachte stirnrunzelnd den Bildschirm, mein Pulsschlag beschleunigt sich. Es ist nicht das erste Mal, dass meine Tante mir aus dem Nichts eine perfekt getimte Nachricht schickt: Erst letzten Monat hat sie mir viel Glück für eine Klausur gewünscht, von der ich ihr gar nichts erzählt hatte. Ich habe es immer diesem unerklärlichen siebten Sinn zugeschrieben, den nur Erwachsene zu entwickeln scheinen, zum Beispiel, wenn Lehrkräfte es immer wieder schaffen, dieselbe Deadline für eine Hausaufgabe festzulegen, ohne sich vorher abzusprechen.

Aber diesmal fühlt es sich irgendwie anders an.

Wie ein Zeichen.

Während ein äußerst unwillkommener eiskalter Schauer an meiner Wirbelsäule hinunterkriecht, tippe ich mit unsicheren Fingern langsam eine Antwort in Pinyin.

Warum sollte es das nicht sein?

Sie antwortet schon nach wenigen Sekunden:

Keine Ahnung. Hatte nur so ein ungutes Gefühl – und heute Morgen ist ein Faden an meinem Taschentuch abgerissen, das ist in diesen Palastdramen nie ein gutes Omen. Du würdest es mir doch sagen, wenn irgendwas in der Schule nicht stimmen würde, oder?

Mein Herz hämmert noch schneller, der bassartige Rhythmus dröhnt in meinem Schädel. Der rationale Teil von mir will ihre Nachrichten einfach abtun, ihr versichern, dass alles in bester Ordnung ist, und sie damit aufziehen, dass sie ihre chinesischen Seifenopern viel zu ernst nimmt.

Aber stattdessen tippe ich:

Kann ich dich dieses Wochenende besuchen kommen?

Kapitel 3

Bei meiner Tante werde ich an der Tür von Buddha begrüßt.

Nicht Buddha persönlich – obwohl es definitiv nicht das Seltsamste wäre, was mir diese Woche passiert ist –, sondern von einem riesigen Poster von ihm, goldumrahmt, das sich an den Ecken ein wenig ablöst. Ringsherum kleben kleine vergilbte Sticker, die meine Tante, offensichtlich erfolglos, abzukratzen versucht hat. Einige werben für Reinigungsdienste und möglicherweise eine Porno-Website, auf anderen steht nichts weiter als ein Nachname mit einer Telefonnummer darunter. Neben dem friedvoll lächelnden Gesicht des Buddhas wirken sie komisch fehl am Platz.

Ich schüttle den Kopf. Eigentlich liegt es in der Verantwortung des örtlichen *wuye*, unerwünschte Werbung zu entsorgen, aber in einem kleinen heruntergekommenen Wohnkomplex wie diesem werden die meisten Mieter sich selbst überlassen.

»Yan Yan!«

Xiaoyis Stimme dringt zu mir nach draußen und begrüßt mich, bevor ich sie sehen kann. Gegen meinen Willen spüre ich, wie bei dem vertrauten Spitznamen aus meiner Kindheit meine Mundwinkel nach oben wandern. Durch die vielen Umzüge fällt es mir ziemlich schwer, mich überhaupt irgendwo zu Hause zu fühlen, aber Xiaoyi und ihre kleine Wohnung haben irgendetwas an sich, das mir Wurzeln gibt, mich in einfachere Zeiten zurückholt, in denen sich alles sicher und warm anfühlte.

Die Tür schwingt auf und der intensive Geruch von Kohl-Dumplings und feuchten Tüchern schwebt in meine Nase. Dann taucht Xiaoyi vor mir auf, in eine Plastikschürze mit Blumenmuster gehüllt, weiße Mehlklumpen in ihrem dauergewellten Haar und auf ihren hohlen Wangen. Es ist frappierend, wie ähnlich sie Mama sieht, trotz der neun Jahre Altersunterschied.

Sie umschließt meine Hände mit ihren schwieligen, und die kühlen Holzperlen ihres Armbands streichen über meine Haut, bevor sie mir mit – angesichts ihrer zarten Figur – verblüffender Kraft in die Wangen kneift und sie tätschelt.

Nachdem sie sich gründlich vergewissert hat, dass ich nicht zu viel ab- oder zugenommen habe, macht sie einen Schritt zurück, lächelt und fragt: »Hast du was gegessen, Yan Yan?«

»M...hm«, antworte ich, obwohl ich weiß, sie wird mich trotzdem dazu zwingen, mich zu ihr zu setzen und mit ihr zu essen, weil sie wahrscheinlich den halben Tag damit zugebracht hat, mein Lieblingsgericht aus frischen Zutaten vom Morgenmarkt für mich zu zaubern. Xiaoyi hat selbst keine Kinder, aber sie hat mich immer verwöhnt, als wäre ich ihre eigene Tochter.

Wie geahnt, schiebt sie mich ohne Umschweife in das enge Esszimmer und hält nur kurz inne, als sie sieht, dass ich mich nach unten beuge, um die Schnürsenkel meiner Schulschuhe zu öffnen.

»*Aiya*, du musst dir nicht die Schuhe ausziehen!«

»Oh, schon okay«, erwidere ich, als käme es nicht jedes Mal, wenn ich sie besuche, zu exakt diesem Wortwechsel. »Ich will deinen Fußboden nicht dreckig machen ...«

Sie spricht über mich hinweg und flattert mit den Armen in der Luft herum, als wären es Flügel. »Nein, nein, fühl dich ganz wie zu Hause. Ehrlich …«

»Wirklich, Xiaoyi«, entgegne ich, lauter. »Ich bestehe darauf …«

»Nein! Zu viele Umstände für dich!«

»Es macht mir keine Umstände …«

»Hör mir doch mal zu …«

»Nein …«

Zehn Minuten später schlüpfe ich in ein Paar ausgeblеichter Mickey-Maus-Pantoffeln, während meine Tante in die Küche eilt. Sie brüllt irgendetwas von wegen Tee, aber ihre Stimme wird vom Dröhnen der Dunstabzugshaube und dem lauten Knacken und Brutzeln der in Öl bratenden Gewürze übertönt.

Während ich auf sie warte, lasse ich mich auf einem hölzernen Hocker vor dem Fenster nieder – die einzige Oberfläche, die nicht mit alten Einmachgläsern und Schachteln, von denen Xiaoyi sich weigert, sie wegzuwerfen, vollgestellt ist.

Vielleicht ist einer der Gründe, warum ich Xiaoyis Wohnung als so gemütlich empfinde, dass sie in der Zeit erstarrt zu sein scheint. Der Kühlschrank ist immer noch mit Fotos von mir als Baby tapeziert, mein Kopf ungleichmäßig geschoren – Mama schwört, es sei das Geheimnis für glänzendes, glattes schwarzes Haar – und in eine dieser Kinderhosen mit offenem Schritt gekleidet, die viel zu weit ist und mir keinerlei Privatsphäre lässt. Es sind auch Fotos von mir als Kind dabei, aus den letzten Tagen, bevor wir nach Amerika gezogen sind: Auf einem mache ich auf einer halbmondförmigen Brücke im Beihai-Park das Siegeszeichen, mit im Hintergrund wogenden Weiden, der smaragdgrüne Fluss unter mir dahinströmend. Auf einem anderen kaue ich fröhlich auf dem letzten Stück eines Bingtanghulu bei der Parade zum Chinesischen Neujahr herum, die mit Zucker überzogenen Weißdornfrüchte wie Edelsteine glänzend.

Doch selbst die unsentimentalen Gegenstände in diesem Raum haben sich in all den Jahren nicht einen Zentimeter bewegt, von der mit Nadeln und Faden gefüllten Butterkeksdose und den beiden seltsamen walnussförmigen Kugeln, die angeblich die Blutzirkulation verbessern, bis hin zu der Schale mit Origami-Papiersternen und den Fläschchen mit grünem medizinischem Öl, die auf dem Fensterbrett stehen.

Ich werde vom würzigen Aroma von Kräutern und Sojasoße abgelenkt, das aus der Küche hereinschwebt. Wenige Sekunden später taucht Xiaoyi auf, zwei Teller mit dampfenden Dumplings und eine Flasche schwarzen Essig in den Händen balancierend.

»Yan Yan, schnell! Iss, bevor es kalt wird – die Dumplings kleben sonst!«, ruft sie und verschwindet wieder in der Küche, bevor ich meine Hilfe anbieten kann.

Kurz darauf biegt sich der kleine Klapptisch unter dem Gewicht eines üppigen Mahls durch, mit dem man sämtliche Bewohner des Hauses füttern könnte. Außer den Dumplings hat Xiaoyi auch fluffig-weiße dampfgegarte Brötchen mit roten Datteln, mit klein geschnittenen Frühlingszwiebeln bestreute Schweinerippchen süßsauer und einen dicken Reisbrei zubereitet, der mit in dünne Streifen geschnittenen Tausendjährigen Eiern garniert ist.

Mir läuft das Wasser im Mund zusammen. Das Essen in der Airington-Cafeteria ist ziemlich beeindruckend, mit täglich wechselnden Gerichten wie Xiaolongbao und gebratenen Teigstangen direkt aus der Pfanne, aber es ist trotzdem nicht mit dem hier zu vergleichen.

Ich schnappe mir eins der Brötchen und beiße hinein. Die warmen Datteln zergehen mir auf der Zunge wie Honig, und ich lehne mich zurück, während ein glückliches Seufzen meinen Lippen entweicht.

»*Wa*, Xiaoyi!«, sage ich und reiße mit den Fingern ein weiteres Stück aus dem Brötchen. »Du könntest dein eigenes Restaurant eröffnen!«

Sie strahlt. Es ist das höchste Lob für jede Köchin – es sei denn, natürlich, man isst in einem Restaurant. In dem Fall ist das höchste Lob, das Essen mit Hausmannskost zu vergleichen.

»Also, Yan Yan«, sagt sie und nimmt sich von den Dumplings, »was führt unsere viel beschäftigte, gelehrige Schülerin zu ihrer alten Tante, hmm?«

Ich schlucke den Rest meines Brötchens hinunter und mache den Mund auf, zögere dann jedoch. Mein Unsichtbarkeitsproblem ist der einzige Grund, warum ich hierhergekommen bin, aber es scheint mir irgendwie keine Unterhaltung zu sein, die man über einem Teller Kohl-Dumplings führt.

»Oh, es ist nichts, nur …« Ich gerate ins Stocken, suche nach einem anderen Thema. »Wusstest du, dass meine Eltern darüber nachdenken, mich nach Amerika zu schicken?«

Ich hatte Überraschung bei Xiaoyi erwartet, aber sie nickt nur und faltet die Hände über dem Tisch. »Ja, deine Mama hat es mir vor einer Weile erzählt.«

Mir krampft sich der Magen zusammen. Wie lange haben meine Eltern die ganze Sache schon geplant, ohne es mir zu sagen? Sich gegen das Schlimmste gewappnet, während ich mich darauf vorbereitet habe, an die Airington zurückzukehren? Ich war den ganzen Sommer mit ihnen zusammen, habe bei jedem Frühstück und Abendessen mit ihnen gelacht und gequatscht.

Wenn sie mit solcher Leichtigkeit etwas so Großes vor mir verstecken konnten, was dann noch? Welche anderen Sorgen, Lasten und Nöte haben sie noch für sich behalten?

»Warum siehst du denn nicht glücklich aus?«, will Xiaoyi wissen, streckt eine Hand aus und streicht mir übers Haar. »Ich dachte, du wolltest wieder nach Amerika zurückgehen, oder etwa nicht?«

Zurückgehen.

Das Wort kratzt in meiner Kehle wie Stacheldraht. *Zurückgehen*, so als hätten mich meine Lehrerinnen und Lehrer, meine Mitschülerinnen und Mitschüler in meiner Schule in Kalifornien nicht immer genau dasselbe gefragt: ob und wann ich wieder nach China *zurückgehen* würde. Als gäbe es in Amerika immer noch ein Zuhause für mich, in das ich zurückkehren könnte, als *wäre* Amerika mein Zuhause und Peking nichts weiter als ein vorübergehender Zwischenstopp für eine Außenseiterin wie mich.

Aber die Wahrheit ist, ich kann mich an viel weniger aus Amerika erinnern, als meinen Verwandten klar ist.

Meine Erinnerungen daran sind eher kurze Flashbacks, wie aus einer Szene in einem Traum: die auf meinem bloßen Nacken brennende Sonne, ein zu blauer Himmel, der sich über mir erstreckt, von Wolken geküsst und endlos, während sich auf beiden Seiten einer ruhigen Vorstadtstraße sanft die Palmen wiegen und in der Ferne blasse Hügel aufragen.

Aber es gibt auch noch andere Erinnerungen: die hohen Regale in den grellen Supermarktgängen bei Costco, das zerknitterte Einpackpapier von In-N-Out-Burger auf dem Rücksitz unseres Mietwagens, das den kleinen Innenraum mit dem Geruch von Salz und Fett erfüllt, und Babas Stimme, mit seiner ungleichmäßigen Betonung und den stotternden Pausen, als er mir eine Gutenachtgeschichte auf Englisch vorliest und ich langsam einschlafe …

Doch unter allem simmerte stets diese … diese Spannung. Diese Spannung, die mit jedem seltsamen Blick, jeder kaum verhüllten Beleidigung und jedem rassistischen Witz auf meine Kosten weiterwuchs, so subtil, dass ich gar nicht bemerkte, wie sie sich mit jedem Tag weiter in mir aufbaute, genauso, wie die Lehrkräfte hier Rainie Lams mit den Jahren allmählich wechselnde Haarfarbe nicht bemerkten. Erst als ich den internationalen Flughafen von Peking betrat und plötzlich von Menschen umgeben war, die so aussahen wie ich, plötzlich gleichzeitig gesehen wurde und in der Masse unterging, spürte ich die volle Last dieser Spannung, genau in dem Moment, als sie sich von meinen Schultern hob. Die Erleichterung war schwindelerregend. Ich fühlte mich frei, einfach wieder ein Kind sein und die Rolle der Übersetzerin, Beschützerin und Aufpasserin ablegen zu können. Ich hatte nicht mehr das Gefühl, ständig in der Nähe meiner Eltern sein zu müssen, nur für den Fall, dass sie irgendetwas brauchten, um sie von den schlimmsten der vielen beiläufigen Grausamkeiten in Amerika abzuschirmen.

»… dass du bleiben kannst, aber na ja, ich hatte damals nicht genug, um es deiner Mama zu leihen«, sagt Xiaoyi und schiebt die Dumplings mit ihren Essstäbchen hin und her, damit sie nicht ankleben.

Das Klappern der Teller reißt mich aus meinen Gedanken, und es dauert einen Moment, bis mein Gehirn den zweiten Teil von Xiaoyis Satz registriert. Mir krampft sich das Herz zusammen. »Moment mal. Mama … hat dich um Geld gebeten? Warum?«

Xiaoyi antwortet nicht sofort, aber tief in meinem Inneren kenne ich die Antwort bereits: für meine Ausbildung. Meine Schulgebühren. Meine Zukunft.

Mich.

Aber Mama ist sogar noch stolzer, noch starrköpfiger als ich. Sie hat mal eine Vierundzwanzig-Stunden-Schicht im Krankenhaus mit verstauchtem Knöchel durchgearbeitet, nur weil sie nicht um eine Pause bitten wollte. Der Gedanke, dass sie ihre eigene kleine Schwester mit gesenktem Kopf um Geld bittet, tut mir in der Brust weh. Mama und Baba würden wirklich alles tun, nur um mir das Leben leichter, besser zu machen, ganz gleich, was es kostet.

Vielleicht ist es an der Zeit, dass ich dasselbe für sie tue.

»Xiaoyi«, beginne ich, und der dringliche Unterton in meiner Stimme erregt sofort ihre Aufmerksamkeit.

»Was ist los?«

»Es gibt schon einen Grund, warum ich hierhergekommen bin … Etwas, das ich dir sagen muss.« Ich schiebe meine Schüssel weg. Hole tief Luft, um mich zu beruhigen. »Ich werde manchmal …« Ich verstumme, als mir klar wird, dass ich das chinesische Wort für unsichtbar vergessen habe. *Yin shen? Yin xing? Yin* … irgendwas?

Xiaoyi wartet geduldig. Sie ist bei Gesprächen mit mir inzwischen an diese abrupten Pausen gewöhnt und versucht sogar manchmal, die Lücken zu schließen, wenn ich ein Wort nicht kenne. Aber diesmal kann sie unmöglich erraten, was ich als Nächstes sagen will.

»Andere Leute können mich manchmal nicht sehen«, sage ich stattdessen und begnüge mich mit der nächstbesten Übersetzung, in der Hoffnung, sie versteht es trotzdem.

Sie kneift ihre tätowierten Augenbrauen zusammen. »Was?«

»Ich meine … niemand kann … mein Körper wird …« Frustration kocht in mir hoch, während die Worte auf meiner Zunge wild durcheinanderpurzeln. Es besteht kein Zusammenhang zwischen flüssigem Sprechen und Intelligenz, das weiß ich, aber es ist trotzdem schwer, sich nicht wie eine Idiotin vorzukommen, wenn man noch nicht mal einen vollständigen Satz in seiner Muttersprache hinbekommt. »Niemand kann mich sehen.«

Verständnis zeichnet sich auf Xiaoyis Gesicht ab. »*Ah*. Du meinst, du wirst manchmal unsichtbar?«

Ich nicke nur kurz, denn mir schnürt sich so fest die Kehle zu, dass ich nicht mehr sprechen kann. Plötzlich habe ich Angst, es war die falsche Entscheidung, es ihr zu erzählen. Was, wenn sie glaubt, ich würde an Halluzinationen leiden? Was, wenn sie Mama anruft oder das örtliche Krankenhaus oder irgendwen aus einer ihrer unzähligen WeChat-Shoppinggruppen?

Aber alles, was sie erwidert ist: »Interessant.«

»Interessant?«, wiederhole ich. »Das … das war's? Xiaoyi, ich hab dir grade erzählt …«

Sie wedelt mit einer Hand in der Luft herum. »Ja, ja, ich weiß. Mit meinem Gehör ist alles in Ordnung.« Dann verfällt sie gefühlt äonenlang in Schweigen, ihre großen erdbraunen Augen nachdenklich, während sich ihre Lippen lautlos bewegen.

Ich kann nur hilflos auf meinem Stuhl hin und her rutschen, während ich auf ihr Urteil warte. Es fühlt sich an, als hätte sich das Brötchen in meinem Magen in Stein verwandelt, und im Nachhinein wird mir bewusst, dass ich ihr das alles wahrscheinlich hätte erzählen sollen, *bevor* wir mit dem Essen angefangen haben.

Schließlich hebt Xiaoyi den Blick und zeigt auf irgendetwas hinter mir. »Yan Yan, holst du mir bitte die Buddhastatue da drüben?«

»Was?« Ich drehe mich um und entdecke die kleine Bronzefigur ganz oben auf einem alten Bücherregal. Alte, abgenutzte Ausgaben von Klassikern wie *Die Reise nach Westen* und *Der Traum der Roten Kammer* sind neben ihr aufeinandergestapelt.

»Oh. Ja, klar.« In meiner Hektik, die Statue für sie zu holen, stolpere ich fast über meinen Stuhl, und meine Finger zittern richtig, als sie sich um die kühle Oberfläche schließen. Ich war noch nie superreligiös – als ich fünf war, eröffnete Mama mir, dass alle Menschen nichts weiter als ein Haufen Zellen sind, die nur auf die Verwesung warten –, aber wenn ich meine sichtbare Form ohne jede Vorwarnung komplett verlieren kann, wer sagt dann, dass mir ein Mini-Bronzebuddha nicht all die Antworten liefern kann, die ich brauche?

Ich reiche ihn Xiaoyi mit beiden Händen, wie ein heiliges Artefakt, mein Herz wild in meiner Brust hämmernd, während ich aufmerksam zusehe, wie sie den Fuß des Buddhas abschraubt, hineingreift und etwas herauszieht, das aussieht wie …

Ein Zahnstocher.

»Ähm«, murmle ich unsicher. »Ist der für …«

Xiaoyi bedeckt mit einer Hand ihren Mund und schiebt sich das dünne Holzstäbchen mit einem lauten Sauggeräusch zwischen die Zähne. Sie prustet, als sie den Ausdruck auf meinem Gesicht sieht. »Was, dachtest du, der wäre für dich?«

»Nein«, lüge ich, aber die in meine Wangen steigende Hitze verrät die Wahrheit. »Aber ich meine, ich hatte irgendwie gehofft, du könntest …«

»Dir einen Rat geben? Erklären, was mit dir los ist?«, beendet Xiaoyi den Satz für mich.

»Ja.« Ich lasse mich wieder auf meinen Stuhl plumpsen und blicke sie flehentlich über den Tisch hinweg an. »Das. Oder *irgendwas*, ehrlich gesagt.«

Sie denkt für einen Moment darüber nach. »Hmm … Dann musst du mir erzählen, wie das alles angefangen hat.«

»Wenn ich wüsste, wie es angefangen hat, Xiaoyi, dann hätte ich dieses Problem jetzt nicht«, erwidere ich.

»Aber wie hast du dich in jenem Moment gefühlt?«, bohrt sie nach. »Was hast du gedacht?«

Ich runzle die Stirn. Die erste Erinnerung, die zurückkehrt, ist Henrys selbstgefälliges, widerlich hübsches Gesicht, als er sich auf der Bühne zu mir gesellt. Ich schüttle sie schnell wieder ab. Mein Hass auf diesen Jungen mag vielleicht so mächtig und einnehmend sein, dass er mich nachts wach hält, aber er ist nicht *so* gewaltig, dass er irgendeine verrückte übernatürliche Reaktion auslösen könnte.

Und davon abgesehen, habe ich erst etwas Seltsames bemerkt, nachdem wir beide unsere Preise bekommen und sie Fotos von uns gemacht hatten und nachdem mir aufgegangen war …

»Dass ich fortgehen würde«, murmle ich. Meine Hände erstarren auf dem Tisch. »Und ohne die Airington wäre ich …«

Wäre ich nichts.

Ich kann mich nicht dazu überwinden, den Satz zu Ende zu bringen, aber Xiaoyi nickt weise, so als könnte sie meine Gedanken lesen.

»Eine meiner Lieblingsschriftstellerinnen hat mal gesagt: Manchmal bietet einem das Universum Dinge an, von denen wir glauben, wir wollten sie, die sich am Ende aber als Fluch erweisen«, sagt sie, was mir wahrscheinlich viel tiefsinniger erscheinen würde, wenn nicht immer noch dieser Zahnstocher in ihrem

Mund stecken würde. Oder ich nicht wüsste, dass ihre Lieblingsschriftstellerin eine Web-Autorin ist, die ausschließlich Fantasy-Romane über heiße Dämonenjäger schreibt. »Aber manchmal gewährt uns das Universum auch Dinge, von denen wir gar nicht wissen, dass wir sie brauchen, und sie erweisen sich als wahres Geschenk.« Sie spuckt den Zahnstocher in ihre hohle Hand aus. »Und ein anderer Schriftsteller hat mal gesagt, das Selbst und die Gesellschaft gleichen dem Meer und dem Himmel – eine Veränderung im einen spiegelt auch eine Veränderung im anderen wider.«

Während ich ihr so zuhöre, bekomme ich das Gefühl, das ich auch oft habe, wenn ich bei Mr Chen im Englischunterricht Shakespeare analysiere: dass die Worte etwas bedeuten *sollten*, ich aber keine Ahnung habe, was. Doch im Gegensatz zu Englisch kann ich mich bei der Antwort hier nicht einfach mit hübscher Prosa durchschummeln.

»Dann … willst du mir also sagen, das Ganze wäre ein Fluch? Oder ein Geschenk?«

»Ich glaube«, erwidert Xiaoyi und schraubt den Buddhafuß wieder dran, »das kommt drauf an, was du daraus machst, bis es irgendwann wieder verschwindet.«

»Und wenn es nie wieder verschwindet?« Erst nachdem ich die Worte laut ausgesprochen habe, wird mir bewusst, dass dies meine größte Angst ist: der dauerhafte Kontrollverlust, der Rest meines Lebens fragmentiert, ruiniert, für immer der Gnade dieser unvorhersehbaren Unsichtbarkeitsepisoden ausgeliefert. »Wenn ich für immer … in meinem momentanen Zustand feststecke? Was dann?«

Xiaoyi schüttelt den Kopf. »Alles ist vorübergehend, Yan Yan. Und ein Grund mehr, das, was du hast, wirklich zu nutzen, solange es noch da ist.«

Kapitel 4

»Ich habe einen Plan.«

Henry reißt den Kopf hoch, als er meine Stimme hört, und versucht erfolglos, mich im spärlichen Licht seines Wohnheimzimmers zu entdecken. Leichte Verwirrung gräbt sich zwischen seine Augenbrauen, als er die Hantel in seiner Hand auf dem Schreibtisch ablegt und den Blick auf der Suche nach mir weiter durch den Raum schweifen lässt. Während er das tut, ziehen die Wolken vor seinem Fenster vorbei, und ein Strahl reinen silbernen Mondlichts strömt um ihn herein. Schweiß tropft von seinen Mitternachtslocken, malt dunkle Flecken auf den Ausschnitt seines eng anliegenden Tanktops.

Ich spüre ein heißes Stechen der Gereiztheit. Wer zur Hölle zieht morgens um vier ein Fitnessprogramm durch? Und wer sieht dabei auch noch so gut aus?

»Alice?«, ruft er, seine Stimme leise, ein wenig ungleichmäßig nach der körperlichen Anstrengung. »Bist du …«

»Es ist wieder passiert«, sage ich zur Erklärung, während ich um sein Bett herum auf ihn zugehe. Ich tätschle seinen Arm, um ihn wissen zu lassen, wo ich bin. Seine Haut fühlt sich warm an, die Muskeln darunter spannen sich bei meiner Berührung an.

»Gott«, murmelt er. »Konntest du nicht wenigstens anklopfen, bevor du …«

»Die Tür war offen«, schneide ich ihm das Wort ab. »Außerdem ist das hier wichtig.« Ich hole das kleine Notizheft aus meiner Blazertasche, schlage es auf der richtigen Seite auf – und zögere. Nur für einen Moment, nur lange genug, um das Gewicht des Hefts in meinen Händen zu spüren, um die Bedeutung dessen, was ich ihm gleich anvertrauen werde, wirklich zu erfassen. Das darin liegende Risiko. Aber dann erinnere ich mich wieder an die gezackte Narbe in Mamas Handfläche; die mehreren Hunderttausend Yuan, die ich brauche, aber nicht habe; meinen drohenden Abgang von der Airington, der wie ein Damoklesschwert über meiner Zukunft schwebt. Und ich erstarre. Presse die aufgeschlagenen Seiten in meine Hände.

Sobald es meine Finger verlässt, muss das Notizheft für Henry sichtbar werden, denn seine Augen weiten sich. Dann liest er konzentriert, was ich mit meiner winzigen Handschrift hineingeschrieben habe, all die besonders hervorgehobenen Zahlen, die farblich codierten Tabellen und detaillierten Listen, an denen ich das ganze Wochenende gearbeitet habe, und seine Augenbrauen wandern nach oben.

»Das sieht aus wie ein Geschäftsvorschlag«, sagt er schließlich.

»Ist es auch.«

»Für …«

»Meine Unsichtbarkeitsdienste. Ich hab nachgedacht, weißt du?«, sage ich und versuche, meine Stimme so selbstbewusst wie möglich klingen zu lassen. Ich stelle mir vor, ich wäre eine Geschäftsfrau, wie die aus dem Fernsehen, mit frisch gebügeltem Bleistiftrock, schwingendem Pferdeschwanz und klappernden Stiletto-Absätzen, die dem Unternehmensvorstand ihren Pitch präsentiert. »Es scheint mir die reinste Verschwendung zu sein, kein Kapital aus dieser ansonsten ziemlich beschissenen Situation zu schlagen, würdest du mir darin nicht zustimmen?«

Er verschränkt die Arme über der Brust. »Ich dachte, du hättest gesagt, du könntest es nicht kontrollieren.«

»Kann ich auch nicht«, bestätige ich und zwinge einen leisen Anflug von Verärgerung hinunter, als ich mich wieder an unser letztes Gespräch erinnere. »Aber ich habe festgehalten, wann ich unsichtbar werde, und es zeichnet sich eine Art Muster dabei ab: Direkt vorher spüre ich immer dieselbe eigenartige Kälte – beinahe so, als würde mein Körper über ein eingebautes Warnsystem verfügen. Dadurch bleiben mir etwa zwei bis drei Minuten, um mich möglichst schnell an einen menschenleeren Ort zu flüchten. Es ist natürlich nicht ideal, aber es genügt mir, um damit arbeiten zu können – *falls* wir diese Geschäftsidee umsetzen.«

Er studiert meinen Aufschrieb erneut, seine Miene unlesbar. »Und diese Geschäftsidee besteht darin, dass du … Aufträge von Leuten hier aus der Schule erfüllst, solange du unsichtbar bist?« Er lässt es klingen wie eine Frage, so als wäre er sich nicht ganz sicher, ob ich mir nicht doch einen Witz erlaube.

»Aber nicht irgendwelche *x-beliebigen* Aufträge«, stelle ich klar. »Ich werde sicher nicht irgendeinem Psycho dabei helfen, die Unterwäsche seiner Angebeteten in die Finger zu kriegen oder die Schule in Brand zu stecken oder was auch immer. Aber stell dir doch nur mal vor, wie viel Geld die Leute zu zahlen bereit wären, nur um … ich weiß auch nicht, zu erfahren, ob ihre Ex sich noch immer alte Fotos von ihnen ansieht oder ihre beste Freundin hinter ihrem Rücken über sie lästert. Wir würden innerhalb kürzester Zeit einen satten Profit einstreichen.«

»Und was habe ich mit der ganzen Sache zu tun?«

»Ich brauche eine App«, antworte ich und gehe vor ihm auf und ab. Sein Blick folgt dem leisen Schlurfen meiner Schritte. »Eine Möglichkeit, wie die Leute mir Anfragen schicken können, ohne erwischt zu werden. Oder vielleicht auch eine Website oder so was in der Art. Das überlasse ich dir – du bist der Technikexperte. Aber sobald unsere Kommunikationskanäle stehen, übernehme ich die komplette Drecksarbeit.«

Ich betrachte aufmerksam sein Gesicht, während ich spreche, auf der Suche nach dem verräterischen Hinweis darauf, dass er das Interesse verloren hat. Wenn man ganz genau hinschaut, erwischt man sie immer: die Sekunde, in der sein Blick völlig distanziert wirkt, kalt, obwohl er weiter lächelt und nickt und all die richtigen Dinge sagt, in seiner typisch höflichen, aber gelangweilten Art. Jahrelange gründliche Studien haben mir gezeigt, dass Henry Lis ungeteilte Aufmerksamkeit halten zu wollen, in etwa so ist, als würde man versuchen, Wasser mit den Händen festzuhalten.

Was auch der Grund dafür ist, dass ich so überrascht bin, als ich das Leuchten in seinen Augen sehe. Die Intensität seines konzentriert auf mich gerichteten Blicks, obwohl er mich nicht sehen kann, sondern nur die Worte hört, die aus meinem Mund kommen.

Als ich fertig bin, nickt er knapp und sagt langsam: »Klingt nach 'nem Plan …«

»Aber was?«, frage ich, weil mir sein Tonfall nicht entgeht.

»Na ja, was ist mit den ethischen Auswirkungen?«

»Was soll damit sein?«, fordere ich ihn heraus.

»Dann bist du also der Ansicht, es gäbe keine?«, erwidert er, die Augenbrauen hochgezogen, seine Stimme so vor Sarkasmus triefend, dass sich eigentlich eine Pfütze um seine Füße bilden müsste. »Du glaubst, alles an deinem Plan wäre absolut moralisch? Alles? Selbst wenn Jesus persönlich hier wäre, wäre er rundum damit einverstanden …«

Ich rolle mit den Augen. »Zieh Jesus da nicht mit rein. Du bist ja noch nicht mal religiös.«

»Aber Kapital aus der Verletzlichkeit anderer Leute zu schlagen, aus ihren dunkelsten Geheimnissen – noch dazu von den Leuten aus unserer Klasse, neben denen du jeden Tag sitzen und mit denen du reden musst …«

Gegen meinen Willen, trotz der sorgfältig durchdachten Pro-und-Kontra-Liste, die ich wegen exakt dieser Bedenken bereits aufgestellt habe, spüre ich das Stechen meines schlechten Gewissens.

Aber im Augenblick sind meine Bedürfnisse größer als meine Ängste. Dieser Plan ist eine perfekte Win-win-Situation, sofern ich den Nerv habe, ihn tatsächlich durchzuziehen. Mit dem Gewinn, den ich dabei einstreiche, könnte ich hier in der Airington bleiben und mein IB machen, anstatt das Gao Kao ablegen oder ans andere Ende der Welt ziehen zu müssen. Ich könnte die 250 000 RMB für meine Schulgebühren bezahlen, vielleicht sogar meine Studiengebühren fürs College, und das restliche Geld meinen Eltern geben, und Xiaoyi. Ich könnte Baba und Mama total schick zum Essen einladen, in ein richtiges Pekingenten-Restaurant, in dem sie das Fleisch direkt vor unseren Augen tranchieren, Mama teure Handcremes und Bodylotionen kaufen, damit ihre von all dem Schrubben und den Desinfektionsmitteln im Krankenhaus beschädigten Hände wieder heilen, ihr und Baba ein Auto kaufen, damit sie sich in der Rushhour nie wieder in die U-Bahn quetschen müssen …

Ich spiele ganz flüchtig mit dem Gedanken, ihm das alles zu sagen, mich zu rechtfertigen, aber dann fällt mir wieder ein, mit wem ich hier rede. 250 000 RMB sind für Henry Li nur eine Zahl, nicht der Unterschied zwischen zwei Leben. Er würde es niemals verstehen.

»*Du* solltest am allerwenigsten Vorträge zum Thema Ethik halten«, blaffe ich ihn an. »SYS hat genug Geld, um die globale Erwärmung aufzuhalten, aber alles, was ihr stattdessen tut, ist, neue Algorithmen zu entwickeln, die euren Sponsoren nutzen und zum immer größer werdenden Wohlstandsgefälle beitragen …«

»Unsere Apps leisten ihren Beitrag zum Wohl der Gesellschaft«, unterbricht er mich gelassen, wie vorbereitet, während er sich ganz abrupt gerader aufrichtet. Eine Sekunde lang frage ich mich ernsthaft, ob ich plötzlich in einen Firmenwerbeclip geraten bin. »Und *zu deiner Information*, dreiundvierzig Prozent unserer täglichen aktiven Nutzerinnen und Nutzer stammen aus Städten der dritten und vierten Stufe, und über dreißig Prozent …«

»… rechnen sich selbst zu Familien mit geringerem Einkommen. Ja, ich weiß«, unterbreche ich ihn ungeduldig – dann wird mir mein Fehler bewusst.

Gott, ich muss wirklich aufhören zu reden.

Henry verstummt. Starrt in meine Richtung, lange und bohrend. Wenn seine Augenbrauen noch höher wandern, verschwinden sie wahrscheinlich komplett. »Entschuldige, aber … arbeitest du heimlich für die Firma meines Vaters oder so?«

Ich gebe ein unverfängliches kehliges Geräusch von mir, obwohl es eher klingt, als würde ich ersticken, bevor ich hastig versuche, wieder zum Punkt zu kommen. »Na schön, wenn du dir solche Sorgen über ethische Fragen machst, dann können wir auch gerne zehn Prozent unseres Gewinns für wohltätige Zwecke spenden …«

»So funktioniert das nicht …«

Ich schnaube verächtlich. »Genau *so* funktioniert das bei allen großen Unternehmen – und ich würde es noch nicht mal machen, um Steuern zu umgehen.«

Er macht den Mund auf, um mir zu widersprechen, klappt ihn dann aber wieder zu. Höchstwahrscheinlich, weil er weiß, dass ich recht habe. Stille breitet sich zwischen uns aus, einzig durchbrochen vom leise brummenden Schnarchen aus den Nachbarzimmern und dem beharrlichen Zirpen der Grillen draußen. Schließlich sagt er: »Um ehrlich zu sein, überrascht es mich, dass ausgerechnet dir so etwas einfällt.« Ein amüsierter Ausdruck zuckt um seine Mundwinkel. »Warst du nicht diejenige, die in der achten Klasse in Mathe in Tränen ausgebrochen ist, als die Lehrerin dich ausgeschimpft hat, weil du keinen grafikfähigen Taschenrechner dabeihattest? Und am nächsten Tag in einem zehn Seiten langen Brief geschworen hast, nie wieder denselben Fehler zu machen?«

»Wie … wie kannst du dich überhaupt daran erinnern?«, will ich wissen und werde wieder ganz verlegen, wenn ich nur daran denke. Die Wahrheit ist: Ich *hatte* den Taschenrechner an dem Tag dabei, aber es war eins dieser alten Secondhand-Dinger, die Mama in einem dieser dubiosen kleinen Läden am Ende unserer Straße gefunden hatte. Er war bereits in seine Bestandteile zerfallen, als ich ihn in der Schule aus meiner Tasche holen wollte, und nach der Standpauke der Lehrerin sparte ich einen Monat lang all mein Essensgeld, um mir denselben Taschenrechner kaufen zu können wie alle anderen in der Klasse.

Aber Henry muss definitiv nicht die ganze Geschichte hören.

»Ich kann mich an alles erinnern«, sagt er. Dann räuspert er sich und eine nicht zu deutende Gefühlsregung huscht über sein

Gesicht. »An absolut alles, meine ich. Rein zufällig verfüge ich über ein ausgezeichnetes Gedächtnis.«

Ich habe keine Ahnung, ob ich lachen oder mit den Augen rollen soll. Henrys Arroganz wird mich wohl bis in alle Ewigkeit in Erstaunen versetzen.

»Also? Bist du dabei?«, frage ich und kämpfe die aufsteigende Ungeduld nieder. Jede Sekunde, die wir damit vergeuden, hier rumzustehen und zu quatschen, ist eine Sekunde, die wir viel besser dazu nutzen könnten, die ganze Sache in die Wege zu leiten.

Henry lässt sich auf die Kante seines perfekt gemachten Betts nieder und schlägt eins seiner langen Beine über das andere. »Was ist dabei für mich drin?«

Ich bin bestens auf diese Frage vorbereitet. Ich habe letzte Nacht alles genau durchgerechnet. »Vierzig Prozent vom Gewinn«, antworte ich. Es ist mehr, als er verdient, aber ich muss ihm das Ganze schließlich schmackhaft machen. Im Augenblick ist er die beste – und vielleicht einzige – Person, die mir helfen kann.

»Fünfzig.«

»Was?«

»Auf fünfzig Prozent würde ich mich einlassen.«

Ich beiße die Zähne so fest zusammen, dass ich beinahe erwarte, dass sie ausfallen. »Zweiundvierzig.«

»Fünfundfünfzig.«

»Warte – *was*? So … so laufen Verhandlungen eigentlich nicht«, brabble ich, und Wut rötet meine Wangen. »Du kannst nicht …«

»Sechsundfünfzig«, sagt er und lehnt sich zurück, sein Blick ruhig, seine Augen genauso tintenschwarz wie der Nachthimmel draußen.

»Hör mal, du Arschloch, zweiundvierzig Prozent sind mehr als großzügig ...«

»Siebenundfünfzig ...«

»Dreiund...«

»Achtundfünfzig ...«

»Na schön«, zische ich. »Fünfzig Prozent.«

Er grinst, ein amüsierter Glanz tanzt in seinen Nachthimmelaugen, und die Wirkung ist wirklich bemerkenswert. Entwaffnend. Mir rauscht der Magen in die Kniekehlen, als würde ich vom höchsten Punkt einer Achterbahn herabsausen.

Dann sagt er: »Im Verhandeln bist du richtig mies, Alice.«

Und ich spiele ernsthaft mit dem Gedanken, ihn zu erwürgen. Wahrscheinlich würde ich es auch tun, wenn die Tatsache nicht wäre, dass mir ein Mord ein alles andere als idealer Einstieg in eine geschäftliche Partnerschaft zu sein scheint.

»Dann haben wir eine Abmachung?«, dränge ich, in der Hoffnung, diese Unterhaltung wenigstens mit etwas Konkretem zu verlassen, mit dem ich planen kann.

Doch alles, was Henry – ganz der erfahrene Verhandler – erwidert, ist: »Ich denk drüber nach.«

In den nächsten drei Tagen wechseln Henry und ich kein einziges Wort miteinander.

Und es liegt nicht daran, dass ich es nicht versuchen würde. Jedes Mal, wenn ich von der anderen Seite des Klassenzimmers Blickkontakt zu ihm aufnehmen will, ist er entweder abgelenkt und hat diesen weit entfernten Ausdruck auf dem Gesicht, oder er ist damit beschäftigt, irgendwas an seinem Laptop zu arbeiten, während seine langen Finger über die Tastatur fliegen. Dann, sobald es klingelt, ist er zur Tür hinaus, ohne einen einzigen Blick zurück. Wenn ich es nicht besser wüsste, würde ich glatt denken, er wäre derjenige mit dem Unsichtbarkeitsproblem.

Schon bald fange ich an, alles zu bereuen – ihn in seinem Wohnheimzimmer aufgesucht, ihm die Details meines Plans enthüllt und ernsthaft geglaubt zu haben, eine Partnerschaft zwischen uns könnte tatsächlich funktionieren. Und mit der Reue kommt die wild brodelnde Wut, als würde sich in mir ein Sturm zusammenbrauen. Dies ist mein absolutes Albtraumszenario: Henry Li weiß, dass er etwas hat, das ich will, und es ist sein gutes Recht, es mir vorzuenthalten. Ich stelle mir vor, wie er sich insgeheim über mich lustig macht – *Ich kann nicht fassen, was Alice Sun mir neulich vorgeschlagen hat* –, und die bittere Verärgerung füllt meinen Mund wie Spucke.

Doch dann, am Donnerstag, schlüpft Henry eilig in unseren Ethikkurs, zehn Minuten zu spät.

Das gab's noch nie.

Die ganze Klasse dreht sich zu ihm um und starrt ihn an. Geflüster huscht durch den Raum, während alle sein verspätetes Erscheinen sacken lassen. Er sieht – na ja, nicht direkt *zerzaust* aus, weil Henry selbst in übelstem Zustand noch besser aussieht als jeder andere Typ in seinem meistherausgeputzten Aufzug. Aber sein normalerweise makelloses Schulhemd ist an den Seiten zerknittert und die beiden oberen Knöpfe sind offen und enthüllen seine kantigen Schlüsselbeine. Sein Haar fällt in wilden Wellen in seine Stirn, ungezähmt und ungekämmt, und seine perfekte Porzellanhaut ist einen Hauch blasser als gewöhnlich, während sich dunkle Ringe unter seinen Augen abzeichnen.

Falls er die starrenden Blicke bemerkt, zeigt er es nicht. Er nimmt nur seine schicke Luftverschmutzungsmaske ab, steckt sie zusammengefaltet in seine Blazertasche und steuert auf das Lehrerpult zu.

»Entschuldigen Sie, dass ich zu spät bin, Dr. Walsh«, sagt er zu unserer Ethiklehrerin. Ihr vollständiger Name ist Julie Marshall Walsh, und sie besteht darauf, *Doctor.* genannt zu werden, aber hinter ihrem Rücken nennen sie alle nur Julie.

Julie schürzt die Lippen, und ihr weißblonder Anna-Wintour-Bob hüpft um ihre Ohren, als sie den Kopf schüttelt. »Ich muss schon sagen, von dir hätte ich etwas Besseres erwartet, Henry. Du hast zehn Minuten einer *sehr* wichtigen Unterrichtseinheit versäumt.«

Irgendjemand stößt ein abruptes Husten aus, das verdächtig nach einem grunzenden Schnauben klingt. Bei der fraglichen sehr wichtigen Unterrichtseinheit handelt es sich in Wahrheit um eine Diashow zum Thema »Kinderarmut in Asien«. Bislang haben wir die komplette Stunde damit verbracht, uns hochaufgelöste Fotos von klapperdürren Kindern anzuschauen, wahlweise dreckverschmiert oder Skorpione essend, begleitet von Julies tiefem Seufzen und Nachluftschnappen – ich schwöre, an einer Stelle hab ich gesehen, wie sich ihre blassblauen Augen mit Tränen füllten –, während sie dramatische Bemerkungen hauchte wie: »Könnt ihr euch das *vorstellen*?«, oder: »Oh, dabei wird einem erst wirklich bewusst, wie viel *Glück* man selbst hat, nicht wahr?«

Henrys Augenbrauen wandern kaum merklich nach oben, aber seine Stimme klingt absolut respektvoll und ernst, als er erwidert: »Es wird nicht wieder vorkommen, Dr. Walsh.«

»Das will ich doch hoffen.« Julie schnieft. »Du kannst dich jetzt auf deinen Platz setzen.«

Während Henry sich umdreht, huschen seine dunklen Augen durch den Raum und finden meine. Mein Mund wird ganz trocken, und eine mächtige Woge aus Wut und etwas anderem, das ich nicht richtig benennen kann, rauscht durch mich hindurch. *Jetzt* hat er beschlossen, meine Anwesenheit zur Kenntnis zu nehmen? Ich funkle ihn mit all der Intensität an, die ich aufbringen kann, und zu meiner Überraschung hält er meinem Blick stand, als wollte er mir irgendetwas Bedeutungsvolles mitteilen, ohne seine Hände oder die Lippen zu bewegen. Ganz offensichtlich überschätzt der Gute meine Fähigkeiten im Gedankenlesen.

Ich ziehe in der universellen Ich-habe-keine-Ahnung-was-du-mir-sagen-willst-Geste die Schultern hoch, und er runzelt die Stirn. Fährt sich mit einer Hand durch sein zerzaustes rabenschwarzes Haar. Macht den Mund auf …

»Was ist denn da drüben los?«, ruft Julie. Es ist in der Schule eine allseits bekannte Tatsache, dass Julie umso wütender ist, je fröhlicher ihre Stimme quietscht.

Und im Moment quietscht sie furchtbar fröhlich.

Henry muss es auch hören, denn er lässt sich hastig auf seinen üblichen Platz auf der anderen Seite des Raumes sinken. Ich bin mir noch nicht mal sicher, wann das angefangen hat – dass wir beide in jedem Klassenzimmer so weit wie möglich auseinander sitzen. So als wäre es Absicht oder als würden wir wie Magnete wirken, mit einem unsichtbaren Kraftfeld, das uns automatisch voneinander abstößt, wo immer wir gehen und stehen.

Doch zum allerersten Mal hasse ich diese Distanz zwischen uns. Was wollte er mir sagen? Und warum war er zu spät dran?

Für den Rest der Stunde kann ich kaum still sitzen. Selbst als das Licht im Klassenzimmer gedimmt wird, der Projektor mit einem Flimmern wieder anspringt und weitere Bilder von verhungernden, niemals lächelnden Kindern über den Bildschirm flackern wie Geister, kann ich nicht aufhören, verstohlene Blicke in Henrys Richtung zu werfen und zu versuchen, auf seinem Gesicht irgendeinen Hinweis zu entdecken. Und mehr als einmal ertappe ich ihn dabei, wie er auch zu mir rüberschaut.

Als es klingelt, kommt Henry zu mir ans Pult.

»Können wir reden?«, fragt er. Die dunklen Ringe unter seinen Augen sind aus der Nähe noch auffälliger, doch in der Art, wie er sich hält, liegt nicht der geringste Anflug von Erschöpfung. Sein Kinn ist erhoben, sein Rücken pfeilgerade aufgerichtet, seine Aussprache klar und deutlich.

»Ähm. Gleich hier?«

Die Sache ist, ich *will* mit ihm reden, unbedingt sogar, aber ich bin mir all unserer Mitschülerinnen und Mitschüler ringsum, die ihre Schritte bereits verlangsamen und neugierig in unsere Richtung blicken, nur allzu bewusst. Alle wissen, dass Henry und ich Erzfeinde sind, und selbst wenn wir es nicht wären, ist Henry in der Schule noch nie auf jemanden zugegangen. Das muss er nicht. Die Leute neigen dazu, wie von selbst auf *ihn* zuzutreiben.

»Vielleicht lieber irgendwo, wo wir … ungestört sind«, erwidert er und scheint das Problem zu erkennen. Er wirft Bobby Yu, der in der Nähe meines Tischs lauert, einen Blick zu, woraufhin der hastig den Kopf senkt und davoneilt, die Schulbücher unter seinen dünnen Arm geklemmt.

Dann, ohne ein weiteres Wort, wirbelt Henry auf den Fersen herum, verschwindet aus dem Klassenzimmer und lässt mir keine andere Wahl, als ihm zu folgen.

Neben Henry durch die überfüllten Korridore der Airington zu gehen, ist eine zutiefst eigenartige Erfahrung. Es bleiben allein auf dem kurzen Weg vom Ethikraum zu unseren Spinden mehr Leute – Lehrkräfte eingeschlossen – stehen, um ihm Hallo zu sagen, als die Anzahl der Personen, mit denen ich mich seit Schulbeginn unterhalten habe. Und das ist noch nicht mal übertrieben. Ich kann die Wellen der Macht beinahe spüren, die um uns wogen, auf und ab, und wie sich aller Aufmerksamkeit plötzlich auf Henry richtet und an ihm haften bleibt, als würde er glühen. Für einen flüchtigen Moment kommt mir der Gedanke, dass es sich genauso angefühlt haben muss, in der Verbotenen Stadt neben dem Kaiser herzugehen.

Wenn doch nur ich die Kaiserin wäre.

Schließlich erreichen wir eine ruhige, verlassene Nische zwischen den Spinden und den Putzschränken des *ayis'*. Vormittags haben wir zwanzig Minuten Pause, deshalb strömen im Moment mehr Schülerinnen und Schüler in die Cafeteria.

Henry steht mit dem Rücken zur Wand und schaut sich zweimal um, um sich zu vergewissern, dass niemand kommt, bevor er schließlich verkündet: »Die App ist fertig.«

Ich blinzle. »Was?«

Er seufzt, holt sein iPhone aus der Hosentasche, tippt darauf herum und hält es hoch, damit ich es sehen kann. Ein kleines blaues Logo in Form eines Cartoon-Gespensts blinkt mir aus der Mitte des Bildschirms entgegen, direkt neben Douyin und irgendeiner Börsen-App.

»Deine App«, wiederholt Henry. »Beijing Ghost. Ich hab den Namen bereits schützen lassen. Falls er dir nicht gefällt, können wir daran also leider nicht viel ändern.«

»Moment. Moment, dann … bist du also dabei?«, frage ich, und mein Verstand hat Mühe, mitzukommen. »Du … Wir ziehen das wirklich durch?«

Er zeigt auf sein Smartphone, die Augenbrauen hochgezogen. »Wonach sieht's denn aus?«

Ich beiße die Zähne zusammen. Würde es ihn wirklich umbringen, *ein*mal eine direkte Antwort auf eine Frage zu geben, ohne so herablassend zu klingen? Mir liegen ein paar ziemlich explizite Wörter auf der Zunge, aber ich schlucke sie wieder hinunter. Wenn er wirklich die App für mich entwickelt hat, dann sind wir jetzt offiziell Geschäftspartner, deshalb wäre es ziemlich unprofessionell von mir, ihm zu sagen, dass er sich sein Handy in den …

»Ich wäre schon früher zu dir gekommen«, erklärt Henry mir, »aber es gab ein paar logistische Probleme, die ich erst noch aus der Welt schaffen musste, und ich rede einfach nicht gern über Dinge, solange ich noch keine konkreten Ergebnisse vorzuweisen habe. Also, schau mal hier …«

Er redet schneller als üblich, fällt mir auf, seine Gesten beinahe lebhaft, als er durch die App navigiert und mir die wichtigsten Features erklärt. »Im Prinzip verspricht die App Anonymität auf beiden Seiten – für die, die die Dienste in Anspruch nehmen wollen, und für die, die sie erbringen –, auch wenn Letzteres in diesem speziellen Fall natürlich nur du bist. Alles, was die Nutzerinnen und Nutzer tun müssen, ist, sich zu registrieren, ein kurzes Anfrageformular auszufüllen und dir eine Nachricht mit allen weiteren Fragen und Bedenken zu schicken. In deiner Antwort kannst du ihnen dann den Preis nennen, den du verlangst – ich empfehle für den Anfang etwa 5 000 RMB, je nach Auftragsumfang auch mehr –, und falls sie einverstanden sind, geht ihr damit einen bindenden Vertrag ein, bis der Auftrag erledigt ist und sie bezahlt haben.«

»Und wie machen sie das?«, frage ich.

Ein leises, selbstzufriedenes Lächeln breitet sich auf seinen Lippen aus. »Zuerst hab ich an Bargeld gedacht – es lässt sich nicht zurückverfolgen, und es würde den ganzen Prozess vereinfachen. Aber dann ist mir noch was Besseres eingefallen.« Er klickt die App kurz weg und zeigt mir eine offiziell aussehende E-Mail einer Bank, adressiert an die Eigner von Beijing Ghost. »Ich hab eine Freundin bei der Bank of China gebeten, mir zu helfen, ein Privatkonto nur für diese Zwecke einzurichten – unter falschem Namen, natürlich.«

Ich reiße den Kopf hoch. »Ist das nicht …«

Ist das nicht illegal? Die Frage rollt fast von meiner Zungenspitze, aber dann fällt mir mit hysterisch blubberndem Lachen wieder ein, dass bei dieser Sache *alles* ein kleines bisschen illegal ist.

Alice Sun: Stipendiatin der Airington International. Klassenbeste. Vertreterin des Schülerrats. Und jetzt auch Kriminelle. Wer hätte das gedacht?

»Ist das nicht was?«, hakt Henry nach.

»Gar nichts. Vergiss es.« Ich schüttle den Kopf. Dann schaue ich wieder auf die App, mit ihrem leuchtend blauen Logo und dem klaren, professionellen Interface, und kann nicht anders, als ihn zu fragen: »Wie kommt's, dass du so gut darin bist?«

»Ich musste eine eigene App entwickeln, um meinen Vater davon zu überzeugen, mich bei SYS mithelfen zu lassen. Er wollte die Unternehmenskultur so leistungsorientiert wie möglich gestalten.« Er kämmt sich mit einer Hand die zerzausten Wellen zurück und sieht für einen Moment aus wie das perfekte Bild von natürlichem Genie und Lässigkeit. »Ich war damals erst dreizehn, deshalb hatte die App auch ein paar Fehler, aber sie war Beweis genug, dass ich … na ja, zumindest *etwas* konnte.«

Ich verstecke meine Überraschung. Ich hatte immer angenommen, Henrys Vater würde ihm die Jobmöglichkeiten und

Privilegien nur so nachschmeißen oder seinen Sohn womöglich schon in jungem Alter in eine hochrangige Rolle zwingen. Ich hatte angenommen, Henry hätte sich niemals jemandem beweisen müssen.

Ich gebe einen vagen, krächzenden Laut von mir und beschäftige mich damit, durch die App zu scrollen. So sehr ich es auch hasse, es zuzugeben, Henry hat recht: Sie ist ganz einfach zu nutzen. Und nicht nur das, ich kann auch nicht einen einzigen erkennbaren Fehler finden.

»Und?« Henry lehnt sich vor. Seine dunklen Augen leuchten, sein Kinn leicht angehoben und die festen, scharfen Linien seines Körpers angespannt, beinahe so, als wäre er ein bisschen aufgeregt. Mir wird klar, dass er darauf wartet, dass ich meine Meinung äußere – nein, *ihm ein Kompliment mache*, wie ein Kind, das stolz sein Kunstwerk im Unterricht präsentiert.

Meine Lippen zucken. »Ich wusste ja gar nicht, dass du so geil auf Lob bist.«

Überraschung – vielleicht sogar Verlegenheit – huscht über sein Gesicht. Doch dann rutscht die gelassene, ausdruckslose Maske, an die ich bei ihm gewöhnt bin, sofort wieder an ihren Platz, und ich bereue beinahe, dass ich was gesagt habe. »Ich bin nicht geil auf …«

»Ja, ja, was immer du sagst.« Ich neige den Kopf zur Seite und will ihn eigentlich weiter aufziehen, halte dann jedoch inne.

Aus diesem Blickwinkel, unter dem Neonlicht im Schulkorridor, ist die Erschöpfung noch deutlicher als zuvor auf seinen Zügen zu erkennen. Er muss in den letzten Tagen mindestens zwei oder drei Nächte durchgemacht haben, nur um die App fertigzustellen.

Und obwohl ich weiß, dass er es nur wegen des Profits macht, aus eigenem Interesse, entweichen die Worte trotzdem meinen Lippen: »Danke … für das alles. Ehrlich. Es … es ist noch besser, als ich es mir vorgestellt hatte.«

Vielleicht ist es nur eine optische Täuschung durch das Licht, aber ich könnte schwören, dass sich seine Ohren rosa färben.

»Freut mich«, erwidert er leise und hält meinen Blick gefühlt eine Sekunde zu lange fest.

Ich räuspere mich und schaue weg, plötzlich seltsam verlegen. »Okay. Ähm, also … was machen wir als Nächstes?«

Er antwortet, indem er ein weiteres glänzendes iPhone aus seiner Tasche zieht. »Niemand hier in der Schule kennt diese Nummer«, versichert er mir und scheint meinen Ausdruck zu missdeuten.

»Du hast zwei Handys?«

»Drei, um genau zu sein«, erwidert er in nüchternem Tonfall. »Eins für die Arbeit, eins mit persönlichen Kontakten und eins für mich selbst.«

Jede Dankbarkeit, die ich eben noch empfunden habe, verpufft auf einen Schlag. Meine Finger ballen sich an meinen Seiten zu Fäusten. Ich habe ziemlich schnell, nachdem ich an die Airington gekommen bin, gelernt, dass es mich nur deprimiert, mich mit Leuten wie Henry zu vergleichen. Aber ich kann trotzdem nicht anders, als an das abgenutzte Handy in meiner eigenen Tasche zu denken, und daran, wie viele harte Überstunden Mama beim Frühlingsfest machen musste, nur um genügend Geld zu sparen und es mir kaufen zu können.

»Jetzt müssen wir nur noch dafür sorgen, dass die App in aller Munde ist«, sagt Henry und öffnet in beeindruckender Geschwindigkeit mehrere Social Media Apps: WeChat für die lokalen Kids, Facebook Messenger für ABCs – American-born

Chinese –, WhatsApp für alle aus Malaysia und Kakao für Koreanerinnen und Koreaner.

»Sie werden dir nicht glauben, wenn du einfach nur behauptest, es gäbe da jemanden, der sich unsichtbar machen kann«, sage ich. »Vor allem nicht, wenn du ihnen von einer anonymen Nummer schreibst.«

»Nein«, stimmt er mir zu. »Deshalb lasse ich *den* Teil auch komplett weg. Das Einzige, worauf es ankommt, ist, dass die App ihnen helfen kann, und nicht, wie die Sache erledigt wird.«

Obwohl das alles mehr oder weniger meine Idee war, kann ich jetzt, wo es wirklich losgeht, die langsam aufkommenden Zweifel nicht ignorieren. Was, wenn alle die App als Scherz abtun? Was, wenn sie es einer Lehrerin melden? Oder was, wenn …

»Keine Sorge«, sagt Henry, ohne aufzublicken, so als könnte er meine Gedanken lesen.

»Ich mach mir keine Sorgen«, grummle ich. Mir fällt auf, dass meine Finger total verkrampft sind, und ich zwinge mich hastig, sie wieder zu entspannen. »Was meinst du, wie lange es dauern wird?«

Er tippt die letzte Nachricht auf Kakao zu Ende und greift dann wieder nach seinem anderen Handy. »Gib mir eine Minute.«

Ich versuche, seine Ruhe nachzuahmen, seine Geduld, und fange an, im Kopf sechzig Sekunden mitzuzählen. Ich habe alle Mühe, dabei eine neutrale, beiläufige Miene aufzusetzen und es auszusehen zu lassen, als würden wir nur ein paar besonders schwierige Hausaufgabenfragen zusammen durchgehen. Nur, damit keiner der Vorbeikommenden irgendeinen Verdacht schöpft, wenn die Sache hier erst richtig losgeht.

Falls sie losgeht.

Es stimmt, dass sich Neuigkeiten an einer Schule wie unserer schnell verbreiten, aber kann es wirklich so einfach sein? So schnell?

Ich bin erst bei fünfundvierzig Sekunden, als Henrys Smartphone vibriert. Das Logo mit dem blauen Gespenst leuchtet auf und blinkt ganz schnell, völlig im Einklang mit meinem heftig hämmernden Herzen. Eine Benachrichtigung erscheint auf dem Bildschirm: Eine neue Nachricht.

Henry könnte unmöglich noch zufriedener mit sich aussehen. Er bedeutet mir mit einem Nicken, sie zu öffnen, und während ich es tue, versuche ich, das zittrige Gefühl in meinen Knochen zu ignorieren, das Furcht einflößende Wissen, dass es jetzt kein Zurück mehr gibt.

Sofort taucht eine Nachricht von Nutzer C207 auf:

meint ihr das hier ernst?

Ich hole tief Luft und antworte:

Du hast nur eine Möglichkeit, es herauszufinden.

Kapitel 5

Hierherzukommen war ein Fehler.

Das ist der einzige Gedanke in meinem Kopf, als das Taxi vor dem Solana-Einkaufszentrum quietschend zum Stehen kommt, ganz knapp vor einem Händler, der vom Gepäckträger seines Fahrrads glänzende Xi-Yang- Yang-Heliumballons verkauft. Vor der Kulisse eines sternenlosen Nachthimmels angestrahlt, wirkt der weitläufige Shoppingkomplex noch viel größer und prunkvoller als auf den Bildern, die ich auf Baidu gesehen habe, die Bäume und ausladenden Schaufenster mit blinkenden Lichterketten dekoriert. An einem Ende fließt sogar ein tintiger Fluss an einer Reihe westlicher Cafés vorbei, dessen ruhige Oberfläche leuchtende Springbrunnen reflektiert.

Alles hier wirkt sauber. Schick. *Teuer*. Von der europäischen Architektur bis zu den aufgestylten jungen Frauen Anfang zwanzig, die beiläufig Designerhandtaschen von ihren dünnen weißen Schultern baumeln lassen.

Es ist eine völlig andere Welt als die winzigen Supermärkte, in denen es immer nach rohem Fisch stinkt, als die heruntergekommenen Läden rund um die Wohnung meiner Eltern. Eine Welt, in die Leute wie Rainie oder Henry passen, aber nicht ich. Ich komme mir unwillkürlich vor wie ein Hund, der sich ins Revier eines Wolfs verirrt hat, jeder Muskel in meinem Körper angespannt und dagegen gewappnet, dass mich irgendetwas anfällt.

»Das macht 73 RMB«, verkündet der Taxifahrer mir.

Aufgrund seines starken regionalen Akzents brauche ich einen Moment, um zu verstehen, was er sagt, und flippe dann beinahe aus. Solana ist gar nicht so weit von der Airington entfernt, aber dass wir ziemlich lange im zäh fließenden Verkehr feststeckten, hat den Preis offensichtlich in die Höhe getrieben.

Doch dann fällt mir wieder ein, dass Nutzer C207 heute für meine Reisekosten aufkommt, zusätzlich zu den 20 000 RMB, falls – *wenn* – ich meinen Auftrag zu seiner oder ihrer Zufriedenheit erledige.

20 000 RMB.

Der Gedanke, dass bald so viel Geld auf meinem brandneuen Bankkonto liegt, vertreibt meine Ängste.

Für den Moment wenigstens.

Ich bezahle den Fahrer schnell per WeChat und steige aus dem Taxi. Die warme Nachtluft umhüllt mich wie ein Mantel, und ich danke mir selbst für die Entscheidung, dass ich heute Abend ein ärmelloses schwarzes Kleid trage – das einzige Kleid, das ich besitze. In meiner Schuluniform hier aufzulaufen, stand aus offensichtlichen Gründen außer Frage. Ich kann es nicht riskieren, Aufmerksamkeit auf mich zu lenken, bevor ich unsichtbar werde.

Während ich auf den Haupteingang zusteuere, wobei ich einem jungen Pärchen, das sich eine Portion Lamm-Spieße teilt, und einer lauten Gruppe internationaler Schüler – man erkennt sie einfach *immer* – ausweiche, gehe ich meine To-do-Liste noch einmal im Kopf durch:

Erstens den Vater von Nutzer C207 finden.

Zweitens ihm für den Rest des Abends folgen, ohne erwischt zu werden oder bis ich …

Drittens handfeste Beweise dafür gesammelt habe, dass er seine Frau betrügt – oder auch nicht.

Viertens diese Beweise an Nutzer C207 schicke.

Als ich die automatischen Glastüren erreiche, hole ich mein Handy hervor und betrachte noch einmal die Fotos, die C207 mir gestern geschickt hat, um mir das Gesicht darauf wirklich einzuprägen. Dieser Auftrag wäre entschieden einfacher, wenn der Vater nicht aussehen würde wie die meisten wohlhabenden Männer Mitte fünfzig: Bierbauch unter einem ziemlich straff gespannten, schicken Hemd; kurzes angegrautes Haar; rötlicher Teint dank zu vieler kostenloser Drinks bei Firmenevents; rundliche Nase über einem noch runderen Kinn.

Ich habe bereits zwei oder drei Geschäftsmänner an mir vorbeigehen sehen, die ziemliche Ähnlichkeit mit der Person aufweisen, nach der ich suche. Mir kommt ein schrecklicher Gedanke: Was, wenn ich den falschen Mann verfolge? Es könnte ganz leicht passieren, dass ich es vermassle. Und was dann? Dann wäre der ganze Abend verschwendet – ein Abend, den ich dazu hätte nutzen können, meinen zehnseitigen Recherche-Aufsatz für Geschichte fertigzustellen oder für die Chemieklausur nächste Woche zu lernen. Ich würde Henry und Nutzer C207 gestehen müssen, dass ich es verbockt habe, und das schreckliche Gefühl des Versagens ertragen müssen, das ich schon mein ganzes Leben lang so verzweifelt zu vermeiden versuche. Dann würde mir der ganze schöne Plan um die Ohren fliegen und …

»Hey, alles okay bei dir?«

Ich reiße den Kopf hoch. Eine wunderschöne Frau mit freundlichem Gesicht, die jung genug aussieht, um noch aufs College zu gehen, ist stehen geblieben, um mich zu betrachten, ihre Augen mit den dichten Wimpern vor Besorgnis geweitet.

Mir wird bewusst, dass ich die ganze Zeit wie ein verängstigtes Kaninchen mit dem Fuß auf den Boden geklopft habe. Außerdem bezweifle ich, dass mein Gesichtsausdruck im Moment besonders souverän wirkt. *Reiß dich zusammen, Alice,* ermahne ich mich selbst und zwinge mich, die Füße still zu halten. Ich kann unmöglich ein erfolgreiches kriminelles Unternehmen führen, wenn ich Nerven wie wässriger Tofu habe.

»O ja. Mir geht's gut. Bestens«, erwidere ich, mit so viel Begeisterung, wie ich aufbringen kann. Vielleicht sogar ein bisschen *zu* viel Begeisterung. Die Frau weicht einen kleinen Schritt zurück, als wäre sie nicht von meinem stabilen mentalen Zustand überzeugt.

»Na dann, ich wollte nur sichergehen …« Sie hat einen eindeutigen Einschlag aus dem Süden – aus dem Süden von China, nicht Texas –, durch den ihre Worte wie Wasser in einem Fluss fließen. Sie scheint noch ein paar Sekunden lang abzuwägen, wendet sich dann aber zum Gehen. Doch bevor ich ein erleichtertes Seufzen ausstoßen kann, hält sie noch einmal inne und fragt: »Bist du mit jemandem hier? Mit deinen Eltern?«

Gott steh mir bei.

Ich weiß, dass man mein Gesicht leicht mit dem einer Zwölf- oder Dreizehnjährigen verwechseln könnte, aber das Allerletzte, was ich im Moment gebrauchen kann, ist, von einer Erwachsenen beaufsichtigt zu werden. Zeit, mein Lügengeschick zu testen, schätze ich.

»Bin ich, ja«, antworte ich. Meine Stimme klingt mindestens zwei Oktaven zu hoch. »Ähm, meine Eltern warten da drüben auf mich.« Ich zeige auf die lange Schlange vor einem japanischen Grillrestaurant, nicht allzu weit entfernt. »Ich sollte jetzt wahrscheinlich lieber gehen …«

Ohne ihre Erwiderung abzuwarten, entferne ich mich in einem Tempo, das unsere Sportlehrerin, Ms Garcia, vermutlich ziemlich beeindrucken würde. Ich bleibe erst stehen, nachdem ich in eine dunkle, schmale Gasse zwischen zwei Geschäften abgebogen und außer Sichtweite bin und recke dann den Hals, um zu sehen, ob die Frau inzwischen weg ist.

Ist sie nicht.

Aber nicht, weil sie mich sucht, sondern wegen des korpulenten grauhaarigen Mannes, der auf sie zusteuert, mit einem breiten Grinsen, das die leichten Falten um seinen Mund dehnt.

Ihr Vater?, frage ich mich.

Dann hält er einen Riesenstrauß Rosen hoch, der aussieht wie ein Requisit für eine schlechte romantische Komödie, und die Frau quiekt, rennt auf ihn zu und schlingt ganz fest die Arme um seinen Hals.

Also … definitiv *nicht* ihr Vater.

Ich will gerade gehen, um den beiden ihre dringend benötigte Privatsphäre zu lassen, als der Mann die Frau herumwirbelt und seinen schlaffen Kiefer in einem Winkel hebt, der einen besseren Blick auf sein Gesicht bietet, und ich habe plötzlich das Gefühl, ich hätte ihn schon mal irgendwo gesehen, in der Zeitung oder …

Die Fotos. Natürlich.

Ich hole mein Handy wieder hervor, um mich zu vergewissern, und tatsächlich: Dasselbe runde Allerweltsgesicht starrt mich an.

Doch in dem kurzen Moment, den ich brauche, um nach unten und wieder hoch zu schauen, haben die beiden sich voneinander gelöst, und die Frau hat nun die Blumen statt des alten

Mannes im Arm. Sie sagt etwas zu ihm, das ich nicht verstehe, und er lacht, ein lautes, donnerndes Geräusch. Dann schlendern sie gemeinsam einen der hell erleuchteten Wege am Fluss hinunter.

Es ist klar, was ich als Nächstes tun muss. Ich warte, bis die Entfernung zwischen uns noch ein paar Meter größer ist, bevor ich ihnen folge, wie ein Geist, der sich für seinen ersten Spuk bereitmacht.

Wie sich herausstellt, ist Leute zu stalken viel schwerer, als ich dachte.

Die Menschenmenge im Solana scheint zu wachsen, je dunkler der Himmel wird, und mehr als einmal verliere ich mein Ziel beinahe aus den Augen oder werde durch eine Gruppe sehr eindeutig betrunkener junger Männer gezwungen, ein paar Schritte zurückzuweichen.

»Hey, *meinu*«, ruft mir einer von ihnen nach, und meine ganze Haut kribbelt. *Meinu* bedeutet *schönes Mädchen*, was vermutlich schmeichelhaft gemeint ist, nur, dass die Leute hier praktisch jeden zwischen zwölf und dreißig so nennen. Aber selbst wenn dem nicht so wäre, würde ich lieber durch eine Halbjahresprüfung rasseln, als mir von irgendeinem grusligen Typen Komplimente über mein Aussehen anzuhören.

Ich beschleunige meinen Schritt, versuche, so weit wie möglich von der Gruppe wegzukommen – und pralle fast gegen den Rücken des Mannes und seiner Freundin.

Mit hämmerndem Herzen husche ich hastig um die nächstbeste Ecke, bevor sie mich sehen. Sie sind vor einem ziemlich schick aussehenden chinesischen Restaurant stehen geblieben – einem von der traditionellen Sorte, mit von den angestrichenen

Traufen baumelnden purpurroten Laternen und in die Eingangstüren geschnitzten Bildern zusammengerollter Drachen.

Eine in schimmerndes Schwarz gekleidete Kellnerin kommt heraus, um sie zu begrüßen.

»*Cao xiansheng!*«, sagt sie freundlich. »Bitte, folgen Sie mir nach oben. Wir haben Ihre Lieblingsgerichte bereits vorbereitet, und es wird Sie sicher freuen, zu hören, dass heute Barramundi …« Der Rest ihres Satzes geht in einem begeisterten Chor aus *huanying guanglin* und dem Klimpern von Tellern und Champagnergläsern unter, als sie das Restaurant betreten.

Ich versuche, ihnen zu folgen. Jetzt wäre der perfekte Moment, um unsichtbar zu werden, aber natürlich ist mein neuer Fluch – meine Kraft, mein Leiden oder was auch immer – nicht kooperativ, wenn ich es tatsächlich mal gebrauchen könnte. Aus den detaillierten Aufzeichnungen in meinem Notizheft lässt sich ablesen, dass die Unsichtbarkeitssache ungefähr alle zwei Tage auftritt, und immer nur, wenn ich wach bin. Und da ich mich in den letzten dreißig Stunden nicht verwandelt habe, müsste die Wahrscheinlichkeit, dass es irgendwann heute Abend passiert, ziemlich hoch sein.

Müsste.

Ich weiß jedoch nur allzu gut, dass das Universum nicht immer so funktioniert, wie es sollte.

Und tatsächlich: Ich bin kaum zwei Schritte weit gekommen, als eine andere Kellnerin am Eingang eine Hand hebt, um mich aufzuhalten. Sie ist hübsch, auf irgendwie gemein wirkende Weise, und kneift ihre von dunklem Kajal umrandeten Augen zusammen, als ich mich nähere.

Mir krampft sich der Magen zusammen. Ist es so offensichtlich, dass ich nicht hierhergehöre?

»Haben Sie einen Tisch reserviert?«, fragt sie mich mit scharfer, emotionsloser Stimme, als würde sie die Antwort darauf nicht bereits kennen.

»Äh … ja, habe ich«, bluffe ich und gerate direkt ziemlich ins Schlingern. »Meine Familie wartet oben auf mich …«

»Oben ist die VIP-Lounge«, unterbricht sie mich. Sie kneift die Augen noch enger zusammen, und ich kann mir nur allzu gut vorstellen, was sie zu ihren Kolleginnen sagen wird, sobald ich außer Hörweite bin: *Habt ihr die komische Kleine gesehen, die sich grade ins Restaurant schleichen wollte? Denkt ihr, sie wollte was zu essen klauen oder so?* »Ich muss Sie um Ihren Mitgliedsausweis bitten.«

»Oh. Kein Problem.« Ich suche mit einer schauspielerischen –hoffentlich überzeugenden – Höchstleistung meine Taschen nach einer Karte ab, die ich natürlich nicht besitze. »Moment kurz … o nein. Ich muss ihn irgendwo liegen gelassen haben … Ich geh ihn … nur schnell holen …«

Ich eile zur Tür hinaus, bevor sie den Manager oder jemanden vom Sicherheitspersonal rufen kann, verfluche mich selbst und mein Pech, während ich mich hinter derselben Ecke verstecke wie vorhin. Niemand sollte von mir verlangen, dass ich aus dem Nichts einen VIP-Ausweis hervorzaubere, aber ich werde trotzdem das Gefühl nicht los, dass jemand wie Henry nicht mit demselben Problem zu kämpfen gehabt hätte. Er könnte garantiert einfach da reinspazieren, mit seinem gelassenen Charme, seinem Selbstbewusstsein und seinem perfekten Haar, und sie würden ihn ohne darüber nachzudenken nach oben lassen.

Ich schüttle den Kopf. Es hat keinen Sinn, mir irgendwelche Szenarien auszumalen, bei denen ich mich noch mieser fühle – obwohl ich das anscheinend am besten kann. Die Mission des heutigen Abends hat eben erst begonnen, und ich muss mich zusammenreißen, bis sich meine Spezialkräfte melden.

So lange es eben dauert.

Ich muss stundenlang vor dem Restaurant stehen. Kinderwagen schiebende Eltern und Expats, vermutlich auf dem Weg zu den Bars in der Lucky Street, ziehen an mir vorbei, plaudernd und lachend, in einem bunten Gewirr verschiedener Sprachen und ohne die geringste Ahnung, dass die Panik in meiner Kehle immer höher aufsteigt.

Komm schon, dränge ich meinen Körper, das Universum oder wer immer auch zuhört. *Beeil dich.*

Doch es verstreicht etwa eine weitere qualvolle Stunde, in der ich mir mit jeder Minute wie eine noch größere Idiotin vorkomme, bevor mich endlich, *endlich* eine vertraute Woge der Kälte erfasst, begleitet von schier überwältigender Erleichterung. Ich zwinge mich, bis dreihundert zu zählen und der Kälte genügend Zeit zu geben, sich auszubreiten, bevor ich einen Blick in die getönte Glasscheibe hinter mir werfe.

Es ist immer noch ziemlich verstörend und absolut Furcht einflößend, mein eigenes Spiegelbild nicht sehen zu können, aber im Moment bin ich einfach nur froh, dass es mit der Unsichtbarkeit funktioniert.

Das Restaurant ist voll, als ich hineinhusche – diesmal passe ich auf, dass ich niemandem begegne –, und ich muss ein paarmal blinzeln, um mich an das grelle, verschwenderische Interieur zu gewöhnen. Sämtliche Oberflächen sind im wahrsten Sinne des Wortes auf Hochglanz poliert, von den gigantischen Aquarien im vorderen Bereich bis hin zu den um die sich drehenden Tische arrangierten Mahagonistühlen im traditionellen Stil.

Oben hingegen sind die Farben und der Lärmpegel gedämpfter und die dunklen Wände aus Glas und Holz auf beiden Seiten des schmalen Korridors lassen ihn noch enger wirken. Ganz hinten befindet sich eine luxuriöse Lounge, einer dieser Räume, in dem die Reichsten der Reichen wahrscheinlich damit beschäftigt sind, bei einem winzigen Gläschen Baiju Geschäftsgeheimnisse auszutauschen oder die Übernahme von Grönland vorzubereiten. Doch auf dem Weg dorthin liegen sechs private Separees. In einem von ihnen müssen der Mann und seine Freundin verschwunden sein.

Ich schleiche mich auf Zehenspitzen von Tür zu Tür und danke welcher auch immer für kriminelle Machenschaften zuständigen Gottheit, dass die Wände nicht schalldicht sind. Gesprächsfetzen dringen an mein Ohr, aber erst als ich das fünfte Zimmer erreiche, höre ich, wonach ich suche: eine weiche Frauenstimme mit ausgeprägtem südlichem Akzent.

»... ins Krankenhaus, aber die Ärzte sagen, es könnte noch Monate dauern, bis sie die Operation durchführen können ...«

»Was?«, dröhnt eine barsche Männerstimme, gefolgt von einem gedämpften Schlag, so als würde jemand mit der Faust auf den Tisch hauen. »Das ist lächerlich!«

»Ich weiß.« Sie schnieft. »Der Termin lässt sich nur vorziehen, wenn wir eine Zusatzgebühr bezahlen, aber sie ist so ... es ist zu teuer ...«

»Wie teuer?«

Eine kurze Pause. Dann: »35 000 RMB.«

»Baobei'r«, sagt der Mann und fügt dem Kosenamen ein rollendes *R* hinzu, wie es alle alten Pekinger tun. »Warum hast du mir das nicht schon viel früher gesagt? Das ist doch kaum der Rede wert ...«

»Für *dich*«, unterbricht die Frau ihn. Das Schaben eines über den Boden geschobenen schweren Stuhls ist zu hören, und ich stelle mir vor, wie die Frau sich von ihm wegschiebt und sich ein Stirnrunzeln in ihre zarten Züge gräbt. »Aber für mich …«

»Sei nicht albern. Wie oft muss ich dir das noch sagen, *bao-bei'r*? Was mein ist, ist natürlich auch dein …«

Während der Mann weiter irgendwelche schmalzigen Plattitüden und tröstenden Worte von sich gibt, hole ich mein Smartphone heraus und klicke auf Aufzeichnen. Es ist ein guter Anfang, aber eine Sprachaufnahme in schlechter Qualität allein wird nicht reichen. Ich brauche immer noch einen Fotobeweis.

Ich überlege gerade, wie ich in den Raum gelangen soll, ohne die Tür selbst öffnen zu müssen, als eine Kellnerin vorbeikommt, eine kunstvoll angerichtete Platte mit Obst auf Trockeneis in der Hand. Die Litschis sind bereits geschält und mit winzigen Zahnstochern durchbohrt, frische Wassermelonenkugeln zu hübschen Blumen geschnitzt.

Die Kellnerin stößt mit dem Ellenbogen die Tür auf, und ich nutze die Gelegenheit, hinter ihr in den Raum zu schlüpfen.

Mir wird sofort klar, warum die Separees ausschließlich VIP-Mitgliedern vorbehalten sind. Ein funkelnder Kronleuchter hängt von der hohen bemalten Decke und wirft Lichtflecken auf den Teppichboden und den bodentiefen Spiegel an der Wand, wie eine sehr viel teurere Version einer Diskokugel. Darunter sitzen der Mann und seine Freundin an einem Tisch, der groß genug für zwanzig Gäste ist, die rote Tischdecke beinahe komplett von einer extravaganten Auswahl an Köstlichkeiten bedeckt, bei denen mir das Wasser im Mund zusammenläuft. Die meisten von ihnen habe ich selbst noch nie gekostet und kenne sie nur aus der Werbung oder aus chinesischen Palastdramen: In zwei kleinen

Tontöpfen köcheln geschmorte Seegurken und Abalonen, und in einer ausgehöhlten Papaya schimmert eine Suppe mit weißen Vogelnestern, wie frisch gefallener Schnee.

Ich tue mein Bestes, das plötzliche, stechende Hungergefühl in meinem Bauch zu ignorieren. Ich war so nervös, bevor ich hierherkam, dass ich das Mittagessen komplett habe ausfallen lassen – ein Fehler, wie mir jetzt bewusst wird.

»Tut mir leid, wenn ich störe, *Cao xiansheng*«, sagt die Kellnerin, senkt den Kopf und hält dem Mann die Obstplatte hin, als wäre er ein König. »Der Manager hat mich gebeten, Ihnen diese Obstplatte auf Kosten des Hauses zu bringen, als kleines Zeichen seiner Wertschätzung. Nach dem Hauptgang werden wir Ihnen außerdem rotes Bohnenporridge servieren. Guten Appetit.«

Der Mann winkt mit einer fleischigen Hand in der Luft, noch bevor sie zu Ende gesprochen hat, inzwischen allem Anschein nach an diese Art der Behandlung gewöhnt.

Nachdem die Kellnerin die Platte abgestellt hat und sich wieder entfernt, greift die Frau sofort nach den Litschis.

»Oh, die esse ich am *liebsten*«, seufzt sie und zerkaut die kleine glänzende Frucht so genussvoll, dass ich das Gefühl habe, ich sollte den Blick abwenden.

Aber natürlich lehnt der Mann sich nur noch näher zu ihr, lächelnd, und fängt dann – zu meinem absoluten Entsetzen – an, sie mit Litschis zu *füttern*. Ich hätte für diesen Job wirklich mehr verlangen sollen. Ich kämpfe einen Würgereiz hinunter und knipse mit meinem Handy so viele Fotos, wie ich kann, wobei ich darauf achte, dass die Gesichter der beiden deutlich zu erkennen sind, obwohl sich mein schlechtes Gewissen leise kribbelnd meldet. Es ist nicht so, als hätte ich Mitgefühl mit Typen, die fremdgehen, noch dazu mit Frauen, die gerade mal hab so alt sind wie sie. Aber trotzdem stellt meine Anwesenheit hier eine krasse Verletzung ihrer Privatsphäre dar. Und die junge Frau … war vorhin wirklich nett zu mir. Wenn diese Fotos auch Folgen für *sie* haben …

Nein. Darüber muss *ich* mir wirklich keine Sorgen machen. *Kann* ich mir keine Sorgen machen. Ich bin nur hier, um Beweise zu sammeln. Nutzer C207 entscheidet, was damit passiert.

Im Kopf plane ich bereits, wie ich ins Wohnheim zurückkehren werde, denke an die Hausaufgaben, die ich nachholen muss, und an den Mitternachtssnack, den ich mir in der Schulküche besorgen kann, falls ich dann immer noch unsichtbar bin – als plötzlich mein Magen knurrt.

Laut.

Ich erstarre. Die Frau auch und die halb verspeiste Litschi fällt ihr aus dem Mund. Vielleicht hätte ich sogar über den cartoonartigen Ausdruck auf ihrem Gesicht gelacht, wenn ich nicht mein rasendes Herz in meiner Kehle gespürt hätte.

»Hast … hast du das gehört?«, flüstert die Frau.

»Ich … ja.« Der Mann kneift seine angegrauten Augenbrauen zusammen. Dann fügt er in wenig überzeugendem, beiläufigem Tonfall hinzu: »Muss die Klimaanlage gewesen sein. Oder die Leute nebenan.«

»Vielleicht«, erwidert die Frau unsicher. »Es ist nur … Es klang so dicht neben mir. Du glaubst doch nicht, dass sich jemand hier versteckt …?«

Der Mann schüttelt den Kopf. Presst ein *tss* durch zusammengebissene Zähne hervor, ein weiterer Versuch in Sachen Gelassenheit. »Siehst du, *Bichun*, genau deshalb hab ich dir gesagt, du sollst aufhören, dir nachts diese unheimlichen Krimis anzuschauen. Das ist schlecht für die Nerven – ist doch kein Wunder, wenn danach die Fantasie mit einem durchgeht.«

»Wahrscheinlich hast du recht …« Während sie das sagt, lässt sie den Blick über eine Stelle ganz in meiner Nähe schweifen. Ich spanne mich an, jeden einzelnen Muskel in meinem Körper, zu verängstigt, um auch nur zu atmen. Nach ein paar Sekunden Stille scheint die Frau sich ein wenig zu entspannen, widmet sich wieder ihren Litschis …

Und mein Magen verrät mich erneut mit einem Grummeln.

Die Frau springt wie vom Blitz getroffen von ihrem Stuhl auf. *»F…fuwuyuan!«*, schreit sie, ihre Stimme kreischend vor Angst. *»Fuwuyuan,* schnell, kommen Sie hier rein!«

Die draußen wartende Kellnerin reagiert sofort. Die Tür fliegt auf, und sie eilt ins Zimmer, eine schwere Speisekarte unter den Arm geklemmt.

»Stimmt etwas nicht, Madame? War das Obst nicht nach Ihren Wünschen oder …«

»Vergessen Sie das Obst!« Die Frau zeigt mit einem zitternden Finger in meine grobe Richtung. »Da war ein … ein Geräusch …«

»Was für ein Geräusch?«

Ich will nicht hier warten und mir den Rest ihres Austauschs anhören. Auf Zehenspitzen schleiche ich zu der offenen Tür, dankbar für den dicken Teppichboden, der meine Schritte dämpft. Dann renne ich – renne die Wendeltreppe hinunter, an Tabletts tragenden Bedienungen vorbei und hinaus in die offene Nacht.

Erst als ich um die Hausecke des Restaurants biege, erlaube ich es mir, langsamer zu werden. Ich keuche heftig. Das Rückenteil meines Kleids ist schweißgetränkt, und ich spüre ein fieses

Seitenstechen, aber das spielt im Moment keine Rolle. Nicht, wenn ich die Beweise habe.

Noch immer nach Luft japsend, öffne ich die Beijing Ghost App auf meinem Handy und wähle alle Fotos sowie die Sprachaufnahmen aus, die ich im Restaurant gemacht habe.

Dann klicke ich auf Senden.

In meinem Wohnheimzimmer ist es ruhig, als ich zurückkomme, und die dunkelgedimmten Lichter tauchen alles in Schatten.

Es ist erst kurz nach Mitternacht, und normalerweise jammt Chanel um diese Zeit zu ihrer K-Pop-Playlist, testet irgendein neues Aerobic-Programm oder lacht hysterisch mit ihren anderen Fuerdai-Freundinnen am Telefon über irgendeinen Witz mit zu vielen kulturellen Nuancen, als dass ich ihn verstehen würde. Diese Stille ist unerwartet, unnatürlich. Entweder hat Chanel beschlossen, Nonne zu werden, oder es muss irgendetwas passiert sein.

Ich schleiche mich tiefer in den Raum. Der prickelnde Adrenalinrausch, den ich im Restaurant erlebt habe, ist längst einer schwindligen, vernebelnden Erschöpfung gewichen, und ich will einfach nur noch in mein Bett fallen und schlafen. Doch stattdessen drehe ich die Lampen auf volle Helligkeit und lasse den Blick auf der Suche nach meiner Zimmergenossin durch den engen Raum schweifen.

Es dauert einen Moment, bis ich sie entdecke. Sie sitzt zusammengekauert in der hinteren Ecke, ihre seidene Decke eng um ihren zarten Körper gewickelt, alles außer den Händen und ihrem Gesicht bedeckt. Ihre Augen sind rot verquollen.

Sie legt das Smartphone in ihrer Hand weg, als sie sieht, dass ich vor ihr stehe – aber erst, nachdem ich die Fotos auf dem Bildschirm aufleuchten sehe. Die Fotos, die ich erst vor wenigen Stunden geknipst habe.

In meiner Verwirrung kommt mir ein völlig unsinniger Gedanke: Sie muss mir irgendwie mein Handy geklaut haben. Aber … nein, ich kann das Gewicht meines Smartphones immer noch in meiner Tasche spüren. Und es würde sowieso nicht erklären, warum sie geweint hat. Was könnten die Fotos schon mit ihr zu tun …

Dann macht es klick.

Cao. Es ist ein ziemlich gängiger chinesischer Nachname – allein an unserer Schule gibt es mindestens fünf oder sechs Caos –, deshalb habe ich die Verbindung bislang nicht hergestellt, aber jetzt erscheint es mir offensichtlich. Der Mann im Restaurant muss ihr Vater gewesen sein.

Schuldgefühle bohren sich in meinen Magen. Ich habe mir die ganze Zeit nur vorgestellt, wie das Geld auf mein Bankkonto flattert, während für Chanel eine Welt zusammengebrochen ist.

Trotzdem: Sie weiß nicht, dass ich es weiß. Das Klügste – das *Sicherste* – wäre, es einfach dabei zu belassen, so zu tun, als wäre alles normal, und den Rest der Nacht damit zu verbringen, meine Hausaufgaben nachzuholen. Sie in Ruhe lassen, damit sie ihre Trauer und Wut verarbeiten kann, wie immer sie will. Ich bin mir sicher, sie hat sowieso haufenweise Freundinnen, die sie trösten werden.

Doch als ich sie so betrachte, traurig und zusammengekauert und ganz allein im Dunkeln, kehrt plötzlich eine alte Erinnerung zu mir zurück: Vor ein paar Monaten, nachdem wir hier zusammengezogen sind, hat sie mich, das Gesicht in mein Kopfkissen vergraben, auf dem Bett gefunden, noch immer in meiner Uniform, meine Chinesischklausur in Fetzen neben mir. Erbärmliche *87,5 %* in eine der zerrissenen Ecken geschrieben. Wir standen uns nicht supernahe, schon damals nicht, aber sie hat sich neben mich gesetzt, als wäre es die natürlichste Sache der Welt, und sich gut gelaunt über jede einzelne Frage der Klausur lustig gemacht, bis mir eher nach Lachen als nach Schluchzen zumute war.

Mein Herz gerät ins Wanken.

»Hey«, platze ich dann heraus und gehe einen Schritt näher, während ich mein schnelles Mundwerk verfluche. »Ähm ... geht's dir gut?«

Chanel blickt aus ihrem Deckenkokon zu mir herauf. Beinahe erwarte ich, dass sie die Frage abtut, oder vielleicht einfach schweigt, bis die Botschaft bei mir ankommt und ich mich wieder verziehe. Aber sie antwortet sofort, mit überraschender Vehemenz: »Abgesehen von der Tatsache, dass mein Dad ein Riesenarschloch ist? Bestens, danke.«

Ich versuche, mein Entsetzen zu verbergen. Ich kann mir nicht vorstellen, Baba jemals so zu nennen, nicht, nachdem seine unzähligen Vorträge zu kindlichen Pflichten und Respekt vor den Eltern praktisch in meine DNA übergegangen sind.

»Tut mir leid«, sagt Chanel, vielleicht, weil sie mein Unbehagen erkennt. Sie zieht sich die Decke noch weiter übers Gesicht, deshalb klingen ihre Worte gedämpft, als sie erklärt: »Es war einfach nur ein echter Scheißtag.«

Ich zögere, setze mich dann neben sie auf den Boden und frage, als würde ich für Nebendarstellerin Nummer zwei in einem Highschool-Drama vorsprechen: »Willst du drüber reden?«

Sie schnaubt verächtlich, aber es klingt eher wie ein Schluchzen. »Reden wir denn nicht schon drüber?«

»Stimmt«, erwidere ich und komme mir ein bisschen dumm vor. Ein Teil von mir bereut dieses Gespräch bereits, aber ein anderer Teil – der Teil, der einst hoffte, Chanel und ich würden beste Freundinnen werden – will es auch nicht einfach dabei belassen. »Ich schätze, das tun wir wohl.«

»Ich … ich verstehe das nur einfach nicht.« Sie seufzt, bläst sich eine lose, ein wenig feuchte Haarsträhne aus den Augen. Schnappt sich ihr Handy, scrollt zu einem anderen Foto und knallt es dann mit solcher Wucht wieder auf den Boden, dass ich beinahe hochschrecke. »Ich. *Verstehe*. Es. *Nicht*.«

Ich beschließe zu schweigen.

»Es ergibt einfach keinen Sinn. Meine Mum hat nie … Ich meine, sie hat sich die ganze Zeit solche Mühe gegeben, alles für seinen Geburtstag vorzubereiten. Kannst du das glauben? Sie hat sein Lieblingsrestaurant gebucht und seine Lieblingsband, und sie hat sich sogar ein Qipao nur für diese besondere Gelegenheit schneidern lassen, und er …« Sie umklammert ihr Handy so fest, dass ihre Knöchel weiß hervortreten. »Was hat er sich dabei gedacht? *Warum?*« Sie wendet sich mir zu, als hoffte sie tatsächlich, ich hätte eine Antwort darauf.

»Aber eigentlich geht's gar nicht wirklich um deine Mum, oder?«, erwidere ich vorsichtig. »Ich meine, wenn selbst Beyoncé betrogen wurde …«

Sie kneift die Augen zusammen. »Moment mal. Woher weißt du das?«

»Woher weiß ich was?«, erwidere ich und frage mich in meinem Schlafmangelzustand, ob sie von Beyoncé spricht.

»Ich hab nichts davon gesagt, dass mein Dad meine Mum betrogen hat. Woher weißt du das?«

Scheiße.

Panik schnürt mir die Kehle zu. Ich würge ein vages *ähm* hervor, während ich fieberhaft nach einer plausiblen Erklärung suche.

»Hat Grace es dir erzählt?«, hakt sie nach. »Weil ich sie ausdrücklich *gebeten* habe, nichts zu sagen, bis ich Beweise habe. *Ma ya*«, grummelt sie und wechselt zu Chinesisch. »Dieses Mädel kann einfach den Mund nicht halten ...«

»Nein, nein, so war das nicht. Ehrlich«, füge ich hinzu, als sie mich ungläubig anschaut. Mir wird klar, wenn es ein offizielles Zeugnis für Kriminelle gäbe, läge mein Durchschnitt im Moment irgendwo zwischen zwei und drei. Jede Einserkriminelle hätte die ihr in den Schoß gefallene Erklärung benutzt, Grace die komplette Schuld in die Schuhe geschoben und einfach ihr Leben weitergelebt. Aber da schon Chanels Vater sie und ihre Mutter die ganze Zeit hintergangen hat, kommt es mir einfach grausam vor, ihr eine weitere Lüge aufzutischen, ganz gleich, wie klein sie ist.

Außerdem macht es die ganze Geschichte womöglich leichter, wenn meine Zimmergenossin eingeweiht ist, genau wie morgens unsichtbar zu werden, ohne dass sie Alarm schlägt, weil ich einfach verschwunden bin.

»Und wie war es dann?«, fragt Chanel und betrachtet mich aufmerksam. »Wer hat es dir erzählt?«

»Niemand.«

Sie runzelt die Stirn. »Und woher ...«

»Warte, wahrscheinlich ist es einfacher, wenn ich es dir zeige.« Ich hole mein Handy hervor und öffne die App mit meinem Chat mit Nutzer C207 – *unserem* Chat. Chanel starrt auf die Fotos von ihrem Vater im Restaurant, dann auf die identischen Bilder auf ihrem eigenen Smartphone. Ihr klappt die Kinnlade herunter.

»*Du* steckst hinter Beijing Ghost?«, fragt sie. Sie betrachtet die Fotos erneut, hält sich das Smartphone so dicht vors Gesicht, dass ihre kleine Nase beinahe den Bildschirm berührt. Dann starrt sie wieder mich an. »Ernsthaft? *Du*?«

»Du musst wirklich nicht so skeptisch klingen«, erwidere ich, nicht sicher, ob ich mich durch ihre Reaktion beleidigt fühlen sollte.

»Tut mir leid. Du scheinst mir nur einfach nicht der Typ zu sein, der … du weißt schon.«

Weiß ich nicht, aber es hat keinen Sinn, sie zu bitten, es näher zu erläutern. Deshalb frage ich sie stattdessen: »Was hast du denn gedacht, wer dahintersteckt?«

»Keine Ahnung.« Sie zuckt mit den Schultern und die Decke rutscht ein paar Zentimeter herunter. »Henry vielleicht? Er ist ziemlich gut, was diesen Technikkram angeht, und er hat die unternehmerischen Gene von seinem Dad.«

Mein Kiefer verkrampft sich. Henry, *mal wieder*. Selbst wenn er nicht hier ist, ist er überall.

»Wie dem auch sei«, fügt Chanel mit leichtem Kopfschütteln hinzu. »Das ist nicht der Punkt. *Wie* hast du das gemacht? Ich dachte … ich weiß auch nicht, die App hätte vielleicht eine Versteckte-Kamera-Funktion oder so … aber die Fotoqualität ist perfekt. Und der Winkel …« Sie tippt mit einem manikürten Finger auf das Foto, das eindeutig auf Augenhöhe mit ihrem Vater und seiner Freundin aufgenommen wurde. »Es ist fast so, als wärst du mit ihnen im Raum gewesen …«

»Na ja, ähm …« Ein nervöses Lachen entweicht meiner Kehle. Aber ich schätze, es ist am besten, die Sache einfach hinter mich zu bringen. »Also … das war ich. Mit ihnen im Raum, meine ich.«

Chanel lacht auch, aber es klingt ungläubig. »Ja, klar.«

»Das meine ich ernst.«

»Ja, du meinst *immer* alles ernst, Alice. Aber was du da behauptest ... ergibt einfach keinen Sinn. Überhaupt keinen. Wenn du mit meinem Dad da reingegangen wärst, hätte er dir den Sicherheitsdienst auf den Hals gehetzt ...«

»Wenn er mich gesehen hätte, ja«, unterbreche ich sie. »Aber das hat er nicht.«

Sie starrt mich an, und jetzt sieht sie ein bisschen so aus, als würde sie sich Sorgen um meinen Geisteszustand machen. »Okay, ich *höre*, was du sagst, klar und deutlich ... aber ich verstehe ehrlich nicht, wie das funktionieren sollte. Es sei denn, du hättest dich perfekt getarnt oder könntest dich unsichtbar machen oder so.«

Ich weiß, dass sie nur Spaß macht, aber ich ergreife die Gelegenheit beim Schopf. »Das ist richtig.«

»Was?«

»Ich kann mich unsichtbar machen. Siehst du«, ich zoome zum Beweis schnell das Foto heran, bevor sie protestieren kann, »der Spiegel im Hintergrund? Wenn dort jemand stehen würde, um das Foto zu machen, dann müsste man das Spiegelbild dieser Person sehen können, richtig? Oder zumindest einen Schatten. Aber da ...«

»Da ist nichts«, bringt sie den Satz für mich zu Ende. Dann zieht sie die Stirn in Falten. »Und du bist dir sicher, dass du es nicht einfach gephotoshoppt hast? Weil ich Grace' Instagram-Posts gesehen habe, und Fotos können *sehr* trügerisch sein.«

Keine Ahnung, was für seltsamen Beef sie mit dieser Grace hat, aber ich tue die Bemerkung mit einem Winken ab und blicke ihr direkt in die Augen. »Chanel, ich schwöre, ich sage die Wahrheit. Wenn ich lüge …« Ich halte inne und versuche, mir einfallen zu lassen, wie ich sie am besten davon überzeugen kann, dass ich jedes Wort genauso meine. »Wenn ich lüge … dann lass mich ab jetzt bei jeder Klausur unter dem Durchschnitt liegen. Lass mich von sämtlichen Ivy-League-Unis abgelehnt werden, bei denen ich mich bewerbe. Lass mich …« Ich schlucke. Obwohl das alles rein hypothetisch ist, schmerzt es trotzdem, es laut auszusprechen. »Lass mich bei absolut allem schlechter abschneiden als Henry Li.«

Chanel klatscht sich eine Hand auf den Mund. Ich war in meinem ganzen Leben noch nie so dankbar für meinen Ruf als ehrgeizige Superstreberin. »*Nein*. Auf keinen Fall.«

Ich nicke finster. »Doch. *So* ernst meine ich es.«

Diesmal warte ich, bis die Erkenntnis wirklich bei ihr angekommen ist. Stille breitet sich zwischen uns aus, und dann …

»*Wocao*! Ich meine – wow! Heilige Scheiße. Heilige *verdammte* Scheiße …« Während Chanel sich anscheinend durch sämtliche Schimpfwörter arbeitet, die die englische und chinesische Sprache zu bieten haben – ein paar von ihnen kenne ich überhaupt nicht –, wird mir schlagartig bewusst, wie lächerlich diese ganze Situation ist. Spätnächtliche, Geheimnisse enthüllende *Ich-kann-nicht-glauben-dass-das-wirklich-passiert-ist*-Unterhaltungen wie diese waren genau das, was sich mein zwölfjähriges Ich immer gewünscht hat. Nur nie unter diesen Umständen.

»Wann hat das … *wie* hat das …«, stammelt Chanel, nachdem sie sich wieder ein wenig gefangen hat.

»Ich bin mir nicht ganz sicher«, gestehe ich. »Es gibt ein paar Sachen, die ich selbst noch zu verstehen versuche.«

»*Wow*«, stößt sie erneut mit lang gezogenem Atem aus, ihre Augen geweitet. Sie wickelt die Decke wieder fester um sich und lehnt sich gegen die Wand zurück, als wäre sie sich nicht sicher, ob sie sich aus eigener Kraft noch länger aufrechthalten kann.

»Ja«, erwidere ich verlegen. »Also, ähm …«

»Wolltest du deshalb nicht mit mir ins Einkaufszentrum?«

»Hä?« Ich schaue zu ihr hoch, ziemlich sicher, dass ich sie falsch verstanden habe.

»Als wir damals hier eingezogen sind. Ich hab dich ein paarmal gefragt, ob du mit mir shoppen gehen willst, aber du hast mir immer einen Korb gegeben. Lag das daran, dass du diese Unsichtbarkeitsgeschichte am Laufen hattest?«

»Oh, nein. Ich werde erst seit Kurzem unsichtbar«, antworte ich und verstehe immer noch nicht, was das mit irgendwas zu tun haben soll.

Doch dann schenkt sie mir ein kurzes, irgendwie unbeholfenes Lächeln und sinkt wieder ein wenig in sich zusammen, und mir wird klar, dass sie vermutlich ihre eigenen Schlüsse – die falschen Schlüsse – gezogen hat, warum ich nie etwas mit ihr unternehmen wollte. Vielleicht hat sie die ganze Zeit, während ich mir Sorgen übers Shoppen und teure Klamotten gemacht habe, geglaubt, ich könnte sie einfach nicht besonders gut leiden. Was total irre ist. *Alle* mögen Chanel Cao, sogar die Dreizehner, die immer durch die Schule stolzieren, als gehörte ihnen der ganze Laden, fragen sie manchmal, ob sie mit ihnen clubben gehen will.

Andererseits, wenn ich jetzt so darüber nachdenke, lässt sich nur schwer mit Sicherheit sagen, ob das wirklich an ihr liegt oder an all den Nachtclubs, die ihrem Vater gehören.

»Hey«, sage ich, »wo wir gerade davon sprechen. Es war nicht so, dass ich nichts mit dir unternehmen *wollte*, weißt du? Das wollte ich – *will* ich, ehrlich. Ich hab nur … Shoppen ist einfach nicht so mein Ding.«

Sie hebt den Kopf, ihre Wangen noch immer feucht vor Tränen. Einen Moment lang betrachtet sie mein Gesicht. »Ist das dein Ernst?«

Ich nicke.

»Warum hast du denn nicht längst mal was gesagt?«

»Keine Ahnung. Ich dachte einfach nicht …« Ich verstumme. *Ich dachte nicht, dass es eine Rolle spielt,* beende ich den Satz in meinem Kopf. *Ich dachte nicht, dass es irgendjemand interessiert.* Aber allein bei der Vorstellung, diese Worte laut auszusprechen, es mir selbst zu erlauben, so verletzlich zu sein, wird mir richtig übel. Trotzdem zwinge ich mich hinzuzufügen: »Aber noch ist es nicht zu spät, hab ich recht? Falls du irgendwann mal reden willst oder mehr Zeit zusammen verbringen willst … bin ich hier.« Ich mache eine Geste in Richtung meines Betts auf der anderen Seite des Zimmers. »Wortwörtlich.«

Aus irgendeinem Grund scheint Chanel meine vage, holprige Erklärung zu genügen, denn sie lächelt. Ein echtes Lächeln diesmal, trotz ihrer verquollenen Augen und rauen Lippen.

Dann schnappt sie sich ihr Handy wieder und ruft die Startseite von Beijing Ghost auf.

»Was machst du?«, frage ich misstrauisch.

»Was schon?«, antwortet sie mit einem leisen Schniefen und wischt sich die nassen Mascara-Flecken aus dem Gesicht. »Ich hinterlasse dir eine gute Bewertung.«

Kapitel 6

Ich erwache zum lauten Summen von Bienen.

Nein, keine Bienen, wird mir bewusst, als ich mich zwinge, die Augen zu öffnen. Es ist mein Handy, das auf meinem Nachttisch vibriert, während der Bildschirm mit der Flut in schneller Folge eintreffender Benachrichtigungen immer wieder aufleuchtet. Ich taste auf dem Nachttisch herum und greife danach und vor nervöser Angst krampft sich mir bereits der Magen zusammen.

Das letzte Mal, als ich so viele Benachrichtigungen auf einmal erhalten habe, hatte ich während der Examensphase drei Tage nacheinander vergessen, Mama anzurufen, und sie dachte, ich wäre entführt worden oder läge im Krankenhaus oder so. Ich habe mich damals so schuldig gefühlt, dass ich ihr versprochen habe, ihr jeden Tag mindestens eine Nachricht zu schicken, nur um sie wissen zu lassen, dass es mir gut geht. Und trotz allem, was in letzter Zeit los ist – selbst in einer Nacht wie gestern – habe ich dieses Versprechen bisher gehalten.

Aber wenn es nicht Mama ist, die panisch versucht, sich zu vergewissern, dass ich noch lebe …

Meine Verwirrung verpufft, kehrt jedoch sofort mit doppelter Kraft zurück, als ich das kleine Beijing-Ghost-Icon neben den inzwischen über fünfzig Benachrichtigungen sehe. Hat es vielleicht jemand geschafft, die App zu hacken?

Nun hellwach, strample ich die billige, dünne Decke von meinen Beinen und reiße das Handy aus dem Ladekabel. Dann scrolle ich durch die Nachrichten und ein leises, ungläubiges Lachen entweicht meinen Lippen.

Gestern dachte ich, Chanel macht nur Spaß wegen der Bewertung, aber wie sich herausstellt, hat sie es tatsächlich ernst gemeint. Und nicht nur das, sie muss auch ziemlich überzeugend gewesen sein – überzeugend genug, um über Nacht für eine um siebenhundertsiebzig Prozent gestiegene Nutzeraktivität zu sorgen.

Mein Pulsschlag beschleunigt sich, als ich die neuen Anfragen lese. Da ist dieses seltsame Flattern in meinem Bauch, irgendwas zwischen Nervosität, Aufregung und Ungeduld, wie dieses Gefühl, das ich manchmal habe, bevor ich zu einer Prüfung antrete.

Ich siebe die kleineren Sachen aus, die mir nicht viel Geld einbringen würden und meine Zeit wahrscheinlich nicht wert sind, außerdem ein paar Nachrichten von Trollen, in denen es um ziemlich dubiosen Sexkram geht. Schließlich komme ich zur jüngsten Anfrage und halte inne.

Die Nachricht ist überraschend detailliert, lang genug, um als Aufsatz durchzugehen, und umfasst sogar eine eigene Geheimhaltungsvereinbarung. Aber das ist nicht der Grund, warum in meinem Kopf sofort Alarmglocken läuten. Es ist die Anfrage an sich: Ich soll eine Reihe von Nacktfotos von Jake Nguyens Smartphone löschen, bevor er sie irgendwo posten oder weiterverschicken kann.

Mir fällt wieder ein, wie ich neulich auf der Toilette Rainies Unterhaltung – oder angebliches Vorsprechen – mitangehört habe. Das kann unmöglich ein Zufall sein. Außerdem wissen praktisch alle, dass Rainie und Jake seit ungefähr einem Jahr eine On-off-Beziehung führen, und ihre jüngste Trennung war ziemlich unschön. Angeblich hat Rainie in einem Wutanfall Geschenktüten von Jake im Wert von 100 000 RMB verbrannt, woraufhin Jake in den Sommerferien durch sämtliche Bars und Clubs in Thailand zog.

Aber Nacktfotos ... sind definitiv eine neue Entwicklung. Es wäre natürlich nicht der größte Skandal, der je an unserer Schule einschlägt – nicht, nachdem Stephanie Kongs potenzielle olympische Karriere durch ein geleaktes Sextape ein vorzeitiges Ende fand –, aber es wäre definitiv auch keine Kleinigkeit.

Nach kurzem Nachdenken tippe ich in den privaten Chat:

> Das gilt als Kinderpornografie, das weißt du, oder?
> Warum wendest du dich nicht direkt an die Schule oder an die Polizei?

Mein Verdacht bestätigt sich, als praktisch sofort eine Antwort eintrifft:

> es ist kompliziert. ich kann nicht riskieren, dass irgendjemand was davon erfährt ... würde mir ehrlich gesagt eher schaden als nutzen.
> aber du hilfst mir doch, oder??

Ich hatte noch keine Chance, zu antworten, als die nächsten Nachrichten eintreffen:

> bitte?
> ist wirklich wichtig.
> er hat gesagt, er schickt die fotos an seine freunde wenn/falls ihm danach ist

ich hab versucht mit ihm zu reden, aber er hat mich
schon auf allen socials blockiert. sogar auf facebook.
ich weiß nicht, was ich sonst tun soll …

Ich kann Rainies Panik auf der anderen Seite des Bildschirms praktisch spüren, und mit jeder neuen Nachricht, die ich lese, spüre ich, wie meine eigene Wut immer weiter ansteigt. Brodelnd. Zuerst geht Chanels Vater fremd, und jetzt das. Wenn schon nichts anderes, dann haben mich die letzten drei Tage wenigstens daran erinnert, warum ich froh bin, Single zu sein.

Weitere Nachrichten treffen ein:

sorry, wollte dich nicht zuspammen … ich verstehe,
dass du sicher viel zu tun hast & dir wahrscheinlich ne
menge leute schreiben …
ich bezahle dich gerne vorab, falls das die sache
beschleunigt
sind 50 000 RMB genug?

Ich gebe zu, es fühlt sich falsch an, Kapital aus ihrer Verzweiflung zu schlagen, Geld für meine Hilfe zu verlangen, obwohl ich sie ihr kostenlos anbieten sollte, auch wenn 50 000 RMB für sie und ihre Familie nichts sind.

Aber ich müsste auch lügen, wenn ich behaupten würde, mein Herz würde bei der Zahl nicht einen freudigen Satz machen.

50 000 RMB. Das ist mehr, als Mama in einem ganzen Jahr verdient.

Ich werfe einen Blick auf die Uhr auf meinem Handy. Es ist erst halb sechs, und mir bleibt noch genügend Zeit, die Geheimhaltungsvereinbarung zu unterschreiben, für mein Chinesisch-

Diktat zu üben und – idealerweise – noch vor der ersten Stunde einen Plan auszutüfteln.

Rasch schreibe ich zurück:

OK. Ich werde mein Bestes tun.

Dann streife ich hastig meine Uniform über, schnappe mir meine Schultasche und schlüpfe zur Tür hinaus, mit so leisen Schritten wie möglich, um Chanel nicht zu wecken. Nach allem, was sie gestern Abend durchgemacht hat, ist es das Mindeste, was ich tun kann.

Henry und ich sind die Ersten im Englischraum.

Na ja, genau genommen ist das gelogen. Unser Lehrer, Mr Chen, sitzt bereits hinter seinem Pult. Er ist damit beschäftigt, Stapel mit korrigierten Tests hin und her zu schieben, als ich hereinkomme, ein Kaffeebecher aus Styropor in seinem Mund baumelnd, sein ölschwarzes schulterlanges Haar zu einem tief sitzenden Pferdeschwanz zusammengefasst. Von all unseren Lehrerinnen und Lehrern in der Airington ist Mr Chen wahrscheinlich der, über den am meisten geredet wird – und der mit Abstand am meisten respektiert wird. Er hat schon für die *New York Times* geschrieben, mit den Obamas zu Mittag gegessen, eine Gedichtsammlung über die Erfahrung in der asiatischen Diaspora veröffentlicht, für die er später für den Nobelpreis nominiert wurde, und sein Jurastudium an der Harvard abgeschlossen, bevor er zwanzig war, nur, um anschließend aus einer Laune heraus einen sechsstellig bezahlten Job in einer renommierten New Yorker Kanzlei aufzugeben und in allen Ecken der Welt zu unterrichten.

Kurzum: Er ist all das, was ich auch sein will.

»Ah. Alice.« Mr Chen lächelt strahlend, als er mich sieht. Er lächelt häufig, unser Mr Chen, trotz der Tatsache, dass es um acht Uhr morgens an einem Donnerstag wenig zu lächeln gibt. Andererseits, wenn *ich* eine erfolgreiche, ausgezeichnete Harvard-Juraabsolventin und Dichterin wäre, würde ich wahrscheinlich auch ständig wie eine Idiotin grinsen, sogar bei meiner eigenen Beerdigung.

»Morgen, Mr Chen«, erwidere ich, lächle zurück und zwinge so viel Begeisterung in meine Stimme, wie ich kann. Es ist ein strategischer Akt meinerseits. Wenn der Zeitpunkt kommt, an dem die Lehrerschaft uns dabei helfen soll, Empfehlungsschreiben zu verfassen, will ich, dass man sich an mich als »gut gelaunt« und »positiv« erinnert, als »ausgezeichnet im Umgang mit Menschen« – egal, ob dies dem exakten Gegenteil meiner tatsächlichen Persönlichkeit entspricht.

Aber natürlich könnten jetzt, da ich die Schule womöglich bald verlassen werde, all meine Mühen umsonst gewesen sein …

Nein. Ich ersticke den Gedanken, bevor er richtig Gestalt annehmen kann. Jetzt habe ich Beijing Ghost. Eine Einnahmequelle. Leute, die mir *50 000 RMB* für einen einzigen Auftrag zahlen.

Es kann immer noch alles genauso laufen, wie ich es mir wünsche.

»… über dieses Englisch-Programm nachgedacht?«, höre ich Mr Chen sagen, einen bedeutungsschwangeren Ausdruck in seinen Augen.

Ich brauche eine Sekunde, bis mir klar wird, wovon er redet. Er hat mir – und nur mir – Ende letzten Jahres diesen angesehenen zweimonatigen Kurs in kreativem Schreiben empfohlen, und ich habe es mir erlaubt, genau fünf Sekunden lang total aus dem Häuschen zu sein, bevor ich das Ganze komplett aus meinem Gedächtnis gelöscht habe. Das Programm kostet ungefähr so viel wie die Wohnung meiner Eltern, und selbst wenn ich reich *wäre* und so viel Zeit übrig *hätte*, würde ich sie wahrscheinlich in einen Programmierkurs investieren, wie der, den Henry in der Neunten besucht hat. Irgendwas mit hoher Rendite.

Aber natürlich kann ich das *Mr Chen* nicht sagen.

»Oh, ja. Und ich denke immer noch darüber nach«, lüge ich. Mein Lächeln fühlt sich noch steifer an als gewöhnlich.

Zu meiner Erleichterung hakt Mr Chen nicht weiter nach. »Na, es eilt ja nicht. Und in der Zwischenzeit ... habe ich etwas für dich.« Er hält ein Blatt Papier hoch, das mit meiner winzigen Handschrift vollgeschrieben ist. Die Englischklausur von letzter Woche: ein Aufsatz und zwei umfassende Fragen zum Symbolismus in *Macbeth*. »Gut gemacht.«

Mein Herz gerät einen Schlag lang ins Stolpern, genau wie immer, wenn man mir das Ergebnis einer schulischen Leistung präsentiert. Ich schnappe mir das Blatt und falte es schnell zusammen, damit Henry, der auf uns zukommt, meine Note nicht sehen kann.

»Und Ihr auch, King Henry«, lobt Mr Chen mit einem Zwinkern und reicht ihm über meine Schulter hinweg seinen Test. Ich kann mich nicht mehr daran erinnern, wem dieser lächerliche Spitzname damals eingefallen ist, aber der komplette geisteswissenschaftliche Lehrkörper scheint seine helle Freude daran zu haben. Ich persönlich fand ihn immer ein bisschen *zu* passend. Schließlich wissen alle, dass Henry an unserer Schule so was ist wie der König.

Ich habe auch einen Spitznamen, obwohl ihn nur die Leute in meiner Klasse manchmal benutzen: Lernmaschine. Wenn ich ehrlich bin, stört er mich nicht – er hebt meine größte Stärke hervor und impliziert Kontrolle. Entschlossenheit. Schonungslose Effizienz.

Alles gute Eigenschaften.

Während Henry sich bei unserem Lehrer bedankt und ein Gespräch über die zusätzliche Lektüre anfängt, der er sich gestern Abend gewidmet hat, gehe ich ein paar Schritte zur Seite und werfe einen Blick auf meine Note.

99 %.

Erleichterung erfüllt mich. In jedem anderen Fach würde ich mich jetzt schon selbst wegen des abgezogenen Prozentpunkts fertigmachen, aber Mr Chen vergibt grundsätzlich nie die volle Punktzahl.

Trotzdem kann ich noch nicht feiern …

Ich drehe mich wieder zu Henry um, der gerade zu Ende gesprochen hat. »Was hast du gekriegt?«, will ich wissen.

Er zieht die Augenbrauen hoch. Er sieht ausgeruhter aus als bei unserer letzten Begegnung, seine Haut glatt wie Glas, das dunkle Haar in ordentlichen Wellen in seine Stirn fallend, nicht eine einzige Falte in seiner Uniform. Flüchtig frage ich mich, ob er es jemals leid ist, immer so perfekt auszusehen. »Was hast *du* gekriegt?«

»Sag du es mir zuerst.«

Es beschert mir ein Augenrollen, aber nach einer kurzen Pause sagt er: »Achtundneunzig Prozent.«

»Ah.« Ich kann nichts dagegen tun: Ein fettes Grinsen breitet sich auf meinem Gesicht aus.

Henry rollt erneut mit den Augen und geht an seinen Platz. Er packt langsam seine Tasche aus, ganz methodisch: ein glänzendes MacBook Air, ein durchsichtiges Muji-Mäppchen und einen dicken Ordner mit verschiedenfarbigen beschrifteten Reitern an der Seite. Er arrangiert alles in akkuraten Linien und Neunzig-Grad-Winkeln auf seinem Pult, so als wollte er gleich eins von diesen ästhetischen Studygram-Fotos schießen. Dann, ohne den Kopf zu heben, sagt er: »Lass mich raten: Du hast neunundneunzig Prozent, richtig?«

Ich sage nichts, sondern grinse nur noch breiter.

Henry blickt auf. »Dir ist schon klar, dass es echt tragisch ist, dass dein einziger Grund zur Freude darin besteht, mich um ein Prozent in einer Englischklausur zu schlagen?«

Das Lächeln auf meinem Gesicht erstirbt. Ich funkle ihn an. »Nimm dich mal nicht so wichtig. Es ist nicht mein *einziger* Grund zur Freude.«

»Sicher.« Er klingt nicht überzeugt.

»Ist es nicht.«

»Ich hab dir doch gar nicht widersprochen.«

»Ich … argh. Was auch immer.« Obwohl es mindestens eine Million Dinge gäbe, die ich lieber tun würde – einschließlich barfuß über Lego-Steine zu gehen –, setze ich mich auf den Platz neben ihm. »Ich wollte was ziemlich Wichtiges mit dir besprechen …«

Henrys Miene verändert sich nicht, als ich mich zu ihm setze, aber ich kann seine Überraschung trotzdem spüren. Es ist eine unausgesprochene, aber allgemein anerkannte Regel, dass der Platz, auf den man sich zu Beginn des Schuljahres setzt, der Platz ist, bei dem man bleibt.

Was auch der Grund ist, warum meine übliche Nebensitzerin und Airingtons beste Kunstschülerin, Vanessa Liu, wie angewurzelt stehen bleibt, als sie ein paar Sekunden später durch die Tür kommt. Das klingt jetzt vielleicht übertrieben, aber das ist es nicht. Sie ist von Kopf bis Fuß *komplett erstarrt*, obwohl hinter ihr schon die Nächsten ins Klassenzimmer trudeln. Dann marschiert sie auf mich zu, einen verraten und verletzt wirkenden Ausdruck auf dem Gesicht, der eigentlich eher angebracht gewesen wäre, wenn sie ihren Freund in flagranti mit ihrer besten Freundin erwischt hätte, oder noch Schlimmeres.

»Du sitzt *hier*?«, fragt sie mich, ihre dünne Stimme weinerlich, die Wörter lang gezogen. Als ich nicht antworte, sondern ihr nur ein knappes, entschuldigendes Lächeln schenke, zieht sie einen Schmollmund und fügt hinzu: »Du lässt mich an unserem Tisch mit *Lucy Goh* allein?«

»Was stimmt denn nicht mit Lucy?«, frage ich, obwohl ein Teil von mir vermutet, die Antwort bereits zu kennen.

Lucy Goh ist eine Seltenheit an unserer Schule: Mittelklasse durch und durch, mit Arbeitereltern, die in örtlichen Unternehmen beschäftigt sind. Sie ist zu allen stets freundlich – einmal hat sie für die ganze Klasse personalisierte Kekse für die Abschlussfeier gebacken, und sie ist immer die Erste, die herbeieilt, wenn im Sportunterricht jemand stürzt –, aber sie ist kein Kunstgenie wie Vanessa, keine Musikerin wie Rainie oder sonst in irgendeinem anderen Fach besonders gut. Und genau das ist das Problem. Hier in der Airington kann man sich auf verschiedene Arten Respekt verdienen: durch Talent, Schönheit, Reichtum, Charme, familiäre Beziehungen …

Aber Freundlichkeit gehört nicht dazu.

»Ich meine, klar, sie ist nett und alles«, antwortet Vanessa und bauscht mit einer kohleverschmierten Hand ihren Pony auf, »aber was Gruppenarbeit angeht …« Sie verstummt, lehnt sich dann zu mir, als wollte sie ein schlüpfriges Geheimnis mit mir teilen, obwohl ihre Stimme immer noch so laut ist, dass auch der Rest der Klasse ihre nächsten Worte hören kann: »Ist sie irgendwie nutzlos, wenn du verstehst, was ich meine.«

In den Winkeln ihrer funkelnden katzenartigen Augen bilden sich Fältchen, und sie sieht mich an, als würde sie erwarten, dass ich lache oder ihr zustimme.

Tue ich nicht.

Kann ich nicht. Nicht, wenn sich mir der Magen zusammenkrampft, als hätte sie gerade über *mich* gelästert.

Und vielleicht liegt es daran, dass ich mir sehr bewusst bin, dass Henry neben mir sitzt, alles mit ansieht und diesen kompletten Austausch zweifellos still verurteilt, oder vielleicht auch daran, dass ich dank meiner Klausurnote immer noch auf einer Woge des Machtgefühls reite, oder daran, dass durchaus die Möglichkeit besteht, dass vielleicht nicht alles wunschgemäß laufen wird und ich die Airington nächstes Halbjahr verlassen muss, aber ich tue etwas, das für mich absolut untypisch ist: Ich sage genau das, was ich denke. »Ernsthaft? Weil ich mir ziemlich sicher bin, dass sie mehr arbeitet als du.«

Vanessas Augen weiten sich.

Ich schrumpfe instinktiv auf meinem Stuhl zusammen und habe plötzlich Angst, sie könnte mir eine reinhauen oder so. Zu spät fällt mir wieder ein, dass Vanessa neben all ihren prestigeträchtigen Kunstpreisen letztes Jahr auch bei den nationalen Kickbox-Meisterschaften gewonnen hat.

Aber sie stößt nur ein lautes, gellendes Lachen aus.

»Verdammt. Auf *so* eine Retourkutsche war ich echt nicht vorbereitet, Alice«, sagt sie, aber ihr leichter, neckender Tonfall passt nicht ganz zu der in ihren Augen aufblitzenden Wut. Bevor ich jedoch zurückrudern kann, stolziert sie zu unserem üblichen Tisch – jetzt *ihrem* Tisch, schätze ich. Ich habe das Gefühl, dass ich so bald nicht mehr neben ihr sitzen werde.

»Wow«, sagt Henry, als Vanessa außer Hörweite ist.

»Wow, *was?*«, will ich wissen, meine Wangen gerötet, während sich bereits Bedauern in meinen Magen bohrt. Es gibt einen Grund dafür, warum ich in der Schule nie mit irgendwem auf Konfrontationskurs gehe, und es liegt nicht daran, dass ich feige bin – na ja, nicht *nur* daran. Die anderen in meiner Klasse sind ausgiebig mit Vitamin B versorgt, und ich kann keine Brücken hinter mir abbrechen, ohne gleichzeitig hundert weitere zu zerstören, die damit verbunden sind. Gut möglich, dass ich mir gerade sämtliche Chancen verbaut habe, jemals bei Baidu oder Google zu arbeiten.

»Gar nichts«, antwortet Henry, aber er glotzt mich an, als hätte er mich vorher noch nie wirklich gesehen. »Es ist nur … du kannst manchmal ziemlich überraschend sein.«

Ich runzle die Stirn. »Was soll das denn nun wieder bedeuten?«

»Gar nichts. Vergiss es«, sagt er wieder. Wendet den Blick ab. »Wie dem auch sei, was wolltest du mir eben sagen?«

»Oh, richtig. Es geht um den nächsten Auftrag …«

»Warte.« Er öffnet ein leeres Pages-Dokument auf seinem Laptop und bedeutet mir aufzuschreiben, was ich ihm erzählen wollte.

Ich tippe: Ernsthaft? Schicken wir uns jetzt schon Nachrichten hin und her wie in der sechsten Klasse?

Worauf er sofort antwortet: Ja. Es sei denn, du willst, dass uns hier alle belauschen und mitkriegen, dass du Beijing Ghost bist.

Ich hebe gerade rechtzeitig den Blick, um vier Leute dabei zu erwischen, wie sie hochinteressiert in unsere Richtung starren. Wo er recht hat …

Also verbringe ich den Rest der Stunde damit, Henry per Laptop von Rainies Anfrage zu berichten und das weitere Vorgehen zu planen, während ich gelegentlich an die Tafel schaue und so tue, als würde ich mir Notizen zum Unterricht machen. Es ist nicht so, als würde ich viel verpassen: Mr Chen gibt Aufsätze zurück und geht die Antworten der letzten Klausur durch, und die meisten »Modellantworten«, die er verwendet, stammen entweder von Henry oder mir. *Siehst du?,* bin ich beinahe versucht, Henry aufzuziehen, als die anderen in meiner Klasse meine Antworten Wort für Wort in ihre Hefte schreiben. *Das ist ein weiterer Grund zur Freude.* Doch als ich mir den Satz im Kopf noch mal vorspreche, bin ich mir nicht ganz sicher, ob er mich mehr oder weniger bemitleidenswert klingen lassen würde.

Die Stunde verfliegt überraschend schnell. Und als es klingelt und alle hastig zusammenpacken und aus dem Zimmer strömen, sind Henry und ich die Letzten, die gehen.

Theoretisch sollte es nicht allzu schwer sein, ein paar Fotos von Jake Nguyens Handy zu löschen, vor allem, wenn ich das Überraschungsmoment auf meiner Seite habe.

Theoretisch.

Doch nachdem ich Jake in den nächsten paar Tagen beobachtet und mich an seine Fersen geheftet habe, wann immer ich unsichtbar war, wird mir klar, dass der Kerl sein Smartphone praktisch *überall* dabeihat – im Unterricht, auf dem Basketballplatz, sogar, wenn er auf die Toilette geht, als wäre es sein erstgeborenes Kind oder so. Er ist die fleischgewordene Parodie eines technikbesessenen, leicht abgelenkten Gen-Z-Kids: scrollt auf Twitter ständig durch Memes, durch Moments auf WeChat oder durch die Fotos der neuen personalisierten Nikes seiner Freunde auf Instagram. Bei mehreren Gelegenheiten war ich versucht, ihm das Smartphone einfach aus der Hand zu schlagen und die Sache hinter mich zu bringen.

Schon bald sind fünf volle Tage vergangen, und alles, was ich nach meinen unsichtbaren Spionageaktionen vorzuweisen habe, sind seine iPhone-PIN – unglaublich, aber wahr: *1234* – und das Wissen, dass Jake Nguyen in seiner Freizeit heimlich *Sailor Moon* schaut. Um ehrlich zu sein, bin ich mir nicht ganz sicher, was ich von Letzterem halten soll.

Was ich hingegen weiß, ist: Je länger sich die Sache hinzieht, desto größer stehen die Chancen, dass Jake die Fotos weiterschickt. Und laut Rainies immer verzweifelter klingenden Nachrichten droht er, es schon sehr bald zu tun.

Dann, am Mittwochmorgen, als ich mich gerade für den Unterricht fertig mache, ruft Henry mich an.

Meine Hände erstarren über dem Reißverschluss meines Rocks. Ich weiß nicht, was seltsamer ist: die Tatsache, dass er mich *anruft*, als wären es die frühen 2000er, oder die Tatsache, dass *er* es ist.

»Hallo?«, melde ich mich zögernd und halte mir das Smartphone mit meiner freien Hand ans Ohr. Ein Teil von mir ist sich sicher, seine Nummer wurde geklaut.

Doch dann höre ich seine Stimme durch den Apparat, klar und hell wie immer. »Alice. Bist du beschäftigt?«

»Nein – na ja, ich meine, ich zieh mich grade an«, sage ich, ohne nachzudenken.

»Oh.« Es folgt eine verlegene Pause. »Okay.«

Hastig ziehe ich den Reißverschluss bis ganz nach oben und setze mich auf die Bettkante, meine Wangen glühend. »Moment, warte. Vergiss, was ich gesagt hab.« Auf der anderen Seite des Zimmers schnarcht Chanel leise. Ich presse das Handy fester auf mein Ohr. »Also, ähm, was gibt's? Warum rufst du an?«

»Es geht um den aktuellen Auftrag.«

Aus irgendeinem Grund ist das erste Gefühl, das sich in meinen Magen senkt … Enttäuschung. Aber *natürlich* geht es um den aktuellen Auftrag. Warum sollte er mich auch sonst anrufen? »Ich bin ganz Ohr.«

»Da es damit so langsam vorangeht, habe ich mir erlaubt, Jakes Bewegungsmuster im Mengzi-Haus in den vergangenen Tagen zu beobachten – definitiv einer der absoluten Tiefpunkte meines bisherigen Lebens, wie ich hinzufügen möchte –, und wie es scheint, bietet sich dir ein kleines Aktionsfenster, um diese Fotos von seinem Handy zu löschen …«

Ich schlucke meine Überraschung hinunter. Aus Höflichkeit habe ich Henry seit der Englischstunde neulich über meine Fortschritte – oder, na ja, den Mangel daran – auf dem Laufenden gehalten, aber ich hätte niemals erwartet, dass er sich die Mühe macht, auf eigene Faust Informationen zu sammeln. Ein Teil von mir ist ihm, natürlich, dankbar. Ein anderer Teil hasst jedoch die Tatsache, dass er vor mir eine günstige Gelegenheit entdeckt hat. Es gibt mir das Gefühl, er würde gewinnen, was absolut lächerlich ist.

Das hier ist überhaupt kein Wettkampf.

Trotzdem kann ich nichts gegen das heiße Stechen der Verärgerung in meiner Brust tun – ebenso wenig wie gegen die seltsame Kälte, die darauf folgt, als würde ein Winterwind über mich hinwegwehen, obwohl sämtliche Fenster geschlossen sind …

Oh.

Henry spricht weiter, vollkommen ahnungslos, was gerade passiert. Was gleich passieren wird. »Also, Jake lässt sein Handy nur in seinem Wohnheimzimmer zurück, wenn er duschen geht. Deshalb dachte ich, ich könnte in der Nähe seines Zimmers im Flur warten und so tun, als würde ich aus Versehen etwas auf sein Hemd verschütten – etwas, das er rauswaschen müsste, Orangensaft, zum Beispiel –, dann hättest du ungefähr acht oder neun Minuten, um …«

»Klingt großartig«, unterbreche ich ihn und unterdrücke ein Zittern, während ich vom Bett aufstehe. Meine Hände fühlen sich wie Eis an. Nein, alles fühlt sich irgendwie *falsch* an. Die Wände des Zimmers schwellen um mich herum an wie eine frische Beule und mein Herz beginnt zu rasen. Nur, weil ich diesen ganzen Mist schon öfter erlebt habe, ist es deshalb nicht weniger Furcht einflößend. Weniger unnatürlich. »Glaubst du, du könntest das auch in zehn Minuten oder so machen? Ich komm rüber.«

»Äh … jetzt gleich?«

Die Kälte hat sich inzwischen bis zu meinen Zehen ausgebreitet. Ich muss mich bewegen. Und zwar schnell.

»Ja«, bringe ich hervor.

»Okay, aber da gibt's noch ein klitzekleines Problem, das ich gerade erwähnen wollte … Du kennst doch Jakes Mitbewohner, Peter? Er ist immer noch in ihrem Zimmer, und es klingt ganz so, als …« Er verstummt. Eine Tür knarrt, und irgendwo im Hintergrund, das schwöre ich, höre ich jemanden ausgerechnet *beatboxen*. »Als wäre er momentan damit beschäftigt, ein neues Mixtape aufzunehmen. Oder vielleicht ist es auch nur wieder eine seiner politischen Wutreden. Wenn ich ehrlich bin, lässt sich der Unterschied manchmal nur schwer erkennen …«

»Und was machen wir jetzt?«, schneide ich ihm das Wort ab, leise Panik in jedem meiner Worte. »Ich meine – *Scheiße*, seinen Mitbewohner hab ich total vergessen …«

»Dabei kann ich dir wahrscheinlich helfen«, sagt jemand hinter mir.

Ich lasse beinahe mein Handy fallen.

Ich wirble herum und sehe Chanel in ihrem Seidenpyjama vor mir stehen, noch immer mit Schlaf in den Augen, aber lächelnd.

»Chanel, ich …«, stammle ich, zu verdutzt, um einen vollständigen Satz zusammenzubringen.

»Hier geht's um deine Beijing-Ghost-Sache, stimmt's?«, vergewissert sie sich. »Tut mir leid, aber ich hab zufällig alles mit angehört.«

Henrys Stimme dringt aus dem Telefon: »Moment mal … *Chanel*?«

»Ja. Hi, Henry«, trällert sie ins Handy, ihr Grinsen noch breiter. »Was sagst du dazu, dass wir wieder zusammenarbeiten?«

»Seit wann arbeitet ihr zwei denn zusammen?«, frage ich im selben Moment, als Henry mit einem Anflug von Ungläubigkeit in der Stimme herausplatzt: »Du hast ihr von Beijing Ghost erzählt?«

»Ja, klar, Henry und ich kennen uns schon, seit wir klein waren«, erklärt Chanel mir beiläufig, als wäre es nicht weiter erwähnenswert. »SYS hat für meinen Vater«, einen Moment lang wandern ihre Mundwinkel nach unten, »ein paar Werbekampagnen für seine Nachtclubs übernommen.«

»Oh.« Es sollte mich nicht überraschen. Manchmal kommt es mir so vor, als gehörte die komplette Schülerschaft der Airington mitsamt Familien zu einem einzigen verschlungenen, komplexen

Netz der Macht, das ich zwar sehen kann, dem ich aber niemals angehören werde. Es sei denn, ich lasse mich fangen wie eine lästige Fliege.

»Alice hat mir letzte Woche von der App erzählt«, fügt Chanel an Henry gerichtet hinzu. »Aber das ist eine ziemlich lange Geschichte und allem Anschein nach haben wir nicht viel Zeit.« Sie dreht sich wieder zu mir um. »Also, kann ich irgendwie helfen? Ich könnte weiß Gott ein bisschen Ablenkung gebrauchen.«

Mir ist bewusst, dass eine derartige Entscheidung eigentlich gründlicher Abwägung bedarf, einer umfassenden Risikoanalyse und *mindestens* zweier langer Listen mit allen Pros und Kontras dazu, eine dritte Person in diese ganze Sache mit hineinzuziehen. Aber ich bin mir auch der Kälte sehr bewusst, die sich sehr schnell in meinem Körper ausbreitet.

»Okay«, sage ich. »Du bist dabei.«

Kapitel 7

»Das fühlt sich so seltsam an«, murmelt Chanel zum mindestens zehnten Mal, während wir uns durchs Mengzi-Haus schleichen. Sie schaut immer wieder in meine Richtung, als wollte sie sich vergewissern, dass ich noch da bin. »Ich meine, ich kann dich wirklich nicht *sehen*. Also *überhaupt* nicht.«

»Na, was hast du denn erwartet?«, flüstere ich ihr zu. Mein Blick huscht durch den leeren Korridor. Es ist so früh, dass die meisten hier noch gar nicht wach sind – ich schätze, sie spüren wohl nicht denselben Drang wie ich, schon vor sechs Uhr morgens produktiv zu sein –, und diejenigen, die bereits aufgestanden sind, sitzen beim Frühstück. Die gute Nachricht ist, es werden nicht zu viele Zeugen anwesend sein, falls irgendwas schiefläuft.

Die schlechte Nachricht ist, es wird viel verdächtiger aussehen, wenn Chanel und Henry zusammen hier rumstehen.

»Um ehrlich zu sein, dachte ich … ach, ich weiß selbst nicht, was ich dachte«, antwortet Chanel mir leise. »Aber solche Dinge passieren schließlich nicht einfach …«

»*Schh*«, zische ich. Ein Junge, den ich schon ein paarmal auf dem Schulgelände gesehen habe, geht an uns vorbei und wirft Chanel einen eigenartigen Blick zu. Wahrscheinlich glaubt er, sie würde mit sich selbst reden.

»Tut mir leid«, entschuldigt sie sich, als er weg ist, und diesmal bewegt sie kaum ihre Lippen.

»Schon okay.« Ich versuche erfolglos, mein rasant hämmerndes Herz zur Ruhe zu bringen. Meine Nerven funken in Höchstgeschwindigkeit, seit wir unser Wohnheimzimmer verlassen haben. »Bringen wir die Sache einfach hinter uns.«

Zu meiner immensen Erleichterung ist Henry bereits vor Jakes Zimmer in Position, genau wie vereinbart, mit einer vollen Tasse Kaffee in der einen und einem Geschichtsbuch in der anderen Hand. Als Chanel und ich hinter einer der zahlreichen riesigen, äußerst dekorativen Topfpflanzen, die den Korridor säumen, stehen bleiben, klopft Henry an Jakes Tür und weicht wieder ein paar Schritte zurück.

Ein langer Moment verstreicht. Nichts passiert.

Der Knoten in meinem Magen zieht sich noch fester zusammen. Was, wenn Jake gar nicht mehr in seinem Zimmer ist? Oder was, wenn er in den letzten Tagen bemerkt hat, dass irgendwas Komisches vor sich geht, dass Henry sich seltsam benommen und ihn von Weitem beobachtet hat? Nein. Das ist unmöglich. Richtig?

Dann schwingt die Tür auf, das tiefe, rhythmische Dröhnen eines Basses dringt in den Korridor, und Jake schlurft in Plastiklatschen heraus. Er hat nichts weiter an als ein weites weißes Tanktop und Boxershorts und sein kurzes schwarzes Haar steht in alle Richtungen ab. Er unterdrückt ein Gähnen. Blickt sich mit verwirrtem Blinzeln um.

»Wer war das?«, grummelt er.

Das ist Henrys Stichwort.

Er tritt vor, das Buch vor sich hoch haltend, als wäre er abgelenkt und hätte nicht die ganze Zeit im Korridor gewartet. Er prallt voll mit Jake zusammen. Beinahe in Zeitlupe gleitet ihm der Kaffeebecher aus der Hand und die dunkle Flüssigkeit spritzt überall hin.

»Was zur *Hölle*?« Jake taumelt rückwärts, klatscht die Hände auf sein durchnässtes Top.

»Entschuldige. Ich hab dich nicht gesehen«, sagt Henry sofort und sieht wirklich überzeugend schuldbewusst aus. Es sind auch ein paar Tropfen Kaffee auf ihm gelandet, und ich sehe zu, wie er sich mit einer leichten Grimasse die Wange sauber wischt. »Ich kann dir ein neues Shirt bringen, wenn …«

Jake schüttelt den Kopf, obwohl er immer noch ziemlich sauer aussieht. »Nee, schon okay, Mann. Ich muss das Zeug nur kurz abwaschen.«

Und damit verschwindet er wieder in seinem Zimmer und zischt irgendwas, das klingt wie: »Peter, Alter, kannst du bitte mal für *eine gottverdammte Sekunde* aufhören zu rappen?«, bevor er mit einem Handtuch über der Schulter und wutentbranntem Gesichtsausdruck wieder auftaucht.

Während er in Richtung Bad davonrauscht, tritt Chanel in Aktion.

Als ich sie auf dem Weg hierher gefragt habe, wie genau sie vorhat, Peter aus dem Zimmer zu locken, hat sie mir nur zugezwinkert und mir in vollkommen nüchternem Tonfall erklärt: »Mit meinem weiblichen Charme, natürlich.«

Ich dachte, es wäre ein Witz.

Doch als ich ihr nun ins Zimmer folge, steuert sie direkt auf Peter zu, schwingt im Rhythmus des Bassbeats die Hüften und ruft mit beinahe gurrender Stimme: »*Peter!* Ich hab dich gesucht.«

Der Bass erstirbt. Peter, der in seiner Ecke des Zimmers sitzt, wo er sich allem Anschein nach ein Mini-Aufnahmestudio mit

Keyboard, Mikrofon und allem Drum und Dran eingerichtet hat, reißt den Kopf hoch. »Äh ... Chanel?« Er blinzelt sie an. Klatscht verlegen eine Hand auf seinen *Star Wars*-Schlafanzug, als könnte er ihn dadurch ernsthaft verstecken.

»Entschuldige, ich stör dich doch nicht bei irgendwas, oder?«, fragt Chanel mit großen Augen. Sie nähert sich ihm, bis die beiden nur noch wenige Zentimeter trennen. »Ich musste dich nur unbedingt finden.«

Peter gibt ein nervöses Lachen von sich. »Okay ... äh, warum?«

»O mein Gott, was glaubst du wohl, warum?«, erwidert Chanel mit neckischem Lächeln, so als wäre das ein Insiderwitz zwischen den beiden. Sie haut ihm auf die Schulter, lässt ihre Hand jedoch darauf liegen, und ihre Finger krallen sich ganz leicht in den Schafanzugstoff.

»Willst du ... dir was von mir ausborgen?«, versucht Peter es, und seine Augen huschen zwischen Chanels Hand und ihrem Gesicht hin und her.

Obwohl er noch kaum einen geraden Satz von sich gegeben hat, bricht Chanel in Gekicher aus, als hätte er ihr gerade den lustigsten Witz der Welt erzählt. »Nein, du Idiot«, sagt sie beinahe liebevoll. »Mein Dad überlegt, ein paar neue DJs für seinen Nachtclub anzuheuern, und will, dass ich ihm bei der Auswahl helfe. Und plötzlich fiel mir ein, dass wir in unserer Stufe einen verdammten *Experten* haben.«

»Oh«, erwidert Peter. Erst dann kommen Chanels Worte wirklich bei ihm an und er wird knallrot. »*Oh*. Ich meine ... ich würde mich selbst nicht unbedingt als Experten bezeichnen, aber ...«

»Komm schon, sei nicht so bescheiden.« Chanel lehnt sich näher zu ihm, ihre langen Wimpern gesenkt. Ich habe ehrlich keine Ahnung, ob ich angesichts ihres vollen Einsatzes lachen, mich fremdschämen oder ihr applaudieren soll. »Du bist supertalentiert und das weißt du auch. Alle wissen das.«

Peter wird nur noch röter.

Chanel löst sich wieder von ihm. Stemmt eine Hand in ihre Hüfte und betrachtet ihn genauer. »Dann machst du es also mit mir?«

»Was … machen?«

Sie zieht eine ihrer zarten Augenbrauen hoch. »Eine Liste mit guten DJs zusammenstellen, natürlich. Ich hab schon ein paar Namen auf meinem Laptop notiert, falls du mitkommen und sie dir ansehen willst.«

Für einen kurzen Moment zögert Peter, als würde er einen Streich vermuten. Doch wie sich herausstellt, ist Chanels weiblicher Charme ziemlich überzeugend, denn er steht von seinem Stuhl auf, während er weiter versucht, seinen Schlafanzug zu verdecken, und antwortet: »Äh, sicher. Warum nicht? Gib mir … Ich will mich vorher nur kurz umziehen.«

»Großartig! Ich warte draußen.«

Chanel strahlt ihn an und schreitet zur Tür hinaus, während ich hastig den Blick abwende, als Peter beginnt, aus seinem Oberteil zu schlüpfen. Ich höre, wie die Tür des Kleiderschranks knarrt, und das leise Klappern von Plastikkleiderbügeln, als er nach etwas zum Anziehen sucht, dann ein leises Fluchen – *»Aish!«* –, weil er sich offenbar das Schienbein an der Ecke seines Betts gestoßen hat.

Dann ist er plötzlich weg und ich stehe allein im Zimmer.

Ich war noch nie im Wohnheimzimmer eines Jungen – abgesehen von Henrys, natürlich –, und je mehr ich mich umschaue, desto mehr wird mir bewusst, dass Henrys Geschmack in Sachen Inneneinrichtung eine Ausnahme sein muss.

Drei riesige Computermonitore und Kopfhörer sind über den Schreibtisch verteilt, Regenbogenlichter leuchten in den Lücken zwischen den Tasten. Überall liegen Proteinriegelverpackungen. Die grauen Wände sind mit zwei Postern irgendeines NBA-Stars und dieses beliebten chinesischen Idols, Dilraba Dilmurat, auf das so viele Typen zu stehen scheinen, tapeziert. Der ganze Boden ist mit zusammengeknüllten Socken und Unterhosen übersät.

Als ich einatme, nehme ich den intensiven Geruch von Erdnussbutter und etwas anderem wahr, bei dem es sich um Eau de Cologne handeln könnte.

Ich rümpfe die Nase und durchsuche das Chaos nach Jakes Smartphone. Nach wenigen Minuten entdecke ich es, halb unter sein Kopfkissen gesteckt. Ein leises, erleichtertes Seufzen entweicht meinen Lippen. Aus irgendeinem Grund hatte ich mir diesen Teil viel schwieriger vorgestellt.

Doch als ich die Ziffern *1234* eingebe, piept das Handy.

Die Worte *Falsche PIN* leuchten auf dem Bildschirm auf.

Ich runzle die Stirn. Versuche es erneut.

Falsche PIN.

Mein Mund wird trocken. Ich habe erst am Montag dabei zugesehen, wie Jake exakt diesen Code eingegeben hat, was bedeutet, er muss seine PIN irgendwann gestern geändert haben. Noch ein paar weitere Fehlversuche, dann ist sein Smartphone gesperrt.

Aber die neue PIN könnte *alles Mögliche* sein.

Ich versuche, die langsam in mir aufsteigende Verzweiflung zu ignorieren. Ich darf das hier nicht vermasseln. Das *darf* ich nicht. Es könnte durchaus sein, dass ich nie wieder die Chance bekomme, mir Zugang zu Jakes Handy zu verschaffen oder dass es in zwei, drei Tagen überhaupt keine Rolle mehr spielen würde, falls Jake diese verfluchten Fotos dann bereits verschickt hat.

Außerdem haben Henry und Chanel ihren Part erfüllt. Sie verlassen sich darauf, dass ich es jetzt auch tue. Und das Schlimmste – noch schlimmer als die Vorstellung, zu versagen – ist für mich der Gedanke, andere zu enttäuschen.

Okay, denk nach, ermahne ich mich selbst. *Welche Zahlen könnten für ihn eine Bedeutung haben?*

Ich hole mein eigenes Handy heraus, warte eine gefühlte Ewigkeit, bis mein VPN steht, und durchsuche hastig Jakes Facebook-Seite. Dann gebe ich sein Geburtsdatum ein.

Falsche PIN.

Scheiße. Ich beiße mir so fest auf die Innenseite meiner Wange, dass ich Blut schmecke. In meiner Verzweiflung google ich eine Liste mit den gängigsten iPhone-Passwörtern und versuche die zweite Option nach *1234*: *0000.*

Immer noch nichts – und mir bleibt nur noch ein Versuch.

Okay, schon gut. Alles ist gut. Ich zwinge mich, gleichmäßig zu atmen. *Wage es ja nicht, in Panik zu verfallen. Stell … Stell dir einfach vor, du wärst Jake Nguyen. Du bist ein solider Dreierschüler, der seine Wochenenden mit Clubben verbringt, laut »lol« sagt und nichts anderes trinkt als Proteinshakes und Alkohol. Du hältst dich für supersexy, weil du einen Undercut hast und tonnenweise Haarwachs benutzt. Du bist eins dieser Arschlöcher, das die Nacktfotos von seiner Ex-Freundin behält und ihr dann damit droht. Du …* Ich lasse den Blick nach weiteren Informationen durch den Raum schweifen und unterdrücke ein Stöhnen. *Und allem Anschein nach steht auch eine geöffnete Packung XL-Kondome griffbereit auf deinem Nachttisch.*

Also, wenn du deine PIN ändern würdest, wie würde sie dann lauten?

Mir kommt eine Idee. Eine bescheuerte, absolut lachhafte Idee.

Beinahe hoffe ich für Jake, dass ich mich irre, als ich die Ziffern *6969* eintippe, aber diesmal piept das Handy nicht.

Und plötzlich bin ich drin.

Ich schüttle den Kopf, während ein Lachen und ein Seufzen in meiner Kehle miteinander ringen. Rainie hätte wirklich schon viel früher mit ihm Schluss machen sollen.

Ich hatte befürchtet, ich würde zu lange brauchen, um die Fotos zu finden, oder Jake hätte sie in irgendeinem obskuren Ordner abgelegt oder sie mithilfe eines Geheimcodes versteckt, den nur er entschlüsseln kann. Aber als ich auf seine Galerie klicke, fällt mein Blick sofort auf einen Ordner, dessen Titel nur aus dem Pfirsichpo-Emoji besteht.

Sehr stilvoll.

Rainies Nacktfotos befinden sich darin, zusammen mit Aufnahmen von zwei weiteren Mädchen, die ich noch nie gesehen habe. Ich lösche sie alle und entferne sie dann auch aus dem »Kürzlich gelöscht«-Ordner.

Ich will das Handy gerade wieder zurücklegen, als ich Schritte höre. Dann Jakes Stimme, durch die Tür ein wenig gedämpft.

»Du bist immer noch hier?«

Mir wird klar, dass er mit Henry sprechen muss. Dass Henry die ganze Zeit vor dem Zimmer war und … was gemacht hat? Wache gestanden? Auf mich gewartet?

Oder traut er mir nur nicht zu, dass ich die Sache allein hinkriege?

»Na klar«, antwortet Henry ruhig. »Ich wollte mich vergewissern, dass es dir gut geht.«

»Dass es mir gut geht?«, wiederholt Jake, einen Anflug von

Misstrauen in seiner Stimme. »Alter, es war *Kaffee*, kein Gift oder so.«

Als Henry darauf nichts erwidert, stößt Jake ein Seufzen aus. »Okay, Mann, ich wollte eigentlich nicht, dass es so weit kommt, aber … du hängst in letzter Zeit ganz schön oft hier rum, weißt du? Mir ist schon klar, dass dein Zimmer hier ganz in der Nähe ist und so, aber ich meine *genau hier*, und viel öfter als normalerweise. Also … entweder versuchst du, irgendwas aus meinem Zimmer zu klauen, oder du bist, na ja, heimlich in mich verknallt.«

Ich erwarte, dass Henry in Panik verfällt, es vielleicht abstreitet oder sich irgendeine miese Ausrede einfallen lässt und schleunigst verschwindet. Aber er antwortet vollkommen ruhig: »Ja.«

Eine bedeutungsschwangere Pause folgt.

»J…ja?«, stammelt Jake, offensichtlich genauso verdutzt wie ich. »Ähm … ja *was*, genau?«

»Ja, Letzteres, natürlich.«

Ich muss jedes letzte bisschen Willenskraft in mir aufbringen, um nicht laut loszuprusten. Ich erwarte zu hören, wie Jake Henry erklärt, er könne sich auch allein verarschen, aber ganz offensichtlich habe ich Jakes Vertrauen in seinen eigenen Charme unterschätzt, denn eine Sekunde später stammelt er:

»O…oh, okay … also ich meine, versteh das nicht falsch, Mann, du bist super und alles. Ehrlich. Und dass du schwul bist und so, das – ich meine, ich hab echt kein Problem damit. Du weißt schon, Liebe ist Liebe ist Liebe und all das …« Er räuspert sich. »Aber ich … ich fühle einfach nicht dasselbe für dich.«

»Ah.«

»Ja … aber, also, sorry, Mann? Alles okay zwischen uns?«

»Natürlich.« Henry schweigt einen Moment. »Und entschuldige, wenn es dir unangenehm war, dass ich so oft hier rumgehangen hab. Ich werde mich selbstverständlich *jetzt sofort* verziehen …«

Ich weiß, das ist mein Stichwort, verdammt noch mal von hier zu verschwinden, aber irgendetwas lässt mich innehalten. Erneut durch Jakes Fotogalerie scrollen. Ich bin mir noch nicht mal sicher, wonach ich suche, bis ich ein mehrere Monate altes Video von Jake finde.

Blut pulsiert in meinen Ohren. Adrenalin und Angst, und so was wie Aufregung, rauschen in schwindelerregendem Tempo durch meine Adern.

Könnte ich? *Sollte* ich?

Ich schätze, am Ende läuft es darauf hinaus: Ich habe keine Ahnung, ob es moralisch vertretbar ist, wenn ich die Sache selbst in die Hand nehme, aber ich weiß definitiv, dass Jake ein Arschloch ist. Und ich weiß, dass Rainie schon seit Monaten ganz krank vor Sorge ist und dass Situationen wie diese alles andere als selten vorkommen, es aber trotzdem immer die Mädchen sind, denen die Schuld zugeschrieben wird, die als Schlampen beschimpft, zum Schweigen gebracht und gezwungen werden, die Folgen zu ertragen. Und ich weiß, dass Rainie und ich keine Freundinnen sind, dass wir abgesehen von unserer seltsamen Begegnung auf der Toilette kaum mal miteinander gesprochen haben, aber ich kann einfach nicht anders, als an ihrer Stelle Wut zu empfinden.

Ich kann einfach dem Drang nicht widerstehen, Jake eine Lektion zu erteilen.

Meine Finger fliegen über die Tastatur, beinahe, als würden sie ganz von selbst handeln. Ausnahmsweise ist es mir nicht peinlich, sondern ich danke mir selbst dafür, dass ich meinen Lehrerinnen und Lehrern in der Vergangenheit so viele Fragen und Anmerkungen zu den Hausaufgaben geschickt habe. Ich kann mich immer noch an jede einzelne ihrer E-Mails erinnern.

Als Jake die Tür aufstößt und irgendwas von Kaffee grummelt und davon, dass sich einfach ständig zu viele Leute in ihn verknallen, habe ich getan, was ich tun musste. Ich husche an ihm vorbei, schnell und lautlos wie ein Kriegsschiff in der Nacht, bereit, nach einem unerwarteten Schlachtsieg endlich nach Hause zurückzukehren.

Wir sitzen im Englischunterricht, als Mr Chen die E-Mail öffnet.

Ich habe sichergestellt, dass er es tut. In der Betreffzeile der Mail steht: »Klasse 12 c, Jake Nguyen: Dringend – bitte im Unterricht zeigen«, und alle können es sehen. Mr Chen liebt es, uns Videoanalysen zu unseren Texten auf YouTube zu präsentieren, deshalb ist sein Laptop immer mit dem Projektor verbunden.

Auf der anderen Seite des Zimmers wirkt Jakes Miene vor Verwirrung völlig leer, als er seinen eigenen Namen auf dem Bildschirm liest.

Ich unterdrücke ein Grinsen und vor lauter Aufregung wird mir fast ein bisschen schwindelig. *Endlich*, würde ich am liebsten hinaussingen. Es ist erst eine Stunde her, seit ich aus Jakes Zimmer geflüchtet bin und meine Sachen für den Unterricht zusammengepackt habe, aber es kommt mir vor wie eine Ewigkeit, weil ich jeden einzelnen Moment darauf gewartet habe, dass die terminierte E-Mail ankommt.

»Na, was haben wir denn hier?«, wundert Mr Chen sich laut, seine Augenbrauen hochgezogen.

Jake blinzelt hektisch. »Ich hab das nicht …«

Doch der Rest seines Satzes wird übertönt, als Mr Chen auf das angehängte Video klickt. Sofort dröhnt in voller Lautstärke ein Song von BLACKPINK aus den Lautsprechern, so laut, dass die halbe Klasse aus ihrem Sitz hochschreckt.

Dann taucht Jake im Video auf dem Bildschirm auf. Sein zurückgegeltes Haar ist kürzer als jetzt, seine Haut nach den Sommerferien noch immer goldbraun gebrannt, und er ist eindeutig betrunken, seine Wangen so rot, dass sie praktisch glühen. Seine Augen sind halb geschlossen, während er den Song mitsingt, mit den Armen herumfuchtelt und in einem ungleichmäßigen Rhythmus mit den Füßen aufstampft, als würde er versuchen, auch die Choreografie mitzutanzen. Den Familienporträts und riesigen Porzellanvasen im Hintergrund nach zu urteilen, ist er bei jemandem zu Hause, auch wenn alles zu einer Art Nachtclub umdekoriert wurde. Blinkende bunte Lichter werfen Punkte auf Jakes Top mit tiefem V-Ausschnitt und auf seine schweißbedeckte Stirn, und hinter ihm grölen und klatschen und gackern noch mehr Teenager wie wild gewordene Hexen.

Irgendjemand in dem Video schreit über die Musik hinweg, die Worte so gelallt, das sie kaum zu verstehen sind: »Was sagst du, wer ist das heißeste Mädel in der Stufe?«

Jake brüllt einen Namen, den ich nicht verstehe, und hält sein knallrotes Gesicht direkt vor die Kamera. Dann, mit lauterer Stimme, fügt er hinzu: »Sie is' so – sie is' sooo verdammt heiß.« Seine Lippen verziehen sich zu einem schlaffen Lächeln. »Ich mein, Alter, hast du ihren Arsch gesehen? Sie könnt sich auf mein Gesicht setzen und ich würd...«

Mr Chen klappt hastig seinen Laptop zu, aber der Schaden ist angerichtet.

»Jake«, sagt Mr Chen nach einer langen Pause. Er erhebt sich, das kreischende Kratzen seines Stuhls durchschneidet die Stille, aber trotzdem habe ich die Klasse noch nie so still erlebt. »Können wir uns kurz draußen unterhalten, bitte?«

Jakes Gesicht ist fast so rot wie in dem Video. Er steckt die Hände in die Hosentaschen, seinen Kopf gesenkt, und schlurft dem Lehrer hinterher in den Korridor hinaus.

Die Tür hat sich kaum hinter den beiden geschlossen, als Tumult in der Klasse ausbricht. Lautes Flüstern und Lachen rauschen durch den Raum, einige lehnen sich über ihre Pulte und springen von ihren Stühlen auf, um mit ihren Freunden zu diskutieren, was sie da gerade gesehen haben.

»O mein *Gott.*«

»Ich kann nicht glauben …«

»Was zur Hölle hat er sich dabei gedacht? Hat jemand sein Smartphone gehackt?«

»Fremdschämen ist real. Ich meine, *mir* ist das grade so peinlich …«

»Habt ihr Mr Chens Gesicht gesehen? Er sah aus, als würde er am liebsten seinen Job hinschmeißen …«

»Ich wusste schon immer, dass Jake Nguyen ein Arschloch ist. Das sieht man doch schon an seinen Haaren …«

»Kein Wunder, dass Rainie mit diesem Loser Schluss gemacht hat. Ernsthaft.«

»*Igitt*, ich kann nicht glauben, dass ich in der Siebten in ihn verknallt war. Jemand soll mich bitte sofort erschießen …«

Während die anderen wild durcheinanderplappern, wirft Henry mir vom Platz nebenan einen stummen Blick zu, und ich kann die Frage in seinen dunklen Augen erkennen: *Geht das auf dein Konto?*

Ich sage nichts, zucke nur mit den Schultern und tue so, als würde ich mich auf meine *Macbeth*-Notizen konzentrieren, während ich die Worte *Rache*, *Verlangen* und *Schuld* unterstreiche.

Aber irgendwie weiß ich, dass er die Antwort auch in meinen Augen lesen kann.

»Ich hab gehört, Jake Nguyen muss bis Ende des Monats jeden Tag nachsitzen«, verkündet Henry mir am nächsten Tag auf dem Weg zum Unterricht, »für absichtlich verstörende unangemessene Inhalte und«, er malt Anführungszeichen in die Luft, »ein Verhalten, das nicht mit den schulischen Werten der Airington vereinbar ist.«

»Gut«, erwidere ich und kann das plötzlich in mir aufsteigende Triumphgefühl nicht unterdrücken. Hoffentlich wird Jake aus dieser Strafe lernen, ein bisschen mehr über sein Handeln nachzudenken – und falls nicht, dann überlegen sich die anderen Mädchen an unserer Schule vielleicht wenigstens zweimal, ob sie mit ihm ausgehen wollen.

Als wir in dem vollen Flur um die Ecke biegen, wende ich mich Henry zu. »Oh, apropos Jake: Ich hätte dir das wahrscheinlich schon früher sagen sollen, aber …« Ich breche ab, denn die Worte, die ich schon gestern vorbereitet habe, brennen mir auf der Zunge. Warum fällt es mir so schwer, nett zu ihm zu sein? Was hat das Wort *danke* an sich, dass ich mich dabei so widerlich verletzlich fühle?

»Aber?«

Sag es einfach, befehle ich mir selbst. Ich wende den Blick ab und widerstehe dem überwältigenden Drang, zusammenzuzucken, während ich sage: »Ich wollte mich nur für die kleine Show bedanken, die du neulich abgezogen hast. Wie's aussieht, schlummert ein echtes Schauspieltalent in dir.«

Großartig. Selbst wenn ich versuche, nett zu ihm zu sein, klingt es, als würde ich mich über ihn lustig machen.

Doch Henrys Mundwinkel zucken, als hätte ich ihm gerade das größte Kompliment der Welt gemacht, und er erwidert: »Na selbstverständlich bin ich ein guter Schauspieler. Das ist eine meiner vielen Stärken.«

»Gehört Bescheidenheit auch dazu?«, frage ich trocken.

»Natürlich.«

Ich rolle die Augen so weit in meinen Hinterkopf zurück, dass ich beinahe Sterne sehe. Doch als wir das Gebäude verlassen und an einer Gruppe winzig wirkender Siebtklässler vorbeigehen, die uns hinterherstarren, als wären wir gerade einem Zeitschriftencover entstiegen, höre ich, wie einer von ihnen mit ehrfürchtiger, atemloser Stimme sagt: *»Verdammt, ich wusste gar nicht, dass Henry Li und Alice Sun Freunde sind«*, und meine leichte Verärgerung weicht leiser Freude. Es ist nett, bemerkt zu werden. Wirklich nett.

»Weißt du«, überlege ich laut, »abgesehen von der Tatsache, dass wir uns beide hassen, würden wir wahrscheinlich ein ziemlich beeindruckendes Power-Duo abgeben.«

Ich erwarte, dass Henry mich wie üblich mit hochgezogener Augenbraue bedenkt oder eine schnippische Bemerkung macht, aber er verlangsamt plötzlich seine Schritte. »Moment mal. Wir hassen uns?«

Er sagt es, als wäre es ihm tatsächlich neu. Als hätten wir nicht die letzten vier Jahre damit verbracht, höhnische Bemerkungen auszutauschen und uns von der anderen Seite des Raumes böse anzufunkeln. Als hätte ich mich vergangenes Halbjahr nicht mit neununddreißig Fieber in eine freiwillige Chemie-Wiederholungsstunde geschleppt, nur, damit er bei der letzten Klausur nicht besser abschnitt als ich.

Ich wirble zu ihm herum und muss dabei die Augen gegen das Sonnenlicht zusammenkneifen, und für einen flüchtigen Moment sehe ich etwas beinahe Verletztes über sein Gesicht huschen.

Nein. Das muss ich mir eingebildet haben. Es gibt nur wenige Dinge auf dieser Welt, die die Macht besitzen, Henry Li wehzutun – ein plötzlicher Einbruch der SYS-Aktien, zum Beispiel, oder wenn sein Name auf der *Forbes*-Liste »30 under 30« ganz unten stehen würde.

Aber ich ganz sicher nicht.

»Was *dachtest* du denn, was das hier ist?«, frage ich ihn und wedle zwischen uns hin und her.

»Na ja, ich weiß auch nicht so genau.« Er starrt mich einen Moment lang an. Steckt die Hände in die Gesäßtaschen. »Ein spaßiger Wettbewerb?«

»Spaßig?«, wiederhole ich ungläubig.

Aber andererseits … *Natürlich* betrachtet er unsere nun bereits vier Jahre andauernde Rivalität als spaßigen Wettbewerb. Für jemanden wie Henry, der immer das Unternehmen seines Vaters haben wird, den Reichtum seiner Familie als Sicherheitsnetz, ist alles nur ein Spiel. Für ihn gibt es nie echte Konsequenzen. Wahre Bedrohungen. Er könnte im Leben tausendmal versagen und trotzdem gut schlafen, in dem Wissen, dass zu Hause etwas zu essen auf ihn wartet, seine Eltern krankenversichert sind und auf dem Konto mehr als genug Geld liegt.

Henry und ich mögen vielleicht dieselben Ziele und Noten haben, aber letzten Endes werden wir niemals gleich sein.

»Hasst du mich wirklich?«, fragt er, einen eigenartigen Ausdruck auf seinem Gesicht, den ich nicht deuten kann. Und vielleicht liegt es nur an meinem Blickwinkel, aber seine Augen sehen plötzlich heller aus als die Sonne, golden, nicht wie schwarzer Kaffee, so wie sonst. Und irgendwie auch weicher. »Sag schon.«

Ich verschränke die Arme über der Brust und wäge ab, was ich darauf erwidern soll.

Ja, ist die offensichtliche Antwort. *Ich hasse dich. Ich hasse alles an dir. Ich hasse dich so sehr, dass ich, wann immer ich in deiner Nähe bin, kaum geradeaus denken kann. Dass ich kaum atmen kann.*

Doch als ich den Mund aufmache, kommt nichts davon heraus. Was ich stattdessen sage ist: »Hasst du … hasst du mich denn nicht auch?«

Ich bereue es sofort. Was für eine lächerliche Frage. Selbstverständlich wird er mich auslachen und *Ja* sagen, genauso, wie ich es grade hätte tun sollen, und dann wird sich jedes Gefühl von Kameradschaft, das in den letzten paar Wochen zwischen uns entstanden ist, komplett in Luft auflösen, was sich wiederum auf die Ausführung unserer Aufträge für Beijing Ghost auswirken wird. Aber es ist nicht nur das. Aus irgendeinem Grund fühlt sich die Vorstellung, er könnte mir sagen, dass er mich hasst – hier und jetzt, es laut aussprechen, klar und deutlich – wie ein Schlag in die Brust an. Was *sogar noch lächerlicher* ist, weil …

»Nein.«

Ich blinzle. »Hä?«

»Nein, Alice.« Ein winziges Zittern in seiner Kehle. Ich habe noch immer keine Ahnung, was sein Ausdruck bedeutet, warum seine Stimme so angespannt klingt. »Ich hasse dich nicht.«

»Oh.« Mein Kopf ist plötzlich ganz leer. »Na, das ist … Das ist ’n Ding. Ehrlich.«

Das war kein vernünftiger Satz, Alice, schimpfe ich mit mir selbst.

»Und sehr gut zu wissen«, versuche ich es erneut. »Freut mich, dass wir drüber gesprochen haben.«

Und das auch nicht.

Zum Glück werde ich aus einer der bislang peinlichsten Unterhaltungen meines Lebens gerettet, als eine neue Benachrichtigung auf meinem Handy eintrifft. Ich drehe mich um und öffne meinen Beijing-Ghost-Posteingang. Zu meiner Überraschung stammt die neue Nachricht von Rainie:

> keine ahnung wie du das gemacht hast aber … danke.
> du bist mein held.

Ich starre eine halbe Ewigkeit auf die Worte, lese sie dreimal durch und spüre, wie mir das Herz aufgeht. Weil mir das hier … Das hier gibt mir einen Funken Hoffnung. Zu wissen, dass ich in einer Welt leben kann, in der Rainie Lam mich als Held bezeichnet, obwohl sie nicht weiß, dass ich Beijing Ghost bin. Zu wissen, dass selbst die Reichsten und *Einfluss*reichsten der Airington-Elite mir dankbar sind, mich *brauchen*, so vorübergehend es auch sein mag, und dass meine Superkräfte – meine seltsamen, unerklärlichen, unzuverlässigen Superkräfte – tatsächlich jemandem geholfen haben …

Ich drücke das Smartphone an meine Brust und atme tief durch. Nie zuvor schmeckte Sommerluft so süß.

Kapitel 8

Die neuen Anfragen arbeite ich ziemlich schnell ab.

Und dabei bekommt mein Leben eine andere Form, passt sich einer neuen bizarren Routine an: Ich verbringe jeden Morgen damit, die neuen Beijing-Ghost-Nachrichten durchzugehen und die durchführbarsten Aufträge herauszufiltern, entwickle beim Mittagessen einen Aktionsplan mit Henry, manchmal auch mit Chanel, und höre den Lehrkräften im Unterricht nur mit einem Ohr zu, während ich nervös darauf warte, dass ich unsichtbar werde.

An den Tagen, an denen ich unsichtbar *werde* und wie eine Irre aus dem Klassenzimmer renne, komme ich jedes Mal mit einer gefälschten Entschuldigung der Krankenschwester zurück, die meine erfundene chronische Krankheit erklärt, die unglücklicherweise dazu führt, dass ich mir hin und wieder die Seele aus dem Leib kotze. Aber sie genügt – in Kombination mit der Tatsache, dass ich bei meinen Hausaufgaben noch nicht in Verzug geraten bin –, um zu verhindern, dass die Lehrerinnen und Lehrer meine plötzliche Abwesenheit infrage stellen.

Denn sobald ich all meine Beijing-Ghost-Aufträge des Tages erledigt habe, schleppe ich mich völlig erschöpft auf mein Zimmer, um zu lernen und bis fünf oder sechs Uhr morgens Unterrichtsaufschriebe, Folien und Schaubilder in mein Hirn zu zwingen, gerade noch rechtzeitig, um den wässrigen Sonnenaufgang vor dem Fenster zu sehen. Erst dann erlaube ich es mir, wieder ein Mensch zu sein und für ein Stündchen zu schlafen. Oder zwei, maximal.

Als der November anbricht, kann ich mich nicht mehr daran erinnern, wann ich zum letzten Mal ohne blutunterlaufene Augen und furchtbar dröhnende Kopfschmerzen aufgewacht bin, so als würde sich irgendjemand einen Spaß daraus machen, mir den Schädel zu zerquetschen. Der Trick, trotz der Schmerzen weiterzumachen, ist, wie ich entdeckt habe, mich dazu zu zwingen, sämtliche Worst-Case-Szenarien heraufzubeschwören und mir eine Zukunft vorzustellen, in der ich nicht genügend Geld zusammenkriege und die Airington verlassen muss. Es ist so was wie das Gegenteil einer geführten Meditation:

Du betrittst das Klassenzimmer deiner neuen örtlichen Schule. Du schwitzt sichtlich, eine schwere Tasche mit Büchern, die du nicht gelesen hast, an deine Brust gedrückt. Sämtliche Schüler und Lehrer starren dich an. Es klingelt, und du musst deinen ersten unangekündigten Test schreiben: fünfundzwanzig Seiten mit Fragen in winzigen chinesischen Schriftzeichen, die du kaum verstehen, geschweige denn beantworten kannst. Dir wird übel. Die Testergebnisse werden am nächsten Tag für alle sichtbar ausgehängt. Du drängst dich durch die Menge, dein Herz wild hämmernd, und findest deinen Namen ganz unten auf der Liste …

Im Vergleich dazu fühlt es sich wie purer Luxus an, die ganze Nacht wach zu bleiben.

Doch trotz allem müsste ich lügen, wenn ich behaupten würde, ein Teil von mir würde die ständige Flut der Aufgaben nicht genießen, die auf meinem Handy aufleuchtenden neuen Benachrichtigungen. Nein, *genießen* ist vielleicht das falsche

Wort. Es geht nicht um Glück – es geht um Macht. Es ist dieses High, gebraucht zu werden, Dinge zu wissen, die andere nicht wissen.

Innerhalb von zwei Monaten habe ich mehr über meine Mitschülerinnen und Mitschüler erfahren als in meinen ganzen fünf Jahren hier. Zum Beispiel, dass Yiwen, die Tochter eines Milliardärs, jeden Tag vor der Schule ganze Teller voller Cupcakes aus der Cafeteria klaut. Oder dass Sujin, eine weitere Milliardärstochter, eine eigene Karaoke-Bar führt und all ihr Geld dafür ausgibt, Forschung zu globaler Erwärmung zu finanzieren. Dass Stephen aus der Zehnten und Julian aus der Elften in Wahrheit hinter den Koi-Teichen miteinander rumgemacht haben, als alle dachten, sie wären damit beschäftigt, Fotos fürs Jahrbuch zu machen. Oder dass Andrew Shes und Peter Ohs Väter um dieselbe Position als Global Director von Longfeng Oil wetteifern und aus Angst, ihre jüngsten innovativen Ideen könnten gestohlen werden, ihre Söhne angewiesen haben, sich so weit wie möglich voneinander fernzuhalten.

Geheimnisse, wird mir allmählich bewusst, sind eine ganz eigene Währung.

Aber noch besser ist *echtes* Geld, die Befriedigung, die nach oben kletternde Zahl auf meinem neuen Bankkonto zu sehen:

70 000 RMB.

100 000 RMB.

120 000 RMB.

Mehr Geld, als ich je in meinem Leben gesehen habe. Und dennoch weiß ich, ich könnte noch mehr verdienen. Ich muss noch mehr verdienen. Ich brauche noch weitere 130 000 RMB, wenn ich an der Airington bleiben und meinen Abschluss hier machen will.

Noch zehn Aufträge, schätze ich, dann habe ich die Summe zusammen. Noch zwanzig Aufträge, dann kann ich nicht nur für die Airington bezahlen, sondern auch ein ganzes Jahr am College finanzieren.

Es ist wie eine Sucht. Wie ein Rausch.

Wen interessiert, dass ich so viel zu tun habe, dass ich kaum atmen kann?

»Vielleicht bist du ja wirklich ein Geist«, scherzt Chanel eines Morgens, als sie mich in exakt derselben Position an meinem Schreibtisch sieht wie am Abend zuvor: den Kopf über mein Chinesischbuch gebeugt, die Schultern fast bis zu den Ohren hochgezogen. »Einer von diesen unerschütterlichen Geistern, die nicht essen oder schlafen oder pinkeln müssen und durch schiere Willenskraft weiterexistieren. Aber mal ernsthaft«, fügt sie hinzu und blickt auf die winzigen Anmerkungen und Klebezettel auf meiner Buchseite, »wie zur Hölle schaffst du es, in allen Fächern dranzubleiben?«

Ich erwidere nichts, bekomme die Antwort jedoch selbst knapp zwei Wochen später, als wäre es irgendein kranker Witz.

Die Antwort ist: *Ich schaffe es nicht.*

Als ich am Freitag eiligst in den Geschichtsraum stürze, erstarre ich urplötzlich.

Sämtliche Tische und Stühle sind anders angeordnet. In ordentlichen Einzelreihen im ganzen Klassenzimmer verteilt, anstatt in den üblichen chaotischen Nestern, die zur »Gruppenarbeit« anregen sollen.

Die meisten aus meiner Klasse sitzen bereits, die verschlossenen Taschen unter ihrem Stuhl verstaut, ihre Mienen ernst verzerrt, während sie ihre Stifte methodisch vor sich ablegen. Jemand seufzt. Jemand anders tut, als würde er sich die Kehle aufschlitzen.

Es liegt eine beinahe greifbare Anspannung in der Luft.

»Was ist hier los?«, frage ich laut.

Mr Murphy, der einen dicken Stapel Blätter verteilt, hält inne und schenkt mir ein knappes, seltsames Lächeln, so als würde er denken, ich hätte mir nur einen Witz erlaubt. »Das, worauf ihr alle die ganze Woche gewartet habt, natürlich.«

Ich blinzle ihn an. »Das, worauf …?«

Das Lächeln verschwindet von seinen Lippen. Er runzelt die Stirn. »Du hast doch bestimmt die Klausur heute nicht vergessen, oder, Alice? Ich habe sie vor einer Woche im Unterricht erwähnt.«

Bei dem Wort *Klausur* krampft sich mir so heftig die Brust zusammen, dass ich beinahe einen Schritt rückwärts taumle. Ein fetter Kloß bildet sich in meinem Hals.

»*Was?* Aber ich hab nicht … ich …« Ich schlucke schwer. Ein paar der anderen starren mich bereits an, auch Henry. Mein Gesicht beginnt zu glühen. Meine Finger tasten nach dem Kalender in meiner Tasche, nach dem Beweis, dass es keine Klausur gibt, nicht geben kann, dass das Ganze ein Irrtum sein muss. Ich habe im Lauf meiner fünf Schuljahre hier ein perfektes farbcodiertes System entwickelt. Idiotensicher. Rot für wichtige Dinge, Blau für Hausaufgaben und Ähnliches, Grün für außerschulische Aktivitäten.

Doch als ich die Seiten mit den Aufzeichnungen der letzten Woche aufschlage, ist *überall* Rot. Fast alles hat mit Beijing Ghost zu tun, aber zwischen den Zeilen *In Erfahrung bringen, ob Vanessa Liu hinter ihrem Rücken über Chung-Cha lästert (reine Zeitverschwendung – Vanessa lästert über jeden)* und *Daniel Saitos*

Spindkombination herausfinden stehen so klein, dass ich die Augen zusammenkneifen muss, um meine eigene Handschrift entziffern zu können, die Worte: *Chinesische-Geschichte-Klausur: nächsten Freitag.*

Der fette Kloß sinkt in meinen Magen.

Nein.

»Alice?« Mr Murphy sieht mich an und gibt sich kaum Mühe, seine Überraschung zu verbergen. Seine Enttäuschung. Am liebsten würde ich losheulen. »Die Klausur fängt gleich an …«

»J…ja, natürlich«, würge ich hervor und muss mich richtig überwinden, mich auf dem nächstbesten Stuhl niederzulassen. Ich ziehe den Kopf ein und suche mit zitternden Fingern nach meinem Mäppchen, doch die Mienen auf den Gesichtern meiner Mitschülerinnen und Mitschüler entgehen mir trotzdem nicht: Variationen von Mitleid, Erheiterung, Selbstgefälligkeit und, vor allem, *Entsetzen*.

Vor ein paar Sommern wurde einer der Geschäftsführer von LinkedIn an unsere Schule eingeladen, um einen Vortrag darüber zu halten, wie wichtig »Personal Branding« im einundzwanzigsten Jahrhundert ist, und ich habe die letzten fünf Jahre damit verbracht, meine eigene Marke weiterzuentwickeln und zu stärken. Ich bin *Alice Sun*, Typ A: klassische Einserschülerin, einzige Stipendiatin, perfekt programmierte Lernmaschine und das Mädchen, das dir dabei hilft, die volle Punktzahl bei Gruppenprojekten zu erzielen. Ich liefere alles, was von mir erwartet wird, und noch mehr. Ich bleibe bei wichtigen Klausuren nie hinter den Erwartungen zurück, geschweige denn, dass ich jemals vergesse, wann sie stattfinden – bis heute jedenfalls.

Mir dreht sich der Magen um.

So viel zum Thema Personal Branding.

Als ich gerade glaube, ich könnte mich unmöglich noch mieser fühlen, kommt Mr Murphy zu mir an den Tisch, reicht mir ein leeres Testblatt und sagt, ganz leise: »Selbst wenn du die Klausur vergessen hast, Alice, du bist ein kluges Mädchen. Ich bin mir sicher, du schlägst dich trotzdem gut.«

Er irrt sich.

Denn auch wenn ich klug bin, bin ich nicht *so* klug. Nicht auf Genie-Niveau, wie man es von jemandem in Harvard erwarten würde. Ein Niveau, das es mir erlauben würde, sämtlichen Unterricht zu schwänzen und trotzdem in jeder Klausur die Beste zu sein, weil mir alles total leichtfällt. Und ich sage das auch nicht auf selbstmitleidige Art. Ich habe meine Grenzen schon vor langer Zeit erkannt, mich damit abgefunden und alles getan, um sie mit schierer Willenskraft und harter Arbeit auszugleichen.

Aber ohne harte Arbeit bezweifle ich, dass ich in diesem Test auch nur eine Zwei plus schaffe. Und selbst wenn ich es könnte: In panischem Zustand habe ich noch nie gute Leistungen erbracht. Und im Moment befinde ich mich in einem Zustand hellster Panik. Mein Herz fühlt sich an, als würde es gleich in meiner Brust explodieren, und meine Finger zittern so heftig, dass ich beinahe meinen Stift fallen lasse.

Nein. Konzentrier dich, ermahne ich mich selbst. Ich blicke zu der tickenden Uhr hinauf. Es sind bereits sieben Minuten vergangen und mein Klausurpapier ist immer noch leer.

Normalerweise hätte ich zu diesem Zeitpunkt längst zwei ganze Seiten vollgeschrieben.

Ich versuche, die erste Frage zu beantworten – »Inwiefern erwies sich die Ära der Kriegsherren als Wendepunkt in der Entwicklung der Chinesischen Revolution?« –, aber alles, was mir durch den Kopf geht, ist *Scheiße, Scheiße, ich bin so am Arsch*, in einer alles andere als hilfreichen Endlosschleife, die mich schier in den Wahnsinn treibt.

Als ich erneut auf die Uhr schaue, ist eine weitere Minute verstrichen. Und rings um mich schreiben alle, beantworten jede Frage perfekt, sammeln sämtliche Punkte, während ich …

Ich kann das nicht.

O Gott, ich kann das nicht.

Ich hole tief und zitternd Luft, aber sie erreicht meine Lungenflügel nicht. Dann noch mal. Es klingt, als würde ich hyperventilieren. Scheiße. Hyperventiliere ich?

»Alice?« Mr Murphy geht neben mir in die Hocke. Er flüstert mir etwas zu, aber es ist sinnlos. Beinahe komisch. Im Raum ist es so still, dass alle ihn hören können. »Du siehst ein bisschen krank aus. Musst du wieder zur Schulkrankenschwester …?«

Weitere Blicke richten sich auf mich. Starren mich an.

Während ich versuche, mich daran zu erinnern, wie normale Menschen atmen.

Ich traue mir nicht zu, etwas zu sagen – ich bin mir nicht mal sicher, ob ich das während einer Klausur überhaupt darf –, deshalb schüttle ich nur den Kopf. Zwinge mich, ein paar Sätze zu schreiben, langsam, zittrig, auf die vorgedruckten Linien.

Es ist, natürlich, kompletter Unfug. Ich habe weder irgendwelche Daten auswendig gelernt, noch kann ich mich an irgendwelche Schlüsselmomente erinnern. Ich war während der Hälfte unserer Stunde zur Ära der Kriegsherren unsichtbar und muss die wichtigsten Punkte verpasst haben.

Nach ein paar Sekunden qualvoller Stille, in der Mr Murphy sich davon zu überzeugen scheint, dass ich nicht in Ohnmacht fallen oder mich direkt vor seine Füße übergeben werde, richtet er sich wieder auf und kehrt in den vorderen Bereich des Raumes zurück.

Die Uhr tickt unterdessen weiter wie eine Bombe.

»Bitte, legt eure Stifte weg.«

Ich blicke von meinem Klausurblatt auf, auf dem meine Handschrift wie Spinnen über die Seite zu kriechen scheint, in meiner panischen Hektik nahezu unlesbar. Evie Wu und ich sind die Einzigen, die noch hier sitzen – der Test war so kurz, dass alle anderen früher abgegeben haben. Henry hat nach nicht mal einer halben Stunde das Zimmer verlassen, sein Gang selbstsicher, seine Miene gelassen.

Mein Gesicht hingegen muss ungefähr so aussehen wie Evies: leuchtend rot und glänzend vor Schweiß, als hätte sie gerade einen Marathon absolviert. Als sie Mr Murphy ihre Klausur abgibt, fällt mir auf, dass die komplette Rückseite leer ist, abgesehen von ein oder zwei hastig hingekritzelten Wörtern.

»Vielen Dank, Evie«, sagt Mr Murphy. Schweigt einen Moment. »Ich hoffe, du fandest den Test nicht zu schwer. Ich würde deine Mutter nur ungern erneut anrufen müssen …«

Wieder flüstert er, und wieder hat es überhaupt keinen Zweck, weil ich keine zwei Meter entfernt sitze, nahe genug, um jedes Wort zu verstehen.

Evie wirft mir einen Blick zu, völlig entsetzt, und ich empfinde eine Woge des Mitgefühls. Evie ist die einzige Schülerin in der Airington, die ein Jahr wiederholen musste, auch wenn es nicht ihre Schuld war. Obwohl sie einen kanadischen Pass hat, hat sie als Kind nie wirklich Englisch gelernt. Einmal habe ich einen Blick auf ihr Geschichtsbuch erhascht und gesehen, dass am Rand fast zu jedem Wort chinesische Übersetzungen und

Anmerkungen standen, oder kleine Fragezeichen über gewissen Formulierungen, und dass ganze Absätze farblich hervorgehoben waren, weil sie sie nicht verstanden hat. Ich konnte die Frustration beinahe spüren, die diese markierten Zeilen ausstrahlten.

Und das Schlimmste daran ist: Evie *ist* ein Genie, und das nicht nur in Mathe und Physik, sondern auch sprachlich. Sie ist im fortgeschrittensten Chinesischkurs, und Wei Laoshi schwärmt nur so von ihren Gedichten und Aufsätzen und verkündet uns immer wieder wenig subtil, wie sehr er sich freuen würde, wenn wir nur einen winzigen Bruchteil ihres Talents an den Tag legen würden. Er geht sogar so weit, sie mit Lu Xun – einem der berühmtesten Schriftsteller des modernen Chinas – zu vergleichen.

Ihr einziges Problem ist die englische Sprache.

Vielleicht ist das der Grund, warum Mr Murphy jetzt so laut flüstert. Warum er nur ungefähr halb so schnell spricht wie gewöhnlich und jede Silbe übertrieben betont. Früher hat er mit mir auch so gesprochen, als ich neu an der Airington war, obwohl ich ihm mehrfach versichert habe, Englisch wäre inzwischen meine Erstsprache. Erst nachdem ich bei fünf Klausuren nacheinander die Bestnote erzielt hatte, schien er mir zu glauben.

Evie murmelt irgendetwas zurück, das ich nicht richtig verstehe, steht von ihrem Stuhl auf und packt hastig ihre Sachen zusammen.

Als sie weg ist, dreht Mr Murphy sich zu mir um.

»Bekomme ich deine Klausur auch, Alice?«

Mir fällt auf, dass ich die Blätter an meine Brust drücke wie einen Rettungsring und meine Knöchel beinahe weiß hervortreten. Ich lasse sie sinken. Die Seiten fächern auf wie Flügel.

»J...ja. Natürlich«, stammle ich und schiebe sie über den Tisch. Ich weiß, es wäre das Klügste, es einfach dabei zu belassen, mein letztes bisschen Würde und Selbstbewusstsein zusammenzukratzen und zu gehen, aber stattdessen platze ich heraus: »Es tut mir leid. Es tut mir so, *so* leid – sie ist wirklich mies, das weiß ich, aber ich schwöre, normalerweise würde ich nicht – ich würde *niemals* …«

»Mach dir deswegen keinen Kopf«, unterbricht Mr Murphy mich mit einem leisen Lachen. »Ich unterrichte dich jetzt seit fast fünf Jahren, Alice, und deine Definition von ›mies‹ sieht ein wenig anders aus als die deiner Mitschülerinnen und Mitschüler.«

Doch anstatt mich zu trösten, spüre ich, wie bei der Freundlichkeit in seiner Stimme – so aufrichtig, so unverdient – etwas in mir zerreißt. Zu meinem blanken Entsetzen baut sich ein gewaltiger Druck in meiner Brust auf und steigt bis in meine Kehle hinauf. Vor meinen Augen verschwimmt alles.

Mr Murphy wirkt alarmiert. »Hey …«

Es ist, als hätte jemand einen Schalter umgelegt.

Als ich erst mal anfange zu weinen, kann ich gar nicht mehr aufhören. Abgehackte, japsende Atemzüge bringen meinen ganzen Körper zum Beben, und eine widerliche Menge an Tränen und Rotz strömt über mein Gesicht, während ich verzweifelt versuche, sie wegzuwischen. Ich weine so heftig, dass mir die Brust richtig *wehtut*. Mein Kopf fühlt sich ganz leicht an. Ich klinge, als stünde ich völlig neben mir, wie ein untröstliches Kind, ein gequältes Tier.

Ich klinge, als würde ich gleich sterben.

»Hey«, wiederholt Mr Murphy und hebt eine Hand, als wollte er mir die Schulter tätscheln, scheint es sich dann jedoch anders zu überlegen. Seine buschigen Augenbrauen ziehen sich voller Besorgnis zusammen, und ich frage mich vage, ob er Angst hat, ich könnte ihn wegen seelischer Grausamkeit oder so verklagen. Vor zwei Jahren hat ein Schüler aus der Dreizehnten genau das getan, als Mr Murphy ihn in einer wichtigen Chemieklausur hat durchfallen lassen. Seine Eltern waren beide Anwälte und der Student hat am Ende gewonnen. »Es ist alles gut.«

Es gelingt mir, mein Schluchzen lange genug zu unterdrücken, um zu stammeln: »T…t…tut mir leid, ich wollte …« Ich hickse. »Ich wollte überhaupt nicht weinen.« Ich hickse noch mal. »S…sonst hätte ich Ihnen v…vorher Bescheid gesagt …«

Mr Murphys Lippen zucken dabei ein wenig, so als würde er annehmen, ich wollte versuchen, witzig zu sein. Will ich nicht. Ich habe nur vorher noch nie in der Schule geweint, noch nicht mal, als ich mir im Sportunterricht während eines ziemlich verbissenen Völkerballspiels den Arm gebrochen habe oder als Leonardo Cruz das Ballkleid, das Mama für mich geschneidert hatte, vor allen als *billig aussehend* bezeichnet hat. Ich wollte nie, dass meine Mitschüler oder Lehrer mich so sehen: verzweifelt. Aufgewühlt. Schwach.

Aber ich schätze, heute ist ein Tag für erste Male.

»Weißt du, nach all meinen Jahren als Lehrer«, sagt Mr Murphy, als sich mein Schluchzen ein wenig beruhigt hat, »kann ich mich nicht daran erinnern, dass schon mal jemand so … heftig auf eine schlechte Klausurerfahrung reagiert hat.« Er lächelt nicht mehr. »Bedrückt dich sonst noch irgendwas, Alice? Probleme zu Hause? Ein Beziehungsdrama? Ärger mit Freundinnen?« Er wirkt mit jeder Frage unbehaglicher. »Denn du weißt, es gibt an der Airington entsprechende … *Anlaufstellen* in solchen Fällen.«

Als ich ihn verwirrt anstarre, erklärt er: »Wir haben ausgezeichnete Schülerberaterinnen, die liebend gerne …«

»N…« Das unausgesprochene Wort bleibt mir im Hals stecken. Ich schüttle stattdessen den Kopf, energisch, um meinen Standpunkt zu verdeutlichen. Ich brauche niemanden, der mir Meditationsapps empfiehlt und sich all meine Probleme anhört. Ich muss mich verdammt noch mal zusammenreißen. Meine Noten wieder verbessern. Mehr Geld verdienen.

Ich muss hier raus.

»I…ich glaube, mir geht's wieder gut«, sage ich, meine Atmung noch immer zitternd. »Und ich muss zum Unterricht. Deshalb werd ich jetzt …« Meine Stimme droht erneut zu brechen, und ich gestikuliere in Richtung der Tür.

Mr Murphy schürzt die Lippen. Betrachtet mich einen Moment lang.

»Na schön«, sagt er schließlich mit einem unbeholfenen Lächeln. »Aber … aber ruh dich ein bisschen aus, ja?«

»Okay«, lüge ich und wende mich bereits zum Gehen.

Mr Murphy meint es gut, das weiß ich, aber seine Worte gehen mir nicht mehr aus dem Kopf, wie eine höhnische Stichelei. Was er nicht versteht – was die meisten hier nicht verstehen –, ist, dass Ausruhen ein Luxus ist, den ich mir nicht leisten kann.

Wenn ich nicht so schnell schwimme, wie ich kann, und mit den Füßen gegen die Wellen anstrample, dann gehe ich unter.

Henry wartet vor dem Klassenzimmer auf mich.

Das ist an sich nicht ungewöhnlich. Ich kann nicht mehr sagen, wann genau es angefangen hat, aber Henry und ich haben es uns angewöhnt, gemeinsam zum Unterricht zu gehen. Es ist schlicht praktischer so. Notwendig. Wir sind in fast allen Fächern im selben Kurs – eine Tatsache, die mir früher zutiefst zuwider war –, und holen immer das Maximale aus diesen vier oder fünf

Minuten heraus, wenn wir im Gehen flüsternd Strategien besprechen, an Plänen feilen und alles für den nächsten Beijing-Ghost-Auftrag vorbereiten. Manchmal zücke ich dabei sogar meinen Kalender oder ein Klemmbrett.

Aber heute ist irgendwas anders.

Es fällt mir an der Art auf, wie Henry mich ansieht, als ich rauskomme. Wie er zusammenzuckt, als ich mich ihm nähere. Es ist ein so seltsamer Anblick, dass ich beinahe überzeugt bin, ich hätte es mir nur eingebildet. Ich glaube nicht, dass ich Henry Li schon jemals so habe zusammenzucken sehen.

Aber noch seltsamer ist der Ausdruck, der sich wie ein Schatten auf sein Gesicht legt:

Besorgnis.

Besorgnis um *mich*, weil … ich eben während der Klausur hyperventiliert habe? Weil offensichtlich ist, dass ich geweint habe? Weil er mein Gespräch mit Mr Murphy gehört hat?

Die Möglichkeiten sind praktisch endlos. Und bei allen möchte ich am liebsten ganz weit fortrennen, in die entgegengesetzte Richtung.

Doch bevor ich abdrehen kann, kommt Henry auf mich zu.

»Du hast die Klausur vergessen«, sagt er. Nicht: *Geht's dir gut?* Oder: *Wie ist es gelaufen?* Oder: *Willst du drüber reden?* Vielleicht ist er ja doch nicht so besorgt.

Ich fahre mit der Zunge über die scharfe Kante meiner Zähne. »Ja, ich weiß. Ich schwöre, wenn du jetzt noch in offenen Wunden bohren willst …«

»Nein«, versichert er mir hastig. »Das war nicht meine Absicht.«

Und obwohl es das Letzte ist, was ich von mir selbst erwartet hätte – vor allem, weil ich immer noch das Gefühl habe, meine ganze Welt würde gleich in sich zusammenstürzen –, kann ich nicht anders: Ich pruste los.

Er runzelt die Stirn. »Was ist denn so lustig?«

»Oh, gar nichts«, erwidere ich kopfschüttelnd, halte dann jedoch abrupt inne, als sich bei der Bewegung ein Schmerz in meinen Schädel bohrt. Im Moment kann ich noch nicht mal sagen, ob ich die Migräne dem Schlafmangel oder der Tatsache zu verdanken habe, dass ich mir eben die Augen ausgeheult habe.

Henry sagt nichts, aber seine Stirnfalten graben sich noch tiefer ein.

»Okay, na schön, wenn du es wirklich wissen willst … Es ist nur … Gott, du klingst immer so wahnsinnig *nobel.*« Ich richte mich gerader auf, um seine Haltung zu imitieren und ihn mit übertriebenem britischem Akzent nachzuahmen. *»Das war nicht meine Absicht.«*

»So klinge ich *nicht*«, widerspricht er mir beleidigt.

»Du hast recht. Du klingst sogar noch nobler. Warum bist du überhaupt noch hier?«, will ich wissen und blicke über seine Schulter hinweg, um mich in dem sich langsam leerenden Korridor umzusehen. »Solltest du nicht beim Unterricht sein oder …«

»Englisch fällt heute aus. Mr Chen hält eine Vorlesung an der Peking-Universität.« Er zögert. »Die E-Mail kam vor ein paar Minuten, als du …«

Als ich meinen Nervenzusammenbruch hatte.

»Ah«, erwidere ich und bin mir plötzlich der feuchten Flecken auf meinem Blazer, mit dem ich mir die Tränen abgewischt habe, viel zu bewusst. Ebenso wie meiner geröteten Lippen und Wangen. Meiner vor Trockenheit schmerzenden Augen. Ich drehe den Kopf zur Seite und heuchle Interesse am Inhalt der Glasvitrine zu meiner Linken. Glänzende Auszeichnungen fangen das künstliche Licht im Flur ein, der goldene, kursiv gedruckte Text beinahe magisch schimmernd: *Rachel Kim: Erster Platz in Geschichte, IGCSE. Patricia Chao: Preis für die beste Allrounderin. Isabella Lee: Höchstpunktzahl in Geografie, IB.*

Allesamt Legenden. Allesamt Namen, die unsere Hallen schmücken, an ihre Größe erinnern, lange nachdem die Schülerinnen und Schüler selbst ihren Abschluss gemacht haben.

Das Geräusch von knisterndem Papier reißt mich aus meinen Gedanken. Ich drehe mich um und sehe, wie Henry in seiner Tasche nach etwas kramt. »Willst du …«

»Oh, schon okay, ich kann mir auf der Toilette welche holen«, sage ich in der Annahme, er wollte mir Taschentücher anbieten.

Doch dann hält er mir eins von diesen White-Rabbit-Milchbonbons hin, die er damals in seinem Zimmer gekaut hat, das cremeweiße Papier glatt und beinahe von derselben Farbe wie seine offene Handfläche. Verwirrung huscht über sein Gesicht, als er das Ende meines Satzes hört.

Wir halten beide inne. Erkennen unseren Fehler.

Gott, warum muss immer alles so unbeholfen sein, wenn ich mit ihm zusammen bin?

»Äh, vergiss es.« Ich strecke meine Hand aus. »Ich schätze, ich könnte was Süßes gebrauchen.« Er reicht mir das Bonbon und seine Finger streifen über meine. Nur einmal, flüchtig, da und sofort wieder weg. So warm und leicht, dass man es für das Flattern von Schmetterlingsflügeln halten könnte.

Es fühlt sich nett an. *Zu* nett.

Ich ziehe meine Hand zurück, als hätte ich mich verbrannt.

»Danke«, murmle ich und beschäftige mich damit, das Bonbon auszuwickeln und es mir in den Mund zu stecken. Sofort zergeht die dünne papierne Außenschicht auf meiner Zunge und der intensive, leicht süßliche Geschmack erfüllt meinen Mund.

Es schmeckt wie meine Kindheit. Wie lange, luxuriöse Sommer in Peking, bevor ich nach Amerika gezogen bin, bevor meine Nainai gestorben ist. Mama hat mir nur selten Süßigkeiten erlaubt und immer gesagt, sie wären Geldverschwendung und schlecht für die Zähne. Aber jeden Morgen während der Ferien humpelte Nainai zum örtlichen Supermarkt, kaufte eine kleine Packung White-Rabbit-Milchbonbons und versteckte sie in ihrem Taschentuch. Wann immer Mama nicht hinschaute, schob sie mir mit einem Zwinkern heimlich eins zu.

Damit enden meine Erinnerungen an sie im Prinzip.

Nachdem wir nach Übersee gezogen waren, rief sie nur noch an meinem Geburtstag an und meinte, sie wollte uns keine Umstände machen, während wir versuchten, uns einzuleben, und dass sie wüsste, wie beschäftigt wir waren. Dann, irgendwann nach meinem neunten Geburtstag, ist sie ganz allein zu Hause gestorben. Schlaganfall. Vermeidbar, wenn sie das nötige Geld für regelmäßige Check-ups und eine ärztliche Behandlung gehabt hätte oder um Hilfe hätte bitten können, als es ihr nicht gut ging.

Baba und Mama haben mir bis zum *Qingming*-Fest noch nicht mal erzählt, dass sie nicht mehr da war.

Meine Kehle brennt bei dem Gedanken, bei der Ungerechtigkeit des Ganzen, aber wenigstens gelingt es mir diesmal, die Tränen wieder hinunterzuzwingen, bevor sie von Neuem strömen können.

Ich habe keine Ahnung, warum ich heute so nah am Wasser gebaut habe.

Ich werfe heimlich einen flüchtigen Blick auf Henry, um zu sehen, ob er es bemerkt hat, aber auch er scheint plötzlich völlig fasziniert von der Vitrine mit den Auszeichnungen.

»Es ist schon ewig her, seit ich das letzte Mal so eins gegessen hab«, sage ich, vor allem, um die peinliche Stille zwischen uns zu durchbrechen. »Als Kind waren das meine Lieblingssüßigkeiten.«

Er dreht sich zu mir um, seine Miene ausdruckslos. »Meine auch.« Er sagt es beinahe widerwillig, mit größter Vorsicht, so als würde er irgendwelche vertraulichen geschäftlichen Informationen mit mir teilen. »Meine Mutter hat mir immer eins gegeben, wenn ich einen schlechten Tag in der Schule hatte.«

»Ehrlich?« Überraschung kriecht in meine Stimme, und es liegt nicht nur daran, dass ich mir nicht vorstellen kann, dass er jemals einen schlechten Tag in der Schule hatte. Noch nicht mal einen unterdurchschnittlichen Tag. »Ich dachte, du hättest schon als Kind nur lauter edles, teures Zeug gegessen.«

Er zieht die Augenbrauen hoch. »Edles, teures Zeug?«

»Du weißt schon, was ich meine«, erwidere ich genervt. Ich muss an das üppige Mahl denken, das Chanels Vater und der jungen Frau serviert wurde, an die in Tonschälchen und auf winzigen Kristalltellern angerichteten Delikatessen. Essen für Könige, für Kaiser. »Vogelnestsuppe oder Seegurke oder was weiß ich.« Sobald die Worte meine Lippen verlassen, wird mir klar, wie ignorant ich klingen muss. Wie schmerzhaft offensichtlich es für Henry sein muss, dass wir in zwei verschiedenen Welten aufgewachsen sind, dass ich den beiläufigen Luxus, den er in seinem Leben für selbstverständlich erachtet, zwar gesehen, aber nie selbst erlebt habe.

Ich frage mich, ob ich ihm leidtue, und vorschnelle Wut windet sich in meinem Magen wie eine Schlange, als ich mir vorstelle, wie er das Thema umschifft, versucht, die offensichtlichen Unterschiede unserer Herkunft herunterzuspielen: *So teuer sind die gar nicht*, oder: *Die hatten wir nur einmal pro Woche.*

Tatsächlich zuckt er jedoch nur mit einer Schulter und erwidert: »Ehrlich gesagt mochte ich Seegurken noch nie. Als Kind fand ich sie immer total eklig.«

»Na ja, sie sehen auch ein bisschen wie Nacktschnecken aus«, murmle ich, und er lacht.

Ich starre ihn an, verblüfft, wie sehr sich seine ganze Haltung zu verändern scheint: seine kantigen, majestätischen Gesichtszüge werden weicher, weiße Zähne blitzen auf, seine Schultern neigen sich aus ihrer für gewöhnlich so steifen Haltung nach vorne. Er wirkt immer so reserviert, dass ich gar nicht geglaubt hätte, Henry wäre überhaupt dazu *fähig*, zu lachen. Einen Moment lang frage ich mich, wie wir auf Außenstehende wohl wirken müssen: wie zwei herumalbernde Teenager, die Bonbons essen und nach dem Unterricht miteinander quatschen. Wie Freunde, vielleicht sogar. Der Gedanke erschreckt mich ein bisschen.

Dann sieht Henry, dass ich ihn anstarre, registriert den offensichtlichen Schock, der sich auf meinem Gesicht abzeichnet, und wirkt sofort wieder nüchtern, so als wäre er dabei erwischt worden, wie er etwas Verbotenes tut. Die Ränder seiner Ohren laufen ein bisschen rosa an.

»Na, wie dem auch sei.« Er steckt die Hände in die Taschen seines Blazers. »Ich sollte jetzt wahrscheinlich los. Lernen. Sind bald Halbjahresprüfungen.«

»Oh. Okay.«

Doch er macht keine Anstalten, tatsächlich zu gehen. »Kommst du klar? Nach diesem …« Er verstummt, überlässt es einmal mehr mir, das Ende seines Satzes zu erraten. »Und überhaupt, es ist schließlich nicht so, als würde eine schlechte Note deinen Durchschnitt total versauen, hab ich recht? Solange du bei den Halbjahresprüfungen gut abschneidest, kannst du immer noch Jahrgangszweite werden.«

Ich spanne mich an, und die letzten Überbleibsel dieses flüchtigen, zarten Moments, den wir eben geteilt haben, verpuffen schlagartig. *Wir sind keine Freunde,* erinnere ich mich selbst. Wir sind Rivalen. Feinde. Nur einer von uns kann am Ende gewinnen.

»Ich *will* aber nicht Zweite werden.« Ich mache einen Schritt vorwärts, bis ich direkt vor ihm stehe, und hasse die Tatsache, dass ich den Hals recken muss, damit wir auf Augenhöhe sind. »Wenn ich nicht Erste bin, bin ich gar nichts.«

Er wirkt amüsiert. »Ist das wirklich so ein entscheidender Unterschied? Ich bezweifle, dass dein Zeugnis …«

»Es geht nicht nur darum, wie mein Zeugnis aussieht«, unterbreche ich ihn. »Es geht darum, dass meine Siegessträhne abreißt und ich den Schulpreis nächstes Jahr nicht gewinne. Es geht darum, was die Leute von mir denken werden.«

»Es spielt keine Rolle, was die Leute denken …«

»Bullshit!«, zische ich hitzig. »Das ist Bullshit, und das weißt du auch. Außenwirkung ist *alles*. Geld wäre nur buntes Papier, wenn wir es nicht alle für wichtig halten würden.«

»Baumwolle, um genau zu sein.«

»Was?«

»Entgegen der allgemeinen Auffassung besteht Geld hauptsächlich aus Baumwolle«, sagt er, als wäre dies eine lebensverändernde Information. »Dachte nur, du wolltest das vielleicht wissen. Aber bitte, fahr fort.«

Die Idee, ihn umzubringen, blitzt in meinem Kopf auf.

»Mein Punkt ist«, presse ich durch zusammengebissene Zähne hervor, »wenn eine ausreichend große Anzahl von Personen in ausreichend großem Ausmaß einer bestimmten Sache Bedeutung zumisst – ganz gleich, wie oberflächlich oder willkürlich oder absolut wertlos diese Sache eigentlich ist –, wohnt ihr dadurch tatsächlich ein gewisser Wert inne. Es ist genau dasselbe, wie wenn Leute behaupten, es wäre egal, welche Schule du besuchst, obwohl du zusehen kannst, wie schnell sich ihre Haltung verändert, wenn du ihnen sagst, dass du auf die Airington gehst.« Ich hole zischend Luft und balle meine zitternden Hände zu Fäusten. »Genau wie gerade eben. Mr Murphy hat mich direkt ganz anders angeguckt, nur weil ich …« Ich schlucke. »Weil ich diese eine verfickte Klausur verhauen hab.«

Überraschung huscht über Henrys Gesicht. Ich glaube, niemand an der Airington hat mich jemals laut fluchen gehört. Ehrlich gesagt ist es ziemlich befreiend. Kathartisch. Ich fühle mich sogar schon ein kleines bisschen besser …

Bis eine der Klassenzimmertüren ein Stück den Flur runter aufschwingt und Julie Walsh herauskommt.

Ihre zusammengekniffenen Augen richten sich auf mich und sie marschiert direkt auf mich zu. Ihre dünnen Absätze klappern, das glatte blonde Haar hüpft bei jedem Schritt und ihre Lippen sind zu einer schmalen Linie verzerrt. Als sie nahe genug ist, dringt der starke, widerlich süße Duft ihres Parfüms in meine Nase. Ich versuche, nicht zu würgen.

»Diese obszöne Ausdrucksweise«, zischt sie kopfschüttelnd. »Ich muss schon sagen, nach allem, was wir dir hier an der Airington beigebracht haben … Ist *das* wirklich die Art und Weise, in der du dich präsentieren willst?«

Eine Mischung aus Verlegenheit und Verärgerung kribbelt unter meiner Haut. Ich bin versucht, ihr zu erklären, wie viele chinesische und koreanische Schimpfwörter andere allein in der vergangenen Woche in ihrem Beisein benutzt haben. Aber weil ich trotz allem noch immer ein bisschen Überlebenswille verspüre – und weil ich andere nie so verpetzen würde –, entscheide ich mich dagegen.

»Es tut mir leid, Ju…« Ich beiße mir gerade noch rechtzeitig auf die Zunge. »Dr. Walsh.«

»Hm. Das sollte es auch.« Sie schnieft. »Pass auf, dass ich dich nicht noch mal beim Fluchen erwische, Vanessa Liu, sonst *wird* die Sache Konsequenzen nach sich ziehen.«

Ich blicke sie verdutzt an. Genau wie Mr Murphy unterrichtet sie mich seit *fünf Jahren* – sicher muss sie wissen, wer ich bin? Zumindest meinen Namen kennen? Außerdem sehen Vanessa und ich uns nicht im Geringsten ähnlich: Vanessas Gesicht ist kantig und länglich, meins breit, ihre Nase ist klein, meine eher rund, und ihr Teint ist dank all der koreanischen Hautpflegeprodukte, die sie benutzt, mindestens fünf Schattierungen blasser. Jeder mit Augen im Kopf sollte den Unterschied zwischen uns erkennen können.

Ich warte darauf, dass Julie ihren Fehler erkennt und sich korrigiert.

Sie tut es nicht.

Starrt mich nur mit diesen kalten blauen Augen an, als würde sie erwarten, dass ich mich noch mal entschuldige.

Doch stattdessen sage ich nur: »Alice.«

Aus ihrem Gesicht spricht pure Verwirrung. »Was?«

»Mein Name ist Alice. Nicht Vanessa.«

»Ha. Tatsächlich?«, fragt sie tatsächlich, nicht überzeugt, und einen Moment lang sieht sie aus, als würde sie ernsthaft glauben, ich hätte meinen eigenen Namen verwechselt. Als ich nicke, schenkt sie mir ein gezwungenes Lächeln, das kaum freundlicher wirkt als ein wütendes Funkeln. »Na, entschuldige vielmals, *Alice*. Aber was ich eben gesagt habe, gilt natürlich trotzdem.«

»Natürlich«, versichere ich ihr.

Zufrieden macht sie auf ihren lärmenden Absätzen kehrt und geht von dannen. Sobald sie außer Hörweite ist, murmelt Henry: »Sie ist wirklich charmant, was?«

Wenigstens darüber sind wir uns einig.

Kapitel 9

In der nächsten Woche taucht ein ominöses Poster über den Spinden der Zwölfer auf, auf das in großen Blockbuchstaben die folgenden Worte gedruckt sind:

NOCH 15 TAGE

Alle brauchen eine Weile, bis sie kapieren, worauf sich das Poster bezieht.

»Vielleicht soll das heißen, es dauert noch fünfzehn Tage, bis mein Lebenswille versiegt«, überlegt Vanessa Liu laut, während sie einen ganzen Berg Schulbücher in ihren Hochspind stopft und mit einem Roundhouse-Kick, der die Wände zum Wackeln bringt, die Tür zuknallt.

Jemand hinter mir schnaubt höhnisch. »Klingt plausibel.«

»Oh! Oh – ich weiß!«, ruft Rainie, ihre Augen geweitet, die Lippen zu einem perfekten *O* geöffnet. Seit der Sache mit Jake ist sie bei allem viel enthusiastischer. »Vielleicht geht es um den ›China Erleben‹-Trip!«

»Aber der findet normalerweise Ende November statt«, wirft Chanel ein.

»Und was ist mit …«

»Ist das nicht offensichtlich?«, frage ich, lauter als beabsichtigt.

Beinahe die komplette Stufe verstummt und dreht sich erwartungsvoll zu mir um. Mein Gesicht glüht bei all der plötzlichen Aufmerksamkeit. Trotzdem wahre ich die Fassung und erkläre: »Es sind nur noch fünfzehn Tage bis zu unserer ersten Halbjahresprüfung. Die Lehrer haben den Countdown wahrscheinlich aufgehängt, um uns daran zu erinnern.«

Sofort entgleisen Gesichtszüge. Lächelnde Mienen verblassen.

»Na, kein Wunder, dass die Lernmaschine das weiß«, grummelt jemand. Es ist nicht das erste Mal, dass ich einen Scherz wie diesen höre, aber es folgt eine unbehagliche Pause auf die vertrauten Worte, und ich weiß, die Leute aus meinem Geschichtskurs erinnern sich noch gut daran, was bei unserer letzten Klausur passiert ist.

Mein Gesicht glüht noch heißer vor Verlegenheit. Scham.

Wer weiß, wie lange ich brauchen werde, um meinen Ruf wiederherzustellen?

Während die anderen weiter Bücher und Laptops in ihren Spinden verstauen, in Richtung Mittagessen verschwinden und sich ihre Gespräche nun hauptsächlich ums Lernen drehen, darum, wie weit sie hinterherhinken und dass sie *Macbeth* für Englisch noch gar nicht gelesen haben, nur die SparkNotes-Zusammenfassung, piept mein Handy.

Eine weitere Beijing-Ghost-Benachrichtigung.

Ich habe längst den Überblick über die Zahl der Anfragen verloren, aber mein Herz flattert trotzdem noch vor Aufregung, als ich mir eine dunkle, leere Ecke im Korridor suche, mich mit dem Rücken zur Wand stelle, damit niemand meinen Bildschirm sehen kann, und die jüngste Nachricht lese:

Anruf okay?

Überraschung kribbelt in mir. *Das* ist definitiv neu.

Aber absolut möglich. Henry hat in den vergangenen Wochen in seiner Freizeit immer weiter an der App gefeilt. Er behauptet, sie wäre eine großartige Gelegenheit für ihn, das, was er bei SYS gelernt hat, in der Praxis zu testen. Deshalb verfügt sie jetzt auch über eine Anruf-Funktion, bei der die Stimmen auf beiden Seiten verzerrt werden, um unsere Anonymität zu gewährleisten. Ich habe sie erst einmal ausprobiert, in einem kurzen Testlauf mit Henry und Chanel. Auch wenn ich kein Riesenfan davon bin, dass ich dabei wie Darth Vader klinge, hat das Feature ziemlich gut funktioniert.

Also schreibe ich zurück: Klar.

Der Anruf kommt praktisch sofort. Ich blicke mich kurz in der Spind-Ecke um, bevor ich ihn annehme. Es ist niemand hier. Gut.

»Hallo?«, sage ich und klemme mir das Smartphone zwischen Ohr und Schulter.

»Wei?« Die Stimmverzerrung funktioniert so gut, dass ich noch nicht mal sagen kann, ob ich mit einem Mädchen oder einem Jungen spreche. Aber ich kann leicht abgehacktes Atmen hören, die Nervosität in ihrer Stimme, als die Person am anderen Ende in langsamem, sorgfältig betontem Mandarin fragt: »Sprichst du Chinesisch?«

»Oh – ähm, ja, kein Problem«, antworte ich und wechsle ebenfalls zu Mandarin.

Erleichtertes Seufzen. »Großartig. Und … was immer ich als Nächstes sage … du erzählst es niemandem?«

»Natürlich nicht«, versichere ich. Das fragen auch die meisten anderen sofort, wenn sie die App zum ersten Mal benutzen: *Und du versprichst, dass das unter uns bleibt? Du versprichst, dass es niemand jemals erfahren wird?* »Alles ist streng vertraulich.«

»Okay.« Erneutes Seufzen, aber diesmal klingt es schwerer, lang gezogen, so als würde die Person sich gegen das wappnen, was als Nächstes kommt. »Okay. Was ich will …«

Sie verstummt. Schweigt so lange, dass ich das Handy vom Ohr nehme, um nachzusehen, ob ich vielleicht aus Versehen aufgelegt habe. Habe ich nicht.

Dann, in einem einzigen verzweifelten, atemlosen Rutsch sagt sie: »Ich will Antworten.«

»Antworten?«, wiederhole ich. »Ich fürchte, du musst schon ein bisschen deutlicher werden.«

»Klausurantworten. Für die Halbjahresprüfung in Geschichte. Idealerweise eine Woche vor der Klausur, damit ich, du weißt schon … damit ich Zeit habe, sie auswendig zu lernen.«

»Okay.« Ich habe Mühe, meine Stimme neutral klingen zu lassen, ohne einen Hauch der Erkenntnis, obwohl ich wahrscheinlich bereits erraten habe, wer die Nutzerin ist. Dass ich genau vor mir sehe, wie sie letzte Woche mit gebeugtem Kopf über der Geschichtsklausur saß, ihre Wangen vor Frust gerötet. »Verstehe.«

Mit das Erste, was man auf der Startseite von Beijing Ghost sieht, ist, dass wir einen strikt urteilsfreien Grundsatz verfolgen. Denn seien wir doch mal ehrlich: Wenn man eine anonyme Person anheuert, um eine wie auch immer geartete Aktion auszuführen, bei der man nicht selbst erwischt werden darf, ist das Letzte, was man will, einer moralischen Prüfung unterzogen zu werden.

Trotzdem fühlt sich das hier anders an als meine bisherigen Aufträge. Beijing Ghost mag vielleicht einem strikt urteilsfreien Grundsatz folgen, aber die Airington International Boarding School folgt einem *sehr* strikten Schummeln-Verboten-Grundsatz. Vor ein paar Jahren wurde ein Schüler aus der Zehnten bei den Abschlussprüfungen beim Schummeln erwischt: Er hatte sein Lehrbuch auf Klopapier abgeschrieben und es auf der Toilette neben dem Prüfungsraum versteckt. Er wurde nach wenigen Wochen von der Schule geworfen und zu unser aller Entsetzen dürfen wir seither während Prüfungen nicht mehr auf die Toilette gehen.

Aber das ist noch nicht mal das Schlimmste. Die Eltern des Jungen waren so beschämt, dass sie den ganzen Weg von ihrer Firma in Belgien hierhergeflogen sind und sich mehrfach vor dem Rektor, den Lehrerinnen und Lehrern und allen aus seiner Klasse verneigt und bei jeder Verbeugung überschwänglich entschuldigt haben.

Ich würde lieber sterben, bevor ich meinen eigenen Eltern dasselbe zumute.

Vielleicht kann Evie Wu durchs Telefon spüren, dass ich zögere, denn sie erklärt mir hastig: »Ich weiß, dass das übel ist. Glaub mir, ich will das eigentlich auch nicht machen. Aber … mir bleibt keine andere Wahl. Wenn ich bei der Prüfung wieder durchfalle, wird meine Mutter …« Zitterndes Luftholen. »Nein. Nein, ich *muss* bestehen. Ich muss. Und alleine schaffe ich das nicht.«

»Okay«, erwidere ich.

»Okay, du machst es?«

Die Hoffnung in ihrer Stimme – und die Anspannung darin, ihr schlechtes Gewissen – bohren sich stechend in mein Herz. Weichen meine Entschlossenheit ein wenig auf. Trotzdem korrigiere ich sie: »Okay, ich *überleg*'s mir.«

Mir tut langsam der Nacken weh, weil ich das Handy schon so lange festklemme – oder vielleicht ist es auch der Stress. Ich verändere meine Position und halte mir das Smartphone stattdessen ans Ohr, gerade noch rechtzeitig, um zu hören, wie sie erwidert: »… kann dir auch mehr bezahlen. Doppelt so viel wie üblich, falls das das Problem ist.«

Es ist nicht das *Problem*, aber ich werde es mir trotzdem merken. »Hör mal, ich will dir helfen, ehrlich. Ich muss nur gut nachdenken, wie … na ja, über alles. Die Durchführbarkeit. Das Risiko.« Die Tatsache, dass *ich* genauso schummle, wenn ich ihr die Antworten besorge. »Wie wär's, wenn ich mich in ein oder zwei Tagen wieder bei dir melde?«

»Okay.« Sie klingt enttäuscht. »Ja, okay. Warte – bevor du auflegst: Kann ich dich noch was fragen? Du musst mir nicht antworten, wenn du nicht willst«, fügt sie hastig hinzu.

Ich schweige eine Sekunde, ein wenig alarmiert. »Was willst du wissen?«

»Also, mir hat eine Freundin von dieser App erzählt. Ein paar Leute, ehrlich gesagt. Und ich habe sämtliche Bewertungen gelesen. Viele von ihnen sind neugierig, ich selbst eingeschlossen … Wie stellst du das an? All diese Aufträge zu erfüllen, ohne gesehen zu werden? Du bist doch nicht …« Sie bricht kurz ab und lacht, leise und nervös. Es gibt mir das Gefühl, Ehrfurcht gebietend zu sein, wie ich es niemals für möglich gehalten hätte. »Du bist doch nicht wirklich ein Geist, oder?«

Sie sagt es, als wäre es nur ein Witz, aber es schwingt ein Anflug aufrichtiger Furcht in ihrer Stimme mit. Flüchtig frage ich mich, was ihr mehr Angst einjagen würde: wenn ich wirklich ein Geist wäre oder dass ich ein ganz normales Mädchen bin, das über die unerklärliche Kraft verfügt, unsichtbar zu werden. Und ich frage mich, was glaubwürdiger klingen würde.

»Warum denn nicht?«, erwidere ich schließlich. »Alles ist möglich.«

Der Rest des Schultags zieht verschwommen an mir vorbei.

Ich schlurfe von einem Klassenzimmer zum nächsten, stoße in den Fluren immer wieder mit anderen Leuten zusammen, führe die Aufgaben im Geschichtsunterricht wie ein Roboter aus und gebe sie früh ab. Und obwohl ich mich wegen der Anfrage noch nicht entschieden habe, bleibe ich zurück, als alle anderen den Raum bereits verlassen.

Mr Murphy erschrickt ein wenig, als er mich sieht. Blinkt hektisch, als hätte er Angst, ich könnte wieder anfangen zu weinen. »Alice.« Er faltet die Hände auf seinem Pult. »Was gibt's?«

»Ich hab mich gefragt …«, beginne ich mit den Worten, die ich mir in der letzten Stunde im Kopf zurechtgelegt habe. »Weil ich doch weiß, dass ich in der letzten Klausur nicht besonders gut abgeschnitten habe …«

»Ich habe sie noch nicht korrigiert.«

»Trotzdem«, beharre ich. »Ich hab eine ziemlich gute Vorstellung davon, wie meine Note aussehen wird, und … ich will nicht lügen, ich fühle mich deswegen … ganz furchtbar. Deshalb ist es auch wichtiger denn je, dass ich bei den Halbjahresprüfungen gut abschneide.« Ich zwinge mich, ihn direkt anzusehen, und bete, mein Gesichtsausdruck wirkt vor allem ernst, nicht total verängstigt. »Und deshalb hab ich … Ich hab mich gefragt, ob Sie die Halbjahresklausuren schon fertig haben? Und ob Sie schon einen Lernplan verfasst haben, wie letztes Jahr? Ich meine, ich will Sie natürlich nicht hetzen oder so, aber …«

»Oh, nein, keine Sorge«, unterbricht Mr Murphy mich mit einem leisen Glucksen, offenbar erleichtert, dass ich meine Emotionen wieder im Griff habe. »Ich habe eure Halbjahresprüfung gestern fertiggestellt. Ehrlich gesagt, wenn meine Kinder nicht wären, wäre ich schon früher damit fertig geworden.« Er setzt eine *Du-weißt-ja-wie-das-ist*-Miene auf, und ich nicke energisch, um die Sache zu beschleunigen, obwohl ich es natürlich nicht weiß. »Der Lernplan müsste auch bald fertig sein. Ich schicke eine Rundmail an die Klasse, sobald ich ihn für die nächste Stunde ausgedruckt habe – wie klingt das?«

»Das klingt *perfekt*«, erwidere ich und schenke ihm mein schönstes Einser-Schülerin-Lächeln.

Er lächelt zurück, ohne den geringsten Verdacht zu schöpfen. Ich bin schließlich immer noch Alice Sun. Auch wenn ich meine letzte Klausur vermasselt habe, würde ich es niemals wagen, zu schummeln. »Weißt du, was das Tolle an dir ist, Alice?«, fragt Mr Murphy, während er die Arbeitsblätter von heute in einen bereits aus allen Nähten platzenden durchsichtigen Ordner stopft. Obwohl die Airington nicht müde wird, sich selbst als komplett »papierlose Schule« zu rühmen, gehört er zu den Lehrern, die nach wie vor handfeste Ausdrucke bevorzugen. »Du bist so ehrgeizig. So entschlossen. Ganz gleich, was passiert, du hast einen Plan und ziehst ihn durch – und machst deine Sache dabei sehr gut.«

Normalerweise wäre ich bei einem derartigen Lob ganz außer mir vor Freude, aber jetzt schnürt sich mir dabei die Brust zusammen.

»Mit deiner Einstellung wirst du es noch weit bringen«, fügt Mr Murphy hinzu und blickt in das leere Klassenzimmer, als könnte er direkt vor uns eine strahlende Vision meiner glorreichen Zukunft sehen. »Da bin ich mir ganz sicher.«

Das ist zu viel. Ich fühle mich so schuldbewusst, dass ich es kaum schaffe, ein *Danke* zu stottern, bevor ich mir hastig meine Bücher schnappe und verschwinde.

Als ich wieder ins Wohnheim zurückkomme, ist Chanel ziemlich down.

Ich weiß das, weil sie in ihrem BTS-Schlafanzug in unserem Zimmer auf dem Boden liegt und um elf Uhr abends drei Riesentüten scharfer Sticks futtert, womit sie ihr Intervallfasten durchbricht, das sie seit Beginn des Schuljahres knallhart durchzieht.

»Willst du ein Latiao?«, fragt sie, als sie mich bemerkt, und hält mir eine der Tüten hin. Ihre Finger sind rot vor Chiliöl.

»Ähm, nein, danke.« Ich gehe zu ihr, passe jedoch auf, nicht auf ihr Haar zu treten. »Ist … alles in Ordnung?«

»Ja, klar«, antwortet sie. Aber sie ist eine noch schlechtere Lügnerin als ich und total mies darin, Dinge für sich zu behalten. Nach nur ein paar Sekunden Stille wirft sie die Hände in die Luft, als würde ich sie mit vorgehaltener Waffe bedrohen. »Okay, okay, na schön. Aber du wirst es total lächerlich finden.«

»Werde ich nicht«, versichere ich ihr schnell.

»Du wirst denken, *ich* wäre lächerlich.«

Ich blinzle sie verwirrt an.

Sie stößt ein lautes Seufzen aus, stützt sich auf einem Ellenbogen ab und sagt: »Ich bin durch meine Chemieklausur gerasselt.«

»Oh.«

Ich habe keine Ahnung, warum ich angenommen hatte, es wäre etwas entschieden Dramatischeres, weniger … Normales. Vielleicht leben Menschen wie Chanel in meiner Vorstellung einfach immer in völlig anderen Sphären, fernab so banaler Probleme und Sorgen wie schlechte Noten.

»Siehst du«, sagt sie, stöhnt laut und kippt mit einem dumpfen Schlag wieder nach hinten auf den Boden. »Jetzt urteilst du über mich. Das kann ich spüren.«

»Tue ich nicht«, widerspreche ich ihr und versuche, meine Gedanken zu ordnen. »Und es ist schließlich nicht … Ich meine, Noten sind sowieso nicht so wichtig.«

Ich zucke zusammen. Die Worte klingen selbst in meinen eigenen Ohren furchtbar falsch und heuchlerisch. »Tut mir leid. Das war total daneben.«

Chanel lacht. »War es, ein bisschen.«

»Also … natürlich verstehe ich, warum du deswegen schlecht drauf bist. Es nervt. Aber na ja, falls das irgendwie hilft … Ich betrachte unsere schulischen Leistungen nicht als ultimativen Gradmesser dafür, was wir als Menschen wert sind oder so.«

Sie schaut zu mir hoch. »Wirklich?«

Ich nicke.

»Und warum bringst du dich dann selbst fast um und lernst die ganze Zeit?«

»Na ja, bei mir ist das was anderes …« Ich zucke sofort wieder zusammen und erkläre hastig: »Nicht, weil ich so wahnsinnig einzigartig bin oder so, aber … ich weiß auch nicht. Ich schätze, Noten sind das Einzige, worüber ich Macht habe. Das Einzige, was ich habe.«

In dem Moment, in dem ich es laut ausspreche, wird mir klar, wie traurig das klingt.

»Das ist nicht wahr«, versichert Chanel mir, und ich erwarte, dass sie irgendeine vage, kitschige Plattitüde dazu folgen lässt, in mir würde noch riesiges ungenutztes Potenzial schlummern und ich hätte mein ganzes Leben noch vor mir. Aber stattdessen sagt sie schlicht: »Du hast mich. Und du hast Henry.«

Ich starre sie an. *»Henry?«*

»M…hmm.«

»Wie in *Henry Li*? Aus unserer Schule?«

»Höchstpersönlich.«

»Henry würde garantiert noch nicht mal mit der Wimper zucken, wenn ich direkt vor seinen Füßen tot umfallen würde«, sage ich, halb lachend. »Oder nein, wahrscheinlich würde er meine Leiche ermahnen, seine Schuhe nicht schmutzig zu machen.«

»Das glaubst *du* vielleicht«, erwidert Chanel, stopft sich drei scharfe Sticks auf einmal in den Mund und spricht kauend weiter: »Aber vertrau mir, gewisse Dinge bedeuten ihm mehr, als er sich anmerken lässt.« Sie blickt mich mit hochgezogener Augenbraue an. »*Du* bedeutest ihm mehr, als er sich anmerken lässt.«

Hitze steigt in meinem Nacken auf, gefolgt von einem scharfen, unerklärlichen Rausch der Freude. »Mach dich nicht lächerlich«, sage ich, eher zu mir selbst als zu Chanel.

»Ich schwöre bei meiner Lieblings-LV-Tasche, ich sage die Wahrheit«, beharrt sie und reckt mit dramatischer Geste eine Hand in die Luft. Dann stößt sie sich vom Boden ab in eine sitzende Position, ihr Blick plötzlich ernst. »Ich kenne diesen Jungen und seine Familie schon seit – was? Sieben Jahren oder so? Und, ja, er hat schon immer geackert, als hätte er Feuer unterm Hintern. Scheiße, er hat sogar immer die geschäftlichen Besprechungen von seinem Dad belauscht und sich alle möglichen Lösungen für SYS einfallen lassen, als er gerade mal *zehn Jahre alt* war, verdammt. Aber ich hab noch nie erlebt, dass er so … hingebungsvoll an einem Projekt gearbeitet hätte. Noch *nie*.«

»Er ist nur so, weil wir Geschäftspartner sind«, entgegne ich. »Und weil er einen Profit einstreichen kann.«

»Sicher.« Sie rollt mit den Augen. »Weil wir ja alle wissen, dass das das Einzige ist, was in Henry Lis Leben noch fehlt: Geld.«

Ich entscheide mich zu ignorieren, was sie damit andeuten will. »Es muss einem nicht an etwas mangeln, um es zu wollen. Und Geld will schließlich jeder.«

»Nicht *jeder*«, widerspricht Chanel mir. Als sie den Blick sieht, den ich ihr zuwerfe, fügt sie hinzu: »Mönche zum Beispiel nicht. Mein Onkel ist Mönch, weißt du? Lebt in 'nem Tempel in Xiangshan und isst nur Salat und so. Er will überhaupt kein Geld.«

»Wie nett. Schön für ihn.«

Sie schnaubt höhnisch.

»Ehrlich.« Ich gehe zu ihr und setze mich neben sie. Bevor sie das Gespräch wieder zu Henry zurückbringen kann, sage ich: »Aber was deine Chemienote angeht ...«

»Du klingst wie meine Mum«, grummelt sie.

»Ich werde dir keinen Vortrag halten, versprochen.« Ich hebe ebenfalls die Hand, um ihren Schwur von eben nachzuahmen. Sie schüttelt den Kopf und lacht. »Ich hab nur gerade gedacht – und ich bin nicht wegen dir persönlich auf diese Frage gekommen, ehrlich, aber ... Wenn du die Möglichkeit hättest, bei deiner nächsten Klausur zu schummeln, würdest du es dann tun? Wenn es ausschließlich um Bestehen oder Durchfallen ginge?«

Sie denkt einen Moment lang darüber nach. »Ich glaube nicht«, antwortet sie schließlich. »Aber nur, weil ich nicht so verzweifelt bin.«

»Wie meinst du das?«

»Na ja, du weißt ja, wie das ist.« Sie zuckt mit den Schultern. »Viele hier an der Schule wurden geboren, als die Ein-Kind-Politik noch in Kraft war. Ihre komplette Familie – all ihre Tanten und Onkel, ihre Großtanten und die Kuh von ihrem Großvater –

verlassen sich darauf, dass *sie* erfolgreich sind. Ganz davon zu schweigen, wie viele Eltern nur ausgewandert sind, damit sie einen ausländischen Pass kriegen, eine bessere Ausbildung, ein besseres Leben oder was auch immer. Und wenn die ganze Zeit ein derartiger Druck auf einem lastet … kann einen das schon mal zu extremen Taten treiben. Versagen ist in dem Fall keine Option. Undenkbar. Verstehst du, was ich meine?«

Tue ich. Ich verstehe es nur allzu gut.

Aber es macht mir meine nächste Entscheidung trotzdem nicht leichter.

Mitten in der Nacht, lange nachdem Chanel eingeschlafen ist, erstelle ich Listen.

Haufenweise Listen: Pro und Kontra, Risiken und Kosten.

Ich halte fest, wo und wie ich die Prüfungsantworten finden könnte, wie hoch die Wahrscheinlichkeit ist, dass ich erwischt werde, und wie die Chancen stehen, dass ich von der Schule fliege oder im Gefängnis lande – was supermelodramatisch *klingt*, ich weiß, aber laut einer schnellen Google-Suche wurden vor einem Jahr tatsächlich zwei Studenten wegen Schummelns ins Gefängnis gesteckt.

Ich denke darüber nach, warum ich es überhaupt tue. Darüber, warum ich das Geld – mehr Geld – will. Nein, *brauche*. Ich denke darüber nach, welche Ironie es ist, dass ich, um *die* Person zu werden, die ich sein *will*, vielleicht genau das tun muss, was alle als Letztes von mir erwarten würden. Ich denke über Schuld und Karma und Überleben nach, und darüber, dass gut zu sein, einem in dieser Welt nicht automatisch Garantien bietet – das kann nur Macht.

Macht, über die ich endlich verfüge.

Und während die Nacht voranschreitet, kann ich nicht anders, als an Mama zu denken.

Ich denke an die dünne, hässliche Narbe, die eine ihrer schwieligen Hände durchzieht, dort, wo einst eine offene Wunde klaffte, Blut strömte, ein dunkelrotes Rinnsal zu ihren Fingerspitzen lief.

Ich kann mich noch gut an den Lärm erinnern, als der Einbrecher unseren Laden überfiel – den einzigen asiatischen Lebensmittelladen in unserer winzigen Stadt im ländlichen Kalifornien. Wie stolz Baba war, der Eigentümer des allerersten derartigen Ladens zu sein und ein »Stück unserer Kultur« mit den Einheimischen teilen zu können.

Ich erinnere mich, wie Mama erst vor Schreck geschrien hat, dann vor *Schmerz*, an das metallische Scheppern des auf dem Boden landenden Messers. An das Grunzen des Einbrechers, als mein Vater zur Registrierkasse rannte und sich von hinten auf ihn stürzte.

An das schrille Heulen der Sirenen hinterher.

Ich habe dabei geholfen, die Regale im hinteren Ladenbereich aufzufüllen, als es passierte, zwei Kartons mit gesalzenen Enteneiern gefährlich auf meinen Händen balanciert. Und ich *stand einfach da*, wie erstarrt, mein Körper vor Schock wie ausgeknipst. Erst nachdem längst alles vorbei und die Polizei eingetroffen war, konnte ich mich wieder bewegen, und die Kartons fielen vor meine Füße, das leise Knacken der Eierschalen das einzige Geräusch, das ich über meinen abgehackten Herzschlag hinweg hören konnte.

Die Polizisten waren zwar nett, aber auch ziemlich herablassend, ein bisschen wie Eltern, die ein weinendes Kind trösten. *Wir verstehen, dass du aufgewühlt bist,* sagte der ältere Polizist zu mir und tätschelte mir ein paarmal die Schulter. Ich widerstand dem Drang, seine fleischige Hand wegzuschlagen. *Aber es gibt keinerlei Beweise dafür, dass das hier ein Hassverbrechen war. Ich meine, so was kann schließlich jedem passieren, richtig? Versuch einfach, nicht zu viel darüber nachzudenken.*

Und vielleicht hatte er ja recht. Vielleicht war es wirklich nur Pech, schlechtes Timing. Vielleicht hätte hinter der Kasse auch ein großer blonder Mann mit einem freundlichen Lächeln stehen können, dem die Worte flüssig und akzentfrei über die Lippen gekommen wären, wenn er um Hilfe gerufen hätte, und es wäre trotzdem dasselbe passiert.

Vielleicht.

Aber die Sache ist: Wenn du an einem Ort voller Menschen lebst, die nicht so aussehen wie du, kannst du, wenn irgend so eine Scheiße passiert, einfach nicht anders, als dich zu fragen, ob du aus einem bestimmten Grund ins Visier genommen wurdest.

Nach dem Vorfall war ich mir sicher, Mama würde aus dem Krankenhaus direkt nach Hause rennen und den nächsten Flug nach China buchen. Aber ich hatte vergessen, dass sie zu den Frauen gehört, die nach der Kulturrevolution aufgewachsen sind, dass sie sich einen Monat lang jeden Abend selbst mit Eiswasser überschüttet hat, um wach zu bleiben, als sie damals für ihr Gao Kao lernte. Sie ließ sich nicht so leicht aus der Ruhe bringen. Wenn überhaupt, dann schien sie noch entschlossener, in Amerika bleiben zu wollen. *Was haben wir falsch gemacht, hm? Dein Baba und ich arbeiten hart, zahlen Steuern, befolgen Gesetze – dann sticht mich dieser Mann mit Messer und ich renne davon wie Kriminelle? Warum?*

Am Ende war es nicht die Angst, die uns wieder nach Peking zurückbrachte, sondern Geld. Oder na ja, der Mangel daran. Unser kleiner Lebensmittelladen warf am Anfang einen stolzen

Profit ab, aber alles, was meine Eltern ansparen konnten, gaben sie für mich aus: für Schulgebühren, Klavierunterricht, Schwimmkurse, die chinesische Schule am Wochenende.

Dann kam die Rezession und die Geschäfte schienen nach und nach komplett zum Erliegen zu kommen.

Anfangs stemmten sich meine Eltern dagegen, weil sie das schon immer so gemacht haben. Sie haben es versucht, haben gekämpft. Und als es nicht funktionierte, kämpften sie noch verzweifelter. Sie fingen an, ihre Sachen zu verkaufen, um sich über Wasser zu halten: Mamas Lieblings-Jadearmband, Babas einzigen Wintermantel, eine Porzellanvase, den Esstisch. Mama fand eine Stelle als Hausmeisterin in einem Krankenhaus in der Nähe – das Einzige, was ihrem früheren Job als Krankenschwester in China auch nur annähernd nahekam –, und Baba verdiente sich jeden Tag ein paar Dollar dazu, indem er Pfandflaschen sammelte.

Aber selbst damit reichte es nicht. Bei Weitem nicht.

Das endgültige Ende kam am chinesischen Neujahr. Wir feierten allein in unserer dunklen Mietwohnung, saßen um die Plastiktischdecke herum, die uns nun als Esstisch diente, und bedienten uns von einem Teller mit diesen tiefgefrorenen Dumplings aus dem Laden, die man in der Mikrowelle aufwärmt.

Mama biss von ihrem Dumpling ab und wurde sehr still.

»Was ist denn?«, fragte Baba auf Mandarin und betrachtete sie voller Sorge. »Schmeckt es so schlimm?«

Sie erwiderte nichts.

»Wir haben auch noch ein paar Becher Fertignudeln«, bot er ihr an. »Ich könnte Wasser kochen – vielleicht haben wir sogar noch ein Ei ...«

Mamas Gesicht fiel in sich zusammen. Ihre Stimme brach. »I...ich will *richtige* Dumplings.«

»Was?«

»Ich will wieder zurück«, flüsterte sie, ihre dunklen Augen glasig. Es jagte mir eine Riesenangst ein, sie so zu sehen. Sie hatte noch nicht mal eine einzige Träne vergossen, als sie mit dem Messer angegriffen worden war. »Ich will wieder nach *Hause*.«

Verständnis legte sich auf Babas Gesicht wie ein Schatten. Er streckte eine Hand über die Tischdecke aus und legte sie auf ihre, bedeckte die halb verheilte Narbe. »Ich weiß«, erwiderte er leise. »Ich weiß.«

Ein paar Wochen später flogen wir nach Peking, unser erster und einziger Versuch des amerikanischen Traums beendet, das Kapitel ohne viel Aufhebens abgeschlossen. Aber ich denke immer noch oft daran, welche Opfer meine Eltern gebracht haben, an den flehenden Ausdruck auf Mamas Gesicht, als sie die Worte aussprach, fast wie ein Kind: *Ich will wieder nach Hause.* Und daran, dass der einzige Grund, warum sie ihr Zuhause überhaupt jemals verlassen hatten, ich war.

Auch jetzt noch.

Ich durchlebe jeden einzelnen Moment dieser letzten bitteren Monate immer wieder, bis sich mein Hirn in meinem Schädel aufzulösen droht und meine Augenlider ungefähr tausend Tonnen wiegen.

Und kurz bevor ich an meinem Schreibtisch in Schlaf sinke, denke ich:

Meine Eltern haben nicht so hart gearbeitet, damit ich es nur bis hierher schaffe.

Kapitel 10

»Du tigerst schon wieder vor Stress auf und ab«, bemerkt Chanel von ihrer Frisierkommode aus.

Ich tigere nicht nur vor Stress auf und ab – ich bin im Moment die Definition von nervöser Angst. Mein Herz rast so wild, dass ich es in meiner Kehle spüren kann, und ich habe diesen Aschegeschmack im Mund. Seit ich Evie Wu heute Morgen auf Beijing Ghost geschrieben und ihr mitgeteilt habe, dass ich bereit bin, ihr beim Schummeln zu helfen, steht mein komplettes Nervensystem kurz vor dem Kollaps. Und ich hasse es wirklich. Ich hasse alles daran.

Aber ich muss zu meinen Entscheidungen stehen.

»Außerdem siehst du aus, als müsstest du dich gleich übergeben«, fügt Chanel hilfreich hinzu.

»Muss ich nicht«, versichere ich ihr, im selben Moment, als es in meinem Magen rumort. Ich kämpfe das aufsteigende Gefühl der Übelkeit hinunter. »Ich meine – Gott, das hoffe ich jedenfalls.«

»Hey«, sagt sie, reißt eine neue Gesichtsmaskenpackung auf und tupft sich den hervorquellenden Schaum auf die blassen Innenseiten ihrer Handgelenke. »Ich will ja nicht total widerlich sein oder so, aber na ja, *wenn* du dich übergeben müsstest … glaubst du, deine Kotze wäre dann auch unsichtbar? Weil sie sich ja eigentlich außerhalb deines Körpers befinden würde, aber da du sie auch *produzierst* … «

»Chanel?«, unterbreche ich sie.

»Hmm?«

»Hör bitte auf zu reden.«

Sie schafft es, eine volle Minute den Mund zu halten und die Maske auf ihre Haut zu drücken, bevor sie sagt: »Verrätst du mir wenigstens, was für ein Auftrag heute bei dir auf dem Programm steht, damit …«

»Nein«, sage ich, und sie reagiert mit einem übertriebenen Schmollen. »Und pass auf, sonst kriegt deine Maske Falten.«

Ihr Schmollmund verschwindet sofort und wird durch ein starres Pokerface ersetzt, während sie hastig die Ränder ihrer Maske wieder glatt streicht. Wenn ich nicht so angestrengt versuchen würde, mein Mittagessen bei mir zu behalten, würde ich vielleicht sogar lachen.

»Wie dem auch sei«, sage ich und beende eine weitere Runde durch unser winziges Zimmer. Meine Füße weigern sich schlicht, still zu halten. »Ich enthalte dir diese Informationen nicht vor, weil ich dir nicht vertraue. Aber je weniger Leute Bescheid wissen, desto geringer die Wahrscheinlichkeit, dass die Sache total schiefgeht – und desto weniger bist du dafür verantwortlich.«

»Aber *Henry* weiß es.«

Ich verziehe das Gesicht. »Ja, schon. Aber das liegt nur daran, dass ich ihn für eine bestimmte Aufgabe brauche. Apropos …« Ich schaue auf die Uhr und mir bleibt fast das Herz stehen. 17:50 Uhr. Es ist Zeit.

O mein Gott. Das hier passiert wirklich.

Als ich weiterspreche, gleicht meine Stimme einem Quieken.

»I…ich sollte jetzt zu ihm gehen. Und die Sache hinter mich bringen.«

Ich lasse alles außer meinem Smartphone im Zimmer zurück und eile nach draußen, wobei ich Chanels hastiges »Viel Glück!« kaum wahrnehme, als die Tür hinter mir zuschwingt.

Henry und ich haben vereinbart, uns um achtzehn Uhr am Haupteingang des Geisteswissenschaftsgebäudes zu treffen. Um exakt 17:59 Uhr kommen wir beide gleichzeitig an, und eins muss ich ihm lassen: Henry mag vielleicht ein unerträglicher Snob sein, aber er ist pünktlich.

Außerdem sieht er heute besonders adrett aus. Sein dunkler Blazer ist frisch gebügelt, die Krawatte sitzt pfeilgerade und nicht ein einziges Haar ist nicht an seinem Platz. Ich muss beinahe lachen. Er sieht aus, als würde er gleich vor der ganzen Schule eine Rede halten, nicht mir dabei helfen, ein Verbrechen zu begehen.

»Alice«, sagt er, als er mich sieht, höflich wie eh und je.

»Henry.« Ich erwidere seine Begrüßung mit einem spöttischen Salut und ahme seinen förmlichen Tonfall nach.

Leichte Gereiztheit huscht über sein Gesicht. Gut. Wenn Henry in der Stimmung ist, sich mit mir zu zanken, dann habe ich wenigstens was, das mich von meiner Nervosität ablenkt.

»Bist du nervös?«, fragt er.

Oder auch nicht.

»Warum glaubst du, ich wäre nervös?«, blaffe ich ihn an und greife über seine Schulter hinweg, um die Tür zu öffnen.

»Na ja, du scheinst richtig zu zittern.«

Ich folge seinem Blick und verstecke meine zitternden Hände hastig in meinen Taschen, während ich mich an ihm vorbei ins Gebäude dränge. »Es ist kalt«, grummle ich.

»Wir haben zweiundzwanzig Grad.«

Ich spanne den Kiefer an. »Wer bist du, der Wettermann?«

»Ernsthaft? Der Wettermann?« Seine Stimme klingt leicht, amüsiert. »Nicht deine beste Beleidigung, Alice.«

Ich versuche, ihn mit meinem scharfen Blick zu erstechen. Leider funktioniert es nicht.

Ich gehe weiter.

Im Korridor ist es praktisch vollkommen leer, genau, wie es sein sollte. Kein Schüler bleibt nach dem Unterricht freiwillig länger hier, vor allem nicht, wenn sich sein Wohnheimzimmer direkt auf der anderen Seite des Schulhofs befindet oder er mit einem DiDi ins Village oder nach Solana fahren kann. Bei den Lehrern sieht es jedoch ein wenig anders aus. Die meisten von ihnen kommen mit dem Fahrrad zur Schule und sind oft noch nach Einbruch der Dunkelheit in den Klassenzimmern, weil sie abwarten, bis es auf den Straßen nicht mehr so voll und die Wahrscheinlichkeit, von einem Auto überfahren zu werden, deutlich geringer ist. Mr Murphy ist auch einer von ihnen.

Und tatsächlich: Das Licht im Geschichtsraum brennt noch. Durch das kleine Fenster in der Tür kann ich ihn über das Lehrerpult gebeugt sehen, Papierstapel vor ihm aufgetürmt. Wie es aussieht, wird er noch eine Weile mit Korrigieren beschäftigt sein.

Perfekt.

Jetzt muss ich nur noch unsichtbar werden.

»Demnächst wäre gut«, murmelt Henry dicht hinter mir, als könnte er meine Gedanken lesen.

Ich setze eine finstere Miene auf, antworte aber nicht sofort, sondern bedeute ihm nur mit einer Geste, mir in einen der schmalen angrenzenden Gänge zu folgen – weit genug entfernt, dass

Mr Murphy uns nicht hören kann. Dort riecht es nach frischer Druckertinte und Whiteboard-Stiften. Nach Integrität und schulischem Erfolg.

»Wie ich dir bereits *erklärt* habe«, sage ich und fange wieder an zu tigern, »kann ich nicht wirklich kontrollieren, wann das mit dem Unsichtbarwerden passiert. Es *passiert* einfach.«

Henry bewegt sich nicht, verfolgt mich beim Gehen nur mit den Augen, hin und her, hin und her. Jemand hat mir mal gesagt, mein Gestresstsein wäre ansteckend, weil es mir förmlich aus allen Poren strömen würde. Aber vielleicht ist Henry ja immun dagegen, unantastbar, wie bei den meisten Dingen.

»Wenn das so ist«, fragt Henry, »wie kannst du dir dann sicher sein, dass es heute Abend überhaupt passieren wird?«

»Na ja, bin ich nicht.« Ich seufze. »Aber in den letzten paar Wochen ist es viel öfter abends passiert, und ich kann eine … eine relativ fundierte Einschätzung abgeben, basierend auf einem bereits bestehenden Muster. Wie bei Menstruationszyklen.«

Einen flüchtigen Moment lang wirkt Henry völlig perplex. »Wie bitte?«

»Menstruationszyklen«, wiederhole ich, sehr deutlich, und freue mich, ihn ausnahmsweise mal ein bisschen aus der Fassung zu bringen. »Du weißt schon, weil man sich merken kann, zu welcher Zeit im Monat es passiert, und dann weiß, wann man ungefähr wieder damit rechnen kann, auch wenn es einen manchmal trotzdem unvorbereitet erwischt. Das hier ist genauso.«

»Ah.« Er nickt und setzt wieder eine gelassene Miene auf. »Richtig.«

Dann verflüchtigt sich mein Rausch der Zufriedenheit urplötzlich wieder und die Angst kehrt mit doppelter Wucht zurück. Ich beschleunige meine Schritte, wringe angespannt die

Hände. Es ist ein Wunder, dass Henry vom bloßen Zusehen nicht schwindlig wird.

Es ist, ohne jeden Zweifel, das Schlimmste bei jeder Mission – nicht die Angst, erwischt zu werden, oder das an mir nagende schlechte Gewissen, sondern diese *Ungewissheit*. Nie zu wissen, wann ich unsichtbar beziehungsweise wieder normal werde.

Erst vor ein paar Wochen habe ich einen ganzen Tag damit verbracht, im Schulflur rumzustehen und darauf zu warten, dass meine Kräfte erwachen, um einen eigentlich total simplen Beijing-Ghost-Auftrag erfüllen zu können. Es ist nie passiert. Henry hat überraschend verständnisvoll darauf reagiert, obwohl er beschlossen hatte, mit mir zu warten, aber ich kann den scharfen, bitteren Geschmack des Versagens noch immer schmecken, die frustrierende Last, mich auf etwas verlassen zu müssen, das außerhalb meiner Kontrolle liegt.

»Entspann dich einfach«, rät Henry mir, nachdem ich mindestens zwanzigmal die volle Länge des Gangs abgelaufen bin. Wenn ich meine Schritte zählen würde wie Chanel, hätte ich mein Tagesziel inzwischen ganz bestimmt erreicht. »Selbst wenn dieser Auftrag nicht so läuft, wie wir es geplant haben … Was wäre das Schlimmste, was passieren könnte?«

Ich gebe ein ungläubiges Geräusch von mir. »Sag mir bitte, *bitte*, dass du nur Witze machst.«

»Ich kann dir versichern, das ist mein voller Ernst.«

»O mein Gott«, sage ich. Schüttle den Kopf. »Das Schlimmste … Ich meine, ernsthaft, es gibt so viele Worst-Case-Szenarien, dass ich gar nicht weiß, wo ich …«

»Was, zum Beispiel?«

»Ähm.« Ich tue, als müsste ich sehr angestrengt über meine Antwort nachdenken. »Zum Beispiel, *von der Schule zu fliegen*?«

»Ich bezweifle sehr stark, dass sie uns rausschmeißen würden. Wir sind ihre besten Schüler«, erwidert Henry. Sagt es, einfach so, als wäre es eine unbestreitbare Tatsache.

Mein Herz bleibt unwillkürlich an dem *wir* hängen, an diesem beiläufigen Kompliment in seinen Worten, aber ich lasse mich nicht beirren.

»Ach nein? Sie könnten sogar die Polizei informieren, uns ins Gefängnis werfen lassen …«

»Ein paar Freunde von meinem Dad sind Anwälte«, unterbricht er mich unbekümmert. »Sie gehören zu den besten im ganzen Land. Selbst wenn die Beweislast gegen uns erdrückend wäre, würden wir den Prozess trotzdem gewinnen.«

Ich wirble so schnell herum, dass meine Schuhe auf dem polierten Boden quietschen. »Siehst du, das ist der Grund, warum ich Leute wie dich nicht ausstehen kann«, koche ich über und steche in der Luft mit einem Finger in seine Richtung. »Ihr glaubt, nur weil ihr clever und reich und attraktiv seid, könnt ihr machen, was immer zur Hölle ihr wollt …«

»Moment mal.« Etwas verändert sich in der schwarzen Tiefe seiner Augen. »Du findest mich attraktiv?«

»Oh, komm schon, jetzt tu bloß nicht so, als wäre das eine riesige Enthüllung«, blaffe ich ihn an. »Ich bin mir ziemlich sicher, selbst die Jungs in unserer Stufe finden das. Ich meine, mal ernsthaft, als wir letztes Jahr Tauchunterricht hatten, haben dich auf der Tribüne alle *angegafft*, als hätten sie vorher noch nie einen Typen ohne Shirt gesehen, und später, als du dieses Fotoshooting für die Schulzeitschrift gemacht hast und sie dich in diesen lächerlichen Anzug gesteckt haben … da konnte ich noch nicht mal mehr … da warst du …« Ich verstumme, bin mir plötzlich der Hitze in meinen Wangen nur allzu bewusst, der in meiner Brust brodelnden Wut, die sich gar nicht mehr wie Wut anfühlt, sondern wie etwas anderes.

Etwas Schlimmeres.

»Es ist nur – vergiss es.« Ich räuspere mich. »Ist auch egal. Was wollte ich gerade sagen?«

Henry neigt den Kopf zur Seite und ein Lächeln breitet sich langsam auf seinen Lippen aus. »Du hast mir gerade erklärt, wie sehr du mich hasst.«

Ich beiße mir auf die Zunge und wende hastig den Blick ab. Versuche, das seltsame Gefühl in meinem Magen zu vertreiben. Als ich nach einer Weile zu dem Schluss komme, es wäre sicher, ihn wieder anzusehen, ohne dass meine Haut in Flammen aufgeht, sagt er: »Fühlst du dich jetzt besser?«

»Hä?«

»Meistens hast du nicht mehr so viel Angst, wenn du wütend bist«, verkündet er mir.

Verwirrung kocht in mir hoch. »Wo…woher weißt du das?«

»Mir fallen eben Dinge auf«, erwidert er schlicht.

Noch so eine Aussage. Ein Satz, den er für mich in der Luft stehen lässt, damit ich ihn selbst entschlüssle. Aber ich komme einfach nicht dahinter. Was meint er damit, ihm *fallen Dinge auf*? Und wie kann er etwas an mir bemerken, das mir noch nicht mal selbst bewusst ist? Das ergibt einfach keinen Sinn. Es ergibt keinen Sinn, weil es *niemandem* auffällt …

Plötzlich schlängelt sich eine Kälte an meiner Wirbelsäule hinunter, kriecht meine Beine entlang und bis zu meinen Handgelenken. Wie tausend Nadelstiche aus Eis. Mein ganzer Körper wird kalt – schmerzhaft, unnatürlich kalt –, aber wenigstens verstehe ich, was *das* bedeutet.

Es bedeutet, es ist Zeit, zur Tat zu schreiten.

»Henry! Was machst du denn noch hier?«

Mr Murphy sieht von seinem Schreibtisch auf, als Henry und ich hereinkommen, auch wenn sein Blick mich natürlich nicht einfängt.

»Ich hatte gehofft, Sie wären noch hier, Mr Murphy«, erwidert Henry und setzt sein seltenes, unfassbar überzeugendes Lächeln auf: leuchtende Augen, glänzende Zähne, zarte Grübchen in den Wangen. Selbst ich glaube ihm beinahe, was danach über seine Lippen kommt. »Haben Sie einen Moment Zeit? Ich wollte mir ein paar der Primärquellen über die Opiumkriege ansehen – Sie wissen schon, weil Sie meinten, wir würden sie als Nächstes durchnehmen –, aber die Bibliothekarin wollte sie mir ohne Ihre Zustimmung nicht zugänglich machen …«

Es ist perfekt: das leichte Zögern in seiner Stimme, so als wollte er dem Lehrer keine Umstände bereiten; der Eifer, ohne *über*eifrig zu wirken; die Ernsthaftigkeit, mit der er Mr Murphys Blick festhält. Und dann ist da, natürlich, noch der eine Faktor, den niemand anders nachahmen könnte, ganz gleich, was für ein guter Lügner er ist: Er ist King Henry, der Lieblingsschüler des gesamten Lehrkörpers, der sich nur zum Spaß mit ihnen über Zusatzaufgaben oder weiterführende Lektüre unterhält und neue Theorien mit ihnen diskutiert.

Ich hätte niemals geglaubt, dass ich eines Tages *dankbar* dafür sein würde, dass Henry der Liebling aller Lehrer ist, aber genau das bin ich.

Mr Murphy legt das Papier in seinen Händen auf dem Tisch ab. Sein Tonfall ist freundlich, ein wenig flachsend, als er fragt: »Primärquellen, hm? Und das konnte nicht bis morgen warten?«

Henry senkt den Kopf und spielt ziemlich überzeugend den Schüchternen. »Na ja, ich hab heute Nachmittag über den Ersten

Opiumkrieg gelesen, und es ist alles wahnsinnig interessant – schrecklich, natürlich, aber hochinteressant –, und als mir wieder einfiel, dass sich in der Bibliothek einige Originaltexte befinden … Ich schätze, ich hab mich einfach ein bisschen zu sehr mitreißen lassen.« Er schenkt Mr Murphy ein weiteres Lächeln, weicher diesmal, verlegen, und mein Herz vollführt einen seltsamen kleinen Purzelbaum in meiner Brust. »Tut mir leid, Sie haben völlig recht. So wichtig ist es nicht …«

»Nein, nein, das hab ich damit nicht gemeint«, unterbricht Mr Murphy ihn hastig. Er steht auf, und sein Stuhl rollt ein Stück zurück und prallt mit einem dumpfen Rums gegen die Wand. »Es ist großartig, dass du eine solche Leidenschaft für diese Themen entwickelst, Henry. Und ich bin gerne bereit, dich zu begleiten – jetzt gleich, wenn du magst.«

Während er das sagt, klemmt er sich seinen Laptop unter den Arm und bedeutet Henry voranzugehen.

Doch Henry zögert, seinen Blick auf den Laptop gerichtet. Zum ersten Mal spüre ich einen Riss in seiner Maske der Gelassenheit. »Sie müssen … Sie müssen den nicht mitnehmen, es geht ganz schnell.«

Ich schlucke den Kloß in meiner Kehle hinunter und nähere mich, verfolge Mr Murphys Reaktion aufmerksam und suche nach irgendwelchen Anzeichen für Misstrauen oder Verwirrung. Aber er seufzt nur und schüttelt den Kopf.

»Ich weiß, aber ich glaube, es ist trotzdem besser. Mir sind in letzter Zeit nur ein paar seltsame Sachen zu Ohren gekommen …«

Mir krampft sich der Magen zusammen.

»Was für Sachen?«, fragt Henry, ebenfalls angespannter.

»Oh, na ja, es ist bestimmt nichts, worüber wir uns *allzu* große

Sorgen machen müssten«, erwidert Mr Murphy und winkt mit seiner freien Hand ab. »Es gab nur vereinzelte Berichte über aus Spinden verschwundene Dinge, gehackte Smartphones und Laptops, solche Sachen eben.« Er nickt in Richtung der Tür. »Können wir?«

Henry richtet sich auf, aber erst, nachdem er einen Blick in meine grobe Richtung geworfen hat. »Ja. Ja, natürlich.« Er fragt Mr Murphy nicht noch mal nach seinem Laptop oder schlägt ihm vor, ihn zurückzulassen, und ich kann ihm deswegen keine Vorwürfe machen. Wenn Mr Murphy ohnehin bereits wachsam ist und eine vage Vorstellung davon hat, dass in letzter Zeit irgendwas vor sich gegangen ist, dann fehlt wahrscheinlich nicht viel, bis er Verdacht schöpfen würde, dass hier gerade auch irgendetwas nicht stimmt.

Doch nachdem Henry und er das Klassenzimmer verlassen haben und ich allein zurückbleibe, unsichtbar, der Laptop, den ich brauche, mit ihnen verschwunden, kann ich nicht anders, als mir wie eine absolute Vollidiotin vorzukommen. Mein Herz rutscht ganz nach unten und mir dröhnt der Schädel. Was soll ich jetzt tun? Ihnen in die Bibliothek folgen und versuchen, Mr Murphys Laptop zu klauen, wenn er nicht hinsieht? Es an einem anderen Tag noch mal probieren? Doch trotz Henrys ausgezeichnetem Ruf – selbst wenn er behaupten würde, eine noch nie entdeckte Primärquelle von Kaiser Daoguang höchstpersönlich entdeckt zu haben – bezweifle ich, dass Mr Murphy noch genauso vertrauensselig wäre, wenn er ihn an zwei Abenden nacheinander aufsuchen würde.

Nein, es muss noch eine andere Möglichkeit geben. Vielleicht kann ich mir von Mr Murphys Smartphone aus Zugang zu seinen Dateien verschaffen, oder vielleicht hat er eine Kopie der

Prüfungsaufgaben an seine eigene E-Mail-Adresse geschickt, oder vielleicht …

Vielleicht gibt es irgendwo eine ausgedruckte Version.

Irgendwo *hier*.

Während eine neue, schwindelerregende Hoffnung in mir zu flackern beginnt, fällt mir der dicke Ordner wieder ein, den Mr Murphy immer mit sich herumträgt, und dass er gerne alles ausdruckt und sagt, es falle ihm schwer, Texte auf einem Bildschirm zu lesen.

Ich eile zu seinem Schreibtisch. Er ist ein einziges Durcheinander, Textmarker und halb korrigierte Tests überall verstreut, ein letzter Happen eines *Jianbing*, der auf einem Teller kalt wird. Aber da, unter all dem Chaos begraben, liegt der durchsichtige Ordner, den ich erst neulich bei Mr Murphy gesehen habe.

Langsam, Zentimeter für Zentimeter, ziehe ich den Ordner hervor, wie ein Jenga-Klötzchen, und passe auf, dabei nichts anderes auf dem Lehrerpult zu verschieben. Der Ordner ist mit Arbeitsblättern vollgestopft, Lernplankopien, Bewertungsrastern vergangener Klausuren, Auszügen aus Lehrbuchlektüren …

Das Ganze scheint überhaupt keinem organisatorischen System zu folgen und es gibt noch nicht mal einen einzigen farbigen Reiter. Mir bleibt nichts anderes übrig, als durch die Seiten zu blättern, während der Ordner in meinen klammen Händen beinahe unerträglich schwer wird, mein Herz wie wild rast und ich mir der tickenden Uhr und der bereits verstrichenen Minuten, seit Mr Murphy und Henry gegangen sind, nur allzu bewusst bin.

Doch meine Sinne scheinen geschärft zu sein, wie bei einem Kaninchen, das Angst hat, gejagt zu werden. Jedes Rascheln einer Bewegung auf dem Korridor draußen erschreckt mich, jedes Knarren der Tür und jedes Klopfen der Zweige ans Fenster lässt mich erstarren. Ich kann das übrig gebliebene Essen im Lehrerzimmer über mir riechen – Meeresfrüchte und irgendwas Säuerliches –, spüre den Schweiß, der sich in kühlen, perfekten Perlen auf meiner Haut bildet.

Trotzdem zwinge ich mich, den fetten Ordner weiter durchzublättern, weiterzusuchen, die Seiten nach den Worten *Halbjahresprüfung Geschichte Klasse 12* zu überfliegen, bis …

Endlich.

Endlich. Da ist es.

Adrenalin flutet meine Adern, als ich mit zitternden Fingern den Hefter mit den Prüfungsfragen und -antworten herausziehe und ihn im Neonlicht des Klassenzimmers hochhalte. Eine Sekunde lang staune ich selbst so über das, was ich gleich tun werde, dass ich den Hefter beinahe fallen lasse, aber ich kriege mich wieder in den Griff. Hole mein Handy heraus und knipse ein Foto von der ersten Seite, dann von der zweiten, der dritten.

Ich bin fast fertig, als ich etwas höre …

Stimmen.

»… schwer zu glauben, dass der Kaiser wirklich so ignorant war. Selbst wenn man zwischen den Zeilen dieses Briefes liest, scheint es eher ein letzter verzweifelter Versuch zu sein, Ärger zu vermeiden«, sagt Henry, und seine langsamen Schritte fallen hinter Mr Murphys schnellen, eher trampelnden zurück. Er spricht lauter als gewöhnlich – zweifellos, um mich zu warnen, dass sie gleich hereinkommen werden.

Nein. Noch nicht.

Ich bin auf der allerletzten Seite, aber mein Schatten verdeckt immer wieder die Worte …

Die Erkenntnis trifft mich wie ein Schlag, nimmt mir fast die Luft zum Atmen: *mein Schatten.* Wenn ich einen Schatten habe, muss ich wieder sichtbar sein, und wenn ich wieder sichtbar bin, wenn Mr Murphy hier reinkommt ... wenn Mr Murphy mich sieht ...

Scheiße.

Panik kriecht in jede Zelle meines Körpers. Ich drehe die Seite im Licht herum, knipse ein Foto, stecke sie dann in den Ordner zurück und schiebe ihn wieder unter den dreckigen Teller, alles in einer einzigen manischen Bewegung. Ich habe keine Ahnung, ob er exakt am selben Platz liegt wie vorher, aber mir bleibt keine Zeit mehr, es zu überprüfen.

Der Türknauf knarrt. Dreht sich.

Mr Murphy öffnet die Tür, als ich mich gerade auf den Boden werfe und mich unter seinen Schreibtisch quetsche. Der Platz darunter ist winzig. Ich muss die Knie in Embryonalstellung ans Kinn ziehen und die Arme wie einen Schraubstock um mich schlingen.

Mein Herz hämmert so wild, dass ich glaube, ich müsste sterben.

»Danke noch mal für alles, Mr Murphy«, sagt Henry. Er klingt höchstens drei Meter entfernt. »Ich weiß, wie beschäftigt Sie sein müssen ...«

»Du bist wirklich sehr höflich«, erwidert Mr Murphy ganz in der Nähe. Er betritt das Zimmer, kommt noch näher und ...

O Gott.

Plötzlich tauchen seine abgenutzten Lederschuhe in meinem Blickfeld auf, nur wenige Zentimeter von meinem Bein entfernt.

Ich ziehe mich noch weiter zurück, presse mich gegen die harte Oberfläche des Schreibtischs, falte mich zusammen, bis ich kaum noch atmen kann, aber er ist mir immer noch zu nahe. Er muss nur nach unten schauen, um zu entdecken, dass ich hier bin.

Er muss nur genau hinhorchen, um meinen wilden Herzschlag zu hören, mein abgehacktes, keuchendes Atmen.

Ich sitze in der Falle.

Der Gedanke löst eine neue Woge der Hysterie in mir aus. Ich sitze in der Falle und habe keine Ahnung, wie ich hier rauskommen soll. Nicht ohne gesehen zu werden. Nicht ohne Konsequenzen. Das Unausweichliche läuft in meinem Kopf ab wie ein Horrorfilm: Mr Murphy, wie er aus Versehen einen Bleistift oder ein Blatt Papier fallen lässt und mich hier zusammengekauert sieht, direkt vor seinen Füßen versteckt; wie der Schock in seinen Augen aufblitzt, noch deutlicher als neulich, als ich wegen der Klausur in seinem Klassenzimmer einen Nervenzusammenbruch hatte, dicht gefolgt von der Erkenntnis, dass ich aus einem bestimmten Grund hier sein muss. Dann wird er seinen Schreibtisch betrachten und bemerken, dass der Ordner vielleicht fünf Zentimeter weiter rechts liegt als vorher, dass die Ecke des Prüfungshefters umgeknickt ist. Er wird eins und eins zusammenzählen, und dann …

»Kann ich sonst noch was für dich tun, Henry?«, fragt Mr Murphy. Er lässt sich auf seinen Stuhl sinken, und ich sehe mit stillem Entsetzen zu, wie er vorwärtsrollt …

Ich habe nicht genug Platz, um noch weiter zurückzuweichen. Die vorderen Rollen rammen sich in meinen rechten Fuß und zerquetschen mir die Zehen. Ein brennender Schmerz jagt durch mich hindurch, und ich muss mir auf die Zunge beißen, um nicht laut zu schreien.

Bitte lass es aufhören, bete ich, noch nicht mal sicher, zu wem. *Bitte, bitte lass ihn einen dringenden Anruf kriegen oder mach, dass er auf die Toilette muss, oder lass ganz bald den Feueralarm losgehen …*

Aber weder der Stuhl noch Mr Murphy bewegen sich.

»Na ja, ehrlich gesagt …« Henrys Stimme dringt von der anderen Seite des Raumes zu mir, und die Pause verrät mir, dass er versucht, Zeit zu schinden. Er muss wissen, dass ich immer noch hier bin. Wir haben vorher darüber gesprochen, wenn auch nur kurz: Ich schicke ihm eine Nachricht, sobald ich wieder draußen bin, und falls nicht, sorgt er für ein Ablenkungsmanöver, um mir mehr Zeit zu verschaffen. Ich hatte nur nicht damit gerechnet, dass er sich daran erinnert.

Eine Sekunde lang erlaube ich es mir, neue Hoffnung zu schöpfen.

Dann höre ich, wie sich seine Schritte in die entgegengesetzte Richtung entfernen, und die Hoffnung erstirbt. Verwirrung vernebelt meinen Verstand. Was zur Hölle hat er …

Ein Krachen durchbricht meine Gedanken: das unverwechselbare Geräusch von etwas, das auf Beton knallt, als würde jemand auf dem Boden zusammenbrechen.

Dann ein erschrockenes Keuchen …

»Henry? *Henry!*«

Der Stuhl rollt rückwärts und Mr Murphys Schuhe verschwinden in einem verschwommenen braunen Streifen aus meinem Blickfeld. Ich höre, wie er sich zu der Stelle umdreht, an der Henry umgekippt sein muss, und denke nicht nach. Setze mich einfach in Bewegung. Ignoriere das Kribbeln in meinen eingeschlafenen Beinen, krabble unter dem Schreibtisch hervor, wobei ich mir beinahe den Kopf an der Ecke anstoße, und sprinte zur Hintertür.

In der Dunkelheit des Korridors verschwinde ich in den Schatten, atemlos japsend, und schnappe einzelne Fetzen von Henrys Austausch mit Mr Murphy auf, während ich mich weiter von dem Klassenzimmer wegschleiche.

»… nicht viel gegessen. Keine Sorge, das ist schon mal passiert …«

»… zur Schulkrankenschwester? Sie ist vielleicht noch da …«

»Nein, nein, das wird nicht nötig sein. Ehrlich, mir geht's gut. Ich wollte Ihnen keinen Schrecken einjagen …«

Die Nachtluft ist kühl, als ich aus dem Gebäude trete. Süß vom Duft der in den Schulgärten blühenden Begonien. Ich schließe die Augen, atme tief ein und wage kaum zu glauben, womit ich gerade davongekommen bin. Was Henry gerade getan hat. Als er meinte, er würde für ein Ablenkungsmanöver sorgen, hatte ich mir sicher nicht vorgestellt, dass er *eine Ohnmacht vortäuschen* würde.

Es ist alles so bizarr, dass ein Lachen durch meine Lippen hervorblubbert, und plötzlich zittert mein ganzer Körper hysterisch, ein dringend benötigtes Ventil, um meine Anspannung abzubauen. Ich habe keine Ahnung, wie lange ich dort stehe und warte, schwindlig und beinahe kichernd vor Erleichterung, aber schon bald höre ich Stimmen. Henrys und Mr Murphys. Einige ihrer Worte sind durch die Eingangstür gedämpft, aber ich kann hören, wie Henry immer wieder beharrt: *»Mir geht's gut, mir geht's gut. Ich kann allein auf die Krankenstation gehen.«*

Mr Murphy muss ihm glauben – oder vielleicht weiß er es auch nur besser, als gegen Henrys Sturheit ankommen zu wollen –, denn es ist das Quietschen von Schuhen zu hören, von sich entfernenden schweren Schritten, während andere Schritte näher kommen.

Die Tür öffnet sich knarrend.

»Na, das war ebenso peinlich wie qualvoll.«

Ich wirble herum.

Henry steht hinter mir, seine Miene gelassen, die Hände in den

Hosentaschen, der Kragen seines Hemds zerknautscht. Ein rötlich-gelber Fleck bildet sich bereits unter der Wölbung seines linken Wangenknochens, ein Makel auf seiner ansonsten perfekten Haut.

Ohne nachzudenken, packe ich sein Gesicht mit einer Hand und kippe es ins Mondlicht, um die Verletzung zu begutachten. Es sieht geschwollen aus. Schmerzhaft.

»Heilige Scheiße, Henry«, sage ich, und jetzt lache ich nicht mehr. »So weit hättest du wirklich nicht gehen müssen. Ich meine, ich bin dir natürlich dankbar – so unglaublich dankbar –, aber … Tut es sehr weh?«

Er antwortet mir nicht, aber seine Augen weiten sich ein wenig. Huschen zu der Stelle unserer Berührung, wo meine Hand noch immer auf seiner Wange liegt.

Ich lasse die Hand sinken und weiche zurück, völlig entsetzt.

»Ähm, tut mir leid. Ich hab wirklich keine Ahnung, warum ich das gerade gemacht hab …« Ich schüttle energisch den Kopf, als könnte ich damit auch irgendwie diesen peinlichen Moment abschütteln. *Was ist bloß los mit mir?* »Brauchst du ein Pflaster? Oder Eis? Oder eins von diesen Tüchern, das sie rumwickeln, wenn …« Ich verstumme, als ich sehe, wie seine Mundwinkel mit schlecht versteckter Erheiterung zucken. »Findest du das hier irgendwie *komisch*? Weil du dir ernsthaft …«

»Ich weiß deine Besorgnis zu schätzen«, unterbricht er mich. »Aber ehrlich, mir geht's gut. Versprochen. Ich hab das schon mal gemacht.«

Ich starre ihn an. »*Was?* Warum?«

Er zögert, und ich kann beinahe sehen, wie sich die Rädchen in seinem Kopf drehen, während er versucht, sich zu entscheiden, wie viel er tatsächlich preisgeben kann. Schließlich sagt er: »Es ist schon lange her … ich war sieben oder acht. Mein Vater hatte mich zum Geigenunterricht angemeldet und ich wollte wirklich, *wirklich* nicht hingehen …«

Ich brauche eine Sekunde, um zu verstehen, was er mir sagen will. Um zu begreifen, wie absurd es ist. Es ist wirklich das Allerletzte, was ich von Henry Li erwartet hätte. »Moment mal. Dann hast du also eine Ohnmacht vorgetäuscht, nur um nicht zum Geigenunterricht zu müssen?«

»Ich hab es nur einmal gemacht.« Er verzieht das Gesicht. »Na schön, *zweimal*. Aber zu meiner Verteidigung: Es war sehr effektiv. Die Geigenlehrerin war so um mein Wohlergehen besorgt, dass sie meinen Vater persönlich gebeten hat, mich zu Hause zu behalten.«

Ich krächze ein ungläubiges Lachen. »Und du hättest nicht einfach … ich weiß auch nicht, Husten oder eine Erkältung vortäuschen können, wie jedes normale Kind?«

Seine Miene verändert sich nicht, aber seine Augen funkeln härter. »Das hätte nicht genügt. Solange ich bei Bewusstsein war, hätte mein Vater darauf bestanden, dass ich mit dem Unterricht fortfahre und mich durchbeiße, bis ich perfekt bin.« Er wendet den Blick von mir ab, das Mondlicht fällt auf sein starres Profil, erhellt die leichte Falte in seiner Stirn, und mir wird mit einem seltsam stechenden Schmerz bewusst, dass diese Unterhaltung vorüber ist.

Mir wird außerdem bewusst, dass ich Henry trotz all der glamourösen Profile und Interviews in Hochglanzmagazinen, trotz all der Nachrichtenberichte über SYS, die ich förmlich verschlungen habe, um meine Konkurrenz besser zu verstehen, nicht besonders gut kenne … Dass ich mir jetzt aber, mehr denn je, wünschte, ich täte es.

Ein paar Momente der Stille verstreichen. Dann fragt Henry: »Hast du alles, was du brauchst?« Seine Stimme klingt wieder förmlich, absolut professionell. Ich hasse es.

»Oh … ja.« Ich klopfe vorne auf meinen Blazer, wo sich mein Handy befindet. »Hab ich.«

Doch als wir langsam wieder zum Wohnheim zurückgehen, die Prüfungsantworten sicher in meiner Jackentasche verstaut, während mich der Zahlungseingang eines üppigen Honorars erwartet, werde ich das Gefühl nicht los, etwas Wertvolles zurückgelassen zu haben.

Kapitel 11

Während die Prüfungen näher rücken, warte ich darauf, dass Mr Murphy mich zur Rede stellt.

Alice, sagt er in meiner Vorstellung nach dem Unterricht zu mir, seine Miene ungewöhnlich streng. Vielleicht liegt sein Ordner griffbereit neben ihm, ein Aufnahmegerät irgendwo versteckt, wo ich es nicht sehen kann – alle Beweise, die er braucht. *Möchtest du mir das hier vielleicht erklären?*

Jedes Mal, wenn ich das Klassenzimmer betrete oder im Flur an ihm vorbeigehe, wird mir richtig schlecht. Meine Handflächen beginnen zu schwitzen, ich muss die Übelkeit hinunterschlucken und kann kaum die nötige Energie aufbringen, sein Lächeln oder ein gelegentliches Kopfnicken zu erwidern.

Die Paranoia ist so schlimm, dass ich davon schon Albträume kriege: verstörende Albträume, in denen Mr Murphy in Ohnmacht fällt und ich zu ihm eile, um ihm zu helfen, dann aber zu Boden gerissen werde, während ringsum Polizeisirenen kreischen, bis ich schließlich aus dem Schlaf hochschrecke. Oder ich will gerade den Prüfungsraum betreten, als mir klar wird, dass ich vergessen habe, mir was anzuziehen, und dann springt Jake Nguyen aufs Lehrerpult und verkündet, nackt zu sein wäre ein Zeichen von Schuld, während Henry meinen Blick einfängt und flüstert: *Kennst du denn gar keine Scham?*

Ich muss wohl nicht erst erwähnen, dass ich in letzter Zeit nicht besonders gut schlafe?

»Ich komm mir vor wie Lady Macbeth«, murmle ich Chanel am Morgen vor unserer ersten Prüfung zu. »Du weißt schon, nachdem ein Haufen Leute tot sind und sie Halluzinationen kriegt, von all dem Blut an ihren Händen, was eine echt unsubtile Manifestation ihrer Schuld …«

»Alice. *Alice*«, unterbricht Chanel mich und legt eine Hand auf meine Schulter. »Zuerst mal: Es ist wirklich ziemlich gewagt von dir, anzunehmen, ich hätte irgendeine Ahnung, wovon du da sprichst, weil ich *Macbeth* noch gar nicht gelesen habe …«

»Aber … aber die Englischprüfung ist *morgen* …«

»Eben«, erwidert sie. »Und damit bleiben mir noch volle vierundzwanzig Stunden, um mir das Wichtigste draufzuschaffen.«

»Ich glaube, du unterschätzt die Komplexität von Shakespeares Werken bei Weitem.«

Sie ignoriert mich. »Und zweitens: Ich hab zwar immer noch keine Ahnung, wie genau deine kleine Mission mit Henry aussah, weil eine *gewisse Person* es mir nicht verraten will, aber ich bin mir sicher, es wird alles gut gehen. Du wurdest schließlich noch nicht ein einziges Mal erwischt, richtig?«

»Nein«, räume ich ein. »Aber trotzdem, ich hab einfach … ich hab ein ungutes Gefühl.«

»Du hast immer ein ungutes Gefühl«, erwidert sie und winkt mit einer Hand ab. »Dein Körper *läuft* wahrscheinlich auf unguten Gefühlen. Ehrlich gesagt würde ich mir ziemliche Sorgen machen, wenn du im Moment *nicht* wegen irgendwas supergestresst wärst.«

»Vermutlich hast du recht«, erwidere ich, nicht völlig überzeugt.

Doch dann kommen und gehen die Prüfungen – in einem Nebel aus durchwachten Nächten, Lernen in letzter Sekunde und Adrenalin – und nichts Ungewöhnliches passiert. Mr Murphy dankt uns allen für unsere harte Arbeit mit einer Runde *Kahoot!* zu chinesischer Geschichte – die ein bisschen außer Kontrolle gerät: Stifte fliegen durch die Luft, wütende Zeigefinger wackeln und Henry und ich teilen uns am Ende den Sieg – und verspricht uns, die Klausuren innerhalb einer Woche zu korrigieren. Die Lehrkräfte verteilen Formulare und Broschüren zu unserem bevorstehenden »China Erleben«-Trip nach Suzhou, und schon bald reden alle über nichts anderes mehr. Das Laub an den Wutong-Bäumen auf dem Schulgelände färbt sich goldgelb, verwelkt dann braun, fällt herab und verteilt sich über den Schulhof wie zerrissene Notizzettel, und Mitte November herrscht eine so durchdringende Kälte, dass sogar die Jungs aus der Dreizehnten aufhören, in der Mittagspause draußen Basketball zu spielen, und stattdessen die begrenzten Plätze in der Cafeteria in Beschlag nehmen.

Und nebenbei treffen immer neue Anfragen bei Beijing Ghost ein.

Noch mehr befürchtete Schwangerschaften, Sexskandale und auf einer exklusiven Party in Wangjing in betrunkenem Zustand aufgenommene peinliche Fotos. Noch mehr Fälle von unerwiderter Liebe und Freundschaftssorgen, Panikattacken und auseinanderbrechenden Familien. Noch mehr detaillierte Geschichten von Ex-Freunden, erbitterter Konkurrenz, Bestechung und heimlichen Unsicherheiten. Es ist ein unerwarteter Nebeneffekt der App, dass mir die Aufträge inzwischen wie viel mehr vorkommen als nur eine Geschäftsmöglichkeit.

Sie kommen mir vor wie Geständnisse.

Natürlich wusste ich schon immer, dass meine Mitschülerinnen und Mitschüler in der Airington ein ganz anderes Leben führen als ich. Aber ich habe früher nie unter die glänzend polierte Fassade ihrer millionenteuren Häuser, Privatchauffeure und exzessiven Shoppingtouren geblickt. Nie darüber nachgedacht, dass die Jungs und Mädels, denen ich unzählige Male auf dem Korridor begegnet bin und mit denen ich vagen Small Talk über anstehende Klausuren gemacht habe, Leute sind, mit denen ich tatsächlich hätte befreundet sein können. Geheimnisse hätte teilen können. Die ich vielleicht hätte trösten können.

Stattdessen habe ich meine fünf Jahre hier in völliger Ahnungslosigkeit bei allem verbracht, was nichts mit Lernen zu tun hatte.

Henry hingegen scheint *nichts* überraschen zu können.

»Hmm«, ist alles, was er sagt, als ich ihm am Ende unserer Ethikstunde die jüngste Anfrage zeige.

»Hmm?«, wiederhole ich ungläubig. »Hast du sie überhaupt gelesen?«

Sein Blick wandert von dem Smartphone zu meinem Gesicht, während er einen Filzstift zwischen seinen langen, schlanken Fingern wirbeln lässt. »Ja, natürlich. Vollständig.«

»Und du – du wusstest das?«

»Nein«, erwidert er ruhig, seine Stimme so leise, dass nur wir beide es hören. Alle anderen sind damit beschäftigt, so zu tun, als würden sie Julie Walshs Tafelaufschrieb zur Diskriminierung in Entwicklungsländern abschreiben, während sie nach ihren Taschen und Laptophüllen greifen, bereit, aus dem Raum zu stürmen, sobald es klingelt. »Aber es klingt mir äußerst plausibel. Die künstlerische Aussage ihres letzten Projekts vergangenes Jahr passt überhaupt nicht zu ihrer Arbeit in diesem

Semester. Entweder hat sich ihre Weltanschauung über den Sommer auf dramatische Weise geändert oder es *war* nie ihre Anschauung.«

Ich schüttle verständnislos den Kopf. Selbst gemessen am üblichen Beijing-Ghost-Durchschnitt ist die anonyme Nachricht, die im Augenblick auf meinem Handy zu lesen ist … nun, schockierend.

Allem Anschein nach hat das beliebteste Kunstgenie der Airington, Vanessa Liu, all ihre künstlerischen Ideen und Entwürfe einem Unistudenten abgekauft. Die anonyme Quelle will, dass ich Vanessa morgen nach *Shimao Tianjie* oder schlicht: The Place, folge – einen dieser edlen Shoppingkomplexe in der Stadt, die ich nie besuche –, wo sie sich angeblich mit besagtem Studenten zum nächsten Austausch treffen wird.

»Aber ich hab sie zeichnen gesehen«, beharre ich und achte ebenfalls darauf, leise zu sprechen. »Sie ist – ich meine, sie hat *Talent*. Ich verstehe nicht, warum …«

»Talent ist nicht dasselbe, wie ein Genie zu sein«, entgegnet Henry, mit all der selbstsicheren, ungerührten Leichtigkeit von jemandem, der sein Leben in letzterer Kategorie verbracht hat und das auch ganz genau weiß.

Ein vertrauter Dorn des Neids – des *Nichthabens* – bohrt sich in meine Seite.

Ich lasse das Handy sinken. »Na, ich schätze, ich werde es morgen Abend wohl herausfinden.«

Henry blickt auf, und zum ersten Mal, seit ich das Thema angesprochen habe, wirkt er interessiert. Als er etwas erwidert, scheint er seine Worte sorgfältig zu wählen. »Hättest du … vielleicht gern Gesellschaft?«

»Von wem?«, frage ich verwirrt. Der Witz an Beijing Ghost

ist schließlich, dass ich die Aufträge allein durchführe: unerkannt, ungesehen.

Er zieht eine Augenbraue hoch. Wartet.

»Was, von *dir?*« Ich meine es scherzhaft, aber seine Miene bleibt absolut ernst.

»Warum denn nicht?« Er hält den Stift hoch, wirbelt ihn weiter herum. »Die Prüfungen sind vorbei. Wir haben beide ein bisschen mehr Zeit übrig. Und ich bin ständig in The Place. Ich könnte dir vielleicht helfen.«

»Aber … aber wenn dich jemand sieht …«

»Wir können früher hingehen«, erwidert er sofort und zuckt mit den Schultern. »Ich führe dich ein bisschen rum und verschwinde dann, sobald du sie entdeckst.«

»Aber du … Ich hab nur …«

Der Stift erstarrt in seiner Hand. Er neigt den Kopf ein paar Grad zur Seite, seinen Blick direkt auf mich gerichtet, scharf und abschätzend und intensiv schwarz im Licht des Klassenzimmers. »Was?«

Aber ich weiß selbst nicht, was. Nur, dass mir bei der Vorstellung, mich abends allein und außerhalb der Schule mit ihm zu treffen ganz flau im Magen wird, so als wäre ich gerade aus großer Höhe abgestürzt. Ich meine, sicher, wir gehen schon länger gemeinsam zum Unterricht, und ich war sogar schon mal in seinem Wohnheimzimmer, aber das … nur wir zwei alleine … das ist …

»Ich werde mich nicht konzentrieren können, wenn du dabei bist«, platze ich heraus, und erst dann geht mir auf, wie es klingt.

Seine Lippen zucken. Es ist dasselbe halb unterdrücke Lächeln, das er auch immer im Gesicht hat, wenn er sein Abschlussplädoyer bei einem Debattier-Wettbewerb hält oder im Unterricht die Antwort auf eine besonders schwere Frage weiß oder einen beeindruckenden geschäftlichen Vorschlag unterbreitet. Es ist das Lächeln, das er im Gesicht hat, wenn er kurz davor steht, genau das zu bekommen, was er will. »Willst du damit sagen, dass dich meine bloße Anwesenheit ablenkt, Alice?«

»N...nein. Das wollte ich damit überhaupt nicht ...« Ich räuspere mich im selben Moment, als die Pausenglocke schrillt und den Rest meines halbherzigen Protests übertönt. Nachdem das laute Läuten endlich wieder verhallt ist, ergreift Henry erneut das Wort, bevor ich es tun kann.

»Dann sehen wir uns also morgen Abend.« Aus irgendeinem Grund klingt er seltsam aufgeregt.

The Place sieht aus wie direkt aus einem Film. Einem mit fettem Budget.

Der Komplex ist ein wahres Ungetüm und erstreckt sich über eine komplette Straße, mit mehrstöckigen Luxusmarkenshops und grell leuchtenden, futuristisch anmutenden Schildern, gesäumt von Dachterrassenrestaurants und einer riesigen Leinwand, die sich wie eine hohe Decke von einem Ende der Straße zum anderen spannt und den diesigen Abendhimmel darüber aussperrt.

Ein Clip eines durch goldene Teiche schwimmenden Drachen flimmert über die Leinwand, als Henry und ich aus seinem Wagen mit Chauffeur steigen. Das Licht ist so grell, dass es alles in goldenen Glanz taucht, von den glatten Pflasterkacheln bis hin zum mitternachtsblauen Stoff von Henrys durchgeknöpftem Mantel und den messerscharfen Kanten seines Gesichts.

Er ist noch besser gekleidet als normalerweise, sein Haar ist ganz weich und frisch gekämmt und fällt bis kurz über seine

Augen herab, und er trägt ein strahlend weißes Hemd, der oberste Knopf lässig aufgeknöpft, während die Manschetten jedes Mal hervorlugen, wenn er die Arme bewegt. Vielleicht geht er anschließend noch zu irgendeinem schicken Event. Einer Tech-Konferenz oder so.

Andererseits sehen *alle* hier furchtbar stylish aus. Die Hälfte der Mädels, an denen wir vorbeikommen, könnte Models sein, mit ihren samtenen Overknee-Stiefeln, Designergürteln und hüpfenden Locken.

Ich streiche mir verlegen mit einer Hand über mein langweiliges Hemd und meine Leggings, schüttle den Gedanken dann jedoch wieder ab.

Ich bin nicht hier, um über einen Laufsteg zu stolzieren. Ich bin hier, um einen Auftrag zu erledigen und mein Geld zu bekommen.

Außerdem werde ich, sofern alles nach Plan verläuft, ohnehin bald unsichtbar sein.

»Also. Wo willst du hin?«, fragt Henry, seine Schritte im Einklang mit meinen. Unsere Schultern sind sich gerade nahe genug, um sich zu berühren, was mir, wird mir dann bewusst, eigentlich überhaupt nicht auffallen sollte.

Ich bedenke ihn mit einem seltsamen Blick. »Wo immer Vanessa eben ist. Wo sollten wir denn *sonst* hingehen?«

»Wir könnten zuerst was essen … oder ein bisschen bummeln …«

»Und möglicherweise unser Ziel verfehlen?« Meine Stimme steigt vor Ungläubigkeit eine Oktave höher. Henry war in Sachen Beijing-Ghost-Aufträge schon immer nervtötend gelassen, aber das scheint mir selbst für ihn ein völlig absurder Vorschlag zu sein. »Oder riskieren, ihr zu begegnen, bevor wir die nötigen

Beweise gesammelt haben? Wegen eines – eines Essens? Ganz sicher nicht. Außerdem hab ich einen Müsliriegel gegessen, bevor wir hergekommen sind. Ich hab keinen Hunger.«

Er gibt ein leises, frustriert klingendes und leicht kehliges Geräusch von sich und bleibt so abrupt stehen, dass ich beinahe stolpere. »Alice.«

»Was?«

Doch was immer er auch sagen wollte, es geht in der plötzlich hinter uns aufbrandenden Orchestermusik unter. Die Leinwand über uns flackert und das leuchtend goldene Licht wird durch lebendiges Rot und Pink ersetzt. Projizierte Rosen blühen in den Ecken des riesigen Bildschirms auf, so groß wie der im Freien stehende Esstisch, neben dem wir zufällig angehalten haben, und Bilder erscheinen in der Mitte der Leinwand.

Selfies von Pärchen. Fotos von einer hübschen jungen Frau Ende zwanzig, ganz eindeutig von jemandem aufgenommen, der sie sehr gut kennt: Bilder, auf denen sie an einem Strand posiert, am anderen Ende einer Dinnertafel lächelt, eine Katze und einen Teddy in ihrer heimeligen Küche an sich drückt.

Dann tauchen nacheinander Wörter auf der Leinwand auf, in hübscher, großer Kursivschrift:

Du bist wunderschön …
Ich liebe dich, seit wir uns in der
Highschool begegnet sind …

Die zahlreichen Schaulustigen ringsum schnappen überrascht nach Luft und jubeln begeistert, als ihnen dasselbe bewusst wird wie mir.

Es ist ein Heiratsantrag.

»Das erscheint mir doch ein bisschen übertrieben«, murmle ich, während ich den Blick über die schnell wachsende Menge schweifen lasse. Einige Leute rennen – *rennen* tatsächlich – zu einem ein paar Meter entfernten Platz vor einer Guess-Filiale, auf dem ich die vage Gestalt eines auf ein Knie sinkenden Mannes erkennen kann. So kitschig dieser Antrag auch ist, falls Vanessa bereits hier sein sollte, scheint sie mir zumindest der Typ zu sein, der sich den Schaulustigen anschließen würde. Vielleicht entdecke ich sie ja und kann ihr von hier aus folgen …

»Ich finde es ziemlich romantisch«, sagt Henry beiläufig, während weitere Rosen den grell erleuchteten Bildschirm komplett einzunehmen drohen.

Ich wirble herum und starre ihn an. »Wenn das deine Vorstellung von Romantik ist, dann mache ich mir ein bisschen Sorgen um deine zukünftige Freundin.«

Freundin.

Das Wort hängt zwischen uns in der kühlen Abendluft, und wenn ich die nötige Energie, Intelligenz und die Ressourcen besitzen würde, um eine Zeitmaschine zu entwickeln, nur um in die Vergangenheit reisen und diesen einen Satz zurücknehmen zu können, dann würde ich es ohne zu zögern tun.

Henry und ich haben in den vergangenen Monaten über alle möglichen Dinge gesprochen. Prüfungen. Kriminelle Aktivitäten. Bestechung. Den Boxeraufstand. Dass wir in der Zehnten in derselben Englischklausur beide die Höchstnote geschafft haben, ich dafür aber mehr gelobt wurde.

Aber auf das Thema Beziehungen sind wir nie gekommen. Oder auf Romantik.

Es ist nicht so, als hätte ich in seiner Gegenwart nie darüber *nachgedacht*, mich nicht gelegentlich Dinge gefragt, die ich mich nicht fragen sollte, oder nicht hin und wieder einen Tick zu lange über die Form seiner Lippen sinniert. Aber es laut auszusprechen und diese Tatsache anzuerkennen, würde sich wie eine Art Kapitulation anfühlen.

Und es hilft auch nicht, dass Zhang Jies Balladenhit »This Is Love« nun in voller Lautstärke aus den Lautsprechern dröhnt.

Oder dass Henry mit diesem durchdringenden Blick auf mich herabschaut.

»Wie dem auch sei«, sage ich und versuche, die Musik zu übertönen, während ich bete, dass er den rötlichen Glanz der Leinwand nicht von der erhitzten Röte auf meinen Wangen unterscheiden kann, »ich freue mich wirklich für dieses glückliche Paar und alles, aber wir sollten uns, äh, wirklich darauf konzentrieren, Vanessa zu finden …«

Zu meiner Enttäuschung *und* Erleichterung erwidert Henry nichts, sondern folgt mir nur in Richtung der Menschenmenge. Die Frau muss den Antrag angenommen haben, denn die Leute klatschen und pfeifen begeistert, und mitten in dem riesigen Menschenauflauf ist …

»Scheiße«, zische ich leise, packe Henry am Ärmel und zerre ihn mit mir hinter einen Pfeiler in der Nähe.

»Was …«, beginnt er, aber ich klatsche eine Hand auf seinen Mund und zwinge ihn weiter gegen die steinerne Säule zurück, bis wir außer Sicht sind, meinen Körper an seinen gepresst. So dicht, dass ich die Hitze seiner Haut spüren kann. Das warme Kribbeln seines Atems auf meiner Wange.

Mein Herz dröhnt lauter in meinen Ohren.

Dort war Vanessa. *Ist* Vanessa.

Vorsichtig, während ich mit einer Hand weiter Henry festhalte, wage ich einen erneuten Blick in die Menge. Vanessa scheint mich nicht gesehen zu haben. Sie steht neben einem großen, sehnigen Typen, höchstens ein paar Jahre älter als sie, der mir nicht bekannt vorkommt. Der Unistudent.

Das muss er sein.

Die beiden verharren noch einen Moment, bevor sie das französisch anmutende Bäckereicafé zu ihrer Linken betreten und schon bald hinter der bunten Schaufensterdekoration verschwinden.

Ich stoße ein erleichtertes Seufzen aus.

Alles, was ich jetzt noch tun muss, ist, unsichtbar zu werden und ihnen nach drinnen zu folgen. Ich brauche Beweise aus nächster Nähe, Fotos davon, wie der Austausch stattfindet, vom Gesicht des Studenten und von dem betreffenden Kunstwerk.

»Ähm … Alice?«

Henrys Stimme klingt durch meine Handfläche gedämpft, und erst jetzt wird mir bewusst, wie nah wir einander immer noch sind. Wie leicht es in unserer momentanen Position für mich wäre, auf Zehenspitzen zu gehen, meinen Kopf ein wenig zu heben und …

Ich mache einen Satz rückwärts. »Tut mir leid«, entschuldige ich mich hastig und nehme meine Hand wieder runter. »Ich hatte nur Angst, dass sie uns sieht.«

»Kein Problem.« Sein Tonfall ist so ungerührt und beiläufig wie immer, aber seine Ohrenspitzen leuchten knallpink.

Oder vielleicht liegt es in seinem Fall wirklich nur an der glühenden Leinwand.

»Ich sollte *jetzt* unsichtbar werden«, sage ich laut, eher um die Stille zu füllen als irgendetwas anderes.

»Stimmt.«

Ein Herzschlag voller Verlegenheit verstreicht. Dann noch einer.

Nichts passiert.

Also warte ich weiter darauf, dass die vertraute Kälte meinen Körper flutet, wie ein Eimer voll Eiswasser, und sich die Härchen an meinen Armen aufstellen. Aber alles, was ich spüre, ist … Wärme. Ich fühle mich *ganz*. Glühend dank meiner Nähe zu Henry, dank der Art, wie er mich ansieht, seine Lippen rot an den Stellen, auf die ich meine Finger gedrückt habe, dank der noch immer im Hintergrund laufenden Ballade, der sanft miteinander verflochtenen Klavierklänge, zu denen der Sänger kehlig von Liebe, Verlust und Verlangen singt, und davon, wie es sich anfühlt, wirklich gesehen zu werden.

Und ich stehe einfach nur da, offenkundig sichtbar, mein Schatten dunkel auf dem Asphalt vor meinen Füßen.

»Vielleicht kannst du es später noch mal versuchen«, schlägt Henry vor, nachdem gut fünfzehn Minuten lang nichts passiert ist. »Und erst mal eine Pause machen oder so.«

»Kann ich nicht.« Ich schüttle energisch den Kopf. »Dafür haben wir keine Zeit. Wahrscheinlich hat sie das Kunstwerk längst an sich genommen …«

»Dann lass sie doch.«

Ich starre ihn mit offenem Mund an, völlig verständnislos. »Aber das würde bedeuten … dann wäre ich bei dem Auftrag gescheitert – ich kann nicht einfach *scheitern* …«

»Na ja, allem Anschein nach gehört das aber nicht zu den Dingen, die du im Augenblick kontrollieren kannst.«

Er hat recht. Er hat recht, und es ist schrecklich. Meine Kräfte waren noch nie besonders zuverlässig, das weiß ich, aber dass sie mich in einem Moment wie diesem so völlig im Stich lassen, wenn Vanessa *direkt da drüben* in diesem Café sitzt und ich den ganzen Weg hierhergekommen bin, fühlt sich wie der schlimmstmögliche Verrat an.

»Komm jetzt«, sagt Henry und winkt. »Wenn du nicht unsichtbar wirst, können wir wenigstens ein bisschen durch die Gegend schlendern, solange wir warten.«

Doch an diesem Abend werde ich überhaupt nicht mehr unsichtbar. Was ich stattdessen tue, ist, Henry die komplette überfüllte Shoppingmeile hinunter zu folgen, zuzusehen, wie die Leinwand leuchtet und alle paar Sekunden eine andere Szene darauf zu sehen ist, von einem sich weit erstreckenden Ozean über einen antiken chinesischen Palast bis hin zu einem seine brennenden Flügel ausbreitenden Phönix. Henry kauft bei einem der Straßenhändler, die mit ihren Wagen vor einer geschäftigen Zara-Filiale stehen, eine Art aufblasbare Frisbee-Scheibe, und obwohl ich mir ziemlich sicher bin, dass er nur sehen will, wie ungeschickt ich mich damit anstelle, werfe ich sie in die Luft. Sie fliegt viel weiter, als ich dachte, bis sich das Ganze unausweichlich in einen lächerlich verbissenen Wettkampf verwandelt, wer von uns am weitesten werfen kann, und schon bald brülle ich ihm zu, genau zu markieren, wo die Scheibe auf dem Boden gelandet ist, weil ich *schwöre*, dass ich die letzte Runde gewonnen habe.

Vanessa und den Kunstskandal und das Unsichtbarwerden vergesse ich dabei fast völlig.

Ich bin viel zu sehr damit beschäftigt, zuzusehen, wie das blaugrüne Licht der Leinwand über Henrys Haut flimmert, wie Wasser, und seinen straffen Kiefer zu betrachten, als er wieder auf mich zukommt.

Fühlt es sich so an?, frage ich mich, werfe die Scheibe erneut in die Luft und sehe zu, wie sie aufsteigt, scheinbar schwerelos, über die Köpfe glücklicher Familien, kichernder Teenager und ausgelassen feiernder, betrunkener Freunde hinweg. So zu sein wie Chanel, wie Rainie, wie Henry? An irgendeinem x-beliebigen Wochentag an einen Ort wie diesen zu kommen und einfach … Spaß zu haben? Einfach zu *leben*, ohne sich Sorgen über Zusatzkosten und Schulgebühren zu machen?

Auch auf der stillen Fahrt nach Hause denke ich noch immer über diese Frage nach, während meine Finger über der halb fertigen Nachricht auf meinem Smartphone verharren.

Leider war ich nicht in der Lage, deinen Auftrag für Beijing Ghost zu erfüllen …

Ich lese sie erneut, schmecke den bitteren Geschmack des Versagens in den Worten und seufze. Lösche alles. Der Auftrag heute Abend hätte mir 25 000 RMB eingebracht, aber alles, was ich jetzt vorzuweisen habe, sind eine ungeschriebene Entschuldigung, ein Kunde weniger und die drängende Notwendigkeit, das verlorene Geld irgendwie und irgendwo anders zu verdienen. Ich kneife für einen Moment die Augen zu und rechne alles noch mal im Kopf durch, bis die Zahlen total durcheinanderwirbeln und ich diese Enge in meiner Brust spüre, randvoll mit Panik. Selbst mit den 160 000 RMB, die sich momentan auf meinem Konto befinden, fehlen mir immer noch 80 000 RMB. Und die nächsten Schulgebühren sind in weniger als drei Wochen fällig.

80 000 RMB.

Die Enge in meiner Brust fühlt sich plötzlich verdächtig nach Erschöpfung an. Nach Verzweiflung.

Ich werde aus meinem Gedankenstrudel gerissen, als mein

Handy piept. Keine Beijing-Ghost-Benachrichtigung, sondern eine WeChat-Nachricht.

Von Xiaoyi.

> Yan Yan! Hast du schon was gegessen?
> Ich schick dir einen Link: die besten Nahrungsmittel gegen überschüssige Han-Energie bei Frauen ... Ich glaube, du findest nützlich – du kannst auch mit Freunden teilen. Am wichtigsten ist, Ingwer mit braunen Zucker während Periode trinken (ich spüre, deine kommt bald)
> Und wie läufts mit dieser anderen kleinen Situation? Alles unter Kontrolle?

Ich bin so perplex über den Rest ihrer Nachricht, dass es einen Moment dauert, bis bei mir ankommt, welche »kleine Situation« sie meint.

Mir schnürt sich die Brust noch enger zu. Es ist schon eine ganze Weile her, dass mir meine Unsichtbarkeitskräfte so völlig *außerhalb* meiner Kontrolle vorkamen. Ich kann auch genauso gut ehrlich sein.

Nicht wirklich, tippe ich.

Sie meldet sich sofort wieder, so als hätte sie auch gespürt, dass sie diese Antwort von mir bekommen würde. Ah.

> Das bedeutet nur, du hast das Licht noch nicht gesehen.
> Keine Sorge, Yan Yan. Es wird dir bald besser gehen.

Ich starre lange, lange Zeit auf die Nachricht, bis ich letztlich zu dem Schluss komme, dass ich keinen blassen Schimmer habe, was sie meint. Ich kann nur annehmen, dass sie auf irgendein chinesisches Sprichwort anspielt.

Trotzdem ist es nett, dass eine Erwachsene mir sagt, dass alles gut werden wird. Auch wenn ich mir nicht so sicher bin, ob es wirklich wahr ist.

Kapitel 12

In der folgenden Woche bittet mich ein Lehrer, nach dem Unterricht noch dazubleiben. Es ist jedoch nicht Mr Murphy, wie ich befürchtet hatte – es ist Mr Chen.

Seine Miene wirkt ernst, als ich mich seinem Pult nähere. Eine leichte Falte gräbt sich in seine Stirn, wie sonst immer, wenn er eine besonders schwierige Textstelle mit uns durchgeht. Angst pulsiert in mir.

»Ich wollte mit dir über deinen Englischaufsatz sprechen, Alice«, beginnt er.

»Meinen Aufsatz?«, wiederhole ich, wie eine Idiotin.

»Ja. Bei der Halbjahresprüfung.«

»Warum? War er – war er schlecht?« Die Worte sprudeln über meine Lippen, bevor ich sie zurückhalten kann, wie durch einen gebrochenen Damm strömendes Wasser. Ich hasse es, dass das immer mein erster Instinkt ist: Selbstzweifel, Nervosität, das nagende Gefühl, etwas falsch gemacht zu haben.

Aber Mr Chen vertreibt meine Sorgen mit einem energischen Kopfschütteln. »Ganz im Gegenteil – dein Aufsatz war einer der besten, die ich seit Jahren gelesen habe. Und das sage ich nicht leichtfertig.«

»Oh«, ist alles, was mir dazu einfällt, während ich das Kompliment sacken lasse. *Einer der besten Aufsätze, die ich gelesen habe.*

Und das von Mr Chen, demselben Lehrer, der erst vor ein paar Wochen von der Peking-Universität eingeladen wurde, einen Vortrag zu halten. Der in *Harvard* studiert hat. Ich habe noch nie Drogen genommen – und habe auch nicht vor, es jemals in meinem Leben zu tun –, aber ich stelle mir vor, dass sich ein High so anfühlen muss. »Wow.«

»In der Tat: wow«, bekräftigt er, lächelt jedoch nicht. »Aber das ist nicht der eigentliche Grund, warum ich mit dir reden wollte.« Er tippt gedankenverlorenen mit einem Finger auf die Tischplatte, wie mit einem Stift, als müsste er überlegen, wie er seine nächste Frage am besten formulieren soll. »Kannst du dich noch an die Hauptthese deines Aufsatzes erinnern?«

Ich versuche, nicht zu verdutzt zu wirken. »Ähm, ungefähr.«

»Dann weißt du also noch, dass du Macbeth und sein Handeln ... gutgeheißen hast?«

Jetzt verstehe ich, worauf das hier hinausläuft.

»Es war nur für die Prüfung«, versichere ich hastig. »Um ein interessantes Argument vorzubringen. Natürlich bin ich nicht der Ansicht, man dürfte irgendwelche Leute umbringen, um Macht zu erlangen – oder aus irgendeinem anderen Grund. Es sei denn, die Person, die man umbringt, wollte die komplette Menschheit auslöschen oder so, aber das ist ein ganz anderes Thema. Und ich habe auch nicht gesagt, dass er im *Recht* war. Ich konnte sein Handeln nur ... nachvollziehen.«

»Nur nachvollziehen.« Irgendwie klingt Mr Chen, wenn er etwas wiederholt, immer furchtbar weise und philosophisch.

»Ich meine, seinen Ehrgeiz«, ergänze ich, weil ich das Bedürfnis habe, es genauer zu erklären, vor allem, weil Mr Chens nachdenkliches Schweigen einen Moment zu lange dauert. »Die Tatsache, dass er zielstrebig verfolgt, was er will.«

»Gut, Alice.« Mr Chen faltet die Hände vor seinem Körper und schaut mich über den Tisch hinweg an. Ich fürchte vage, er wollte mich gleich einer Prüfung unterziehen oder so. »Da wir gerade beim Thema sind, sag mir: Was willst *du*?«

»Was will ich?«, echoe ich.

Er nickt erwartungsvoll.

Doch die offene Frage erwischt mich unvorbereitet, quetscht mir die Luft aus der Lunge, während eine Million Antworten durch meinen Kopf wirbeln.

Ich will respektiert werden. Ich will reich sein. Ich will eine angesehene Anwältin für Menschenrechte werden oder Geschäftsführerin eines Fortune-500-Unternehmens oder eine mit dem Pulitzer-Preis ausgezeichnete Journalistin. Ich will Professorin in Harvard oder Oxford oder Yale werden, mit hoch erhobenem Haupt durch diese glänzenden Hörsäle stolzieren und wissen, dass ich dorthin gehöre. Ich will ein Multimillionen-Dollar-Unternehmen erben, wie Henry. Oder mutig, talentiert oder einfallsreich genug sein, um mir auf irgendeinem Nischengebiet meinen eigenen Weg zu bahnen, wie Peter. Oder über endlose Möglichkeiten verfügen, vor Tausenden Menschen zu stehen und gesehen zu werden, wie Rainie. Ich will, dass mein Name noch lange, nachdem ich sie verlassen habe, an der Airington in aller Munde ist, dass all meine Lehrerinnen und Lehrer stolz darauf sind, mich unterrichtet zu haben und zu ihren zukünftigen Schülerinnen und Schülern sagen zu können: »Ihr habt doch sicher von Alice Sun gehört? Ich wusste immer, dass sie es weit bringen würde.« Ich will Ruhm, Anerkennung, Aufmerksamkeit und Lob. Ich will meinen Eltern eine nagelneue Wohnung mit bodentiefen Fenstern und Balkon mit Blick auf einen glitzernden grünen See kaufen und genug Geld verdienen, um sie jeden Tag mit gebratener Ente und frischem Fisch verwöhnen zu können. Ich will großartig in dem sein, was ich tue, ganz gleich, was ich tue. Ich will, ich will, *ich will* …

Doch so schnell, wie es sich aufgebauscht hat, schrumpft das wilde Verlangen in meiner Brust wieder zusammen.

Mit einem scharfen Ruck, den ich bis tief in meine Knochen spüre, so als wäre ich aus großer Höhe abgestürzt, fällt mir wieder ein, wer ich bin – und wer ich nicht bin. Ich kann es mir nicht leisten, so weit in die Zukunft zu denken, so leichtfertig mit meinen Plänen zu sein. Ich sollte mich ausschließlich darauf konzentrieren, genügend Geld zusammenzukriegen, um meine Schulgebühren und die Rechnungen für dieses Jahr bezahlen zu können, dann für nächstes Jahr, dann für das Jahr darauf …

Vielleicht habe ich grade dabei gelogen, warum ich Macbeths Handeln so gut nachvollziehen kann. Vielleicht liegt es daran, dass ich weiß, wie es ist, Dinge zu wollen, die einem nicht gehören.

Aber natürlich sage ich Mr Chen nichts von alldem.

»Ich will gute Noten kriegen. Meinen Abschluss machen. Einen guten Job auf dem Gebiet finden, auf dem meine Stärken liegen.«

Er zieht die Stirn in Falten, als würde er mir nicht recht glauben. »Nicht auf dem Gebiet, für das du eine Leidenschaft hast?«, fragt er vorsichtig.

Ich hebe das Kinn. »Ich habe eine Leidenschaft dafür, gut in Dingen zu sein.«

Es schwingt ein defensiver Unterton in meiner Stimme mit und Mr Chen muss es auch hören. Er lässt das Thema auf sich beruhen.

»Na dann, in Ordnung. Ich schätze, ich sollte dich jetzt wohl zum Mittagessen entlassen …«

»Danke, Mr Chen.«

Doch als ich mich zum Gehen wende, fügt er sehr leise hinzu: »Du bist immer noch ein Kind, weißt du?«

Ich gerate fast ins Stolpern. »Was?«

Seine Augen sind freundlich, wirken beinahe traurig, als er mich ansieht. »Selbst wenn es sich im Moment nicht so anfühlt, bist du immer noch ein Kind.« Er schüttelt den Kopf. »Du bist zu jung, um so … abgehärtet von der Welt zu sein. Du solltest die Freiheit genießen, zu träumen. Zu hoffen.«

Auf dem Weg in die Cafeteria läuft mein Gespräch mit Mr Chen in Endlosschleife in meinem Kopf ab. Die meisten anderen haben bereits gegessen und sind schon wieder weg, und nur die chinesische Essensausgabe ist noch geöffnet, also schnappe ich mir ein Tablett mit Reis und geschmortem Schweinefleisch, beides bereits kalt, und kaue halbherzig darauf herum, die Essstäbchen locker zwischen meinen Fingern.

Du bist immer noch ein Kind, weißt du?

Von jedem anderen Erwachsenen hätten die Worte herablassend geklungen, leicht wegzulachen oder mit einem Winken abzutun, aber ich konnte spüren, dass Mr Chen sie wirklich so meinte. Was beinahe noch schlimmer ist, irgendwie. Weil es mir das Gefühl gibt, zu verletzbar zu sein.

Exponiert.

Es ist wie damals in der Achten, als ich ein Gedicht über meine Familie geschrieben habe und dachte, es wäre nur für eine Englischhausaufgabe. Aber die Lehrerin bestand darauf, es bei der Morgenversammlung vor der kompletten Schule vorzulesen, und ihre Stimme schwang sich zu einem emotionalen Crescendo auf, als sie die alten Schwielen an Mamas Händen beschrieb, während sie ihre eigenen Hände in einer übertrieben dramatischen Geste hob und senkte. Hinterher haben mich eine Menge Leute darauf angesprochen, freundlich und begeistert und mitfühlend, und ein Teil von mir hat sich richtig in der positiven Aufmerksamkeit gesonnt, während der andere Teil – der größere Teil – am liebsten die Flucht ergriffen hätte.

Ich schätze, genau das ist das Problem: Ich habe mich mein ganzes Leben danach gesehnt, gesehen zu werden, aber mir ist auch bewusst geworden, dass andere, wenn sie zu genau hinschauen, auch die hässlichen Teile erkennen, genauso wie die winzigen Risse in einer polierten Vase nur bei näherer Betrachtung sichtbar werden. Genau wie Mamas Schwielen, versteckt vor der Welt, bis diese Lehrerin mein Gedicht in ein Mikrofon vorlesen musste, in die Stille der riesigen, vollen Aula.

Du bist immer noch ein Kind, weißt du?

Ich spüre ein Kribbeln im Nacken. Etwas Scharfes und Hartes steckt in meinem Hals, wie ein Knochensplitter, obwohl die Schweinerippchen auf meinem Teller noch immer unangetastet sind. Ich gebe es auf, etwas essen zu wollen.

So sollte das alles nicht laufen.

Mr Chen hat gesagt, mein *Macbeth*-Aufsatz war einer der besten, den er seit *Jahren* gelesen hat, was genau die Art von Lob ist, für die ich normalerweise sterben würde, auf die ich mich begierig stürzen würde wie ein halb verhungerter Hund. Bloß, dass er kein bisschen beeindruckt aussah.

Nur besorgt.

»Alice! Hey, Süße!«

Ich reiße den Kopf hoch und sehe, dass Rainie vom anderen Ende der Tischreihe direkt auf mich zusteuert, ein breites Grinsen auf dem Gesicht. Ihr glänzendes Haar ist zu einem hohen Pferdeschwanz zusammengefasst und hüpft elegant über ihren

Schultern, als sie sich neben mich setzt. Noch etwas, wovon ich nicht erwartet hätte, dass es heute passiert.

»Also. Welches Fach steht als Nächstes an?«, fragt sie mich fröhlich.

»Du hast in der Fünften Kunst«, informiere ich sie und vermute, dass sie deshalb zu mir gekommen ist. Da ich schon lange die Angewohnheit habe, jedes Jahr Henrys Stundenplan auswendig zu lernen, weiß ich mehr oder weniger genau, wer wann welchen Kurs hat. Aber sie schüttelt nur den Kopf und lacht.

»O mein Gott, *Alice*«, sagt sie, in diesem leicht genervten, aber zugetanen Tonfall, den die Leute gerne bei engen Verwandten benutzen. »Süße. Ich weiß, welchen Kurs *ich* als Nächstes habe. Ich wollte wissen, was *du* hast.«

Ich blinzle sie an. »Ähm … ich hab eine Hohlstunde. Warum?«

»Darum. Ich versuche, deine Freundin zu sein.« Bei ihr klingt das, als wäre es die natürlichste und offensichtlichste Sache der Welt, obwohl ich mindestens zweitausend andere Gründe aufzählen könnte, warum jemand von ihrem sozialen Rang auf jemanden wie mich zukommen sollte. Aber als sie weiter lächelt und nicht wieder von ihrem Stuhl aufsteht, wird mir bewusst, dass in letzter Zeit noch mehr Leute auf mich zugekommen sind und mir manchmal völlig aus dem Blauen heraus auf dem Korridor zugewinkt haben.

Ich schätze, in der Öffentlichkeit so viel mit Henry und Chanel abzuhängen, ist das IRL-Äquivalent des Verifiziert-Häkchens auf Social Media: Es sendet ein eindeutiges Signal an die Welt, dass es sich lohnt, dir Aufmerksamkeit zu schenken.

Oder vielleicht liegt es auch an Beijing Ghost. Obwohl niemand weiß, dass ich hinter der App stecke, habe ich in den vergangenen Monaten viel über die Geheimnisse der Leute hier erfahren, über ihre größten Ängste und Wünsche und Unsicherheiten, von Rainies Fotos bis zu Evies Klausurnoten. Vielleicht *spürt* man so was ja, instinktiv. Vielleicht führt es die Menschen zusammen, wie eine unsichtbare Schnur, auch wenn die anderen nicht die ganze Wahrheit kennen.

Theoretisch sollte mich das stolz machen. Genau das wollte ich schließlich immer: gesehen werden, dass andere auf mich zukommen. Aber genau wie Mr Chens Bemerkung fühlt es sich irgendwie falsch an.

Falls Rainie meine Mini-Existenzkrise auffällt oder wie ich mich an meinen Essstäbchen festklammere, lässt sie es sich nicht anmerken. Stattdessen lehnt sie sich zurück, scrollt durch mindestens hundert neue Benachrichtigungen auf ihrem Handy und rollt mit ihren von dichten Wimpern bedeckten Augen, als sie schließlich bei der letzten ankommt.

»Ich kann immer noch nicht glauben, dass sie die Preise schon wieder erhöht haben«, beschwert sie sich schnaubend. »Die haben echt Nerven.«

Mir bleibt fast das Herz stehen. »Warte. Was?«

»Die Schulgebühren«, sagt sie beiläufig. »Wusstest du das nicht? Sie haben deswegen vor ein paar Monaten eine Rundmail verschickt.«

»I…ich hab nicht …« Sämtliche E-Mails der Schule gehen direkt an Mama und Baba, aber weil sie so viel arbeiten, ihre Smartphones uralt sind und der Empfang in ihrer kleinen Wohnung ziemlich beschissen ist, geht ihnen hin und wieder was durch. Wichtige Dinge. Mein Herz beginnt, schneller zu schlagen.

»Hier. Aber das ist nur eine Erinnerung, dass die Zahlungsfrist bald endet. Die ursprüngliche E-Mail ist darunter.« Sie rückt näher und hält das Handy hoch, damit ich es besser sehe. Zuerst kann ich überhaupt nichts lesen – kann nur auf die winzigen schwarzen Ziffern starren, das grellweiße Licht, während es in meinem Magen zu rumoren beginnt. Dann kommt die Zahl in schmerzlichen Fokus. 360 000 RMB.

Nein.

Das sind 30 000 RMB mehr als vorher, und das nur für *ein* Schuljahr. Das ist zu viel. Es ist mehr, als ich habe, als ich möglicherweise vor Ablauf der Frist in sieben Tagen beschaffen könnte, selbst wenn ich einen weiteren Beijing-Ghost-Auftrag ausführe …

Ich nehme nur dunkel wahr, was Rainie als Nächstes sagt. »… zum ersten Mal davon gehört. Anscheinend haben einige der anderen internationalen Schulen ihre Gebühren ab dem kommenden Halbjahr auch erhöht – *reinste* Abzocke. In der Firma von meinem Dad haben sie einen Minianfall gekriegt, als er ihnen die Rechnung geschickt hat.«

»Klar«, bringe ich hervor. Die Cafeteria kommt mir mit einem Mal zu klein vor oder vielleicht sind auch bloß meine Lungenflügel geschrumpft. *360 000 RMB*. Eine derartige Summe sollte völlig überwältigend sein, apokalyptisch, *illegal* – eigentlich sollte dabei eine Massenpanik an der Schule ausbrechen. Aber Rainie wirkt höchstens gelinde genervt.

Andererseits … natürlich reagiert sie so. Bei den meisten aus meiner Klasse kommt die Firma der Eltern für die Schulgebühren auf, für ihre Privatchauffeure und ihre riesigen Häuser. Für alles. Das würde auch erklären, warum ich bis jetzt nichts von den erhöhten Gebühren mitbekommen habe: Für alle anderen ist es nichts weiter als ein lästiger Umstand, der es kaum wert ist, länger als ein paar Sekunden darüber nachzudenken.

Der Beweis: Rainie ist bereits beim nächsten Thema, den Halbjahresprüfungen. Sie findet, sie sollten anhand einer Kurve benotet werden und dass die Aufgabe für den Englischaufsatz total vage formuliert war und …

»Oh, hey, hast du das von Evie gehört?«, fragt sie.

Wenn meine Nerven nicht sowieso schon zum Reißen gespannt waren, dann sind sie es jetzt definitiv. Meine Wirbelsäule versteift sich, aber ich bin mit halbem Hirn immer noch bei den Schulgebühren und versuche verzweifelt auszurechnen, wie viel Geld ich bis nächste Woche brauche. »Was – was ist denn mit Evie?«

»Anscheinend hat sie bei ihrer Halbjahresprüfung in Geschichte richtig abgesahnt – für ihre Verhältnisse, jedenfalls. Sie hat achtzig Prozent oder so geschafft. Ziemlich beeindruckend, hm?«

Ich suche in Rainies Körpersprache nach irgendeiner versteckten finstereren Bedeutung ihrer Worte, aber sie zieht nur ihren Pferdeschwanz fester, wirft ihn über ihre Schulter und seufzt.

»Ich freu mich für sie, ehrlich«, fährt sie dann fort. »Sie hatte im vergangenen Jahr mindestens zehn verschiedene Nachhilfelehrer und keiner von ihnen hat was gebracht. Schätze, sie hat endlich den richtigen gefunden.«

»M…hm«, ist alles, was ich antworte, aus Angst, meine Stimme könnte brechen und mich verraten, falls ich zu sprechen versuche. Und was sollte ich auch sagen? *Ja, freut mich auch, dass sie den richtigen Nachhilfelehrer gefunden hat. Ihre Note ist definitiv darauf zurückzuführen und hatte nichts damit zu tun, dass sie die Antworten schon vorher kannte und auswendig lernen konnte. Ganz bestimmt.*

Dann piept mein Handy, vibriert beinahe ungestüm unter dem dünnen Stoff meines Rocks, und sämtliche Gedanken an Mr Chen und Evie und die angehobenen Schulgebühren lösen sich in Luft auf, als ich die neue Nachricht auf Beijing Ghost lese.

»Wiederhol noch mal, was du gerade gesagt hast.«

Henry starrt mich von der anderen Seite seines Wohnheimzimmers an, ein Ausdruck auf seinem Gesicht, der näher an Schock grenzt, als ich es je zuvor bei ihm erlebt habe. Er fährt sich beunruhigt mit einer Hand durchs Haar, schüttelt den Kopf. Setzt sich auf die Kante seines Betts, das perfekt gemacht ist, wie üblich. Manchmal frage ich mich, ob er überhaupt darin schläft.

»Welchen Teil?«, frage ich.

Er antwortet nicht, aber seine Augen huschen zur Tür. Das tun sie häufig, seit ich hierhergerannt bin und die Tür hinter mir zugemacht habe, aus Angst, die Leute im Flur könnten unser Gespräch belauschen und uns die Polizei auf den Hals hetzen. Er ist zusammengezuckt, als hätte ich uns in einer Gefängniszelle eingesperrt, und wirkte beinahe … *nervös*. Angespannt. Sein Rücken ist zu gerade, seine Finger rastlos. Wenn ich es nicht besser wüsste, würde ich vermuten, er wäre wegen der geschlossenen Tür aufgewühlter als wegen dem, was ich grade gesagt habe.

»Welchen Teil?«, wiederhole ich, als klar ist, dass er mich nicht gehört hat.

»Alles.«

»Ist das dein Ernst?«

»Ist ziemlich viel auf einmal, findest du nicht auch?«

Ich rolle mit den Augen, aber er hat recht. Es *ist* ziemlich viel. Sonst wäre ich nach der Schule nicht sofort hierhergekommen.

Also wiederhole ich alles noch einmal. Den kompletten Inhalt der letzten Beijing-Ghost-Nachricht.

Ich erzähle ihm von Andrew She und Peter Oh, dass der Konkurrenzkampf ihrer Väter, die für dieselbe Firma arbeiten, in den letzten Wochen eskaliert ist, dass einer von ihnen demnächst befördert werden soll, die Firma aber noch zu keiner Entscheidung gekommen ist, wer die beste Wahl wäre. Alles, was Andrew weiß, ist: Wer auch immer die Beförderung erhält, wird Marketing-Direktor für sämtliche Außenstellen in Eurasien und bekommt ein siebenstelliges Jahresgehalt, und dass das alles ist, worauf sein Vater hingearbeitet hat, seit er Anfang zwanzig war, und dass er nicht sonderlich zuversichtlich ist, was seine Chancen angeht.

Tatsächlich ist sein Vater *so* wenig zuversichtlich, dass er bereit ist, andere Methoden anzuwenden. Simplere, grausamere Methoden, die definitiv zu Resultaten führen würden.

Wie zum Beispiel, den Sohn seines Rivalen zu kidnappen.

Der »China Erleben«-Trip wird die perfekte Gelegenheit bieten, schreibt Andrew She. Er hat seinen eigenen Namen nicht erwähnt, nur Peters, aber ich wusste genug über sie und die Fehde zwischen ihren Vätern, um es aus dem Kontext zu schließen. Wir werden dabei vier Nächte in Folge im Autumn Dragon Hotel absteigen, und du weißt ja, wie diese Klassenfahrten laufen: Die Lehrer werden ihre liebe Mühe haben, uns die ganze Nacht zu beaufsichtigen. Die Sache sollte absolut glatt über die Bühne gehen. Ein Leichtes für jemanden wie dich. Mein Vater wird ein paar seiner Männer vorbeischicken, die sich in einem Zimmer auf einer anderen Etage verstecken werden. Alles, was du dann noch tun musst, ist, sicherzustellen, dass Peter zu ihnen geht, und ihm sein Smartphone abnehmen. Und es ist wirklich wichtig, dass du dabei unentdeckt bleibst, damit es, sobald jemandem auffällt, dass er verschwunden ist, ohnehin längst zu spät ist.

Dann, als könnte er mein Entsetzen durch das Telefon spüren, ergänzt er: Keine Sorge. Wir werden ihm keinen körperlichen Schaden zufügen und ihn freilassen, wenn alles erledigt ist. Wir müssen nur dafür sorgen, dass Mr Ohs Sohn während der entscheidenden Phase seiner Bewerbungskampagne verschwindet, lange genug, um ihn abzulenken und so sehr aus der Bahn zu werfen, dass es die Ausübung seiner täglichen Pflichten ernsthaft beeinträchtigt. Wenn schließlich verkündet wird, wer die Beförderung erhält, wird Mr Oh dieses Rennen zwar verloren, seinen Sohn aber auf wundersame Weise zurückgewonnen haben, und alle werden glücklich.

»Hat er das tatsächlich gesagt?«, will Henry wissen, seine Augenbrauen ungläubig hochgezogen. »*Alle werden glücklich*?«

Ich nicke.

»Gute Güte«, sagt er und atmet langsam aus. Er schweigt für eine Weile, lässt das Ganze sacken, aber seine Augen huschen immer noch alle paar Sekunden zur Tür. »Sonst noch was?«

»Nein. Nichts«, lüge ich hastig. Was ich ihm nicht verrate, ist, dass mir durch einen schrecklichen Zufall – oder möglicherweise ein perfides Zeichen des Universums – Mama direkt *nach* Andrew eine Nachricht geschickt hat. Auch sie hat die Erinnerungsmail der Airington wegen der erhöhten Gebühren erhalten, nachdem sie die erste übersehen hatte.

Hast du deine Entscheidung schon getroffen?, wollte sie wissen. Sie hatte ihrer Nachricht die Werbebroschüren von drei billigeren örtlichen Schulen der unteren Stufe in der Nähe unserer Wohnung angehängt und den Prospekt von einer in Maine. *Falls nicht, ist es Zeit, an nächsten Schritt denken. Frist für Airington-Gebühren ist in einer Woche. Danach wirst du automatisch von der Schule abgemeldet.*

Mit anderen Worten: Ich muss in den kommenden sieben Tagen irgendwie mehr als 100 000 RMB auftreiben – oder akzeptieren, dass ich am Ende bin und meinen Schulspind ausräumen. Aber wo soll ich so viel Geld herkriegen? Woher, wenn nicht von Andrew She?

Während ich die nächste Welle der Panik niederzwinge, durchbricht Henrys Stimme meine Gedanken.

»Weißt du, ich hab Andrew schon immer für eine fiese Schlange gehalten.«

Ich blicke ihn stirnrunzelnd an. »Wirklich? Aber er ist so … so *nett,* und er hat ständig vor allem Angst. Er sah aus, als würde er sich gleich in die Hose machen, als Mr Chen ihn neulich im Unterricht aufgerufen hat.«

Henry nickt, als würde ich damit nur seinen Standpunkt untermauern. »Ergibt Sinn. Es sind normalerweise die schlimmsten Feiglinge, die zu so groben, drastischen Mitteln greifen.«

Oder die Verzweifelten, denke ich, spreche es aber nicht laut aus.

»Tja, Feigling hin oder her, er meint es definitiv ernst.« Ich gehe zu Henrys Bett hinüber und zeige ihm die letzte Nachricht, die Andrew mir geschickt hat. »Er bietet uns allein für diesen Auftrag eine Million RMB.« Als ich die Zahl zum ersten Mal gesehen habe, kam sie mir überhaupt nicht echt vor. Tut sie immer noch nicht. *»Eine Million.«*

»Warte.« Henry schenkt mir seine volle Aufmerksamkeit, und ich kann nicht anders, als unter ihrem Gewicht ein wenig zusammenzuzucken. »Du denkst doch nicht ernsthaft darüber nach, oder? Dieser Plan ist absurd. Und wir wissen schließlich beide, dass Andrew nicht der Hellste ist.«

Aber er ist reich, und nur darauf kommt es an.

»Ich meine, ich behaupte ganz sicher nicht, dass ich *begeistert* bin, in eine toxische, bereits zehn Jahre andauernde Fehde zweier beruflicher Rivalen hineingezogen zu werden und einen Minderjährigen zu entführen …«

»Das ist ein wirklich großartiger Anfang für einen Satz«, unterbricht Henry mich trocken.

Ich funkle ihn an und fahre fort: »Aber wenn du mal darüber nachdenkst, bringt dieses eine große Verbrechen genauso viel ein wie zehn oder elf mittelgroße. Genau genommen … maximieren wir also nur unseren Profit und minimieren die kriminelle Aktivität.«

Er gibt ein Geräusch irgendwo zwischen einem Lachen und einem höhnischen Schnauben von sich. »Und was kommt als Nächstes? Mord?«

»Natürlich nicht. Ich würde niemals …«

»Wirklich? Niemals?«

»Nein«, fauche ich ihn an. »Wie kannst du das auch nur *denken*? Andrew hat selbst gesagt, dass Peter nichts passieren wird. Das ist etwas völlig anderes, als … als ein Leben zu beenden.«

»Ich weiß nicht, Alice«, entgegnet er, und sein dunkler, unlesbarer Blick bohrt sich förmlich in mich. »Vor ein paar Monaten hätte ich es auch noch nicht für möglich gehalten, dass du überhaupt darüber nachdenkst, einen Klassenkameraden zu entführen.«

Wut brodelt in mir hoch, heiß und scharf und plötzlich, schneidet durch meine Worte wie Klingen. »O mein Gott, Henry, sei nicht so ein *Heuchler*. Du hast auch nichts gesagt, als ich dir von dem Auftrag mit den Prüfungsaufgaben erzählt hab …«

»Na ja, es war offensichtlich, dass du deine Entscheidung bereits getroffen hattest …«

»Dann ist also alles meine Schuld? Willst du das damit sagen?«

»Nein.« Seine Stimme klingt so ruhig, dass es mich noch wütender macht und meine Haut richtig juckt. »Nein, das wollte ich ganz sicher nicht damit sagen …«

»Oder bereust du es?«

»Bereue ich was?«

»Das hier.« Ich zeige auf ihn, dann auf mich. »Weil ich dir von Anfang an klipp und klar gesagt habe, dass das hier kein spaßiges Wohltätigkeitsprojekt wird …«

»Wenn mich meine Erinnerung nicht trügt, habe ich mich für eine App verpflichtet, nicht für eine kriminelle Organisation …«

»Dann schmeiß doch hin.«

Die Worte kommen mir harscher als beabsichtigt über die Lippen, und mein Mund wird ganz trocken, als sie mitten ins Ziel treffen. Es ist zu spät, sie wieder zurückzunehmen.

Ein Muskel in Henrys Kiefer spannt sich an, eine seltene Gefühlsregung.

»Kennst du mich denn gar nicht?«, fragt er nach einer langen Pause. »Ich schmeiße nie bei irgendwas hin.«

Beim Geigespielen hast du aber hingeschmissen, kontere ich beinahe, doch die Erinnerung an den Moment, als er mir die Sache mit dem Musikunterricht anvertraut hat, an seine hübschen, vom Mondlicht erhellten Züge, der marmorierte blaue Fleck wie ein Schatten auf seiner Wange, droht mich plötzlich zu überwältigen. Mildert die Säure auf meiner Zunge.

Selbst jetzt kann ich immer noch die verblassten Umrisse der Prellung auf seinem Gesicht erkennen.

»Ich schmeiße auch nie einfach so hin«, sage ich stattdessen. »Was auch der Grund ist, warum ich … ich *muss* diesen Auftrag ausführen. Ich bin so nahe dran …«

Genügend Geld für mich und meine Familie zu verdienen. Mich einmal in meinem Leben sicher zu fühlen. Mir nie wieder Gedanken um diese schrecklichen Schulbroschüren machen zu müssen. Eine Million RMB. Hast du irgendeine Ahnung, was das für mich bedeutet?

Aber die Frage klingt lächerlich, selbst in meinem Kopf. Wie könnte er? Er ist Henry Li.

»Ich bin einfach so nahe dran.«

»Wo dran?« Er klingt aufrichtig verwirrt.

»Das würdest du nicht verstehen«, murmle ich. Ich wende den Blick ab, bevor er noch mal nachfragen kann. Die restliche Wut senkt sich schwer in meinen Magen und saugt mir jegliche Kampfenergie aus. »Ich weiß, dass du mich für einen schlechten Menschen hältst«, sage ich leise, und ohne es wirklich zu wollen, mache ich eine Pause am Ende des Satzes, Platz für ihn, die Lücke zu füllen und zu sagen: *Das ist nicht wahr.*

Aber er braucht einen Herzschlag zu lang, um zu antworten. »Tue ich nicht …«

»Was auch immer.« Ich richte mich auf und gehe zum Fenster. Der Himmel hängt grau und schwer von nicht vergossenem Regen herunter, und von Weitem sehen die blassen, kahlen Äste der rund um den Pausenhof gepflanzten Wutong-Bäume wie Knochen aus. »Es ist okay, wenn du das denkst. Ehrlich. Ich …« Für einen Sekundenbruchteil bricht meine Stimme, und es kostet mich gewaltige Kraft, sie wieder fester klingen zu lassen. »Ich hab sowieso nie versucht, eine Heldin zu sein.«

»Könntest du aber«, erwidert Henry leise.

»Sei nicht so naiv.«

»Warum ni…«

»Darum«, blaffe ich ihn an. »Weil das hier kein Marvel-Film

ist. Hier geht's nicht um Gut gegen Böse – nur ums Überleben. Und selbst wenn«, füge ich hinzu und fahre mit einem Finger über die kühle Glasscheibe, »wäre ich lieber die Böse, die bis zum Ende überlebt, als die Heldin, die am Schluss stirbt.«

Ich drehe mich wieder um, gerade noch rechtzeitig, um den Ausdruck auf Henrys Gesicht zu sehen. Es ist kein Abscheu, wie ich es erwartet hatte, oder auch nur Entsetzen. Seine Lippen sind zu einer festen, verbitterten Linie verzerrt, aber seine Augen wirken weich. Seltsam zärtlich.

Als hätte ich etwas von mir selbst preisgegeben, ohne dass es mir bewusst gewesen wäre.

»So oder so, ich brauche deinen Segen nicht, Henry«, sage ich, entschlossen, diesen Ausdruck zu ignorieren, die Art, wie mir dabei die Brust wehtut, als würde sie zusammengequetscht. »Ich muss einfach nur wissen, ob du wirklich bereit bist, diesen Auftrag mit mir in Angriff zu nehmen.«

Sekunden verstreichen.

Minuten.

Ein gefühltes Jahrhundert lang sitzt er da, sagt kein Wort, bringt mich mit seinem Schweigen fast um. Doch als ich gerade aufgeben, zur Tür hinausgehen und so tun will, als wäre das alles nie passiert, nickt er: *ja*.

»Gut«, sage ich, und erst als das Wort meine Lippen verlässt, wird mir bewusst, wie erleichtert ich bin. Es überrascht mich. Verunsichert mich. Vielleicht bedeutet mir diese Partnerschaft mehr, als ich zugeben will.

Hastig schiebe ich diesen Gedanken beiseite.

»Na schön, dann lass uns mal überlegen, wie wir diese ganze Entführungsnummer über die Bühne bringen wollen, hm?« Ich ziehe einen Stift aus meiner Tasche und zeige damit auf den über seinem Schreibtisch hängenden Kalender, in dem alle wichtigen Ereignisse mit farbigen Klebezetteln markiert sind. In seiner Handschrift, so ordentlich, dass es aussieht wie getippt und ausgedruckt, sind dort auch die Worte *»China Erleben«-Trip* zu lesen. Nur noch drei Tage. »Uns bleibt nicht mehr viel Zeit.«

Kapitel 13

Es liegt eine seltsam brummende Energie in der Luft, als wir am Pekinger Hauptbahnhof in den Zug steigen.

Es sind nicht nur die riesigen Massen, die sich mit uns bewegen, an uns vorbei und in die engen Abteile drängen: junge sonnengebräunte Arbeiter, Töpfe und Plastiktaschen auf ihre Schultern gehievt, voller Freude, übers Wochenende in ihre Heimatstadt zurückzukehren; Mütter, die ihre Handtaschen fest an ihre Brust drücken, ihren Kindern laut zurufen und ihnen mit wildem Fuchteln befehlen, ihnen zu folgen; grauhaarige Geschäftsmänner, die am Telefon in voller Lautstärke Deals aushandeln, während sie ihre Taschen auf der Suche nach einem Ladekabel durchwühlen.

In der Airington-Schülerschar herrscht eine ganz eigene Aufregung, eine erwartungsvolle Anspannung. Alle wissen, dass bei den »China Erleben«-Reisen *Dinge passieren*. Schließlich scheint die Kombination aus langen Zug- und Busfahrten, Luxushotels in einer fremden Umgebung und außerschulischen Aktivitäten, die in einer Gruppe auf engstem Raum stattfinden, dafür *geschaffen* zu sein, Dramen heraufzubeschwören. Freundeskreise lösen sich auf und formen sich neu. Langzeitpaare trennen sich, Ex-Pärchen kommen wieder zusammen. Geheimnisse werden enthüllt, Skandale produziert. Wie damals, als Vanessa Liu bei der

Klassenfahrt nach Guilin in der Neunten hinter einem buddhistischen Schrein ihre Jungfräulichkeit verlor. Oder als es Jake Nguyen bei der Klassenfahrt in der Zehnten schaffte, sich in die Hotelbar zu schleichen und so zu betrinken, dass er einen einstündigen Monolog darüber hielt, wie sehr er sich seinem Bruder unterlegen fühlt, während Rainie – die damals noch seine Freundin war – ihm übers Haar streichelte und ihm kleine Schlucke Wasser zu trinken gab.

Aber die Skandale, die mich bei dem Ausflug letztes Jahr noch so sehr schockierten, kommen mir jetzt so klein vor, so trivial. So *normal*.

Im Vergleich zu dem, was ich in den nächsten Tagen abziehen soll, kommen sie mir beinahe wie ein Witz vor.

»Das müsste unser Abteil sein«, verkündet Chanel mir, als wir die Mitte des Wagens erreichen, und bugsiert ihren riesigen Koffer mit überraschender Leichtigkeit durch die offene Tür. »Ich reise oft allein«, erklärt sie, als sie den Ausdruck auf meinem Gesicht sieht, bevor sie mir ohne ein weiteres Wort hilft, auch meinen Koffer ins Abteil zu rollen.

»Oh – danke.«

Ich frage mich, ob es für Chanel offensichtlich ist, dass ich praktisch nie verreise. Tatsächlich war ich, abgesehen von meinen Flügen nach und von Amerika und den bisherigen »China Erleben«-Trips – und letztere auch nur, weil sie in den Schulgebühren enthalten sind – noch nie außerhalb von Peking.

Deshalb lasse ich den Blick nun auch völlig fasziniert durch unser winziges Zugabteil schweifen: über den auf einem Klapptisch stehenden Wasserkocher, die identischen Stockbetten an den Wänden, der Platz dazwischen so eng, dass immer nur eine Person auf einmal dort stehen kann.

»Nicht der beste Ort für Klaustrophobe«, bemerkt Chanel, quetscht sich hinter mir durch die Tür und lässt sich auf eins der unteren Betten plumpsen. »Oder für irgendwen, ehrlich gesagt.«

Ist immer noch größer als das Schlafzimmer meiner Eltern. Bei dem Gedanken bohrt sich ein leises Stechen in meinen Magen, aber ich lächle nur und nicke. Schließlich war ich darauf vorbereitet, dass so was passiert. In den heiligen Hallen der Airington ist es relativ leicht, so zu tun, als wären wir alle gleich. Aber hier draußen, nun …

»Qiqi! Guolai, kuai guolai—zai zhe'er!«

Die lauten, schnellen Ausrufe auf Mandarin durchschneiden meine Gedanken und ich drehe mich in ihre Richtung.

Eine kleine Frau in mittlerem Alter rollt zwei Koffer in unser Abteil, einer von ihnen in einem leuchtend pinkfarbenen Barbie-Design, bei dem Chanels Augen leuchten.

Sekunden später hüpft ein Mädchen, nicht älter als sechs, durch die Tür, eine Puppe an ihre Brust gedrückt, ihr hoher Pferdeschwanz bei jedem Schritt hin und her schwingend. Sie muss, wie ich vermute, die Qiqi sein, nach der die Frau gerufen hat.

»Oh!« Die Kleine erstarrt, als sie Chanel und mich sieht. Dann setzt sie ein breites Grinsen auf und zeigt mit ihrer freien Hand auf uns. *»Jiejie! Da jiejie!«*

Die Frau blickt zum ersten Mal in unsere Richtung und hält ebenfalls inne. Ich warte darauf, dass Überraschung in ihren Augen aufblitzt, wie normalerweise, wenn Fremde unsere Uniform sehen, aber dann fällt mir wieder ein, dass wir sozusagen in Zivil sind: Chanel trägt eine Spitzenbluse, die nur bis kurz über ihren blassen, flachen Bauch reicht, ich einen ausgebleichten Pullover und eine Jeans, die Mama vor ein paar Jahren auf dem Yaxiu-Markt gekauft hat.

Statt Überraschung taucht eine Falte zwischen den aufgemalten Augenbrauen der Frau auf, so als wäre sie sich nicht sicher, ob Chanel und ich zusammen unterwegs sind.

»Jiejie hao«, begrüßt Chanel sie höflich, und die Züge der Frau glätten sich wieder, während ihre Mundwinkel angesichts der subtilen Schmeichelei nach oben wandern: Chanel hat sie *jiejie*, ältere Schwester, genannt, statt *ayi,* wie bei älteren Frauen.

Ich imitiere die Begrüßung hastig, aber die Frau ist bereits abgelenkt, denn ihr Blick bohrt sich in Chanel, als wären die beiden sich schon mal irgendwo begegnet. Dann, im selben raschen akzentuierten Mandarin, sagt sie: »Ich weiß nicht, ob dir das schon mal jemand gesagt hat, aber du siehst diesem berühmten Model wahnsinnig ähnlich – wie heißt sie noch gleich …«

»Coco Cao?«, erwidert Chanel.

»Ja!« Die Frau klatscht in die Hände und strahlt. »Ja, genau!«

»Oh, also, na ja …« Chanel steckt sich eine Haarsträhne hinters Ohr und fügt mit geübter Nonchalance hinzu: »Das ist meine Mutter.«

Die Frau reißt die Augen auf. »Wirklich?«

»Wirklich.«

»Qiqi!«, ruft die Frau plötzlich ihre Tochter, die damit beschäftigt ist, ihre Puppe ins Bett zu legen, ihr kleines Gesicht in konzentrierte Falten gezogen. »Qiqi, rate mal, was? Sie ist ein *richtiges Model*. Ist sie nicht hübsch?«

»Die Tochter eines Models«, korrigiert Chanel sie, sieht jedoch ziemlich erfreut über die überschwängliche Aufmerksamkeit aus, die offensichtliche Ehrfurcht auf dem Gesicht der Frau.

Und ich freue mich für sie. Natürlich tue ich das. Doch als sich der Zug ruckelnd in Bewegung setzt und die Frau sich neben Chanel setzt, als wären sie alte Freundinnen, und vom jüngsten

Auftritt ihrer Mutter bei *Happy Camp* zu schwärmen beginnt, spüre ich dieses Gefühl, das auch Komparsinnen und Komparsen an großen Filmsets empfinden müssen: so als würde meine Anwesenheit zwar etwas bedeuten, aber trotzdem nicht *wirklich* einen Unterschied machen.

Während ich die beiden aus dem Augenwinkel beobachte, schwöre ich mir selbst, dass Fremde wie diese Frau mich eines Tages auch bemerken werden. Ich werde nicht ewig in der Ecke bleiben und mich traurig, dumm und klein fühlen, während mein Stolz sich langsam selbst auffrisst.

Nein, ich werde etwas Großartiges vollbringen, und alle werden meinen Namen kennen.

Aber bis es so weit ist, beschließe ich, meine Zeit besser zu nutzen, als Chanels unglaublich detaillierten Hautpflegetipps zu lauschen. Ich rutsche in die hinterste Ecke meines Betts zurück, ziehe den ausgedruckten, mit Anmerkungen versehenen Etagenplan des Autumn Dragon Hotel aus meiner Tasche und zwinge mich, ihn zu studieren.

Ich habe schon die letzten zwei Tage damit verbracht, mir jede mögliche Route in den zwanzigsten Stock – wo Andrew Shes Männer warten werden – einzuprägen und die meistfrequentierten Stellen ebenso zu markieren wie die Korridore und Ecken, an denen sich vermutlich die wenigsten Überwachungskameras befinden. Trotzdem fahre ich die Route immer wieder mit meinen Fingerspitzen nach und versuche, mir bildlich vorzustellen, wie der fragliche Abend ablaufen wird, und mich gegen das Worst-Case-Szenario zu wappnen: wo ich innehalten, wohin ich fliehen, wo ich mich verstecken kann.

Die Welt um mich herum beginnt zu verblassen, wie immer, wenn ich mich in diesem Zustand absoluter Konzentration befinde. Ehrlich gesagt ist es, wenn ich den illegalen Aspekt dieser Mission außer Acht lasse, fast so, wie für eine Prüfung zu lernen.

Irgendwann springt offenbar die Klimaanlage auf höchster Stufe an, und ich zittere in der plötzlichen, gnadenlosen Kälte und wickle die Bettdecke mit tauben Fingern ganz eng um meinen Körper. Doch die Kälte wird nur noch schlimmer, die Temperatur sinkt gefühlt um zehn Grad pro Sekunde, und als meine Zähne heftig zu klappern beginnen, erinnere ich mich mit einem Mal wieder vage daran, dass Herbst ist. Es gibt keinen Grund, warum die Klimaanlage im Zug überhaupt anspringen sollte …

Ich weiß ganz genau, in welchem Moment ich unsichtbar werde.

Ich weiß es, weil das kleine Mädchen, Qiqi, zufällig in meine Richtung schaut, ihre Augen runder als die ihrer Puppe. Sie legt eine Hand auf ihren offenen Mund und klopft dann wie wild auf die Schulter ihrer Mutter.

»Mama! Mama!«, schreit sie. *»Nikan! Kuaikan ya!«*

Schau mal!

Aber natürlich gibt es für ihre Mutter nichts zu sehen. Ich bin vom Bett gesprungen, habe den Hotelplan tief in meine Tasche gesteckt und jeden Beweis, dass ich mich einmal in diesem Abteil aufgehalten habe, verschwinden lassen.

Qiqis Mutter gibt einen leicht genervten Laut von sich. »Was soll ich mir anschauen? Ich hab dir doch gesagt, du sollst mich nicht unterbrechen, wenn ich mich unterhalte, Qiqi.«

»Ta—ta shizong le!«, beharrt Qiqi und zeigt auf die Stelle, an der ich eben noch saß. *Sie ist verschwunden.*

»Ja, ich weiß, das andere Mädchen ist gegangen«, erwidert Qiqis Mutter ungeduldig und wirft Chanel einen entschuldigenden Blick zu. »Tut mir leid, meine Tochter redet gern viel, wenn ihr langweilig ist. Quasselt allen möglichen Unsinn.«

Nun verzieht auch Qiqi genervt das Gesicht und macht ihrer Mutter damit eindeutig Konkurrenz. *»Mama, ta zhende… Qiqi meiyou hushuo …«*

Ich kann die beiden immer noch streiten hören, als ich mich aus dem Abteil in den vollen Gang schleiche.

Reisende gehen auf und ab, besorgen sich Päckchen mit Instantnudeln und Schokoladenkuchen bei den Verkäufern im Zug oder füllen ihre Wasserkessel. Nachdem eine Frau über meinen Fuß gestolpert ist und beinahe kochendes Wasser über mir ausgeschüttet hätte, wird ziemlich offensichtlich, dass ich nicht einfach hier rumhängen kann, bis ich wieder sichtbar werde.

Ohne eine bewusste Entscheidung zu treffen, wo ich stattdessen hingehen soll, lande ich vor Henrys Abteil.

Um den begleitenden Lehrkräften Zeit und Energie zu sparen, wurden unsere Zugabteile und Hotelzimmer unseren Wohnheimzimmern entsprechend eingeteilt, was bedeutet, dass Henry da drin allein ist.

Der Gedanke macht mir ein bisschen Angst.

Doch als ein weiterer Passagier von hinten direkt in mich reinrennt, laut flucht und ziemlich schmerzhaft an meinen Haaren zieht, um das Gleichgewicht wiederzufinden, verfliegt meine Nervosität mit einem Schlag. Ich schiebe die Tür auf und trete ein.

Doch ich lag falsch, teilweise: Henry ist zwar der einzige Airington-Schüler hier drin, aber er ist nicht *allein*. Zwei Geschäftsmänner schnarchen in den oberen Betten. Einer benutzt sein Anzugjackett als Decke, der andere lehnt halb an der Wand und sein Kopf kippt mit jedem Ruckeln des Zugs hin und her.

Unter ihnen sitzt Henry aufrecht im Bett, die Hände im Schoß gefaltet, seinen Blick starr auf die Wand gegenüber gerichtet. Es ist seltsam, ihn so zu sehen: nicht in seiner Schuluniform, sondern in einem schlichten weißen T-Shirt mit V-Ausschnitt, sein dunkles Haar in sanften, ungekämmten Wellen in seine Stirn fallend.

Er sieht wirklich unverschämt gut aus.

Und … angespannt.

Als ich mich nähere, fällt mir der ungleichmäßige Rhythmus seiner Atmung auf, die straffen Muskeln in seinen Armen, als wäre er bereit, sich innerhalb eines Sekundenbruchteils in einen Kampf zu stürzen oder aus dem Zug zu springen.

Dann dreht er sich zu mir um, und eine Emotion, die ich nicht richtig deuten kann, flackert in seinen Augen auf. »Alice?«

Er spricht meinen Namen aus wie eine Frage.

»Du kannst mich sehen?«, erwidere ich überrascht.

»Nein. Ich hab deine Anwesenheit gespürt.«

Ich runzle die Stirn. »Na, das ist aber gar nicht gut. Wenn andere spüren können, dass ich da bin, dann muss ich bis morgen etwas dagegen tun. Lautloser gehen oder mich langsamer bewegen oder …«

Aber er schüttelt den Kopf, noch bevor ich meinen Satz zu Ende bringen kann. »Das hab ich nicht gemeint«, sagt er, schweigt dann einen Moment und scheint nach den richtigen Worten zu suchen. »Es – es ist nur, weil … ich oft in deiner Nähe bin. Ich bezweifle stark, dass irgendjemand sonst dazu in der Lage wäre.«

»Ah«, sage ich, obwohl ich mir immer noch nicht sicher bin, was genau er meint. Alles, was ich weiß, ist: Wenn Henry so uneloquent ist, dann muss er noch gestresster sein, als mir bewusst war – auch wenn ich keine Ahnung habe, *weswegen*. »Na dann.

Da ich schon mal den ganzen Weg von meinem Abteil hierhergekommen bin, wirst du mir wie ein echter Gentleman einen Platz anbieten oder …?«

»Oh – ja. Natürlich.«

Er rutscht zur Seite, um mir Platz zu machen, und ich setze mich, auch wenn ich sofort alarmiert bin. Ich habe ihn noch nie so fügsam erlebt. Irgendetwas stimmt ganz eindeutig nicht.

Trotzdem schweigen wir beide für eine Weile, lauschen dem gleichmäßigen Schnarchen der zwei Geschäftsmänner und dem Knarren der Schienen unter uns, bevor ich schließlich den Mut aufbringe, das Offensichtliche anzusprechen. »Ich will ja nicht wie die Schulsozialarbeiterin klingen oder so, aber du scheinst heute nicht ganz du selbst zu sein.«

»Nicht ganz ich selbst?«, wiederholt er mit nach oben wandernden Augenbrauen.

»Du weißt schon – dein superanmaßendes, unnötig förmliches, nervtötend arrogantes Wandelnde-Werbung-für-SYS-Selbst.« Was als Beleidigung gedacht war, klingt viel liebenswürdiger, als ich wollte, deshalb füge ich zur Sicherheit hinzu: »Du bist sogar ins Stottern geraten, als du eben was gesagt hast.«

Entsetzen schärft seinen Tonfall. »Bin ich *nicht*.«

»Doch, bist du«, bekräftige ich, pseudoernst. Dann, aufrichtig, füge ich hinzu: »Also, verstehst du jetzt, warum ich Grund zur Sorge habe?«

»Schätze schon. Ich bin nur …« Er streicht eine nicht existente Falte in seinem T-Shirt glatt und sagt dann, im Tonfall von jemandem, der ein schreckliches, peinliches Geständnis abgibt: »Ich bin … kein großer Fan von engen Räumen.«

»Okay«, erwidere ich zögernd und versuche angestrengt, dahinterzukommen, was ich als Nächstes sagen soll. Denn wenn das hier wirklich ein Geständnis ist, dann bedeutet es, dass er mir etwas Privates anvertraut, etwas Bedeutungsvolles. Und Gott steh mir bei, aber aus irgendeinem Grund ist das Letzte, was ich tun will, es zu vermasseln. »Okay«, wiederhole ich. »Willst du drüber reden, warum …?«

»Eigentlich nicht, nein.«

»Oh.« Ich räuspere mich. »Okay, na dann.«

Eine lange, unbehagliche Stille folgt. Ich habe schon Angst, diese Unterhaltung könnte beendet sein – nicht, dass ich es genießen würde, mich mit Henry Li zu unterhalten oder so, es geht eher ums Prinzip –, als er zischend Luft einsaugt, als wollte er sich ein Pflaster abreißen, und sagt: »Es ist … eigentlich total albern. Und es ist schon sehr lange her … Ich kann höchstens vier oder fünf gewesen sein. Aber …«

Ich warte.

»In unserem alten Haus in Shunyi gab es dieses Zimmer im Keller – na ja, eigentlich war es eher ein besserer Kleiderschrank. Es hatte keine Fenster, nichts außer einer Tür, die sich nur von außen öffnen ließ. Ich weiß noch … ich weiß nur noch, dass es da drin immer kalt war, und dunkel, wie in einer Höhlenkammer. Meine Mutter wollte, dass die *ayi* ihre Reinigungsmittel darin verstaut, aber Vater fand, es würde sich besser als … Lernzimmer eignen.« Er spannt seinen Kiefer an. »Also hat er mich jeden Tag, um exakt fünf Uhr morgens, mit nichts weiter als einem Buch mit Übungsaufgaben und einem Bleistift stundenlang darin sitzen lassen.«

Er hält inne, streicht sich über den Hinterkopf. Presst ein hohles Lachen hervor. »Natürlich war es nicht *ganz* so schlimm, wie es vermutlich klingt. Nicht am Anfang. Hannah – meine ältere Schwester – hat mir heimlich was zu knabbern und Bücher gebracht, wenn mein Vater beschäftigt war und gearbeitet hat, oder sich einfach vor die Tür gesetzt und mir Gesellschaft geleistet … Aber dann wurden ihre eigenen Noten schlechter, sie haben sie auf eine Schule nach Amerika geschickt, und ich war … ich war wieder stundenlang ganz allein in diesem Raum …« Seine Stimme wird mit jedem Wort leiser, bis sie komplett vom Rattern des Zugs und dem Krähen eines Babys in einem anderen Abteil verschluckt wird.

Und ich weiß, was ich an dieser Stelle sagen sollte. Ich weiß es. Aber alles, was aus meinem Mund kommt, ist: »O mein Gott.«

»Ja.« Er verändert seine Haltung ein wenig, sodass ich sein Gesicht nicht mehr sehen kann, nur die blasse Kurve seines Halses. »Allerdings.«

»Es tut mir so leid«, flüstere ich. »Ehrlich, ich … ich kann mir überhaupt nicht vorstellen, wie hart das gewesen sein muss …«

Es ist nicht nur eine Phrase. Entgegen dem, was die meisten aufgrund meiner Noten und meiner allgemeinen Persönlichkeit automatisch annehmen, haben Mama und Baba mich beim Lernen nie unter Druck gesetzt. Wenn überhaupt, dann sind sie diejenigen, die mir immer sagen, dass ich mich ein bisschen entspannen, mein Schulbuch weglegen und Fernsehen schauen oder mehr nach draußen gehen soll.

Und als *ich* fünf war, hat Mama mir absolut klargemacht, dass sie stets nur zwei Dinge von mir wollen würde: dass ich ein guter Mensch bin und dass ich glücklich bin. Das war auch der Grund, warum sie und Baba beschlossen, ihr Auto und ihre alte Wohnung zu verkaufen und all ihr Erspartes dafür zu verwenden, mich auf die Airington zu schicken. Und obwohl sie wussten, dass ich mich anfangs gegen die Idee sträuben würde, hofften sie, mir so den unfassbaren Druck des Gao Kao ersparen zu können.

»Jetzt ist alles okay, ehrlich«, sagt er mit rauer Stimme. »Und ich wäre nicht dort, wo ich bin, ohne …«

»Nein.« Die Wut fährt durch mich hindurch wie ein Messer: Wut auf seinen Vater, weil er ihm das angetan hat; Wut auf das Universum, weil es das Ganze zugelassen hat; Wut auf mich selbst, weil ich angenommen habe, seine Fähigkeiten gingen auf eine leichte, schmerzfreie Kindheit zurück. »Ich hasse das. Ich *hasse* es, wenn Leute ganz eindeutig unmenschliche Methoden rechtfertigen und sie als eine Art Erfolgsmodell darstellen, nur weil ihnen das Ergebnis gefällt …«

»Tust du das denn nicht auch? Mit Beijing Ghost?«

»Ich …« Ich gerate ins Stocken, nicht von seiner Frage auf dem falschen Fuß erwischt, sondern von der darin steckenden Wahrheit. Mir dreht sich der Magen um. »Ich schätze, da hast du wohl recht. Aber die Sache ist … Ich weiß nicht, wie ich sonst leben soll.«

Leise erwidert er: »Ich auch nicht.«

Dann dreht er sich wieder mir zu und die Lücke zwischen uns wird kleiner, schließt sich bis auf ein paar gefährliche Zentimeter. Er fängt meinen Blick ein und etwas anderes rutscht in meinem Herzen an seinen Platz. »Du bist wieder sichtbar.«

»Wirklich«, flüstere ich, aber keiner von uns rührt sich.

Wir sitzen ganz nahe beieinander, wird mir jetzt erst wirklich bewusst. Zu nahe.

Nicht nahe genug.

Ich atme zitternd ein. Er riecht teuer, wie die ungeöffneten Designer-Schuhschachteln, die Chanel in unserem Wohnheimzimmer aufgestapelt hat. Aber darunter liegt ein anderer Duft, etwas Frisches und leicht Süßliches, wie gerade gemähtes Gras im Frühling oder von der Sonne erwärmte, saubere Laken.

So würden wir uns küssen. Der verräterische Gedanke schwebt, unerwünscht, an die Oberfläche meines Bewusstseins. Ich weiß natürlich, dass wir es nicht tun werden. Dass er zu diszipliniert ist, und ich bin zu starrköpfig. Aber die Möglichkeit hängt trotzdem schwer in der Luft, in dem Raum, den wir nicht berühren, der Gedanke daran auch deutlich in *seinem* Gesicht abzulesen, an seinen halb geöffneten Lippen, seinen schwarzen brennenden Augen.

»Alice«, sagt er, und sein Akzent …

Gott, sein Akzent. Seine Stimme.

Er.

Und ich will gerade etwas Geistreiches sagen, etwas, das nicht verrät, wie wild es in meiner Brust flattert oder wie abgelenkt ich von den Schweißperlen an seinem Hals bin, das aber trotzdem dazu führt, dass er mich will, als mir plötzlich eine schwere Hand auf die Schulter haut. Hart.

Ich weiche mit einem erschrockenen Jaulen zurück und hebe den Blick.

Der Geschäftsmann, der immer noch über uns schnarcht, hat sich im Schlaf herumgedreht und nun baumelt sein Arm unschuldig über dem Bettgeländer.

»Ist alles in Ordnung bei dir?«, fragt Henry. Seine Stimme klingt ein bisschen erstickt – nicht vor Besorgnis, sondern vor unterdrücktem Lachen. Es ist unglaublich, wie schnell ich zwischen dem Verlangen, diesen Typen küssen oder umbringen zu wollen, schwanken kann.

Ich werfe ihm einen vernichtenden Blick zu und massiere mir die schmerzende Stelle an meiner Schulter. »Könntest du wenigstens ein bisschen echte Sorge vortäuschen? Er hätte mir auch auf den Kopf hauen können. Ich hätte eine *Gehirnerschütterung* haben können.«

»Okay, okay, tut mir leid«, entschuldigt Henry sich, aber seine Mundwinkel zucken noch weiter nach oben. »Lass es mich anders formulieren: Soll ich dir ein bisschen Eis für deine möglicherweise tödliche Verletzung besorgen? Vielleicht ein paar Schmerztabletten? Oder dir die Schulter massieren?«

»Halt die Klappe«, grummle ich.

Er grinst, und trotz meiner Verärgerung, trotz meiner pulsierenden Schulter bin ich erleichtert. Ich würde den Rest dieser Zugfahrt lieber damit verbringen, mich mit ihm zu streiten, als zu wissen, dass er ganz allein in seinen Gedanken und Ängsten gefangen ist.

Kapitel 14

Bei unserer Ankunft in Suzhou, übernächtigt und am Verhungern nach der langen Zugfahrt, gehen die Lehrer als Erstes mit uns zum Essen aus.

Es ist wärmer hier im Süden, schwüler, wie in einer Sauna, und die meisten von uns schwitzen, als unser gecharterter Bus vor einem schicken Restaurant hält, das es auf Dazhong Dianping auf Platz eins geschafft hat. Als einziger chinesisch sprechender Begleitlehrer übernimmt Wei Laoshi schnell die Rolle des Reiseführers. Wir beobachten durch die getönten Scheiben, wie er direkt auf die Kellnerin zusteuert, auf seinen Schulausweis zeigt und dann in unsere Richtung gestikuliert. Ein paar der Schüler und Schülerinnen auf den vorderen Sitzen winken zurück und die Kellnerin runzelt die Stirn.

Dann scheinen die Kellnerin und Wei Laoshi einen hitzigen Streit zu beginnen. Beide schütteln energisch den Kopf und fächeln mit den Händen vor ihrem Gesicht herum, und obwohl wir kein einziges Wort der Auseinandersetzung hören können, ist die Botschaft klar: Im Restaurant gibt es nicht genügend Tische für uns alle.

»Verfluchte Scheiße«, grummelt Jake Nguyen in der Reihe hinter mir. »Ich bin am Verhungern.«

»Wortwahl, Mr Nguyen«, ermahnt Julie Walsh ihn scharf.

»Scheiße – tut mir leid«, entschuldigt sich Jake.

»*Wortwahl!*«

»Okay, hab's kapiert, Mrs Walsh.«

»Dr. Walsh.«

»Ja, ja, was auch immer«, murmelt er.

Irgendjemand grunzt.

»Hat die Schule nicht ein paar *baojian* für uns reserviert?«, will Vanessa wissen und steht so schwungvoll von ihrem Sitz auf, dass mir ihr langer französischer Zopf beinahe ins Gesicht klatscht.

»Nicht alle Restaurants haben Privaträume, weißt du?«, sagt jemand anders. Es klingt nach Peter Oh.

»Was?« Vanessa reißt mit einem Ausdruck aufrichtigen Entsetzens den Kopf herum. Sogar ihre Wangen laufen rot an. »Du machst Witze.«

»Du bist so ein Snob.«

»Ich bin kein ...«

Henry seufzt neben mir. Es ist ein leises Geräusch, über Vanessas Protest und Jakes Flüche hinweg kaum zu hören, aber alle – das ist mein voller Ernst – verstummen sofort.

Dann fragt Henry: »Das Restaurant heißt Dijunhao, richtig?«

»Ja«, antworte ich und blicke auf die verkehrt herum über der Flügeltür des Restaurants prangende goldene Kalligrafie. »Warum?«

Aber Henry antwortet mir nicht, er ist bereits am Telefon. Ich höre, wie er die Person am anderen Ende in makellosem Chinesisch begrüßt und sich dann höflich erkundigt, ob sie bereits zu Mittag gegessen hat, den Namen seines Vaters und zwei weitere Namen, die mir nichts sagen, fallen lässt, die Adresse des Restaurants durchgibt und wieder auflegt.

Ein paar Minuten später kommt der Manager persönlich heraus, um uns mit einem so breiten Lächeln, dass es ihm körperlich wehtun muss, zu begrüßen.

»*Selbstverständlich* haben wir Platz für Sie! Sie sind heute unsere Ehrengäste«, versichert er Wei Laoshi, als der den plötzlichen Sinneswandel infrage stellt. Er wirft der Kellnerin einen scharfen Blick zu, und sie eilt davon, als würde ihr Leben davon abhängen, bevor sie kurz darauf mit Speisekarten und fünf weiteren Kellnerinnen zurückkehrt, die uns anbieten, unsere Taschen für uns zu tragen.

Man gibt uns die besten Tische, mit schicken Essstäbchenhaltern, roten Tischdecken und atemberaubender Aussicht auf die Seen draußen, bevor man uns Jasmintee – *handgepflückt in den Bergen,* wie uns der Manager erklärt – und Krabbenchips auf Kosten des Hauses serviert. Selbst die Lehrerinnen und Lehrer starren Henry mit offenem Mund und so voller Ehrfurcht an, als würde er strahlend leuchten.

»Ich frage mich, wie sich das anfühlt«, murmle ich, als Henry zu uns an den Tisch kommt und sich neben Chanel und mich setzt.

»Wie bitte?«, fragt er.

»Gar nichts.« Ich trinke einen großen Schluck Tee und die heiße Flüssigkeit verbrennt mir fast die Zunge. »Vergiss es.«

Chanel, die nicht ganz so beeindruckt aussieht wie alle anderen – vermutlich, weil sie daran gewöhnt ist, selbst stets ganz ähnlich behandelt zu werden –, steckt den Kopf zwischen uns und fragt: »Wie war die Zugfahrt, Henry? Hast du gut geschlafen?«

»Hab ich, danke«, antwortet er gelassen, mit einem steifen Lächeln. Ich bin so daran gewöhnt, Henrys laut lachende Seite zu sehen, die mich ständig aufzieht und provoziert und in Endlosschleife Taylor Swift hört, dass ich vergesse, wie distanziert er sich allen anderen gegenüber verhält, selbst gegenüber Leuten, die er kennt.

»M...hm, das dachte ich mir«, erwidert Chanel, ein Funkeln in ihren Augen. »Weil Alice nie in unser Abteil zurückgekehrt ist.«

Ich ersticke fast an meinem Tee.

»Wir haben nicht ... ich war nicht ...«, stammle ich so laut, dass die Gespräche an den Nachbartischen verstummen und die Kellnerinnen beim Servieren innehalten, um mich anzustarren. Ich laufe knallrot an und füge flüsternd hinzu: »Wir haben nur ein paar geschäftliche Details besprochen. *Ernsthaft.*«

Chanel zwinkert mir zu, während Henry unfassbar fokussiert auf das einsame Sesambrötchen auf seinem Teller hinunterstarrt, seine Ohrenspitzen rosa leuchtend.

Schon bald eilen noch mehr Bedienungen mit Tabletts voller beliebter lokaler Gerichte herbei: frittierter Fisch mit dicker, glänzender Tomatensoße, das Fleisch so zart, dass es von ganz allein von den Gräten fällt; in filigrane Rauten geschnittener roter Dattelkuchen; pralle, in Schüsseln mit goldener Brühe schwimmende Wontons.

Es sieht alles so köstlich aus, dass einem das Wasser im Mund zusammenläuft. Trotzdem rümpft auf der anderen Seite des Tisches Julie Walsh die Nase über den Fisch und fragt, sehr zögerlich: »Was ... *ist* das?«

Eine Pause. Niemand scheint ihr antworten zu wollen, aber als sich die Stille zu lange ausdehnt, rollt Chanel mit den Augen und sagt: »Das ist Mandarin-Eichhörnchenfisch.«

Julies Hand schnellt auf ihre Brust. *»Eichhörnchen...«*

»Es ist kein Eichhörnchen drin«, kann ich mich nicht zurückhalten. »Er heißt nur so.«

»Oh. Na dann, gut«, stammelt Julie, macht jedoch noch immer keinerlei Anstalten, das Gericht zu kosten. Stattdessen zieht sie, wie ich mit absoluter Fassungslosigkeit beobachte, eine Packung Studentenfutter aus ihrer Handtasche und schüttet den Inhalt auf ihren Teller.

Verärgerung brodelt in mir, und mir wird bewusst, dass Henry neulich recht hatte: Meine Wut macht mich mutig.

»Entschuldigung, *Dr.* Walsh«, sage ich, mit etwas lauterer Stimme. »Ich dachte, das hier wäre eine ›China Erleben‹-Reise?«

Julie blinzelt mich an, eine Salzmandel auf halbem Weg zu ihren geschminkten Lippen. »Ja?«

»Dann gehört es doch sicher zu diesem Erlebnis, die lokale Küche zu kosten, nicht wahr? Vor allem, wenn von den Lehrkräften erwartet wird, dass sie mit gutem Beispiel vorangehen?« Ohne ihr eine Chance zu geben, zu widersprechen, fahre ich fort: »Und haben Sie nicht erst neulich im Ethikunterricht gesagt, die Welt könnte ein viel harmonischerer Ort sein, wenn die Leute nur bereit wären, Mitgefühl zu zeigen und fremde Kulturen zu entdecken?«

Die Mandel fällt lautlos herab und kullert über die Tischdecke. Julie hebt sie nicht auf. Sie ist zu sehr damit beschäftigt, mich anzustarren, als wäre ich ein Käfer, den sie am liebsten zerquetschen würde.

Ich glaube, mich hat noch nie zuvor eine Lehrerin oder ein Lehrer mit irgendetwas anderem als Wohlwollen oder Besorgnis angeschaut. Andererseits kann ich mich auch nicht daran erinnern, jemals so mit einer Lehrerin oder einem Lehrer gesprochen zu haben.

Dann erhebt sich Mr Murphy am Nebentisch, klatscht zweimal in die Hände, um alle auf sich aufmerksam zu machen, durchbricht die Spannung zwischen uns und bewahrt Julie damit vor einer Antwort.

»Alle mal herhören«, dröhnt er mit seiner Moderator-bei-der-Schulversammlung-Stimme. »Da wir heute Nachmittag ein ziemlich volles Programm haben und erst am späten Abend im *Autumn Dragon Hotel* eintreffen werden, haben wir beschlossen, uns allen ein wenig Zeit zu sparen und euch eure Zimmernummern und Schlüsselkarten schon jetzt auszuhändigen, in Ordnung?« Er lässt den Blick über uns schweifen, als würden wir wirklich alle vor einer Bühne sitzen. »Kann ich mich darauf verlassen, dass ihr in den nächsten acht Stunden gut darauf aufpasst?«

Er bekommt zur Antwort nur hier und da ein gelangweiltes Kopfnicken, aber es scheint ihm zu genügen.

»Sehr schön.« Er zieht einen zerknickten Papierordner hervor – dem, aus dem ich die Antworten für die Geschichtsprüfung geklaut habe, nicht ganz unähnlich. Mein schlechtes Gewissen meldet sich, aber ich zwinge es rasch wieder hinunter. »Ich rufe eure Namen jetzt einen nach dem anderen auf und würde euch bitten, dass ihr oder euer Zimmergenosse in geordneter Weise zu mir kommt … Also … Scott An.«

Es herrscht eine eindeutige Diskrepanz zwischen dem, was Mr Murphy unter »in geordneter Weise« versteht und unserer Interpretation der Formulierung, denn schon bald stehen alle von ihren Tischen auf und versuchen sich vorzudrängeln.

»Geordnet!«, brüllt Mr Murphy über das Scharren von Stühlen und die unzähligen durcheinanderredenden Stimmen hinweg. »Ich sagte *geordnet*!«

Trotz des Chaos gelingt es mir, mich nahe genug heranzuschieben, um einen Blick auf das Blatt Papier in Mr Murphys ausgestreckter Hand zu werfen, auf die Fülle der in winzigen Reihen daraufgedruckten Namen. Aber es ist nicht mein Name, nach dem ich suche.

PETER OH UND JAKE NGUYEN: ZIMMER 902.

Ich präge mir die Zimmernummer ein. Wenn alles gut geht, werde ich irgendwann heute Abend in diesem Zimmer sein.

Nachdem wir alle wieder auf unseren Plätzen sitzen und unsere Teller leer gegessen sind, übernimmt wieder Wei Laoshi und bringt uns zum Bus hinaus. Ich glaube, er gefällt sich allmählich in der Rolle des Fremdenführers, denn er setzt sich einen roten Fischerhut auf, wedelt hoch über dem Kopf mit einer kleinen Flagge mit Schullogo herum und fragt mit aufrichtiger Begeisterung: »Also, wer ist bereit für ein bisschen Sightseeing?«

Die alten Bezirke von Suzhou sind wunderschön.

Wie ein magisches Geheimnis, verborgen vor der Außenwelt. Zarter, milchiger Nebel schwebt über den sich schlängelnden Wasserstraßen, den schiefen, engen Gassen und verblassten weißen Häusern, und lässt die Grenze zwischen Land und Himmel verschwimmen. Am Ufer wringen Frauen ihre Wäsche aus, Männer mit ledriger Haut ziehen Netze voller Fische aus den trüben grünen Kanälen, und Mädchen im Collegealter posieren und knipsen Fotos unter den Weiden, hübsche Schirme aus Ölpapier auf ihren Schultern ruhend.

»Oh, oh – das hier ist wie ein chinesisches Venedig!«, staunt

Julie Walsh, als wir aus dem Bus steigen, und ihre hohen Absätze klappern auf dem jahrhundertealten Pflaster.

Aber für mich sieht es hier nicht wie in Venedig aus. Es sieht wie nirgendwo sonst auf der Welt aus.

Wir beginnen, an einem Kanal entlangzugehen, Wei Laoshi vorneweg. Hin und wieder bleibt er stehen – vor der Statue eines ernst aussehenden Würdenträgers, einem schiefen Gasthaus, einem auf dem Wasser vorbeifahrenden Boot – und ruft uns willkürliche Fakten zu, etwa, dass Kaiser Qianlong einst zehn Tage lang in Suzhou Station machte und den Gedanken nicht ertragen konnte, wieder gehen zu müssen. Dann zitiert er sogar einige Zeilen aus einem der Gedichte des Kaisers.

Ich bin mir sicher, Qianlongs Gedicht ist fantastisch, aber das Einzige, was ich verstehe, ist irgendwas von einem Vogel, einem Berg und Blut – nein, Schnee – nein …

»Entschuldigung, Wei Laoshi«, unterbricht Chanel ihn. »Aber ich vergesse immer, wer Qianlong war und wer Qin Shihuang. Ich meine, welcher von beiden war noch mal der, der Gelehrte lebendig begraben ließ?«

Wei Laoshi bleibt abrupt stehen, dreht sich um und wirft Chanel einen Blick zu, der ganz eindeutig sagt: *du Kulturbanausin.*

»Was?«, verteidigt Chanel sich. »Ich bin früher in Australien zur Schule gegangen. Da bringen sie einem nicht besonders viel über chinesische Geschichte bei.«

Wei Laoshi seufzt nur und richtet den Blick gen Himmel, als wollte er sich beim Geist von Kaiser Qianlong persönlich entschuldigen.

Die Busfahrt hierher dauerte, dank der Rushhour, doppelt so lang wie von den Lehrkräften vorhergesagt, und schon bald haben alle wieder Hunger. Wei Laoshis Tour fällt daher kürzer aus als geplant, und mit einem weiteren leidgeprüften Blick bricht er seinen Vortrag zur Geschichte von Papierschirmen ab, um uns alle spontan auf den Nachtmarkt mitzunehmen.

Auf dem Markt wuselt es nur so und alles kommt mir hier schärfer vor. Greller.

Kinder jagen einander über steile Treppen und Bogenbrücken, sausen am Rand des Kanals entlang, spielen mit der Gefahr und dem Nervenkitzel, während ihre Eltern ihnen zubrüllen, vorsichtig zu sein. Eine Frau hebt den Deckel eines riesigen Woks hoch und weißer Dampf steigt von dem Schmorfleisch und den brutzelnden gebratenen Brötchen darin auf. Neonlichter blinken über der Fülle des feilgebotenen Essens, teils in Bambuskörben präsentiert, teils in tiefen, mit Soße gefüllten Schalen: Spieße mit gegrilltem Lammfleisch und Wachteleiern, mit süßer Bohnenpaste gefüllte grüne Klebreiskuchen und glasierte, wunderbar mürbe Mondkuchen, mit roten Schriftzeichen verziert. Kleine Sonderpreis-Etiketten und QR-Codes sind auf die Unterseite gedruckt, wahrscheinlich für Kunden, die per WeChat Pay bezahlen.

»*Peter*, was *tust* du da?«

Wei Laoshis Stimme schneidet durch die Rufe der Markthändler und das ferne Platschen von Rudern im Wasser.

Ich wirble herum.

Eine Bettlerin, die aussieht wie mindestens siebzig, hat sich an Peter Oh gehängt, ihre verschrumpelten Hände in den Stoff seines neuen Supreme-Hoodies gekrallt. Ich hätte erwartet, dass Peter sie abschüttelt – Baba warnt mich immer, dass einige Bettelnde nur Trickbetrüger sind und iPhones unter ihren alten Lumpen verstecken –, doch zu meiner Überraschung hält er ihr einen frisch gedruckten 100-RMB-Schein hin. Ich betrachte seine Miene, aber es liegt nicht die Spur von Verhöhnung oder Böswilligkeit in seinen Augen, nur Aufrichtigkeit. Sogar ein Anflug von Schüchternheit.

Die Augen der alten Frau weiten sich, so als könnte sie auch nicht glauben, was sie sieht. Es tut mir im Herzen weh. Doch bevor sie ihm das Geld abnehmen kann, schiebt sich Wei Laoshi zwischen die beiden, zieht Peter am Ärmel davon und ignoriert seinen gestammelten Protest.

»Sei nicht so naiv«, schimpft Wei Laoshi, schnappt sich den rosa Geldschein und steckt ihn wieder in Peters Tasche.

»Es ist nicht naiv«, findet Vanessa, die sich plötzlich zu ihnen gesellt und ihre Schritte Peters anpasst. Irgendwie schafft es dieses Mädchen, überall aufzutauchen. Oder vielleicht fällt sie mir seit dem Kunstskandal auch einfach nur mehr auf. »Er wollte nur nett sein. Stimmt's, Peter?«

Ich bleibe nicht, um mir den Rest dieses Gesprächs anzuhören. Ich *will* es nicht hören, weil ich in Peter nicht diesen netten Jungen sehen will, der Fremden vertraut und Bedürftigen Geld gibt. Er ist heute Abend mein *Ziel*, sonst nichts.

Mein Herz darf nicht erweichen.

»Alles okay?«, erkundigt sich Henry und bleibt in der Nähe einer kleinen Brücke stehen. Mir wird bewusst, dass er die ganze Zeit, während ich Peter und Wei Laoshi beobachtet habe, mich beobachtet hat.

»Klar«, erwidere ich. Versuche ein Lächeln. »Ich … ich will es einfach nur hinter mich bringen, weißt du?«

Es besteht kein Grund, es näher auszuführen. Er nickt.

Wei Laoshi ruft allen zu, stehen zu bleiben, um uns mitteilen zu können, dass wir nun in Eigenregie über den Markt bummeln und uns etwas zu essen besorgen dürfen, wir uns in zwei Stunden aber wiedertreffen, bitte pünktlich sein, und uns in der Zwischenzeit nicht kidnappen lassen sollen. Alle lachen darüber, aber mir schnürt sich die Kehle zu, und ich brauche drei Anläufe, bevor mir wieder einfällt, wie man schluckt.

Als die Menge sich auflöst, bleiben Henry und ich in der Nähe der Brücke und finden schließlich eine alte Bank, auf die wir uns setzen können. Für eine Weile blicken wir einfach schweigend über die Kanäle und überfüllten Gassen. Dann rutscht er näher zu mir heran – nur zwei Zentimeter, vielleicht sogar weniger, aber es macht trotzdem einen gewaltigen Unterschied –, und die Stille verändert sich, knistert vor Elektrizität, verlangt danach, ausgefüllt zu werden. Er schlägt die Wimpern nieder. Sein Blick huscht zu meinen Lippen …

Ich verfalle in Panik und platze mit dem Ersten heraus, was mir in den Kopf kommt: »Dein Dad.«

Er zieht sich mit einem Stirnrunzeln wieder zurück. »Wie bitte?«

»Dein Dad«, wiederhole ich zögernd. Es ist zu spät, jetzt noch einen Rückzieher zu machen. »Ähm … du hast deine Geschichte nie zu Ende erzählt. Im Zug. Wie es mit ihm weiterging.«

Noch während ich die Worte ausspreche, würde ich mir am liebsten selbst einen Tritt verpassen. Was für eine Art Mensch zerstört bitte einen potenziell romantischen Moment, indem er ein Kindheitstrauma erwähnt?

Doch Henry wirkt eher überrascht als beleidigt. »Willst du das wirklich wissen?«

»Ja«, versichere ich ihm, und obwohl ich nicht dachte, dass ich heute Abend dieses Gespräch mit ihm führen würde, meine ich es wirklich so.

Anfangs sagt er nichts. Sein Blick wandert zu einem unter der Brücke hindurchgleitenden Ruderboot, in dem eine vierköpfige Familie zusammengekuschelt sitzt und das jüngste Kind jedes Mal quiekt, wenn sie über eine kleine Welle hüpfen. Dann seufzt er. Sagt: »Ich hab dir ja erzählt, was passiert ist, als ich ungefähr fünf war. Aber kurz nach meinem zehnten Geburtstag, während einer dieser langen Lernsitzungen, hab ich …« Er neigt den Kopf zur Seite, als würde er versuchen, sich an Worte in einer Fremdsprache zu erinnern. »Wie nennt man es noch mal, wenn deine Emotionen stärker sind als deine Vernunft und jegliche Rücksicht auf Etikette?«

»Explodieren?«, schlage ich vor und habe Mühe, mir vorzustellen, wie Henry es tut. »Überschnappen? Komplett durchdrehen?«

Er schenkt mir ein schüchternes Lächeln und mein Herzschlag beginnt zu rasen. »Na ja, ja. So was in der Art. Mein Vater war natürlich total geschockt, aber am Ende hat er sich entschuldigt. Versprochen, nie wieder auf so … extreme Methoden zurückzugreifen.« Er blickt wieder auf die Familie in dem Boot hinunter. Ihre Gesichter leuchten im Mondschein, und vor Lachen. »Und das hat er auch nie.«

»Wow.« Ich schüttle den Kopf. »Einfach so?«

»Es hat wahrscheinlich geholfen, dass ich in der Schule so gut war und dass ich bereits Interesse daran zeigte, die Firma zu leiten. Aber ich könnte mir auch gut vorstellen, dass ihm einfach nicht klar war, dass es alternative, ebenso effektive Erziehungsmethoden gibt. *Sein* Vater war sogar noch strenger mit ihm gewesen, was das Lernen betraf, und nachdem er in Harvard angenommen worden war, SYS gegründet hatte und damit erfolgreich war …«

»Schienen die Mittel den Zweck zu heiligen«, beende ich den Satz für ihn, als mir unsere frühere Unterhaltung wieder einfällt.

»Ganz genau.«

Henry reibt sich die Augen, und für einen bizarren Moment glaube ich, er würde weinen. Doch dann lässt er die Hände wieder in seinen Schoß sinken, während das Laternenlicht der Läden ringsum seine Züge in ein scharfes Relief taucht, und ich erkenne die Wahrheit, so simpel, dass ich beinahe lache: Er ist *müde*.

Er hat gelogen, als Chanel ihn gefragt hat, ob er gut geschlafen hat. Wir haben im Zug beide kein Auge zugetan. Wir sind wach geblieben, haben unserem Plan den letzten Feinschliff verpasst, dann auch Plan B, und irgendwann kam einer von uns – ich kann mich nicht mehr erinnern, wer –vom Thema ab, und wir haben einfach nur … geredet. Über die Schule, über seinen kurzen Aufenthalt in England, über die Spiele, die seine Schwester immer erfunden hat, als sie noch Kinder waren, und über die Shanghaier Gerichte, die seine Mutter für ihn gekocht hat, wenn er krank war. Über alles und nichts, während Lachen und nur halb zusammenhängende Gedanken über meine Lippen sprudelten, bevor ich sie zurückhalten konnte. Ich glaube, keiner von uns hatte erwartet, dass die Nacht so verlaufen würde.

»Du kannst jetzt schlafen, weißt du?«, sage ich zu Henry.

»Was?« Verdutzt kneift er die Augenbrauen zusammen und schiebt sein Kinn vor – ein vertrauter Ausdruck, den ich früher für Arroganz gehalten habe, von dem ich jetzt aber weiß, dass er nur ein Trick ist, um seine Verwirrung zu verstecken.

»Das ist mein Ernst – du solltest dich ein bisschen ausruhen«, bekräftige ich. »Du bist offensichtlich total erschöpft, und wer weiß, wann wir uns im Hotel letztlich schlafen legen können?«

Wenn wir überhaupt schlafen können, füge ich stumm hinzu und spüre stechende Schuldgefühle.

Henry betrachtet einen Moment lang mein Gesicht, seine Augen zu schmalen Schlitzen verengt. »Du bist zu nett«, befindet er schließlich. »Das ist verdächtig.«

»Ich bin nur pragmatisch. Ich brauche dich bei unserer Mission heute Nacht hellwach und aufmerksam.«

Er bleibt misstrauisch. »Und du bist dir absolut sicher, dass du keinen ausgeklügelten Plan verfolgst und im Schlaf wenig schmeichelhafte Fotos von mir machen willst, um mich hinterher damit zu erpressen?«

»Wenn ich das tun wollte«, erwidere ich, »könnte ich mich auch einfach auf dein Zimmer schleichen, wenn ich unsichtbar bin, und nach Belieben Fotos von dir schießen.«

»Das ist sehr beruhigend.«

Er schließt tatsächlich die Augen, auch wenn er seinen Kopf weiter in einer so unbequemen Position hoch hält, dass ich ihm meine Schulter als Kissen anbiete. Innerhalb von wenigen Minuten beginnt er, langsamer zu atmen. Die Muskeln in seinem Körper entspannen sich.

Ich lächle und blicke auf. Schlieren von dunklem, sattem Pink und schimmerndem Blau ziehen sich durch den Himmel wie verschüttete Wasserfarben, während über dem Horizont langsam schwebende Laternen aufsteigen, wie Geister. Eine sanfte Brise streicht über meine Haut, trägt den Duft von Chrysanthemen und frisch aus dem Ofen kommendem Gebäck von den Imbissständen zu uns.

Und dann ist da noch Henry.

Henry, dessen Kopf auf meiner Schulter ruht, die weichen Locken seines Haars über meine Wange streichend, seine Züge glatt und sorglos im Schlaf. Alles an diesem Moment ist bezaubernd und so zerbrechlich in seinem Zauber, dass ich beinahe Angst habe, ihn festzuhalten. Die Magie zu zerstören.

Wenn die Entführung nicht wäre, denke ich, *hätte heute ein perfekter Tag sein können.*

Kapitel 15

Wir treffen um 22:30 Uhr am Hotel ein.

Um 22:48 Uhr habe ich meinen Koffer komplett ausgepackt und verkünde Chanel, dass ich zu Henry gehe. Sie zwinkert mir zu und lässt eine nicht sonderlich subtile Bemerkung über Safer Sex fallen. Ich lasse sie glauben, was sie will. Außerdem habe ich so im schlimmsten Fall wenigstens ein vernünftiges Alibi.

Um dreiundzwanzig Uhr habe ich den zwanzigsten sowie den neunten Stock auskundschaftet und dabei die Treppe genommen, um mich erstens zu vergewissern, dass nirgendwo Überwachungskameras versteckt sind, und zweitens genau zu stoppen, wie lange ich von A nach B brauche.

Um 23:15 Uhr komme ich an Henrys Zimmer an, noch immer komplett sichtbar, und schlüpfe durch die Tür, als niemand in der Nähe ist.

Um 23:21 Uhr verfalle ich offiziell in Panik.

»Bin ich schon unsichtbar?«, frage ich, während ich vor Henry auf und ab tigere, obwohl ich weiß, wie unwahrscheinlich es ist. Noch habe ich schließlich nicht gespürt, wie die charakteristische Kälte durch meinen Körper strömt. Wenn überhaupt, ist mir eher zu heiß, meine Haut brennt, und das Zimmer kommt mir furchtbar eng und stickig vor, obwohl es wirklich großzügig ist.

»Bist du definitiv nicht«, antwortet Henry und schlägt die Beine auf dem dick gepolsterten Sofa neben dem Bett übereinander, so entspannt, dass ich am liebsten schreien würde. Wie schafft er es, in einem Moment wie diesem so *ruhig* zu bleiben?

»Und jetzt?«

»Nein.«

»Jetzt?«

»Nein.«

»Und was ist …«

»Hast du vor, die ganze Nacht so weiterzumachen?«, unterbricht er mich und zieht eine Augenbraue hoch.

»Na ja, was sollen wir denn sonst tun?«, blaffe ich ihn an. »Netflix und chillen?«

Seine Augenbraue wandert noch weiter nach oben.

Jetzt brennt auch noch mein Gesicht, und hastig füge ich hinzu: »Ich meinte das natürlich im wörtlichen Sinne.«

»Natürlich.«

Für einen Moment herrscht Stille, abgesehen von meinen hektischen Schritten auf dem Teppichboden und dem leisen, beharrlichen Brummen der Minibar. Dann …

»Okay, na schön. Von mir aus.« Ich presse eine Hand auf meine pulsierende Schläfe. Es ist das dritte Mal seit dem Nachtmarkt, dass ich vor lauter Stress Kopfschmerzen kriege. »Falls dir irgendwas einfällt, wie du mich von meinen Gedanken an den bevorstehenden Untergang ablenken kannst, dann nur zu. Unterhalte mich.«

Henry scheint dies als Herausforderung zu verstehen. Er setzt sich – unglaublich, aber wahr – noch gerader auf, seine Augen dunkel und nachdenklich, und erwidert: »Ehrlich gesagt gibt es da etwas, das ich dich schon seit Längerem fragen wollte …«

»Nein, ich war nicht diejenige, die in der Neunten dein Wissenschaftsprojekt sabotiert hat«, erwidere ich automatisch. »Aber wenn wir schon dabei sind: Ehrlicherweise muss ich gestehen, für eine Weile darüber nachgedacht zu haben – aber nur, weil du so unausstehlich selbstgefällig warst, nachdem du von Jack Ma persönlich ein paar Ratschläge gekriegt hast.«

»Das ... wollte ich dich überhaupt nicht fragen – aber gut zu wissen«, entgegnet Henry. Er räuspert sich. »Was ich wirklich gerne verstehen würde, ist, warum du mich so sehr hasst.«

Ich blinzle ihn überrascht an.

»Nur fürs Protokoll«, beginne ich langsam, weil mein Gehirn Mühe hat, eine vernünftige Antwort zu formulieren, »ich hasse dich nicht mehr.«

Ein Lächeln blitzt auf seinem Gesicht auf, so flüchtig, dass ich es beinahe verpasse. Trotzdem lässt er die Sache nicht auf sich beruhen. »Aber früher schon.«

Ich nicke. Seufze. »Erinnerst du dich noch an diesen Scholars-Cup-Wettbewerb in der achten Klasse, bei dem wir beide mitgemacht haben? Der vor der ganzen Schule abgehalten wurde?«

»Vage.«

»Na, ich erinnere mich noch sehr lebhaft daran.« Die heißen, erdrückenden Lichter der Aula, die in meinen Augen brannten, das Gewicht sämtlicher Blicke auf mir, das laute Dröhnen in meinen Ohren, als ich über meine letzte Frage stolperte. Der triumphierende Blick auf Henrys Gesicht, als er seine Frage beantwortete – der Blick von jemandem, der zum Siegen bestimmt ist. »Nachdem ich die letzte Runde gegen dich verloren hatte ... als du deine Trophäe abgeholt und dich im Lob des kompletten Lehrerkollegiums gesonnt hast, während ich von der Bühne begleitet wurde ... bin ich auf mein Zimmer geflüchtet und hab einfach nur noch … geheult. Ich hab an dem Tag noch nicht mal was gegessen, weil ich so wütend auf mich selbst war …«

Ich schlucke schwer. Bei der Erinnerung bildet sich noch immer ein Kloß in meinem Hals.

»Und ich weiß, dass das lächerlich klingt, weil es das auch war – ich meine, seien wir mal ehrlich, wir waren in der *achten Klasse,* und der Wettbewerb war noch nicht mal Pflicht. Aber er war mit einem Preisgeld dotiert, 500 RMB, und ich hatte mich monatelang darauf vorbereitet. Aber dann hab ich, kurz bevor wir auf die Bühne gegangen sind, zufällig gehört, wie du gesagt hast, du hättest dich in letzter Minute angemeldet, aus einer Laune heraus, und eigentlich sowieso was Besseres zu tun gehabt, als für den Wettbewerb zu lernen, und – ich weiß auch nicht. Alles war immer so *leicht* für dich.« Ich atme seufzend ein. »Ich hab mich einfach total mies gefühlt, wenn ich in deiner Nähe war. Ich hab mich selbst gehasst, und im Lauf der Zeit … wurde dieser Hass wohl so groß, dass er nirgendwo anders hinkonnte als …«

»… sich gegen mich zu richten«, beendet Henry den Satz, Anspannung in seiner Stimme. »Hab ich recht?«

»Aber jetzt empfinde ich nicht mehr so«, erwidere ich und verspüre das unerklärliche, überwältigende Bedürfnis, diese Tatsache absolut klarzustellen. »Versprochen. Hand aufs Herz.«

Eine Emotion, die ich nicht deuten kann, huscht über sein Gesicht. Er streckt die Hand aus, schließt seine Finger warm um mein Handgelenk, und ich höre auf, auf und ab zu gehen. Höre mit allem auf. »Dann sag mir«, fragt er, sehr leise, »was genau empfindest du jetzt für mich?«

»Ich …« Verwirrung verknotet mir die Zunge, lässt meinen Puls rasen. Mir kommt der vage Gedanke: *Er ist wirklich gut in dieser Ablenkungsgeschichte.* »Warum spielt das eine Rolle?«

»Weißt du das wirklich nicht?«

Ich starre ihn an. Etwas passiert hier, das kann ich spüren, aber genau wie seine Miene kann ich es unmöglich deuten. »Was … was soll ich wissen?«

Er lässt mein Handgelenk los und fährt sich stattdessen mit den Fingern durchs Haar. »Guter Gott«, sagt er und lacht leise. Schüttelt den Kopf. »Für einen der intelligentesten Menschen, die ich je getroffen habe, kannst du manchmal ziemlich ahnungslos sein.«

Und vielleicht liegt es an der Art, wie er zu mir hochschaut, irgendwie gequält und zärtlich zugleich, vielleicht auch an dem seltsamen halben Kompliment, oder möglicherweise sind es auch all die winzigen, subtilen Momente, die ich auf dem Weg hierher verpasst habe und die mich nun in einem einzigen adrenalinschwangeren Ausbruch der Klarheit einholen, aber urplötzlich …

»Oh«, hauche ich.

Oh. Wow.

Ich lasse mich auf den Teppichboden sinken, ganz schwindlig von der Erkenntnis.

Nach ein paar Minuten purer, unverfälschter Stille wird mir bewusst, dass Henry mich beobachtet, mit scharfen Augen und angespanntem Kiefer, und auf eine Erwiderung von mir wartet. Ich weiß nicht, ob ich ihn schon jemals so nervös erlebt habe.

»Gut«, bringe ich schließlich hervor. »Das ist gut. Für mich auch.«

Ich erwarte nicht, dass er irgendeinen Sinn in meinem lächerlichen Wortsalat entdeckt, aber das tut er.

Er schiebt sich näher, bis unsere Knie sich beinahe berühren, und ich frage ihn, ohne nachzudenken: »Ist das der Moment, in dem du mich küsst?«

Er lehnt sich näher und selbst im spärlichen Licht der Hotelzimmerlampen kann ich das stumme Lachen in seinen Augen erkennen. »Das war nicht meine Absicht.« Eine Pause, neckend. »Warum? Willst du, dass ich es tue?«

»Was? N...nein, natürlich nicht«, stammle ich und drehe mich von ihm weg. Dann, weil ich körperlich schlicht nicht in der Lage bin, die Klappe zu halten, brabble ich weiter: »Es ist nur ... du weißt schon ... im Film ... wenn so eine Szene kommt, mit ganz ähnlicher Beleuchtung ...«

Es klopft laut an der Tür.

Wir erstarren beide.

Ich bekomme fast ein Schleudertrauma davon, wie schnell sich die Stimmung ändert, ungefähr so, wie wenn man sich gerade einen total emotionalen familienfreundlichen Tierfilm anschaut und er rüde von einer grellen McDonald's-Werbung unterbrochen wird.

Erneutes Klopfen. Noch lauter als das erste.

Der irrationale, bereits völlig verängstigte Teil meines Gehirns ist überzeugt davon, die Polizei hätte uns irgendwie gefunden, dass sie nur darauf warten, uns gleich zu verhaften, hier und jetzt, dass alles vorbei ist, mein Leben zerstört ...

Doch dann höre ich ein Mädchen kichern. Jemand anders etwas flüstern, das ich nicht richtig verstehe, und das Kichern verwandelt sich in gedämpftes, kreischendes Lachen.

Henry und ich wechseln einen schnellen, stummen Blick, und ich kann an seinem grimmig angespannten Kiefer ablesen, dass wir zur selben Schlussfolgerung gelangt sind. Das Licht im Zimmer ist an. Es hat keinen Sinn, so zu tun, als wäre er nicht hier.

»Wer ist da?«, ruft Henry.

»Rate mal!«, antwortet eine Stimme, die zweifellos Rainie gehört.

Henry bewegt sich mit langsamen, vorsichtigen Schritten auf die Tür zu, die Hände erhoben, genauso, wie man sich einem Tier in der Wildnis nähern sollte. »Äh … Rainie? Was machst du denn hier?«

»Dich besuchen, natürlich«, erwidert sie im selben Moment, als jemand anders brüllt: »Wir haben gehört, du hättest die beste Suite, Kumpel! Lass uns rein – wir wollen sie wenigstens mal sehen!«

Wenn sie so weiterschreien, wecken sie noch das ganze Hotel auf.

Und um alles noch schlimmer zu machen, beginnen mindestens zwei weitere Personen – Gott, wie viele Leute stehen bitte vor dieser Tür? – zu skandieren: *»Lass uns rein! Lass uns rein! Lass uns rein!«*

Henry schaut mich mit einem Wir-können-nicht-das-Geringste-dagegen-tun-Ausdruck an, und trotz des Steins in meinem Magen nicke ich.

»Okay, aber seid leise«, zischt Henry, als er die Tür öffnet. Sofort stolpern Rainie Lam, Bobby Yu, Vanessa Liu und Mina Huang in einem kichernden Haufen ins Zimmer und bringen den starken, unverwechselbaren Geruch von Alkohol mit.

»Wundervoll«, murmelt Henry leise.

Aber selbst in ihrem angetrunkenen Zustand halten unsere vier unwillkommenen Gäste abrupt inne und starren mich an, als sie mich entdecken. Vanessa lässt beinahe die halb leere Flasche Jack Daniel's in ihrer Hand fallen. Bobby klappt die Kinnlade so weit herunter, dass ich versucht bin, ihn zu fragen, ob ihm der Kiefer wehtut.

Und Rainie schnappt tatsächlich laut nach Luft. *»Alice?«*

»Hi«, sage ich.

Nachdem sich die vier von ihrem anfänglichen Schock erholt und unverhohlen ihren Verdacht geäußert haben, Henry und ich wären heimlich zusammen, gehen sie zum gemütlichen Teil über und verteilen sich lümmelnd auf dem pflaumenblauen Sofa und dem Doppelbett. Sie lassen nicht die geringsten Absichten durchblicken, irgendwann heute Nacht wieder auf ihre eigenen Zimmer zu verschwinden.

Ich würde am liebsten kotzen.

Schreien und sie allesamt wieder rausschmeißen.

Aber stattdessen lächle ich nur, als Vanessa in der Minibar nach einer Packung Pringles kramt, Rainie einen Lautsprecher hervorzaubert, die Hits ihrer Mutter abspielt, sich dabei im Takt wiegt und den Text mitgrölt, als wären wir in einer Karaokebar, während Bobby Yu anfängt, auf dem Teppichboden Liegestütze zu machen.

Das Lächeln klebt weiter starr in meinem Gesicht. Allein meine Augen bewegen sich, betrachten mein Spiegelbild im Fenster, verfolgen die Zeit. Der Wecker neben Henrys Bett zeigt neongrell 23:59 Uhr an.

Ich bin immer noch nicht unsichtbar.

Irgendwann hat Rainie das Singen satt, dreht die Musik leiser und fängt an, stattdessen über Julie Walsh zu lästern. Alle stimmen begeistert ein, sogar Mina, die kaum jemals irgendwas sagt, und Rainie gibt eine so akkurate Imitation von Julie zum Besten, dass Vanessa auf dem Boden nach hinten kippt und echte Tränen lacht. Dann wechselt das Gesprächsthema erneut, und alle spekulieren darüber, wer wohl am Ende des Trips mit wem zusammen sein wird, bevor es darum geht, was für ein Riesenarschloch Jake Nguyen ist. »Ich kann nicht glauben, dass ich ihn echt mal mochte«, jammert Rainie, während sich Bobby darüber beschwert, dass die meisten Mädchen einen miesen Geschmack haben, und Mina ihr ein paarmal mitfühlend auf die Schulter klopft. Anschließend überlegen alle, wie ein betrunkener Henry wohl aussehen würde.

»Es ist einfach so lustig, sich das vorzustellen«, japst Rainie kichernd. Sie zeigt auf Henry, der schon die ganze Zeit steif neben mir in der Zimmerecke steht. »Du bist einfach so – so – wie heißt das Wort noch mal?«

»Distanziert?«, schlägt Vanessa vor.

»Beherrscht?«, bietet Mina an.

»Heiß?«, ergänzt Bobby, und wir drehen uns alle zu ihm um und starren ihn an. »Was?« Er guckt finster. »Der Typ ist nun mal ganz objektiv gut aussehend. Verurteilt mich nicht, nur weil ich es laut ausspreche.«

Aber offenbar ist *perfekt* das Wort, das Rainie gesucht hat.

»Gott, du bist so perfekt«, sagt sie mit einem leisen Hicksen. Dann, zu meiner Überraschung, huscht ihr Blick auch zu mir. »Und du auch, Alice. Ihr beide. King Henry und die Lernmaschine. Unsere perfekten Vorzeigeschüler.«

Ich zwinge mich, mit ihnen zu lachen, aber es klingt irgendwie falsch. Das Kompliment brennt wie Säure in mir.

Wenn ihr wüsstet, was die beiden Vorzeigeschüler der Airington für heute Abend geplant haben.

Doch neben der Panik, dem schlechten Gewissen, krallt sich eine weitere Emotion in meine Brust. Verbitterung. Denn wenn die Schulgebühren, Beijing Ghost und die vor mir liegende schreckliche Aufgabe nicht wären, dann wäre diese Nacht … alles.

Dann könnte ich in den albernen Klatsch und Tratsch der anderen einstimmen, mit Rainie lachen und vielleicht sogar den Mut aufbringen, mich ganz dicht neben Henry zu setzen, dort weiterzumachen, wo wir aufgehört haben, und meine Finger zwischen seine fädeln. Ich wäre einfach nur ein Teenager, völlig überdreht in einem schicken Hotel in einer wundervollen neuen Stadt, mit meinen Klassenkameraden und potenziellen neuen Freunden: Rainie, die einem Typen, der sich zu viel genommen hat, zu viel von sich selbst gegeben hat; Mina, deren Eltern nach einer ziemlich üblen Scheidung kürzlich wieder zusammengekommen sind und versuchen, es wiedergutzumachen; Bobby, dessen ältere Schwester vor drei Jahren von zu Hause weggelaufen ist, auch wenn man niemals etwas davon ahnen würde, wenn man ihn jetzt sieht.

Ich wäre tatsächlich *glücklich* mit diesen Leuten, sorgenfrei – würde nicht alle zwei Sekunden auf diese verfluchte Uhr glotzen und darauf warten, dass eine Woge eigenartiger Kälte durch meinen Körper schwappt.

Mir wird beinahe schwindlig, als ich über den krassen Unterschied zwischen diesen beiden Szenarien nachdenke, darüber, was sein wird und was hätte sein können. Aber genau das ist der Unterschied, den Wohlstand ausmacht.

Als ich mich wieder in die Unterhaltung einklinke, ist sie bei Beijing Ghost angekommen.

»... frage mich, wer dahintersteckt«, sagt Vanessa. »Oh, komm schon, Alice, tu bloß nicht so, als hättest du noch nie von der App gehört«, fügt sie leicht gereizt hinzu und missdeutet meinen verdutzten Gesichtsausdruck völlig.

»Natürlich hab ich von Beijing Ghost gehört«, sage ich und wähle meine Worte mit Bedacht. Mein Herz hämmert so wild, dass es mich nicht überraschen würde, wenn sie es alle hören könnten. »Aber ich habe keine Ahnung, wer dahintersteckt.«

»Na *offensichtlich*«, erwidert Vanessa und rollt mit den Augen. Erleichterung schwappt über mich hinweg. »Das weiß niemand. Obwohl natürlich einige Theorien kursieren.«

Bobby nickt und zuckt dann zusammen, als täte ihm bei der Bewegung der Kopf weh. »Manche glauben, hinter der App steckt, na ja, ein Topspion der Regierung, der nur schnelles Geld machen will. Klingt irgendwie plausibel, wenn man wirklich mal darüber nachdenkt – die haben schließlich die perfekten Beziehungen *und* die Technologie, um so was durchzuziehen.«

»Bobby«, erwidert Rainie im Tonfall einer Erwachsenen, die mit einem sehr naiven Kind spricht. »Topspione der Regierung müssen keine illegale Schul-App entwickeln, um schnell reich zu werden. Dafür gibt's Bestechung.«

»Und was glaubst du dann, wer es ist?«, fordert Bobby sie heraus.

»Keine Ahnung«, antwortet sie, reißt Vanessa die Whiskyflasche aus der Hand und kippt den Rest der braunen Flüssigkeit in einem Zug hinunter. Dann wischt sie sich grob mit dem Ärmel über den Mund. »Aber wer immer es auch ist – er oder sie ist ein Held.«

Ein Held.

Noch ein Kompliment, und ausgerechnet von Rainie Lam. Aber das Wort weckt nur wieder mein schlechtes Gewissen. Ich bringe es nicht über mich, ihr in die Augen zu schauen.

»Ich werde es tun«, verkündet Vanessa urplötzlich und kommt mit überraschender Standfestigkeit auf die Beine. Obwohl sie mehr Alkohol getrunken hat als der Rest von ihnen, wirkt sie am nüchternsten – was angesichts der Tatsache, dass Bobby im

Moment die Speisekarte für den Zimmerservice auf seinem Kopf balanciert wie einen Hut, allerdings auch nicht viel zu sagen hat.

»Was tun?«, fragt Mina.

»Gestehen«, antwortet Vanessa, und vielleicht ist sie doch betrunkener, als ich dachte, denn ich habe keine Ahnung, wovon sie spricht.

Rainie aber schon. »Lasst sie gehen«, sagt sie an uns alle gerichtet, als Vanessa auf die Tür zu torkelt und es erst beim zweiten Versuch schafft, den Knauf zu drehen. »Sie ist schon seit Ewigkeiten total in diesen Typen verknallt.«

Die Speisekarte rutscht mit einem lauten Klatschen von Bobbys Kopf, als er sich umdreht und mit weiten Augen fragt: »In wen?«

Doch wie immer die Antwort auch lautet, ich höre sie nicht. Eine Kälte kriecht an meiner Wirbelsäule hinauf, und bevor ich gezwungen bin, Bobbys Theorie mit dem Regierungsspion aus erster Hand zu widerlegen, springe ich auf, murmle irgendwas davon, ich wollte mich vergewissern, dass es Vanessa gut geht, und stürme davon.

Kapitel 16

Ich klopfe einmal an Peters Tür und versuche, meine unregelmäßige Atmung zu beruhigen.

Den Fahrstuhl zu nehmen, war zu riskant – in den Dingern befinden sich immer Überwachungskameras, und falls zufällig noch jemand in dem Aufzug wäre, würde es nur für unnötige Verwirrung sorgen, wenn plötzlich einer der Knöpfe von ganz allein aufleuchten würde –, deshalb bin ich stattdessen sämtliche Treppen hochgerannt. Mein Shirt ist auf dem Rücken komplett durchgeschwitzt, auch wenn sich schwer sagen lässt, ob es an der körperlichen Anstrengung liegt oder an der Angst, die ein Loch in meinen Magen frisst.

Nach einer gefühlten Ewigkeit höre ich das metallische Klicken eines Schlosses und die Tür schwingt auf.

Jake Nguyen blinzelt im Licht des Korridors, sein Haar zerzaust, ein weißer Hotelbademantel über seinen nackten Schultern, wie der Umhang eines Klischee-Bösewichts. Das Zimmer hinter ihm ist dunkel. Neben dem Einzelbett vor dem Fenster kann ich Peter Ohs schlafende Gestalt erkennen.

»Was zur Hölle«, grummelt Jake und starrt durch mich hindurch. Er kratzt sich am Kopf. »Ist da jemand?«

Er wartet geschlagene zwei Sekunden lang, bevor er Anstalten macht, die Tür wieder zu schließen, und ich schlüpfe gerade noch rechtzeitig hinein. Doch als ich mich weiter ins Zimmer vortaste, stolpere ich über irgendetwas – Jakes Fuß. Er spannt sich an und im schwachen Badezimmerlicht ist die Falte zwischen seinen Augenbrauen zu erkennen.

Mir bleibt das Herz stehen.

»Wer war das?«, grummelt Peter, seine Stimme schwer vor Schlaf und durch das Kopfkissen gedämpft.

Jake blickt sich noch einmal zu der Stelle um, an der ich gestolpert bin, und schüttelt dann den Kopf. »Niemand. Wahrscheinlich der Zimmerservice oder irgendein Typ, der sich in der Tür geirrt hat.«

Ich verharre vollkommen still, während er in seinen Pantoffeln zu seinem Bett zurückschlurft und sich mit einem lauten Gähnen auf die Bettdecke fallen lässt.

Erst als er zu schnarchen anfängt, schleiche ich mich zu Peters Bett hinüber.

Er liegt zusammengerollt auf der Seite, wie ein kleiner Junge, die Ecke der Bettdecke über seinem Bauch, einen Arm unter dem Kopf. Er sieht friedlich aus. Ahnungslos.

Als hätte er nicht verdient, was gleich passieren wird.

Es tut mir so leid, Peter, denke ich, als ich die vorbereitete Nachricht auf sein Kopfkissen lege, nur wenige Zentimeter von seiner Nase entfernt.

Sie ist auf Glanzpapier gedruckt, wie eine professionelle Visitenkarte, und umfasst nur die Zeilen:

> Peter.
> Bitte komm, sobald du das hier liest, zu mir, Zimmer 2005. Ich habe dir etwas Wichtiges mitzuteilen, persönlich.

Andrew wollte unter allen Umständen verhindern, dass sich die Nachricht irgendwie zu ihm zurückverfolgen lässt, deshalb gibt es keinerlei digitale Belege, und nirgendwo sind seine Fingerabdrücke oder seine Handschrift zu finden. Zu entscheiden, was tatsächlich in der Nachricht stehen sollte, war das andere Problem. Zuerst habe ich zwischen einer gefakten Nachricht von einem der Lehrer und irgendwas mit eher romantischem Anklang geschwankt und überlegt, jemanden zu erwähnen, der ihm etwas bedeutet.

Aber am Ende habe ich mich doch für etwas Vageres entschieden. Etwas, das sein Interesse hoffentlich zumindest so weit wecken wird, dass er den Anweisungen folgt.

Jetzt muss Peter die Nachricht nur noch lesen.

Ich hole tief Luft. Balle mit zitternden Fingern die Fäuste. Mir wird bewusst, dass dies meine letzte Chance ist, doch noch umzukehren und alles abzublasen, aber ich bin schließlich bereits hier, die Nachricht ist platziert, und ich habe noch nie bei irgendwas mittendrin hingeschmissen, nicht, solange ich die Sache kontrollieren kann …

Also rüttle ich Peter stattdessen sanft an der Schulter, damit er aufwacht.

Peter schlägt langsam die Augen auf.

Blinzelt in der Dunkelheit, Desorientiertheit huscht über sein Gesicht wie die Schatten der Vorhänge.

Ich sehe zu, wie er sich verschlafen mit einer Hand über die Wange streicht. Wie er den Kopf nur einen Zentimeter auf dem Kopfkissen bewegt und erstarrt, seinen Blick auf die Nachricht gerichtet. Ich beobachte, wie er vorsichtig danach greift, noch immer ein wenig verwirrt, und die Zeilen liest.

Dann hält er inne. Schaltet die Lampe auf seinem Nachttisch ein.

Instinktiv gehe ich in die Hocke, um mich zu verstecken, obwohl er mich natürlich sowieso nicht sehen kann.

»Jake?«, ruft Peter mit heiserer Stimme. »Hast du … Hast du jemanden hier reinkommen sehen?«

Aber Jake schnarcht immer noch. Hat sich keinen Zentimeter bewegt.

Peter blickt wieder auf die Nachricht in seinen Händen hinunter, dreht sie hin und her, als wollte er sich vergewissern, dass sie real ist. Mein Herz rast so laut, dass ich überzeugt davon bin, dass es mich verraten wird. Aber er hört es nicht. Er betrachtet die Nachricht noch einen Moment länger, steht dann auf und streift die auf seinem Nachttisch liegende Jeansjacke über. Sein Blick wirkt nun wacher, sein Körper angespannt.

Die Luft fühlt sich unfassbar still an.

Ich wage nicht zu atmen, bis Peter sein Handy und die Nachricht in seine Tasche steckt und zur Tür hinausgeht.

Ich folge dicht hinter ihm.

Draußen auf dem grellen Hotelflur steuert Peter direkt auf die Fahrstühle zu. Ich wusste, er würde es tun, aber es ist trotzdem unpraktisch. Sobald er auf den leuchtenden quadratischen Knopf drückt, um nach oben zu fahren, drücke ich ihn erneut und schalte ihn damit wieder aus. Wenn alles nach Plan verlaufen soll, muss Peter die Treppe nehmen. Da ich heute Abend alles genau inspiziert habe, weiß ich, dass das Treppenhaus der einzige Ort ist, an dem er nicht von Überwachungskameras eingefangen wird.

Er runzelt die Stirn. Versucht es erneut.

Wieder drücke ich nach ihm auf den Knopf, wobei ich aufpasse, seine Hand nicht zu streifen.

Sein Stirnrunzeln wird noch tiefer. Er geht zum Fahrstuhl am anderen Ende des Gangs, wo ich nach ihm wieder jedes Mal auf den Knopf drücke, bis er es schließlich aufgibt und leise flucht.

»Dann bleibt wohl nur die Treppe«, grummelt er.

Henry sollte im entsprechenden Teil des Hotels Wache schieben, um sicherzustellen, dass Peter von keinem Schüler oder Lehrer gesehen wird, aber er sitzt ganz offensichtlich immer noch mit Rainie und den anderen in seinem Zimmer fest. *Auch egal,* rede ich mir selbst Mut zu, während ich Peter um die Ecke folge. Ich muss nur dafür sorgen, dass wir Vanessa nicht begegnen, wo immer sie auch sein mag, und hoffen, dass niemand aus einem der Zimmer kommt, um einen mitternächtlichen Spaziergang durch die Korridore zu unternehmen.

Obwohl der Rest des Hotels aus makellosen Marmoroberflächen, aufwendigen Blumendekorationen und gut beleuchteten, mit Teppichboden ausgelegten Gängen besteht, ist das Treppenhaus dunkel und steil, die Stufen leicht uneben, und alles ist von einer dünnen Staubschicht bedeckt. In den schattigen Ecken stinkt es nach Müll und Desinfektionsmittel.

Peter steigt die Stufen mit überraschender, beneidenswerter Leichtigkeit hinauf. Ich muss mich beeilen, um mit ihm Schritt zu halten, habe schon bald übles Seitenstechen und spüre an den Beinen und in meiner Lunge wie zum Protest tausend schmerzende Nadelstiche.

In Momenten wie diesen wünschte ich beinahe, ich hätte mir im Sportunterricht genauso viel Mühe gegeben wie in allen anderen Fächern.

Andererseits bezweifle ich, dass mich noch so viele Burpees und qualvolle Basketball-Aufwärmübungen auf eine geheime

Kidnapping-Operation in einem der höchsten Hotels in Suzhou hätten vorbereiten können.

Als wir den zwanzigsten Stock erreichen, ist mir eine geradezu obszöne Menge Schweiß über den Rücken gelaufen, mein Shirt klebt an meiner Haut, und ich kann nicht genau sagen, ob es an der bloßen körperlichen Ertüchtigung des Treppensteigens oder an meinen Nerven liegt.

Wir sind so nahe dran. Die Zimmertür ist gleich im ersten Gang, direkt vor uns, ich kann sie bereits sehen. Und Peter hat nicht den Hauch einer Ahnung, was gleich passieren wird.

Nein.

Ich schüttle mich innerlich selbst. Das hier ist auch nicht so viel anders als ein kleiner Streich. Es ist nur eine Version mit größerem Risiko ... und unter Beteiligung einflussreicher Geschäftsmänner.

Außerdem werden Andrew Shes Männer ihn nicht *wirklich* für immer einsperren, misshandeln oder ermorden. Andrew hat mir versprochen, dass sie Peter mit Leckereien versorgen und sich um ihn kümmern werden, bis die Beförderung verkündet wurde, was in weniger als einer Woche der Fall sein sollte.

Alles ist gut. Peter wird nichts passieren. Ich tue das Richtige.

Richtig?

Peter steht nun direkt vor der Zimmertür, die Ziffern *2005* golden im Licht glänzend, wie ein Zeichen. Eine Einladung. Andrew Shes Männer warten auf der anderen Seite dieser Tür auf ihn.

Und eine Million RMB warten auf mich. Eine Zukunft in der Airington. Eine bessere Zukunft, Punkt.

Alles, was ich dafür tun muss, ist, zuzusehen, wie Peter durch diese Tür tritt.

Er räuspert sich leise und zupft den Kragen seiner Jacke zurecht. Ich frage mich, ob er spüren kann, dass irgendetwas nicht stimmt. Ob er mit dem Gedanken spielt, wieder zu gehen, sich in die Sicherheit seines eigenen Hotelzimmers zu flüchten.

Mir ist gar nicht klar, wie sehr ich mir wünsche, dass er genau das tut, bis er einmal kräftig an die Tür klopft, seine Schultern angespannt.

Und alles sehr schnell passiert.

Zu schnell, so schnell, dass es beinahe enttäuschend ist.

Die Tür schwingt auf, und ich bilde mir ein, einen Blick auf eine behandschuhte Hand zu erhaschen, die herausschnellt und Peter hineinzieht. Trotzdem gelingt es mir, sein Handy gerade noch rechtzeitig aus seiner Tasche zu ziehen, bevor die Tür wieder zuknallt, Peter dahinter gefangen.

Von drinnen ist ein Rascheln zu hören, eine Reihe dumpfer Schläge, und Peters Stimme, eher verwirrt als verängstigt: »Was macht ihr …«

Dann erstirbt sie und Stille folgt. Einfach so.

Wenn ich Peters Smartphone nicht so verkrampft umklammern würde, dass meine Knöchel weiß hervortreten, würde ich glauben, er wäre nie hier gewesen.

Ich starre lange Zeit auf die Tür, wie in einem Traum, einem Albtraum, bis mich eine leise Stimme in meinem Hinterkopf drängt:

Geh.

Verschwinde von hier. Du hast deine Aufgabe erledigt.

Ich zwinge mich, den Blick abzuwenden, doch in der Sekunde, als ich um die Ecke biege, geben meine Beine unter mir nach.

Ich sinke zu Boden, als hätte jemand sämtliche Knochen aus meinem Körper entfernt. Ich japse nach Luft, die nicht da zu sein scheint, und warte darauf, dass das Gefühl der Übelkeit aus meiner Magengrube verschwindet, weil ich in Sicherheit bin. Ich habe getan, was ich tun musste. Es hat funktioniert …

Aber die Übelkeit wird nur noch schlimmer. Steigt in meine Kehle auf, füllt meinen Mund mit Speichel, dem bitteren Geschmack von Reue.

Gott, ich muss die mieseste Kriminelle der Welt sein.

Ich sollte feiern. Ich sollte an das viele Geld denken, das auf mein Bankkonto wandern wird. *Eine Million RMB.* Genug, um mir nie wieder Sorgen machen zu müssen, auf irgendeine Schule in Maine geschickt zu werden. Ich werde mir noch nicht mal mehr Sorgen übers College machen müssen.

Aber stattdessen kann ich nichts anderes tun, als mich zu fragen, was auf der anderen Seite dieser Tür passiert. Peter ist mitten im Satz verstummt. Bedeutet das, dass sie ihn geknebelt haben? Ihn geschlagen? Sicher hätte ich es doch gehört, wenn sie …

Peters Smartphone piept.

Mir bleibt fast das Herz stehen. Mit zitternden Händen halte ich mir den Bildschirm vors Gesicht und erwarte, irgendeinen Verbrechensalarm, eine Betrügerwarnung oder eine Nachricht von der Polizei zu sehen.

Aber es ist nichts von alldem. Es ist schlimmer.

Es ist eine Kakao-Nachricht von seiner Mom.

Amüsierst du dich gut in Suzhou??
Du schläfst bestimmt schon (falls nicht, geh sofort ins Bett!!! Dein Körper wächst noch), aber dein Vater und ich vermissen dich sehr. Er wollte dich vorhin anrufen, aber du weißt ja, wie viel er in der Firma zu tun hat …

Aber es wird die ganze Mühe wert sein, wenn er die Beförderung bekommt.
Oh! Wir hatten heute sehr leckeren Fisch. Ich schick dir ein Foto.

Es folgt ein leicht unscharfes Bild von einem halb verspeisten gegrillten Fisch, ein Paar Essstäbchen daneben auf dem Teller abgelegt, und der vornübergebeugten Silhouette eines Mannes im Hintergrund. Peters Vater, wie ich vermute.

Mir schnürt sich die Brust zu, so eng, dass ich nicht mehr atmen kann. Meine Augen brennen.

Aber es treffen noch weitere Nachrichten ein.

Es war ein neues Rezept, und dein Vater fand es wirklich gut. Ich koche es für uns, wenn du wieder zu Hause bist (und deine Lieblingsnudeln mit schwarzen Bohnen auch)
Pass auf dich auf, mein Sohn. Iss anständig, sei vorsichtig und pack dich warm ein! Ich hab mir die Wettervorhersage angeguckt und es soll morgen ziemlich kalt in Suzhou werden. Denk dran: deine Gesundheit ist wichtiger als »Mode«
Dein Vater schimpft schon, weil ich dich so lange nerve, deshalb hör ich jetzt auf
Wir lieben dich sehr. Ruf an, sobald du kannst!

Ich drehe den Bildschirm nach unten, mein Magen ein einziger Knoten.

Ich sollte Peters Handy wegwerfen. Sofort. Es zertrümmern und sämtliche Beweise zerstören, sicherstellen, dass niemand ihn aufspüren oder kontaktieren kann, genau, wie es mir aufgetragen wurde. Dies ist die letzte Phase unseres Plans. Sobald ich sein Handy entsorgt habe, kann ich zurück auf mein Zimmer gehen und diesen ganzen Auftrag endgültig vergessen. Aber …

Gott, seine Eltern werden sich solche Sorgen machen. Und sie haben auch allen Grund dazu.

Das Schlimmste ist, dass ich seine Eltern schon mal *kennengelernt* habe. Sie haben sich vor einem Jahr freiwillig gemeldet, bei der Feier zum Global Community Day zu helfen. Sein Vater gab vor jedem, der sich ihm bis auf drei Meter näherte, damit an, was für ein Genie sein hart arbeitender Sohn sei, wobei er die ganze Zeit so strahlte, dass ihm das Gesicht wehgetan haben muss. Und Peters Mutter erinnerte mich mit ihrer zierlichen Figur und scharfen Zunge, mit der Art, wie sie mit Peter schimpfte, weil er eine viel zu dünne Jacke anhatte, sehr an Mama.

Und wenn jemand Mama mitten in der Nacht anrufen würde, um ihr mitzuteilen, dass ich verschwunden bin, in einer fremden Stadt, weit weg von zu Hause …

Nein.

Hör auf.

Es ist zu spät. Ich muss einfach nur aufstehen. Mich bewegen. So viel Distanz wie möglich zwischen mich und diesen Ort – diese Erinnerung – bringen.

Nach wer weiß wie lange schaffe ich es schließlich, wieder aufzustehen. Meine Füße bewegen sich gehorsam auf das Treppenhaus zu, in dieselbe Richtung, aus der ich gekommen bin. Ich gehe eine Stufe hinunter. Dann noch eine. Aus irgendeinem Grund ist es anstrengender, als einen Berg zu erklimmen.

Ich kann nicht aufhören, an Peter in diesem Zimmer zu denken.

An seine Mutter, die darauf wartet, ihn bei seiner Rückkehr nach Hause mit seinem Lieblingsessen begrüßen zu können. Die kein Auge mehr zumachen wird, sobald sie erfährt, dass er verschwunden ist.

Was immer du auch tust, kehr nicht um, befehle ich mir selbst, während meine Füße über den Teppichboden schlurfen. *Kehr nicht um. Kehr verdammt noch mal nicht u…*

Ich kehre um.

Ohne dass mir selbst wirklich bewusst ist, was ich tue, renne ich zu Zimmer 2005 zurück und hämmere an die Tür.

»Z…Zimmerservice für zwei.« Meine Stimme ist ein schreckliches, atemloses Quieken. Viel zu spät wird mir klar, wie vollkommen unvorbereitet ich bin. Mein Handy-Akku ist fast leer, Henry hat keine Ahnung, was ich hier tue, und die einzige Waffe, die ich bei mir habe, ist ein Obstmesser, das ich aus meinem Hotelzimmer mitgenommen habe. Aber jetzt ist es zu spät, noch einen Rückzieher zu machen. »Club-Sandwich mit Trüffel-Pommes.« Das ist die Parole, die Andrew und ich vereinbart haben, falls ich direkt mit seinen Männern sprechen muss. Ich kann nur beten, dass es funktioniert.

Zunächst kommt von der anderen Seite nichts als ohrenbetäubende Stille. Dann nähern sich Schritte, langsam und vorsichtig. Nach ein paar Sekunden kaum hörbaren Murmelns und Schlurfens öffnet sich knarrend die Tür.

Ich hebe den Blick.

Ich sehe drei Männer vor mir, einen an der Tür, die beiden anderen im Zimmer. Sie sind in identische Businessanzüge gekleidet, die gestreiften Krawatten perfekt gerade und gebügelt. Alle drei tragen dunkle Luftverschmutzungsmasken, die den Großteil ihres Gesichts verdecken, sowie enge Einmalhandschuhe. Sie sehen überhaupt nicht so aus wie die Kidnapper in meiner Vorstellung. Ehrlich gesagt, wenn ich es nicht besser wüsste, würde ich annehmen, ich wäre aus Versehen in ein privates Geschäftstreffen gestolpert.

Der größte der drei starrt in den Flur hinter mir. »Hallo?« Er reckt den Hals, öffnet die Tür noch weiter. »Ist da jemand?«

Ich schlüpfe an ihm vorbei ins Zimmer.

Als Erstes fällt mir auf, dass der Fernseher an ist, der Ton ausgeschaltet, und die Männer ein Basketballspiel auf dem großen Flachbildfernseher verfolgen. Ich schätze, einen Jungen als Geisel zu halten, kann nach einer Weile ziemlich langweilig werden.

Als Nächstes bemerke ich Peter – und mir rutscht das Herz in die Hose.

Sie haben ihn in die hinterste Ecke des Zimmers gesteckt, ihm die Augen verbunden, ihn geknebelt und gefesselt, die Seile noch immer fest um seine Hand- und Fußgelenke und seine Taille gebunden. Bei Andrew She klang es, als könnte sich Peter in einem netten kleinen Resort entspannen, bis die Beförderung durch ist, aber das hier ist – das hier ist zu viel.

Scheiße, so kann ich ihn auf gar keinen Fall hierlassen.

Als ich zu ihm eile, höre ich den großen Mann murmeln: »Sehr seltsam.« Dann: »Wen hat She Zongs Sohn noch mal für den Job angeheuert?«

Der dem Fernseher am nächsten stehende Mann zuckt mit den Schultern. »Irgendjemand von einer Schwarzmarkt-App. Anscheinend hat er an ihrer Schule inzwischen einen soliden Ruf und erledigt, was immer die Leute verlangen.«

»Aber niemand weiß, wer es ist? Oder wie es diese Person geschafft hat, den Jungen hier«, der erste Mann zeigt mit dem Finger auf Peter, und ich erstarre komplett, um mich nicht zu verraten, »einfach so vor unserer Tür abzuladen?«

»Nein.«

Als sich die drei wieder dem Fernseher zuwenden, schleiche ich mich weiter, am ganzen Körper zitternd. Ich fummle hektisch an dem Seil herum, mit dem Peter an den Stuhl gefesselt ist, und spüre, wie er sich versteift.

Bitte, verhalte dich ganz normal. Ich versuche, dir zu helfen, denke ich verzweifelt.

Wenn Telepathie doch nur auch zu meinen Superkräften gehören würde.

Als Peter den Kopf dreht, ziehe ich fest an dem letzten Knoten und ignoriere das Brennen der Seile auf meiner Haut.

Bitte, bitte …

Die Seile fallen mit einem leisen, dumpfen Geräusch auf den Boden, wie eine tote Schlange, und mir bleibt kaum noch Zeit, erleichtert auszuatmen, weil drei Dinge praktisch im selben Moment passieren:

Das erste: Peter reißt sich die Augenbinde vom Gesicht, erhebt sich wacklig von seinem Stuhl und blickt sich panisch um, bevor er mich anstarrt. *Mich direkt anstarrt.* Ihm bleibt der Mund offen stehen, schließt sich dann wieder mit einem unausgesprochenen Wort: *Alice?*

Das zweite: Andrew Shes Männer wirbeln zu Peter und mir herum, verschiedene Variationen entsetzter Mienen auf ihren Gesichtern. Der große bewegt sich zuerst, springt übers Bett und brüllt uns an, uns nicht vom Fleck zu rühren …

Das dritte: Ich werfe das Nächstbeste, was ich finden kann, in seine Richtung, um ihn aufzuhalten – nur, dass es unglücklicherweise ein Kopfkissen ist.

Ein verfluchtes Kopfkissen.

Es prallt von der Schulter des gut zwei Meter zehn großen Kidnapper-Hünen ab, während er ein Knurren von sich gibt und unbeirrt nach uns schwingt. Ich schiebe Peter vor mir her und versuche, hinter ihm zur Tür rauszurennen, bin jedoch zu langsam. Eine grobe Pranke schlingt sich um mein Handgelenk und reißt mich mit solcher Wucht zurück, dass es mich nicht überraschen würde, wenn meine Schulter ausgekugelt wäre.

Ich schnappe nach Luft. Tränen treten in meine Augen.

»Wo kommst du denn auf einmal her, Kleine?«, will der Mann wissen. Sein Griff wird noch enger, zerquetscht meine Knochen zu Staub. Die Schmerzen sind unerträglich, aber ich wehre mich trotzdem gegen ihn, trete wie wild um mich und lasse den Blick durch den Raum huschen.

Aus dem Augenwinkel nehme ich verschwommen wahr, wie Peter sich an den beiden anderen Männern vorbeiduckt, mit schockierender Geschwindigkeit den Türriegel entsperrt und die Tür aufreißt – im selben Moment, als die beiden sich von hinten auf ihn stürzen. Es ist ein schreckliches *Kracks* zu hören, als Peters Schädel gegen die Wand knallt.

Dann scheint sich die Welt auf den Kopf zu stellen und mein Magen dreht sich gleich mit um.

»Nein!«, schreie ich.

Der Hüne folgt meinem Blick, und in dem Sekundenbruchteil, in dem er abgelenkt ist, grabe ich meine Zähne in seine Hand.

Er gibt ein hohes Kreischen von sich, lässt mich los, und ich ergreife die Flucht. Die beiden anderen sind immer noch voll auf Peter konzentriert, der halb liegend an der Wand lehnt, und ich frage mich gerade panisch, wie zur Hölle ich an ihnen vorbeikommen soll, als es mir wieder einfällt:

Das Messer.

Ich stecke die Hand in meine Tasche und sie findet den kühlen, glatten Griff sofort.

»Zurück oder – oder ich steche zu«, warne ich die Männer und schiebe mich vorwärts, das Obstmesser vor mir erhoben wie ein richtiges Schwert, während ich bete, dass sie nicht sehen, wie heftig meine Hände zittern. Wie sehr ich mir wie ein Kind vorkomme, das Räuber und Gendarm spielt.

Die beiden Männer halten tatsächlich inne – eher überrascht als verängstigt, wie es scheint, aber es funktioniert.

Ich nutze die Gelegenheit, Peter zu packen und zu schütteln. Sein Gesicht ist furchterregend blass, sein Haaransatz nass vor Blut, aber seine Augen – seine Augen sind offen. Mit einem tiefen Stöhnen versucht er, sich wieder aufzurappeln, und ich glaube nicht, dass ich in meinem Leben schon mal so unglaublich erleichtert war.

»A...Alice«, würgt er hervor. »Warst du nicht ... was ...«

Der Gute kann nicht ernsthaft glauben, das hier wäre ein guter Zeitpunkt für eine Unterhaltung.

»Wir reden später«, zische ich, packe ihn am Ärmel und ziehe ihn hoch, so gut ich kann. Gott, er ist schwer. »Steh auf. *Komm schon.*«

Doch bevor Peter wieder auf die Beine kommt, nehme ich eine rasche Bewegung aus dem Augenwinkel wahr. Ich bin zu langsam, um zu reagieren. Mit einem Grunzen stürzt sich der erste Entführer auf mich und wirft mich mit dem Kopf voraus zu Boden.

Schmerz explodiert in meinem Körper.

Ich versuche, mich zu bewegen, mich zu wehren, aber ein spitzes Knie bohrt sich in meinen Rücken, und der Kidnapper hält mich mit seinem ganzen Gewicht fest. Jemand reißt mir das Messer aus der Hand.

Nein, nein, nein.

Das kann nicht passieren.

Ein schrilles Klingeln erfüllt meine Ohren, so laut, dass ich kaum verstehen kann, was der Entführer den beiden anderen Männern zubrüllt. Irgendwas davon, Peter wegzuschaffen. Von einem Auto. Dass sie ihn verlegen wollen …

Die Männer gehorchen sofort. Gemeinsam halten sie Peter zwischen sich fest und zerren ihn unsanft an den Armen hoch. Er wehrt sich noch nicht mal. Er scheint völlig unter Schock zu stehen, seine Augen weit aufgerissen, sein Kiefer heruntergeklappt, während sie ihn zur Tür schleppen.

Das hier kann nicht passieren. Das hier *kann nicht* …

Aber das tut es.

Ich kann nichts weiter tun, als voller Entsetzen zuzusehen, während der Hotelteppich meine Wange aufschürft.

Und als ich gerade glaube, es könnte unmöglich noch schlimmer werden, beginnt der erste Entführer, mir die Hände zusammenzubinden, das Seil identisch mit dem, mit dem sie vorhin auch Peter gefesselt haben. Scheiße, wie viele Seile *haben* diese Typen? Er fummelt ein wenig ungeschickt an den Enden herum – wahrscheinlich weiß er, dass ihm nicht mehr viel Zeit bleibt. Er wirkt abgelenkt, aber auch stark. Ich spüre, wie er das Seil einmal, zweimal herumwickelt und so fest zusammenzieht, dass er mir das Blut abschneidet.

Meine Arme werden taub.

Dann lässt der Druck auf meinen Rücken nach, als der Entführer sich erhebt. Er verschwindet mit den beiden anderen maskierten Männern und Peter, der blutet, während ich immer noch hier auf dem Boden liege, meine Hände gefesselt, mir alles wehtut und ich nicht glauben kann, dass ich mich selbst in diese Situation gebracht habe.

Ich zähle die Schritte des Entführers mit, die sich immer weiter von mir entfernen.

Eins. Zwei. Drei.

Die Tür öffnet sich quietschend, fällt dann wieder zu und lässt mich in völliger Dunkelheit allein zurück.

Ich habe keine Zeit, in Panik zu verfallen.

Sobald die Kidnapper weg sind, schiebe ich mich halb rollend, halb zappelnd über den Boden, bis ich gegen etwas Hartes stoße.

Die Ecke eines Schreibtischs, vielleicht.

Es muss genügen.

Blind drehe ich mich ungeschickt herum, bis sich meine gefesselten Hände fest gegen die scharfe Kante pressen. Dann fange ich an, sie wie eine Säge hin- und herzubewegen, und bete, dass die Seile reißen.

»Komm schon«, keuche ich, und der Klang meiner eigenen Stimme, leise und viel ruhiger, als ich mich fühle, hilft mir, mich wieder ein wenig zu fangen. »Komm schon. *Komm schon.*«

Es funktioniert, glaube ich. Hoffe ich. Es fühlt sich an, als würden sich die Seile schon nicht mehr so tief in meine Haut graben wie eben. Wenn ich nur noch ein bisschen mehr Druck ausübe und meine Handgelenke vielleicht ein bisschen drehe …

Ja.

Die Seile lösen sich nach dem neunten Versuch, was ich einer Kombination aus dem richtigen Winkel, der widerlichen Menge

Schweiß, der meine Hände ganz rutschig macht, und der glücklichen Tatsache verdanke, dass der Entführer keine Zeit für einen Doppelknoten hatte.

Ich werfe die Fesseln weg und taumle zur Tür, ignoriere dabei meine wackligen Knie und das Kribbeln in meinen Fingern. Das Engegefühl in meiner Lunge.

Peter retten. Das ist alles, was im Augenblick zählt.

Ich schiebe den Türriegel zur Seite, platze in den Flur hinaus und blinzle gegen das plötzlich grelle Licht an, während ich versuche, herauszufinden, in welche Richtung die Entführer wohl verschwunden sind.

Es erscheint mir eher unwahrscheinlich, dass sie in einer Umgebung bleiben würden, in der Peter jederzeit erkannt werden könnte. Außerdem haben sie irgendwas davon erwähnt, Peter verlegen zu wollen, und ein Auto …

Die Parkgarage.

Aber nicht irgendeine Parkgarage. Eine abgeschiedene, nur über das Treppenhaus, nicht per Fahrstuhl vom Hotel aus zu erreichen, ohne Überwachungskameras, die verdächtige Aktivitäten aufzeichnen könnten.

Ich renne die Treppe hinunter, zwei Stufen auf einmal nehmend, während sich in meinem Kopf alles dreht. Ich habe so viel Zeit darauf verwendet, mir den Hotelplan einzuprägen, dass ich ihn nun so klar vor mir sehen kann, als würde man mir das Ding direkt vors Gesicht halten: alle eingezeichneten Kameras und Ausgänge, die sich kreuzenden Korridore und Treppenhäuser – und die schraffierte Fläche der Parkgarage im zweiten Untergeschoss.

Dort bringen sie Peter hin. Ganz bestimmt.

Jetzt muss ich sie nur noch einholen, bevor sie verschwinden.

Ich renne noch schneller. Meine Füße donnern über den Beton, mein Herz so wild hämmernd, dass ich Angst habe, es könnte explodieren. Ich wünschte, ich wäre sportlich. Ich wünschte, ich hätte die Seile schneller gelöst oder wäre mit Peter entkommen, als ich die Chance dazu hatte. Ich wünschte, ich hätte niemals zugestimmt, bei Peters Entführung mitzumachen.

Die Nummern der Stockwerke rauschen an mir vorbei, als ich eine Treppe nach der anderen hinuntersause.

Fünfzehn.

Zwölf.

Zehn.

Sieben.

»Alice!«

Ich komme stolpernd zum Stehen. Reiße den Kopf herum, beinahe sicher, dass ich halluziniere.

Aber da ist Henry, steht nur ein paar Stufen über mir, und das neongrelle Ausgangsschild wirft einen roten Schein auf seine Züge. Seine Augen sind dunkel vor Besorgnis.

»Ich hab dich überall gesucht«, sagt er und kommt zu mir herunter, seine Schritte leicht und schnell. »Ich hab's geschafft, mich von Rainie und den anderen loszureißen und …« Er verstummt, sein Blick wandert über mein Gesicht. »Was ist passiert? Haben sie dir wehgetan?«

Ich schüttle den Kopf, noch zu sehr außer Atem, um zu sprechen.

Meine Lunge und meine Beine fühlen sich an wie Blei und ich habe schreckliches, messerscharfes Seitenstechen. Es kostet mich all meine Kraft, mich nicht zusammenzukrümmen.

»Sie… sie haben Peter …«, bringe ich schließlich hervor, meine Stimme ein trockenes Krächzen. »Wir müssen … ihn retten …«

Ich warte auf das Fragenbombardement, den Moment der Ungläubigkeit, aber Henry wirkt kein bisschen überrascht über diese dramatische Wendung der Ereignisse. Er schiebt nur seine Ärmel hoch und sagt: »Okay. Lass uns gehen.«

Ich kann nicht glauben, dass ich diesen Jungen jemals von einer Bühne schubsen wollte.

Irgendwie fällt es mir, mit Henry an meiner Seite, ein bisschen leichter, die restlichen Treppen hinunterzurennen. Und mit »leichter« meine ich, es fühlt sich nicht mehr *ganz* so an, als würde ich eines langsamen, qualvollen Todes sterben. Trotzdem tanzen weiße Punkte durch mein Sichtfeld, als wir den Eingang zur Tiefgarage erreichen.

Die Luft hier unten ist kühler, nass und schwer vom Geruch der Benzindämpfe. Ich versuche, nicht zu würgen, als wir uns hinter der halb offenen Tür verstecken, mit dem Rücken zur Wand, und lauschen. Versuche, nicht über die Möglichkeit nachzudenken, dass wir bereits zu spät kommen.

Aber dann höre ich …

Das wütende Quietschen von Schuhen, von Gummi auf Beton. Männliche, von den Wänden widerhallende Stimmen, verstärkt durch den offenen Raum. Das laute Knallen einer Kofferraumklappe.

Henry und ich wechseln hastig einen Blick.

Inzwischen haben wir gemeinsam genügend Aufträge für Beijing Ghost ausgeführt, um zu wissen, was als Nächstes passieren muss.

Ich sehe zu, wie Henry seine Haltung verändert, sich so aufrichtet, dass er noch größer wirkt als gewöhnlich, seinen Hemdkragen zurechtzupft und sich mit einer Hand das Haar glatt streicht. Innerhalb eines Augenblicks ist er nicht mehr nur

Henry, sondern *Henry Li*, Sohn eines Selfmade-Milliardärs, jemand, der seine privilegierte Erziehung und seine mächtigen Beziehungen trägt wie ein Abzeichen. Jemand, der unantastbar ist.

Aber das hält meinen Magen noch lange nicht davon ab, sich in einem Knoten nach dem anderen zusammenzukrampfen, als er zur Tür hinausschreitet.

»Hey«, ruft er in makellosem Mandarin. Selbst seine Stimme klingt tiefer, älter, was gut ist. Wenn die Kidnapper ihn nicht ernst nehmen, sind wir so ziemlich am Arsch.

Sein Erscheinen trifft auf abrupte Stille.

Meine Haut juckt vor Anspannung.

Ich halte den Atem an und zähle, komme bis vierzehn, bevor jemand grunzt: »Wer bist du denn?« Es klingt näher als erwartet – nur gut fünf Meter von der Tür entfernt.

»Das sollte ich Sie fragen«, erwidert Henry aalglatt. »Warum tragen Sie diese Masken?«

»Geht dich gar nichts an.«

»Es geht mich sehr wohl etwas an«, widerspricht Henry, und ich stelle mir vor, wie er den Kopf zur Seite neigt, die Augenbrauen hochgezogen, pure Herablassung auf seinem Gesicht. »Dieses Hotel gehört meinem Vater, sehen Sie, und ich bin mir sicher, er würde ebenfalls wissen wollen, warum sich drei seltsame maskierte Männer mitten in der Nacht durch unsere ungenutzte Parkgarage schleichen. Wenn Sie es *mir* nicht verraten wollen, sollte ich vielleicht ihn oder den Hotelmanager holen …«

»Na schön«, blafft der Mann ihn an. »Wenn Sie es unbedingt *wissen müssen*, wir sind auf dem Weg in einen Nachtclub, das ist alles. Wir wollten nicht, dass unsere Frauen uns erwischen.«

Ich muss mich wirklich zusammenreißen, um nicht mit den Augen zu rollen. Selbst ihre Ausrede lässt sie wie absolute Arschlöcher klingen.

»Können wir jetzt gehen?«, fragt einer der anderen Entführer.

»Nein, können Sie nicht«, antwortet Henry bestimmt. »Da Ihr Wagen hier steht, müssen Sie die Parkgebühr bezahlen.«

»Aber …«

»Die Bezahlung ist nicht verhandelbar. Selbstverständlich akzeptieren wir WeChat Pay, falls Ihnen das lieber ist, oder Sie scannen diesen QR-Code auf meinem Handy. Allerdings erhalten Sie Rabatt, wenn Sie sich in Ihren Hotelaccount einloggen und bei einem unserer fünf Partner registrieren …«

Während Henry weiter irgendwas von Hotelbestimmungen, Zahlungsoptionen und Mitgliedschaften erzählt, schleiche ich mich zur Tür hinaus. Die Szene, die mich erwartet, sieht aus wie aus einem Low-Budget-Actionfilm: Die Parkgarage ist leer, abgesehen von einem alten, verstaubten Lieferwagen, der in der hintersten Ecke vor sich hin rostet, und einem schicken schwarzen Fahrzeug, um das drei Männer herumstehen. Sie kehren mir alle den Rücken zu, ihre Aufmerksamkeit auf Henry gerichtet.

Henry, der direkt vor dem Wagen steht, beide Hände auf der Kühlerhaube, sodass sie ihn umfahren müssten, wenn sie abhauen wollten.

Es ist strategisch klug, beruhige ich mich selbst, muss jedoch gegen das starke Bedürfnis ankämpfen, Henry zur Seite zu stoßen, ihn zu beschützen. *Sie würden nicht … sie würden es nicht wagen, den Sohn des Hotelbesitzers zu töten. Das würde die ganze Sache viel zu kompliziert machen.*

Ich muss nur Peter retten, bevor die Entführer die Geduld verlieren – und ihre Fähigkeit, rational zu denken.

Ich passe auf, kein Geräusch zu machen, ziehe den Kopf ein und schleiche mich näher zum Kofferraum des Wagens, mein Herz in meiner Kehle pochend. Dann habe ich freien Blick auf das Nummernschild: N150Q4. Brenne es in mein Gedächtnis.

Henry redet immer noch, »... bietet die Bank of China für kurze Zeit Sonderkonditionen für die App ...«

»Moment mal«, unterbricht ihn der Mann ganz vorne, und bei der Veränderung in seinem Tonfall – von Gereiztheit zu etwas anderem, etwas wie Misstrauen – wird mein Mund ganz trocken. Ich hebe den Blick.

Henry rührt sich nicht, aber seine Augen funkeln wachsam. »Was?«

»Ich glaub, ich kenn dich«, sagt der Mann, und alles scheint zu erstarren. Verschwimmt vor meinen Augen. Die Lichter über mir flackern und die Decke der Tiefgarage droht über mir einzustürzen. »Du ... du warst in diesem Zeitschriftenartikel. Und in diesem *China Insider*-Interview ... Du bist der Sohn des Gründers von SYS, hab ich recht?«

Für einen Sekundenbruchteil blitzt Panik in Henrys Gesicht auf. Nur für einen Moment. Aber es genügt.

»Wer hat dich geschickt?«, knurrt der Entführer. Er tritt vor die grellen Scheinwerfer des Fahrzeugs, und sein Schatten streckt sich drohend über den Beton, als er sich dicht vor Henry aufbaut. »*Wer?*«

Bevor ich reagieren kann, hebt Henry eine Faust und platziert einen Schwinger im Gesicht des Mannes. *Hart.* Ich höre das Knacken von Knochen, als der Mann ein Fauchen ausstößt und rückwärts taumelt, die Nase mit den Händen bedeckt, und all meine Gedanken lösen sich auf ...

Henry hat jemanden geschlagen.

Henry hat jemanden geschlagen.

Henry Li hat gerade jemanden geschlagen.

Nichts an dieser Nacht kommt mir real vor.

Henry sieht fast genauso perplex aus, wie ich mich fühle. Er starrt auf den vornübergebeugten Mann, dann auf seine eigene Faust, als wäre er von einer unbekannten Macht besessen. Was ehrlich gesagt, mehr Sinn ergeben würde als das, was hier gerade passiert ist. Ich bezweifle ernsthaft, dass Henry auch nur mal jemanden per Fistbump begrüßt hat.

Aber dann stürmen die beiden anderen Männer heran, Henry wirft den ersten Kidnapper mit einem dumpfen Krachen zu Boden – und dann bricht Chaos aus.

Von meinem Versteck aus kann ich nicht sehen, was vor sich geht, höre nur gedämpftes, schmerzerfülltes Grunzen, wiederholt gegeneinanderprallende Gliedmaßen und auf den Boden knallende Körper. Und Henrys Stimme, als er brüllt:

»Fang!«

Etwas Kleines, Silbernes fliegt in perfektem Bogen durch die Luft. Ich denke überhaupt nicht nach, springe nur ab und strecke die Hand aus, und meine Finger schließen sich um den metallenen Gegenstand. Ein Autoschlüssel.

Natürlich.

Mit rasendem Puls entriegle ich den Wagen und reiße die Tür auf.

Peter liegt zusammengekauert auf dem Rücksitz, neben einem aufgerissenen Sixpack Wasser. Entsetzen und Erleichterung rauschen durch meine Brust, als ich ihn sehe. *Er lebt.* Er lebt und ist wach und starrt mich an, als wäre ich ein Geist, während ich seine Arme befreie und ihm helfe auszusteigen. Seine Knie wackeln ganz furchtbar, aber er schafft es, aus eigener Kraft zu stehen.

Vor uns werden die Geräusche des Kampfes intensiver.

Henry.

»Geh rein«, befehle ich Peter. »Warte an der Tür auf uns.«

Er protestiert nicht.

Während er davoneilt, schnappe ich mir eine der Wasserflaschen von der Rückbank und halte sie hoch wie einen Schlagstock, fühle ihr Gewicht in meiner Hand. *Sie ist nicht schwer genug, um jemanden zu töten,* schätze ich ab, und es ist das Einzige, was ich wissen muss, bevor ich mich vorwärts wage.

Die Männer bemerken mich nicht. Sie sind zu sehr damit beschäftigt, eine Art menschliches Sandwich zu bilden: Henry pinnt zwei der Entführer unter sich fest, wird jedoch selbst von dem größten nach unten gedrückt. Dem, der mich gefesselt hat.

Inzwischen bin ich eher stinksauer als zu Tode geängstigt, lasse mich beim Zielen von meiner Wut lenken und …

Die Plastikflasche knallt mit einem befriedigenden *Klonk* gegen den Hinterkopf des Mannes.

Als er zur Seite taumelt, beuge ich mich nach unten und packe Henrys Hand. Seine Knöchel sind dunkelrot, eine dünne, blutende Wunde zieht sich an seinem Daumen hinunter. Mir krampft sich das Herz zusammen, aber ich weiß, dies ist nicht der richtige Zeitpunkt, um mich zu entschuldigen oder mich bei ihm zu bedanken oder um die Million anderer Dinge zum Ausdruck zu bringen, die ich in diesem Moment fühle.

»Lauf«, ist alles, was Henry sagt, als er wieder auf die Beine kommt.

Und das tun wir. Wir rennen durch den schmalen Ausgang, wo Peter auf uns wartet, verriegeln die Tür hinter uns und rasen dann in einem irrsinnigen Rausch aus hämmernden Herzen und Füßen die Treppe hinauf. Henry erreicht seine Etage zuerst, und dann sind es nur noch Peter und ich, meine Finger sicher um sein Handgelenk geschlungen, damit er nicht stürzt. Wir rennen weiter. Wir müssen weiterrennen. Ich habe keine Ahnung, ob Andrews Männer einen Weg nach drinnen gefunden oder jemanden zu Hilfe gerufen haben oder ob wir jemals wieder aus diesem ganzen Schlamassel rauskommen. Alles, was ich im Moment tun kann, ist, meine Beine zu zwingen, schneller zu laufen, immer schneller, mit trockenem Mund und wunden Knien, meine schmerzende Lunge förmlich nach Luft schreiend, als ich um die Ecke biege, Peter mit mir durch die halb offen stehende Tür im neunten Stock ziehe …

Und aus vollem Lauf mit Mr Murphy zusammenpralle.

Kapitel 17

Zum ersten Mal in der vierzigjährigen Geschichte der Airington School wird unser »China Erleben«-Trip vorzeitig abgebrochen.

Und das nur meinetwegen.

Na ja, *genau genommen* ist Vanessa Liu ebenso für die abrupte Planänderung verantwortlich. Es gibt so viele Jungs in unserer Stufe, aber wie sich herausstellt, ist sie schon seit Ewigkeiten heimlich in Peter verknallt, ausgerechnet. Als sie an seinem Zimmer ankam, um ihm ihre Liebe zu gestehen, Jake dort im Halbschlaf und Peters Bett leer vorfand, befürchtete sie das Schlimmste und informierte Mr Murphy.

Ihr Timing hätte unmöglich noch mieser sein können. Wenn Vanessa nicht so betrunken gewesen wäre, wäre sie nie in Peters Zimmer gestolpert, nachdem ich ihn bereits gekidnappt hatte, und Mr Murphy wäre auch nicht im Bademantel exakt in dem Augenblick aufgetaucht, um nach Peter zu suchen, als ich mit ihm die Treppe raufstürmte.

Aber genau dieser Moment war der Anfang vom Ende.

Mr Murphy warf nur einen einzigen Blick auf mein Gesicht, dann auf Peters verwirrte Miene und das dünne, von seinem Haaransatz herablaufende Blutrinnsal, bevor er ihn wegen Verdachts auf Gehirnerschütterung ins Krankenhaus schickte. Dann informierte er Peters Eltern, die so laut ins Telefon schrien, dass ich das komplette Gespräch auch aus zwei Metern Entfernung verstehen konnte. Nachdem sie damit fertig waren, zu drohen, die Schule und das Hotel wegen grober Fahrlässigkeit zu verklagen, schickten sie einen Privatjet, um Peter nach Hause zu holen – höchstwahrscheinlich, um ihn in einem besseren Krankenhaus weiterbehandeln lassen zu können.

Der Rest von uns wurde angewiesen, unsere Sachen zu packen und vor Sonnenaufgang auszuchecken, damit wir den ersten Zug zurück nach Peking noch erwischten. Ohne jede Erklärung.

Aber ich bin mir sicher, inzwischen haben sich alle ihre eigenen Theorien zurechtgelegt, was passiert ist. Zu Mr Murphys aufgeregten Anrufen um vier Uhr morgens, zu dem die Nacht durchschneidenden Heulen der Krankenwagensirenen und dem schrecklichen Ausdruck, den Wei Laoshi seither aufgesetzt hat …

Und, natürlich, dazu, dass ich vom Rest meiner Stufe getrennt wurde, mit niemandem sprechen darf und stattdessen ganz allein im Zugabteil der Lehrer sitzen muss. Ich hatte noch nicht mal Gelegenheit, nach Henry zu sehen. Mich zu vergewissern, dass es ihm gut geht. Keiner der Lehrer hat bislang seinen Namen erwähnt, was zumindest bedeutet, dass er nicht verdächtigt wird, aber ich kann einfach nicht aufhören, an den Kampf vergangene Nacht zu denken: an all die potenziellen Verletzungen, die dünne Schnittwunde an seinem Daumen.

Ich kann nicht aufhören, mir Sorgen um ihn zu machen.

»Alice, ich möchte dir die Möglichkeit geben, das alles zu erklären«, sagt Mr Murphy. Er sitzt mir direkt gegenüber, seltsam schief vornübergebeugt, um sich den Kopf nicht am oberen Bett zu stoßen.

Ich sitze genauso gebeugt, aber es ist Angst, die meine Wirbelsäule krümmt, meinen Blick nach unten richtet, nicht Platzmangel.

»Was erklären?«, frage ich leise, um Zeit zu schinden.

»Ich habe mit Peter gesprochen, bevor er ins Krankenhaus gebracht wurde, und er meinte, du wärst mit ihm in dem Hotelzimmer gewesen.«

Ich beiße die Zähne zusammen. Es ist viel zu heiß hier drin, die Wände drohen sich enger um mich zu schließen, und die Lichter an der niedrigen Decke leuchten grell wie die Taschenlampe eines Polizisten. Ein Schweißtropfen kullert an meinem Hals hinunter.

»Er hat außerdem gesagt«, fährt Mr Murphy mit einer gewissen Unsicherheit fort, »dass du beinahe ... aus dem Nichts aufzutauchen schienst. Dass er sich nicht sicher ist, wie du überhaupt in das Zimmer hineingekommen bist.« Er schweigt einen Moment. »Klingt das in etwa richtig?«

Ein ersticktes Gurgeln entweicht meinen Lippen, als ich den Mund aufmache, um zu widersprechen. Ich schlucke und versuche es erneut. »Er hat eine *Gehirnerschütterung*, Mr Murphy«, sage ich schließlich. »Er konnte nicht ... Ich meine, haben Sie schon mal gehört, dass jemand tatsächlich aus dem Nichts aufgetaucht wäre? Außer in Filmen oder Comics? Das ist ... das ist lächerlich.«

Mr Murphy schüttelt den Kopf. »Auch wenn die Vorstellung an sich ziemlich weit hergeholt erscheint – und ganz eindeutig den grundlegenden Gesetzen der Physik widerspricht –, fürchte ich, die anderen Details seiner Geschichte sind durchaus plausibel.« Er setzt eine ernste Miene auf. Mir bleibt fast das Herz stehen. »Als ich beispielsweise Vanessa Liu nach dir fragte, erinnerte sie sich daran, dass du gegen Mitternacht noch in Henry Lis Zimmer warst. Mina Huang wiederum teilte mir mit, du wärst kurz nach Vanessa gegangen – zu einem Zeitpunkt, der zufällig zu dem Moment passt, in dem Jake Nguyen das rätselhafte Klopfen an seiner Zimmertür hörte. Außerdem bist du nicht wieder zurückgekehrt. Aber da ist noch mehr«, fährt er fort und zählt die einzelnen Punkte an den Fingern ab. »Ich habe mich wegen der Aufzeichnungen der Überwachungskameras mit dem Hotel in Verbindung gesetzt, und ihnen ist etwas recht … Eigenartiges aufgefallen – nämlich, dass es keinerlei Aufzeichnungen davon gibt, wie du Zimmer 2005 betreten hast, und dennoch hat sie eingefangen, wie du mit Peter wieder *herauskamst.*«

Wenn ich mir nicht solche Sorgen darüber machen würde, sie könnten mich der Schule verweisen oder ins Gefängnis stecken, wäre ich gerade zutiefst beeindruckt von Mr Murphys Detektivarbeit.

Er seufzt. »Weißt du, ich glaube nicht an übernatürliche Fähigkeiten, Alice, und ich möchte auch nicht glauben, dass du ein Mensch bist, der ein derartiges Verbrechen begehen könnte. Und selbstverständlich dürfen wir auch nicht unerwähnt lassen, dass du – ganz gleich, was davor passiert ist – Peter am Ende geholfen hast zu entkommen …«

Es schwingt ein *aber* in seinen Worten mit. Ich kann es spüren.

Ich wappne mich dagegen.

»… aber die Indizien, die wir bislang haben, sehen nicht gut aus. Selbst wenn wir bereit wären, gewisse Anomalien zu ignorieren, bleibt die Tatsache, dass Peter gegen seinen Willen fortgebracht und verletzt und – den Wunden an seinen Handgelenken nach zu urteilen – gefesselt wurde, und dass du zur selben

Zeit verschwunden bist wie er. Wenn Peters Eltern beschließen, weitere Ermittlungen anzustellen oder eine Klage anzustreben …«

Darauf war ich vorbereitet. Trotzdem schnürt sich mir die Kehle zu und ein lautes Klingeln schrillt in meinen Ohren.

»Selbstverständlich«, fügt Mr Murphy hinzu, »wäre es etwas vollkommen anderes, wenn dich jemand zu dieser Tat angestiftet hät…«

»Nein«, platze ich heraus. Zu schnell.

Er kneift die Augenbrauen zusammen. »Bist du dir sicher, Alice?«

»I…ich bin mir sicher.«

Und das bin ich wirklich. Ich habe die ganze Nacht das Für und Wider abgewogen, den Lehrern oder der Polizei von Andrew zu erzählen, aber mir wurde schnell klar, selbst in meinem aufgewühlten Zustand, dass der Preis schlichtweg zu hoch wäre. Ich kann nicht beweisen, dass es Kontakt zwischen uns gab, ohne Beijing Ghost zu enthüllen, und alles, was damit zusammenhängt: Henrys Beteiligung, die Geheimnisse meiner Klassenkameradinnen und -kameraden, das Privatbankkonto, die gestohlenen Prüfungsantworten.

Wenn überhaupt, dann würde ein Geständnis meine Chancen, von einem Gericht verurteilt zu werden, nur noch erhöhen.

Ganz davon zu schweigen, dass es endlose Fragen über eine spezielle Kraft nach sich ziehen würde, die ich selbst nicht erklären kann.

Während ich beharrlich schweige, zeichnet sich pure Enttäuschung auf Mr Murphys Gesicht ab, und er scheint tiefer in seinem Sitz zu versinken.

»Nun gut«, sagt er und fährt sich erschöpft mit einer Hand

über die Augen. »Ich schätze, wir werden uns ausführlicher darüber unterhalten, wenn wir uns mit deinen Eltern treffen …«

»Moment mal. Mit meinen Eltern?«

Er starrt mich an, als wäre mir etwas Offensichtliches entgangen. »Ja. Ich habe sie sofort nach meinem Gespräch mit Peters Eltern angerufen und gebeten, in meinem Büro auf uns zu warten.«

Und urplötzlich entweicht sämtliche Luft aus meiner Lunge. Das bisschen Selbstbeherrschung, das ich noch aufrechterhalten konnte, zerbricht wie ein Ei, und meine schlimmsten Ängste quellen in einem unkontrollierbaren, hässlichen Schwall aus mir heraus.

»Sie…Sie haben meine …« Meine Stimme bricht auch, und ich habe Mühe, den Satz zu Ende zu bringen. »Sie haben meine Eltern …«

»Das musste ich, Alice«, erwidert Mr Murphy. Ein weiteres Seufzen. »Es ist wichtig, dass sie Bescheid wissen. Du bist schließlich noch ein Kind.«

Die Worte klingen seltsam vertraut, und ich brauche einen Moment, um mich wieder daran zu erinnern, wann ich sie das letzte Mal gehört habe: von Mr Chen, nachdem er meinen Englischaufsatz gelobt und mir mit so unglaublicher Ernsthaftigkeit erklärt hat, ich hätte es verdient, zu träumen, mir meine eigene Zukunft zu schaffen.

Jetzt kommt es mir vor, als wäre die Erinnerung eine Million Jahre alt.

Abgesehen von der Einführungsveranstaltung und meinem Bewerbungsgespräch für das Stipendium haben meine Eltern noch nie einen Fuß auf das Schulgelände gesetzt. Sie behaupten immer, es läge daran, dass der öffentliche Nahverkehr keine praktischen Verbindungen bietet, was auch stimmt – die meisten Schülerinnen und Schüler hier haben Privatchauffeure, deshalb hat sich die Schule nie die Mühe gemacht, in bessere Erreichbarkeit zu investieren –, auch wenn ich den Verdacht hege, dass sie in Wahrheit Angst haben, sie könnten mich blamieren. Weil sie nicht aus den falschen Gründen aus der Menge herausstechen wollen, wenn sie zwischen den typischen Airington-Eltern aus Firmeneignerinnen, IT-Konzernchefs und im ganzen Land bekannten Stars stehen.

Doch was auch immer der Grund dafür ist, ich kann mir einfach nicht vorstellen, dass sie den Weg durch die fünf Stockwerke des Geisteswissenschaftsgebäudes zu dem winzigen Büro ganz am Ende des Korridors finden, wenn sie vorher noch nicht mal in seiner Nähe waren.

Als ich daher aus dem Bus und an den anderen aus meiner Klasse vorbeirenne, die in aller Ruhe ihre Koffer auf dem Schulhof ausladen und darauf warten, von ihren Chauffeuren abgeholt zu werden, und in Mr Murphys Büro stürme, bin ich nicht wirklich überrascht, als ich es leer vorfinde.

Das hält mich jedoch nicht davon ab, in Panik zu verfallen.

»Sie – sie müssen sich verlaufen haben«, sage ich zu Mr Murphy, während sich mir die Brust bei dem Gedanken an meine auf der Suche nach mir leicht verstört über das Schulgelände irrenden Eltern zusammenzieht. »Ich muss sie suchen – sie sprechen nicht so gut Englisch …«

Gott, es ist wieder genau wie in Amerika.

»Sie sind erwachsen, Alice«, erwidert Mr Murphy und blickt mich verwirrt an, als würde ich vollkommen grundlos überreagieren. Er versteht es nicht. »Ich bin mir sicher, sie brauchen keine Eskorte und finden …«

Es klopft an der Tür und ich wirble herum.

Mein Mund wird ganz trocken.

Ein Schüler aus der Dreizehnten, den ich zwar erkenne, mit dem ich aber noch nie gesprochen habe, lehnt im Türrahmen, meine Eltern dicht hinter ihm, ihre Mienen ebenso erschöpft wie verschlossen. Ich spüre ein Stechen, als ich erkenne, dass Baba seinen blauen Arbeitsoverall trägt und Mama dieselbe ausgebleichte Bluse mit Blumenmuster, in der ich sie auch bei unserer letzten Begegnung im Restaurant gesehen habe.

Beide sehen älter aus als in meiner Erinnerung. Gebrechlicher.

»Hab die beiden gefunden, als sie in der Grundschule umhergeirrt sind. Meinten, sie suchen eine Sun Yan in Mr Murphys Büro«, sagt der Junge und wirft mir einen gleichermaßen mitleidigen wie neugierigen Blick zu.

»Großartig. Danke, dass du sie hergebracht hast, Chen.« Mr Murphy lächelt.

»Kein Ding.«

Der Junge wirft mir noch einen letzten Blick zu, bevor er wieder aus der Tür verschwindet.

Sobald wir allein sind, kommt Baba zu mir.

Ich klammere mich noch immer an den letzten Strohhalm der Hoffnung, dass er und Mama nicht so schlimm reagieren werden, wie ich befürchte – zumindest nicht, ohne sich vorher meine Seite der Geschichte anzuhören –, aber dann sehe ich die Wut in seinen Augen.

»Was hast du dir dabei *gedacht*?«, brüllt Baba. Spucke fliegt von seinen Lippen, während eine dunkle Ader an seiner Schläfe hervortritt. Er zittert richtig, so wütend ist er. Ich habe ihn noch nie vorher so in Rage erlebt, nicht mal damals, als ich aus Versehen Wasser auf den Laptop verschüttet habe, für den er jahrelang gespart hatte. Seine Stimme dröhnt ohrenbetäubend in dem geschlossenen Raum, und die plötzliche Stille, die sich über den Schulhof draußen legt, verrät mir, dass alle zuhören müssen. Dass alle aus meiner Klasse und die Lehrerinnen und Lehrer jedes einzelne Wort hören können. Chanel. Mr Chen. Rainie. Vanessa.

Henry.

Zum ersten Mal ertappe ich mich dabei, wie ich mir wünsche, ich könnte für immer unsichtbar werden. Einfach auf der Stelle verschwinden, in einer tiefen Leere unter dem scheußlichen Büroteppich versinken und nie wieder auftauchen.

»Ist das deine Rebellion?«, fährt Baba fort, seine Stimme noch lauter. »Wie konntest du nur – deine Mama und ich wollten nicht glauben, als die Schule anruft, nicht wegen Auszeichnung, sondern um zu sagen, du bist eine *Kriminelle* …«

Mr Murphy hält seinen Blick starr auf eine willkürliche Stelle an der Wand gerichtet und sieht furchtbar unbehaglich aus. Als Baba sein Gebrüll kurz unterbricht, um Luft zu holen, nehme ich all den Mut zusammen, den ich noch habe, und flüstere: »Baba, können wir bitte, *bitte* woanders darüber sprechen? Alle hören zu …«

Aber es ist das Falscheste, was ich hätte sagen können.

Ein schrecklicher, unerbittlicher Ausdruck huscht über Babas Gesicht. »Lebst du nur für andere Leute?«, will er wissen. »Warum interessiert dich so sehr, was sie denken?«

Ich weiß nicht, wie ich darauf antworten soll, ohne ihn noch wütender zu machen, also schweige ich lieber. Bete, dass das alles bald vorbei ist.

»Sun Yan. Ich *rede mit dir*.«

Dann beugt er sich nach unten, und ich zucke zusammen, sicher, dass sein Schuh in meine Richtung fliegen wird, aber Mama geht schnell dazwischen.

»Laogong, das ist jetzt wahrscheinlich nicht der beste Zeitpunkt dafür«, flüstert sie Baba auf Mandarin zu und zeigt mit scharfem Blick auf Mr Murphy.

»Na schön.« Baba packt mich am Handgelenk – nicht fest genug, um eine Rötung zu hinterlassen, aber immerhin so fest, dass es wehtut. »Wir gehen.«

Ich stemme die Fersen in den Boden und reiße mit einiger Mühe meinen Arm los. »W…wo bringst du mich hin?«, platze ich heraus. Ein tiefes Brummen baut sich in meinen Ohren auf, ein schmerzhafter Druck in meiner Brust, während Galle in meiner Kehle aufsteigt. »Ich hab Unterricht …«

Baba lacht bellend. »Unterricht?« Ohne Vorwarnung haut er donnernd laut mit einer Hand auf den Schreibtisch. Alle fahren vor Schreck zusammen, auch Mr Murphy. Dann wechselt Baba abrupt wieder zu Englisch und seine ohnehin etwas unbeholfenen Worte geraten in seiner Wut noch fahriger. »Weißt du, wofür Bildung, ja? Warum Schule 350 000 RMB kostet …«

Mr Murphy räuspert sich. »Also, genau genommen sind es inzwischen 360 000 RMB – ein angemessener Preis, wenn man bedenkt, dass wir hier über die modernste Ausstattung verfügen …«

Baba ignoriert ihn. »Es hilft dir wachsen, Beziehungen bauen, die Welt sehen, eines Tages an Gesellschaft zurückgeben. Nicht Geld anbeten. Was sagt deine Mama immer? Wenn du kein guter Mensch bist, bist du nichts. *Nichts.*«

Nach seinen Worten sinkt Stille im Raum nieder, schwer wie eine Axt. Ich zittere unkontrollierbar, meine Zähne klappern in lautem Stakkato. Ich glaube, ich muss sterben. Oder mich übergeben. Oder beides.

Dann schüttelt Baba den Kopf und schließt die Augen. Stößt ein Seufzen aus. Als er mich wieder ansieht, scheint er innerhalb von zehn Sekunden um zehn Jahre gealtert zu sein. Auf Mandarin sagt er: »Ganz gleich, was auch passierte, deine Mama und ich waren immer so stolz darauf, eine Tochter wie dich großgezogen zu haben. Aber jetzt …« Er verstummt.

Meine Haut brennt vor Scham.

»E…es tut mir leid«, würge ich hervor, und nachdem mir die Worte einmal über die Lippen gekommen sind, kann ich nicht mehr aufhören, sie zu wiederholen. »Es tut mir so, so leid, Baba, ganz ehrlich, und ich wollte auch nicht, dass es so weit kommt …«

Aber Babas Miene wird nicht weicher. »Wir gehen.«

Mr Murphy wählt diesen Moment, um das Wort zu ergreifen. »Ehrlich gesagt, unter den gegebenen Umständen … wäre es vielleicht das Beste für Alice, eine kurze Pause von der Schule einzulegen.« Er fängt meinen entsetzten Blick ein und fügt hastig hinzu: »Das heißt natürlich nicht, dass sie der Schule verwiesen wurde – wahrscheinlich wird es noch eine Weile dauern, bis Peters Eltern und der Aufsichtsrat der Airington zu einer Entscheidung gelangen. Aber bis dahin … nun …« Sein Blick wandert zum Fenster, so als wüsste auch er, dass die gesamte Jahrgangsstufe zwölf unser Gespräch belauscht. Er seufzt. »Ich glaube, ein wenig Distanz wäre hilfreich. Um uns allen ein wenig Zeit zu geben, nachzudenken und uns vielleicht in Wiedergutmachung zu üben. Was denkst du, Alice?«

Alle drei Erwachsenen drehen sich zu mir um. Mir wird klar, dass es keine Rolle spielt, was ich denke. Die Entscheidung wurde bereits gefällt.

Ich schlucke. »Kann ich wenigstens noch meine Sachen holen? Aus meinem Zimmer?«

Mr Murphy wirkt sichtlich erleichtert. Ich schätze, es würde eine Menge Schwierigkeiten für ihn bedeuten, wenn ich mich widersetzen würde. Oder vielleicht will er auch bloß nicht, dass Baba wieder zu schreien anfängt.

Es ist Mama, die mir antwortet.

»Ja«, sagt sie leise. Ihre Stimme klingt so distanziert, dass sie auch mit einer völlig Fremden reden könnte. Als ich gerade dachte, ich könnte mich unmöglich noch mieser fühlen … »Geh. Aber mach schnell.« Sie verschränkt die Arme und die weiße Narbe lugt unter ihren Fingerspitzen hervor. »Wir müssen die U-Bahn erwischen.«

Der kurze Weg von Mr Murphys Büro zu meinem Wohnheimzimmer ist die reinste Folter.

Alle stieben auseinander, als ich aus dem Gebäude komme, aber ich kann trotzdem spüren, wie sich ihre Blicke weiter in meinen Hinterkopf bohren, sehe das Misstrauen, die Besorgnis und die Verurteilung, die ihnen ins Gesicht geschrieben steht. Mir krampft sich der Magen zusammen. Ich habe negative Aufmerksamkeit schon immer gehasst.

Ich frage mich, wie viele von denen, die mich jetzt anstarren, inzwischen wohl kombiniert haben, dass die Sache gestern Nacht etwas mit Beijing Ghost zu tun hatte. Und wie viele dahintergekommen sind, dass ich Beijing Ghost bin.

Der kurze Fußweg fühlt sich wie der Gang zum Schafott an.

Meine Augen brennen vor Tränen, als ich die Stufen zum Konfuzius-Haus hinaufsteige, aber ich weigere mich zu weinen. Schwäche zu zeigen. Ich halte den Kopf hoch, ziehe die Schultern zurück und starre stur geradeaus, als wäre ich nicht nur eine einzige falsche Bewegung davon entfernt, vor meiner gesamten Stufe zusammenzubrechen.

Ein bitterer Wind zieht auf, heult in meinen Ohren, und über den Lärm hinweg höre ich eine leise Stimme …

»Alice!«, ruft mir jemand hinterher.

Ich ignoriere sie und gehe schneller. Ich will im Moment mit niemandem reden, egal, ob sie es gut meinen oder nicht. Ich habe keine Ahnung, was ich sagen sollte.

Als ich mein Zimmer erreiche, stopfe ich alles, was ich besitze, in eine traurig aussehende Reisetasche. Es gibt nicht viel zu packen, ehrlich gesagt: ein Stapel Zeugnisse und ein paar Trophäen, eine Handvoll Kosmetikartikel und eine Schuluniform, die ich vielleicht nie wieder tragen werde …

»O mein Gott, *Alice*.«

Ich schrecke hoch. Es ist Chanel, ihre Augen geweitet, während ihr Blick von dem geöffneten Kleiderschrank zu der offenen Tasche vor meinen Füßen wandert.

Dann, ohne ein weiteres Wort, durchquert sie das Zimmer und zieht mich in eine Umarmung, die mir fast die Luft abdrückt. Zuerst versteife ich mich, völlig perplex angesichts der plötzlichen Geste der Zuneigung, aber dann lasse ich meinen Kopf vorsichtig auf ihre spitzige Schulter sinken, bis ihr Haar auf meiner Wange kitzelt. Für einen Moment holen mich all die Angst und Unsicherheit und die Schuldgefühle der vergangenen Tage ein.

Du kannst nicht weinen, ermahne ich mich selbst, als heiße Tränen über mein Gesicht zu strömen drohen.

»Mann, ich hab mir solche Sorgen gemacht«, flüstert Chanel. Sie weicht einen Schritt zurück, um mir in die Augen zu schauen. »Was ist *passiert*? Ich dachte, du warst gestern Nacht bei Henry, aber dann … dann hab ich eine Krankenwagensirene gehört, und Mr Murphy hat uns alle um, was, vier Uhr morgens angerufen und gesagt, dass wir packen sollen, und er klang, als hätte er eine Scheißangst, und die anderen Lehrer wollten uns im Zug nicht mit dir reden lassen … Und jetzt das hier?« Sie zeigt mit dem Finger auf die Reisetasche, der spärliche Inhalt enthüllt. »Was zur Hölle ist hier los?«

»Ich gehe«, sage ich wie betäubt.

Sie starrt mich an. »Du *gehst*? Wohin? Für wie lange?«

Ich kann nur mit dem Kopf schütteln. Ich habe Angst, wenn ich auch nur noch ein weiteres Wort sage, breche ich doch noch zusammen.

Aber Chanel lässt nicht locker. »Zwingt die Schule dich zu gehen?«, fragt sie, jetzt wütend, und rote Flecken bilden sich auf ihren Wangen. »Denn was immer du auch getan hast, *so* schlimm kann es nicht gewesen sein. Und überhaupt, du bist eine der besten Schülerinnen, die sie haben. Nein – das können sie nicht. Das werde ich nicht zulassen.« Sie wendet sich von mir ab und zückt ihr Smartphone.

Mit gewaltiger Anstrengung gelingt es mir, meine Stimme wiederzufinden. »Was – was machst du denn?«, krächze ich.

»Ich erzähle es meinem Dad«, antwortet sie. Ihr Mund verzieht sich zu einem halb verbitterten, halb selbstgefälligen Ausdruck. »Er ist besonders nett zu mir, seit ich herausgefunden habe, dass … du weißt schon.« Ihre Mundwinkel wandern noch weiter nach unten, aber sie fährt fort: »Ich wette, wenn ich ihn darum bitte, kann er ein paar Beziehungen spielen lassen und die Schule dazu bringen, es sich doch noch anders zu überlegen …«

»Nein.« Ich packe sie an den Schultern und zwinge sie, das Handy wieder einzustecken. »Nein, tu das nicht, Chanel. Bitte. Ich meine, ich bin dir so dankbar, dass du es überhaupt versuchen willst – aber es ist nicht die Schule. Na ja, es ist nicht *nur* die

Schule. Ich kann … ich kann im Moment nur einfach nicht hier sein.« Meine Stimme bricht beim letzten Wort und Chanels Augen verdunkeln sich vor Besorgnis.

Für eine Weile schweigen wir beide: Ich versuche, durch meine fest zusammengebissenen Zähne zu atmen und meine Gefühle im Zaum zu halten, während sie völlig still dasteht, ihren Blick auf den Boden gerichtet.

Schließlich seufzt sie. »Gott, das ist so beschissen.«

Die gewaltige Untertreibung entlockt mir ein zitterndes, leicht hysterisches Lachen, und ich nicke.

»Kann ich dir wenigstens beim Packen helfen?«, bietet sie an und schaut wieder auf meine Tasche. »Oder kann ich dir vielleicht ein DiDi bestellen? Mein Fahrer kommt wahrscheinlich auch bald – er könnte dich und deine Eltern auch mitnehmen.«

Ihre Freundlichkeit ist überwältigend, wie die mächtige Wucht eines Heizlüfters im Winter. Ich drücke ihre Hand ganz sanft, für einen Moment zu erstickt, um etwas erwidern zu können. »Nein, nein, schon okay. Ich bin eigentlich sowieso fertig«, bringe ich schließlich hervor und sammle meine restlichen Sachen zusammen. »Und bis zu mir nach Hause sind es von hier aus fast zwei Stunden Fahrt. Das wäre zu weit für deinen Fahrer.«

Bevor sie protestieren kann, schlinge ich die Arme um ihren zierlichen Körper und hoffe, ihr damit alles übermitteln zu können – all die Schuldgefühle und die Dankbarkeit –, wovon ich nicht weiß, wie ich es ausdrücken soll.

Dann wende ich mich ab und gehe zur Tür hinaus, während ich den grauenvollen Gedanken beiseiteschiebe, dies könnte das letzte Mal sein, dass ich diese Korridore sehe.

Mama und Baba sagen auf der ganzen U-Bahn-Fahrt nach Hause kein Wort. Ich schätze, es ist immer noch besser, als wieder in aller Öffentlichkeit angebrüllt zu werden. Aber nicht viel.

Als wir ihre Wohnung – *unsere Wohnung*, wie ich mir selbst immer wieder ins Gedächtnis rufen muss – schließlich erreichen, ist sie sogar noch kleiner als in meiner Erinnerung. Baba streift mit dem Kopf an den niedrigen Decken. Die Wände sind gelblich verfärbt. Es ist kaum genug Platz für uns alle, um im Wohnzimmer zu stehen, ohne gegen den Esstisch oder die Schränke zu stoßen.

Schweigend nimmt Mama meine Tasche und meinen Koffer, und für eine grauenvolle Sekunde glaube ich, sie würde mich aus dem Haus werfen. Mich zwingen, auf der Straße zu leben. Mich für immer verstoßen.

Aber dann lädt sie meine Sachen in ihrem und Babas Zimmer ab – dem einzigen Schlafzimmer der Wohnung.

»Du schläfst dort«, weist sie mich an, ohne mich anzusehen.

»Wo schlaft du und Baba?«, frage ich.

»Auf Couch.«

»Aber …«

»Keine Diskussion«, unterbricht sie mich bestimmt und mit solcher Endgültigkeit in der Stimme, dass ich meinen Protest nur hinunterschlucken und gehorchen kann.

»Danke, Mama«, flüstere ich, aber sie hat sich bereits abgewandt. Falls sie mich gehört hat, zeigt sie es nicht.

Ich schlucke den Kloß in meinem Hals hinunter. Alles, was ich will, ist, dass sie mich in den Arm nimmt und tröstet, wie sie es immer getan hat, als ich noch ein Kind war, aber ich weiß, dass das unmöglich ist. Im Moment, zumindest. Also packe ich stattdessen meine Sachen aus, wechsle die Laken und dusche, wie eine Maschine. Diszipliniert. Gefühllos.

Erst als ich allein in ihrem Schlafzimmer bin, die Tür fest geschlossen, ziehe ich mir die dünne Bettdecke über den Kopf und erlaube es mir, zu weinen.

Kapitel 18

Am nächsten Morgen wache ich mit dröhnenden Kopfschmerzen und einem Abdruck des Kopfkissenmusters auf meiner Wange auf. Für ein paar flüchtige, herrliche Sekunden vergesse ich, dass ich wieder zu Hause bin. Ich vergesse, warum sich meine Kehle so trocken anfühlt, als hätte ich seit Tagen kein Wasser mehr getrunken. Warum meine Augen beinahe zugeschwollen sind.

Dann höre ich das Klappern von Töpfen, das *Klick-klick-klick* des in der Küche – der *Küche* – anspringenden Herds, und alles bricht in einer mächtigen, schrecklichen Welle wieder über mich herein …

Scheiße.

Meine Lungenflügel schrumpfen zusammen, als mich eine schmerzvolle Erinnerung nach der anderen einholt und ich gezwungen bin, jede einzelne Sekunde des gestrigen Treffens noch einmal zu durchleben, den Ausdruck tiefster Enttäuschung auf Babas Gesicht und wie Mama auf der langen U-Bahn-Fahrt nach Hause die Lippen zusammenpresste, als würde sie versuchen, die Tränen zurückzuhalten.

Ich kann mich nicht daran erinnern, wann ich das letzte Mal in so katastrophalem Ausmaß Mist gebaut habe. Bisher hatte ich ja noch nicht mal *Hausarrest*. Wann immer ich als Kind etwas falsch gemacht habe – zum Beispiel, aus Versehen auf die Wände zu kritzeln oder einen Teller zu zerdeppern –, war ich deswegen selbst so wütend auf mich, dass Mama und Baba mich am Ende immer getröstet haben, anstatt mich zu bestrafen.

Aber das hier ist anders. Was ich getan habe, war auf jede erdenkliche Weise absolut und unbestreitbar falsch. Einen zerbrochenen Teller kann man wieder zusammenkleben oder ersetzen, aber anderen *Menschen* wehzutun … lässt sich nicht so einfach ungeschehen machen.

Und damit meine ich noch nicht mal die rechtlichen Folgen, falls Peters Familie beschließt zu klagen – was sie, wenn wir mal ehrlich sind, wahrscheinlich tun werden, weil er ihr einziges Kind ist, ich vollkommen machtlos bin und sie daran gewöhnt sind, zu kriegen, was sie wollen. Falls die Schule beschließt, mich rauszuschmeißen und mein »kriminelles Handeln« in meiner Akte festzuhalten. Oder noch schlimmer: falls die Sache am Ende vor Gericht landet. Ich bin mir zwar nicht sicher, wie viel Anwälte kosten, aber ich weiß, dass sie teuer sind, tausendmal teurer, als wir es uns je leisten könnten. Und falls irgendeins der Gerichtsdramen, die ich im Fernsehen gesehen habe, auf Tatsachen gründet, dann könnte sich ein Verfahren wie dieses jahrelang hinziehen. Aber was wäre die Alternative? Gefängnis? Würden sie meine Eltern an meiner Stelle ins Gefängnis schicken, weil ich noch minderjährig bin? Oder würden sie mich in einer Jugendstrafanstalt einsperren, in der Kinder Messer unter ihren Kopfkissen verstecken und Schwächere wie mich damit angreifen?

Ein schreckliches Keuchen erfüllt den Raum, wie von einem in einer Falle sterbenden Tier, und es dauert einen Moment, bis ich erkenne, dass es von mir stammt. Ich rolle mich in Embryonalstellung auf dem Bett zusammen und habe das Gefühl, meine Panik würde mir die Knochen zerquetschen.

Ich weiß nicht, wie lange ich so daliege und erfolglos versuche, mich daran zu erinnern, wie man atmet, während ich mich hasse, alles hasse …

Dann dringt Mamas Stimme durch die geschlossene Tür zu mir:

»Sun Yan. Komm essen.«

Mein Herz stolpert über den nächsten Schlag. Ich klammere mich an ihren Tonfall, versuche, jedes einzelne Wort zu analysieren. Mama ruft mich nur bei meinem vollständigen chinesischen Namen, wenn sie wütend ist, aber wenigstens ist sie immer noch bereit, mich mit Essen zu versorgen. Mit mir zu *sprechen*.

Vielleicht werde ich ja doch noch nicht verstoßen.

Ich reibe mir den Schlaf aus den Augen, hole tief Luft und gehe auf Zehenspitzen in das winzige Wohnzimmer hinaus, während ich mich in meinem eigenen Haus wie eine Kriminelle fühle. Beinahe erwarte ich, einen Anwalt oder die Polizei oder vielleicht einen Assistenten von Peters Eltern auf unserem Sofa sitzen zu sehen, aber das Zimmer ist leer, abgesehen von Mama und mir.

Sie sitzt am Esstisch und schaut nicht auf, als ich mich zu ihr geselle. Schiebt nur mein Frühstück näher zu mir heran.

Es ist das gleiche Essen, das sie auch immer für mich gemacht hat, als ich noch in der Grundschule war: eine Schüssel mit dampfender Sojamilch – nicht dieses seidige, supersüße Zeug, das man in Kartons im Supermarkt kaufen kann, sondern die selbst gemachte Version, die man durch ein Sieb filtern muss –, ein bereits geschältes hart gekochtes Ei, zwei Teller mit eingelegtem Gemüse und Laoganma-Chilisauce und ein halbes weißes Mantou.

Obwohl ich keinen großen Appetit habe, zwickt der Hunger in meinem Magen. Mir wird bewusst, dass ich in den vergangenen vierundzwanzig Stunden nichts gegessen habe.

Ich breche ein kleines Stück von dem Mantou ab und kaue darauf herum. Es ist noch warm, das Brötchen weich und leicht süßlich. Wenn ich doch nur nicht solche Schwierigkeiten beim Schlucken hätte.

»Frühstückt Baba auch mit uns?«, frage ich leise, vorsichtig, zucke zusammen, als die Worte in meiner Kehle kratzen.

Lange Zeit antwortet Mama nicht, und im Zimmer ist es totenstill, abgesehen vom leisen Knacken von Eierschalen und dem Klappern des Löffels in ihrer Schüssel. Schließlich sagt sie, noch immer, ohne mich anzusehen: »Er ist schon arbeiten.«

Mir wird ganz schwer ums Herz.

»Es tut mir wirklich leid, Mama«, flüstere ich und starre auf einen Fleck auf dem Tisch hinunter. »Ich hab nur … Ich wünschte …« Mir schnürt sich erneut die Kehle zusammen, und ich verstumme, kämpfe gegen das plötzliche Drängen der Tränen an. Tief in meinem Innersten weiß ich, dass es nichts gibt, was ich sagen könnte, um etwas an dieser Situation zu ändern. Auch wenn mir ganz schlecht vor Reue ist, selbst wenn ich mich tausendmal entschuldigen würde, auf tausend verschiedene Arten, es ist zu spät. Ich kann die Vergangenheit nicht ändern.

»Wir brauchen Enteneier.«

Ich reiße den Kopf hoch, sicher, dass ich mich verhört habe. Nicht, dass ich erwartet hätte, dass Mama auf meine Entschuldigung reagiert, aber … »Was?«

»Ich muss zum Markt vor Arbeit.«

Mama leert ihre Schüssel mit Sojamilch, wischt sich mit dem Handrücken über den Mund und steht auf. Dann, zum ersten

Mal seit Monaten, schaut sie mich an. Ihr Blick ist sanfter, als ich zu hoffen gewagt hätte, eher erschöpft als wütend. »Kommst du oder nicht?«

Es ist Jahre her, seit ich das letzte Mal mit Mama im örtlichen Lebensmittelladen war. Nachdem ich ins Wohnheim der Airington gezogen bin, war ich einfach zu weit weg von zu Hause, um sie regelmäßig zu besuchen. Aber selbst in den Sommerferien habe ich Mamas Angebot stets abgelehnt, mit ihr shoppen zu gehen – falls man den größtmöglichen Kohlkopf für den günstigsten Preis zu finden überhaupt so nennen kann –, und mich stattdessen entschieden, schon mal für das nächste Schuljahr vorzuarbeiten oder mich meinen Ferienhausaufgaben zu widmen.

Aber hier hat sich nicht viel verändert, seit ich zwölf oder dreizehn war.

Es sind noch immer dieselben überfüllten Regale mit reifem Obst: runde, in weißen Schaumstoffnetzen steckende Nashi-Birnen, vorgeschnittene Wassermelonenviertel und ganze Drachenfrüchte. Dieselben überladenen Tabletts mit den typischen Süßigkeiten, die üblicherweise bei Hochzeiten verteilt werden: in glänzende rote Folie eingewickelte, klebrige Erdnussbonbons, winzige Plastikbecher mit durchsichtigem Wackelpudding, dicke Marshmallows mit Erdbeerstrudeln. Dieselben Glasvitrinen in der asiatischen Bäckerei, die frisch gebackene Wurströllchen, glasierte Eierkuchen und mit Schlagsahne gefüllte violette Taro-Brötchen feilbieten.

Selbst die Leute scheinen noch dieselben zu sein: das kleine Mädchen, das sehnsüchtig auf die Auslage mit Obstkuchen blickt, und die alten Nainais, die mit zusammengekniffenen Augen die Sojasoßen verschiedener Marken studieren.

Und während ich mich von Gang zu Gang treiben lasse, wie ein Fisch im Fluss, dicht hinter Mama, die auf eine Wassermelone klopft, um zu prüfen, ob sie süß schmeckt, und mit der Präzision einer Expertin eine Tüte mit gerösteten Sonnenblumenkernen abwiegt, schwappt ein seltsames Gefühl über mich hinweg.

Frieden.

Weil es nicht nur Jahre her ist, seit ich das letzte Mal in einem Lebensmittelladen war. Es ist Jahre her, seit ich irgendetwas gemacht habe, das nichts mit der Schule oder, in jüngster Vergangenheit, mit Beijing Ghost zu tun hatte. Jahre, dass ich nicht so beschäftigt war – immer im Stress, immer darauf erpicht, weiterzukommen, besser zu werden –, dass ich kaum noch atmen konnte.

Die plötzliche Freiheit ist schwindelerregend. Sie gibt mir das Gefühl … na ja, wieder ein *Mensch* zu sein.

Die ganze Zeit dachte ich, der Spitzname Lernmaschine wäre eine Art Kompliment. Dass er Produktivität bedeutet, ein übermenschliches Ausmaß an Disziplin, und dass der Erfolg für mich vorprogrammiert ist.

Jetzt frage ich mich, ob er nicht eher eine Person beschreibt, die stets nur macht und tut – auf Kosten ihrer Gefühle. Die kaum wirklich lebt.

Mr Chens Worte kommen mir wieder in den Sinn:

Was willst du?

Die Antwort war mir damals so offensichtlich erschienen: Ich will, was andere auch haben, was immer sie den größten Wert beimessen.

Aber als ich nun hier stehe, mitten in einem vollen Supermarkt, wie in einer Szene aus einem Kindheitstraum, ist das Erste, was mir einfällt, der Kurs in kreativem Schreiben, den

Mr Chen mir empfohlen hat. Na ja, nicht unbedingt der Kurs an sich, sondern die Vorstellung, zwei Monate lang – oder sogar noch länger – einfach *schreiben* zu können, weil es das ist, worin ich am besten bin …

»Können wir?«, fragt Mama und reißt mich aus meinen Gedanken. Ihr Einkaufskorb ist nur halb mit Gemüse und Obst gefüllt, ihre Hände blass und rau von seinem Griff. Im Winter wird ihre Haut immer ganz trocken, die Narbe sichtbarer.

Ich will ihr gerade mit *Ja* antworten, als mein Blick auf den kleinen Apothekenbereich neben den Gewürzen fällt.

»Warte kurz hier«, sage ich und husche hinter das nächste Regal. »Ich will vorher noch schnell was nachschauen …«

Im Lauf der kommenden Woche tue ich alles, was ich kann, um mich abzulenken.

Ich bringe mich in Sachen beliebte Kostümdramen der vergangenen Jahre auf den neuesten Stand – die, die sich über siebzig Folgen erstrecken und in denen die Figuren in so komplizierte Beziehungsgeflechte verstrickt sind, dass man ein Schaubild malen müsste, um den Überblick zu behalten. Ich lese Bücher, bei denen es sich nicht um *Macbeth,* trockene Klassiker oder Pflichtlektüre fürs IB handelt, sondern die einfach Spaß machen: Fantasy-Romane voller Magie und Mythologie. Ich helfe Mama beim Kochen, wenn sie arbeitet, und Baba dabei, seine Klamotten zusammenzulegen, auch wenn er immer noch nicht mit mir spricht. Ich schreibe lange To-do-Listen, SMART-Ziele und Fünfjahrespläne und werfe sie dann in den Müll, weil ich weiß, wie sinnlos sie sind, solange meine Zukunft am seidenen Faden hängt.

Und ganz gleich, was passiert, ich versuche, nicht an Peter zu denken, oder an Andrew She oder an die Tatsache, dass die

Schule wahrscheinlich jeden Tag anrufen und mir mitteilen wird, wie meine Bestrafung aussieht.

Ich versuche, nicht an Henry Li zu denken.

Doch eines Nachmittags, als Baba noch bei der Arbeit ist und ich mir allein in meinem Zimmer die letzte Folge von *Yanxi Palace* anschaue, klopft es an der Wohnungstür.

»Alice«, ruft Mama von draußen, und ich weiß sofort, dass irgendetwas nicht stimmt. Sie hat ihre falsch-höfliche Stimme benutzt, die sie normalerweise für Plaudereien mit den Nachbarn im örtlichen Park oder für große Familientreffen reserviert.

Ich schieße aus dem Bett hoch, mein Puls wild hämmernd, und rufe zurück: »Was ist?«

»Du hast Besuch.«

Henry Li steht in unserem Wohnzimmer.

Die Szene hat etwas so Surreales an sich, dass ich beinahe überzeugt bin, es wäre eine Halluzination. Henry – mit seiner korrekten Haltung, seinem gebügelten Hemd und den polierten Schuhen, die perfekte Verkörperung von Reichtum und Privilegien – neben unserem abgenutzten Sofa und unseren vergilbten Wänden, in denen die Löcher mit Fetzen alter Zeitungen gestopft sind.

Er wirkt zu groß für diesen Raum. Zu hell.

Es ist wie eins dieser *»Was gehört nicht dazu?«*-Rätsel, nur dass die Antwort schmerzlich offensichtlich ist.

Dann landet Henrys Blick auf mir, und mir wird bewusst, wie *ich* aussehen muss. Ich trage Mamas viel zu weiten karierten Schlafanzug – den mit dem langen Riss im Ärmel –, meine Augen sind ungeschminkt und noch immer verquollen vom vielen

Weinen, und ich habe mir seit vier Tagen die Haare nicht gewaschen.

Ein heißes, klebriges Gefühl breitet sich in meinem Magen aus, Verlegenheit verwandelt sich in Wut und wieder zurück, und plötzlich würde ich am liebsten aus meiner eigenen Haut kriechen.

»Hi, Alice«, sagt er, seine Stimme von überwältigender Weichheit.

»Ciao«, platze ich heraus.

Und ergreife die Flucht.

Unsere Wohnung ist so klein, dass ich nur ein paar Sekunden brauche, um in mein Zimmer zurückzurennen und mit solcher Wucht die Tür hinter mir zuzuknallen, dass die Wände zittern. Derartige Panik – diesen irren Adrenalinrausch, bei dem mein Herz so wild hämmert, dass mir übel wird – habe ich seit dem letzten Beijing-Ghost-Auftrag nicht mehr gespürt. Seit meine Welt in sich zusammengestürzt ist.

In meinem Kopf dreht sich alles, und ich lasse mich aufs Bett fallen und ziehe die Decke ganz über meinen Kopf, so als könnte ich dieses Albtraumszenario durch bloße Willenskraft verschwinden lassen. Ich habe keine Ahnung, warum Henry hier ist, aber er muss wieder gehen. Sofort.

Vielleicht könnte ich behaupten, ich hätte eine sehr seltene, aber sehr ernste Allergie gegen andere Menschen entwickelt, denke ich verzweifelt. *Eine, die einen heftigen Würgereiz auslöst und potenziell zum Tod führt, falls sich mir irgendjemand auf mehr als einen Meter nähert. Oder vielleicht behaupte ich, ich hätte einen Hund hier drin, der furchtbare Angst vor Fremden hat. Oder vielleicht …*

»Alice?« Er klopft einmal an die Tür. Ein zweites Mal. Ich höre das leise Rascheln von Stoff und stelle mir vor, wie er die

Hände in seine Hosentaschen steckt und den Kopf zur Seite neigt. Das Bild ist so lebendig, so schrecklich vertraut, dass es mir im Herzen wehtut. »Kann ich reinkommen?«

Ich mache den Mund auf, um ihm eine meiner ziemlich dünnen Ausreden aufzutischen, aber die Worte bleiben mir im Hals stecken. Nach allem, was passiert ist, bin ich immer noch eine echt miese Lügnerin. Aber vielleicht ist das ja gut so.

»Ähm – warte eine Sekunde«, antworte ich stattdessen und krabble aus dem Bett. Mit einer einzigen fließenden Bewegung wische ich meine schmutzige Wäsche, leere Snacktüten und Berge von Taschentüchern vom Laken und stopfe alles in einen Korb, während ich bei dem Gedanken, Henry könnte dieses Chaos sehen, unwillkürlich zusammenzucke. Als ich mir absolut sicher bin, dass nirgends mehr ungewaschene BHs oder Socken herumliegen, öffne ich die Tür.

»Danke«, sagt Henry, sein Tonfall und seine Miene so förmlich, dass ich beinahe lachen muss.

Dann tritt er ein und blickt sich ausführlich in dem winzigen Schlafzimmer um, als würde er versuchen, sich irgendein Kompliment dazu einfallen zu lassen. Er und seine Manieren. Schließlich zeigt er auf eine Tigerfigur aus Plastik neben dem Bett – ein Mondfestgeschenk von Xiaoyi für Mama –, der einzige Gegenstand im Raum, der keinen Zweck erfüllt.

»Die ist wirklich hübsch«, sagt er.

»Danke. Gehört meiner Mum.«

Er lässt die Hand rasch wieder sinken.

Ich spiele aus reiner Höflichkeit mit dem Gedanken, ihm einen Platz anzubieten, aber das Zimmer ist kaum groß genug, dass wir beide darin stehen können. »Tut mir leid, dass es hier so eng ist«, murmle ich, bevor mir wieder einfällt, mit wem ich rede.

Mich wieder daran erinnere, wie es ihm normalerweise in so beengten Räumen geht. »Warte. Hast du Beklemmungen …«

»Mir geht's gut«, versichert er mir, aber er sieht nicht gut *aus*. Jetzt, wo er mir so nahe ist, kann ich die vertraute Anspannung in seinen Schultern und seinem Kiefer erkennen.

Gott. Als bräuchte ich noch ein Zeichen dafür, dass das hier eine ganz miese Idee ist.

»Du solltest wieder gehen«, sage ich. »Ich meine, ich will dich nicht rausschmeißen oder so, aber wenn du dich nicht wohlfühlst …«

»Ich *will* hier sein«, unterbricht er mich, als wäre die Sache damit erledigt. Dann fügt er leise hinzu: »Es ist ewig her, seit wir uns das letzte Mal gesehen haben. Ich …« Er räuspert sich. »Ich hab es vermisst, mich in der Schule mit dir zu streiten.«

Mein Herz gerät ins Stolpern.

»Ich auch.« Ich erlaube mir nur zwei weitere Sekunden, um seine Worte wirklich zu genießen, den Ausdruck auf seinem Gesicht, als er sie ausspricht, bevor ich zur Sache komme. »Apropos Schule … Wie läuft's da so?«

»Na ja, Peter wurde immer noch nicht aus dem Krankenhaus entlassen.«

All meine noch nachklingenden Gedanken an Henrys dunklen Blick und seine leicht geöffneten Lippen werden von einer niederschmetternden Woge der Übelkeit fortgespült. Ich kann nicht anders, als mir Peters blasses, beinahe lebloses Gesicht vorzustellen, wie er völlig reglos daliegt, an einen Herzmonitor und eine Infusion angeschlossen, seine Eltern weinend an seiner Seite. »O Gott. Ist er …«

»Nein«, antwortet Henry hastig. »Nein, so schlimm ist es gar nicht. Er hat eine leichte Gehirnerschütterung, aber eigentlich sollte er inzwischen wieder auf den Beinen sein. Seine Eltern sind diejenigen, die ihn dortbehalten – sie sind ein bisschen paranoid, er könnte noch mal verletzt werden. Absolut verständlich, natürlich.«

»Natürlich«, wiederhole ich und drücke ein Kopfkissen an meine Brust. Mein Pulsschlag hat sich immer noch nicht beruhigt.

»Weißt du, wenn ich ehrlich bin«, sagt Henry dann plötzlich, »hat ein Teil von mir irgendwie erwartet, dass du zurückgehst, um Peter zu retten.«

»Ach … ja?«

Ich lehne mich zurück, nicht sicher, was ich darauf erwidern soll. Nicht sicher, ob ich überhaupt weiter darüber reden will.

Aber Henry fährt fort: »Denn in deinem tiefsten Inneren …«

Ich funkle ihn an.

»In deinem tiefsten, tiefsten, *tiefsten* Inneren«, korrigiert er sich, »bist du längst nicht so schrecklich, wie du zu sein versuchst.«

»Und sieh dir an, wohin es mich gebracht hat«, erwidere ich verbittert, obwohl ich es gar nicht so meine, nicht *wirklich*. Ich hatte genügend Zeit, eine Menge Dinge zu bedauern – aber aus irgendeinem Grund gehört die Tatsache, dass ich zurückgegangen bin, um Peter zu retten, nicht dazu.

»Siehst du?« Henry gestikuliert in meine Richtung, seine Augenbrauen erhoben. »Das ist genau das, was ich meine.« Eine Pause. »Ich habe nie wirklich begriffen, warum du unbedingt so eine App entwickeln wolltest – warum du dich selbst dazu zwingen wolltest, eine Person zu sein, die du nicht bist …«

»So einfach ist das nicht …«

»Aber ich …«

»Du verstehst das nicht«, sage ich. Ich will wütend klingen, ihn wegstoßen, aber meine Stimme klingt so dünn und zerbrechlich wie Eierschalen. »Du … du und alle anderen, die auf die Airington gehen … Für euch gibt es nichts als Licht. Licht und Ruhm und Macht, die ganze Welt vor euch ausgebreitet, als würde sie nur darauf warten, dass ihr euch nehmt, was immer ihr wollt.« Ich atme zitternd ein, schlinge die Arme noch enger um meinen Körper, vergrabe das Kinn in dem Kopfkissen. »Ist das wirklich zu viel verlangt? Wenn Leute wie ich ein bisschen Licht für uns selbst wollen?«

Er schweigt für einen langen Moment. Ich sehe die leichte Bewegung in seiner Kehle, die wachsende Anspannung in seinen Schultern. Er fängt meinen Blick ein. »Nein«, sagt er sanft. »Natürlich nicht.«

»Und warum …« Meine Stimme zittert. Ich atme tief durch und versuche es noch mal. »Warum bin ich dann die ganze Zeit so verflucht erschöpft?«

Er macht den Mund auf. Klappt ihn wieder zu.

Und gegen meinen Willen entweicht mir ein Lachen. »Ich hab dich noch nie so sprachlos erlebt.«

»Ja, na ja …« Er wendet den Blick ab. »Ich gebe zu, dass ich wirklich nicht weiß, was ich sagen soll.«

»Ehrlich, du musst gar nichts sagen …«

»Doch, muss ich.« Er verändert seine Position ein wenig, und sein Blick huscht erneut zu dem Plastiktiger, bevor er sich wieder auf mich richtet. Sein Ausdruck wirkt gequält. »Ich wusste noch nicht mal, dass deine Familie so lebt. Ich meine, ich hab so was vermutet, aber …«

»Ja«, murmle ich und zwinge dasselbe kribbelnde Gefühl hinunter wie vorhin: das Bedürfnis, wegzurennen, mich zu verstecken, mich in jemand anders zu verwandeln – *irgendjemand,* außer mir selbst.

Das Bedürfnis wird sogar noch stärker, als Henry fragt, mit dem Tonfall von jemandem, der gerade etwas absolut Offensichtliches begriffen hat und selbst nicht glauben kann, dass es so lange gedauert hat: »Ist *das* der Grund, warum du auf die Idee mit Beijing Ghost gekommen bist? Um – um Rechnungen zu bezahlen?«

Ich schätze, es hat keinen Sinn, es jetzt noch abzustreiten.

»Keine Rechnungen.« Ich grabe meine Fingernägel noch tiefer in das Kissen. Wenn das so weitergeht, reiße ich wahrscheinlich noch ein Loch in den Stoff. »Nur ... Schulgebühren und so.«

»Wenn ich das gewusst hätte ... Alice, dir ist schon klar, dass mich mein Anteil an unserem Profit nicht interessiert, oder? Für mich ging es nie wirklich ums Geld.«

»Gut, weil du jetzt ganz sicher nichts mehr davon sehen wirst«, erwidere ich, nur halb scherzend.

»Es ist einfach nicht fair«, sagt Henry nach einem Moment des Schweigens, und ich bin überrascht von der unverkennbaren Wut in seiner Stimme. »Du bist unbestreitbar die Klügste in unserer ganzen Stufe – nein, in der ganzen Schule. Du solltest nicht darauf zurückgreifen müssen, deine übernatürlichen Kräfte zu Geld zu machen, nur, um wie der Rest von uns in der Airington bleiben zu können. Ehrlich, das ist ...« Aufgebracht kämmt er sich mit einer Hand durchs Haar. »Es ist lächerlich, das ist es. Du hast es mehr verdient, dort zu sein, als Typen wie Andrew She. Du hast es mehr verdient als ich.«

Ich starre ihn an. »Henry ... hast du gerade zugegeben, dass ich schlauer bin als du?«

Er wirft mir einen halb verärgerten, halb liebevollen Blick zu. »Zwing mich nicht, es noch mal zu sagen.«

Ich spüre, wie meine Mundwinkel zucken, und die Anspannung zwischen uns löst sich ein wenig.

»Aber mal ernsthaft. Es tut mir leid, dass mir das alles nicht schon viel früher aufgegangen ist«, sagt Henry nach einem Moment. Er spricht langsam, so als würde er jedes Wort zuerst sorgfältig abwägen. »Du solltest überhaupt nicht in diesen Schwierigkeiten stecken – und du solltest definitiv nicht die Einzige sein, der man die Schuld an allem gibt.«

»Sollte ich nicht, bin ich aber«, erwidere ich. »So funktioniert das System nun mal. Ich hab weder die richtigen Beziehungen oder das nötige Geld, um einen guten Anwalt zu engagieren, noch Eltern, die Millionen an die Schule gespendet haben ...«

»Aber du hast mich«, unterbricht er mich, seine Augen funkelnd. »Ich bin genauso für Beijing Ghost verantwortlich, und ich werde alles in meiner Macht Stehende tun, um dir zu helfen. Ehrlich gesagt war das einer der Gründe, warum ich heute hergekommen bin.«

»Was meinst du denn damit?«

Er zieht sein Handy aus der Tasche und hält es hoch, damit ich es sehen kann. Das vertraute Logo von Beijing Ghost blinkt mich an. »Ich dachte, es wäre am sichersten für alle Beteiligten, wenn wir die App stilllegen – bevor Peters Eltern oder die Polizei beschließen, weitere Ermittlungen anzustellen.«

Darüber hatte ich auch schon nachgedacht, aber ... es kommt mir trotzdem ziemlich plötzlich vor. »Willst du sie ... jetzt sofort stilllegen?«

»Wäre es dir lieber, vorher noch eine riesige Abschiedsparty zu feiern? Dir die Zeit zu nehmen, eine rührende Trauerrede zu schreiben?«, fragt Henry trocken, schon wieder viel mehr sein normales Selbst. »Oder bis zum zehnten Tag des Mondjahrs zu warten, wenn Sonne und Mond in einer Linie stehen?«

»Na schön«, grummle ich und drehe mich ein Stück, um seinen Handy-Bildschirm besser sehen zu können. »Was müssen wir dafür tun?«

»Zu deinem Glück habe ich bereits alles in die Wege geleitet.« Er klickt neben die App, und eine schwarze Seite erscheint, vollgestopft mit winzigen mehrfarbigen Codezeilen, die ich noch nicht mal annähernd verstehe. »Alles, was ich brauche, ist deine Einwilligung, dann ist die App verschwunden. Gelöscht, für immer. Dauerhaft ent…«

»Okay, ich hab's kapiert«, unterbreche ich ihn ein wenig gereizt. Ich weiß, dass Henry wegen der Abschiedsparty nur Spaß gemacht und dass mir die App in den vergangenen Monaten mehr Kummer als sonst was beschert hat, aber ich empfinde trotzdem ein leises Stechen der Trauer. Wir haben viel zusammen durchgemacht. Und letzten Endes hat Beijing Ghost mich um 100 000 RMB reicher gemacht – falls die Polizei sich nicht einschaltet und mich zwingt, das Geld zurückzuzahlen, jedenfalls. »Jetzt … mach schon.«

Er lässt den Finger über dem Bildschirm schweben. Schaut mich noch mal an. »Bist du dir sicher?«

Ich rolle mit den Augen, nicke jedoch.

»Drei …«

Ich drücke das Kissen noch fester an mich. Lecke über meine rissigen Lippen.

»Zwei …«

Es ist das Beste so, erinnere ich mich selbst. Je weniger Beweise, desto geringer die Strafe.

»Moment«, sagt Henry und runzelt die Stirn.

Eine Benachrichtigung taucht auf der Seite auf: *Mobilfunknetz nicht verfügbar*.

»Na, finaler Höhepunkt geht anders«, murmle ich, nehme ihm das Smartphone ab und halte es in allen möglichen Winkeln hoch. »Tut mir leid. Ich hätte dich warnen sollen – manchmal ist der Empfang hier in der Gegend ziemlich beschissen.«

»Vielleicht, wenn ich es mit einem meiner anderen Handys probiere«, schlägt er vor.

»Keine Ahnung, normalerweise ist es …« Ich breche den Satz ab, als mir ein Gedanke kommt. Ich lasse das Handy sinken und drehe mich zu ihm um, mein Herz wild hämmernd bei der Aussicht. Wenn es funktioniert … »Lass uns die App lieber doch nicht stilllegen.«

»Wie bitte?«

Ich lächle. »Ich hab eine bessere Idee.«

Vier Stunden später starren Henry und ich auf einen fünf Seiten langen, soeben fertiggestellten Artikel, einen E-Mail-Entwurf und die Beijing-Ghost-App.

Obwohl das Logo mit dem Cartoon-Gespenst und der Name noch dieselben sind, hat sich alles andere an der App verändert. Die Startseite verspricht nun nicht mehr absolute Diskretion und Anonymität oder informiert über die bevorzugte Zahlungsmethode, sondern ermutigt die Schülerinnen und Schüler der Airington stattdessen dazu, »ihren Lernplan in den Griff zu bekommen«.

Auch all meine alten privaten Nachrichten wurden gelöscht, ersetzt durch harmlose Fragen mehrerer anderer Accounts – dank Henrys und Chanels multipler Smartphones – zu Prüfungsergebnissen, den aktuellen Chemiehausaufgaben und verschiedenen Interpretationen von *Macbeth*.

Na ja, nicht *alle* privaten Nachrichten. Andrew Shes ausführliche Anweisungen zu Peters Entführung sind immer noch da, fett gedruckt, ebenso wie sein ursprüngliches Angebot über eine Million RMB als Bezahlung für den ausgeführten Auftrag.

»Okay, gehen wir unsere Geschichte noch ein letztes Mal durch«, fordere ich Henry auf, der nun im Schneidersitz neben mir auf dem Bett sitzt. »Wie kam es dazu, dass ich Andrews Angebot bei Beijing Ghost angenommen habe?«

Henry nickt und richtet sich auf, als würden wir gleich eine Prüfung ablegen, bevor er die Antwort in beeindruckendem Tempo herunterrattert. »Zu Beginn des Schuljahrs habe ich beschlossen, eine Lern-App zu entwickeln, als Übung in Sachen Nutzererfahrung. Die Hauptidee war, dass sich mittels der App alle in der Airington gegenseitig bei Fragen rund um das Thema Schule helfen, während sie sich als Anreiz gleichzeitig ein bisschen was dazuverdienen konnten. Sämtliche Accounts sind anonym, aber es gibt ein Punktesystem, durch das diejenigen, die anderen am meisten helfen, Punkte sammeln können, was ihnen wiederum die größte Glaubwürdigkeit verleiht. Und da dein Account die Punkterangliste *mit Abstand* anführte und du dir den Ruf erarbeitet hattest, dich absolut jeder auftauchenden Frage anzunehmen, ganz gleich, zu welchem Thema oder wie schwierig sie erschien …«

»Dachte Andrew, ich bräuchte das Geld wirklich dringend, was mich zu der Person machte, die sein Angebot mit der größten Wahrscheinlichkeit annehmen und den Auftrag tatsächlich ausführen würde«, ende ich für Henry und klatsche in die Hände.

»Das klingt plausibel, oder? Ich meine, detailliert, aber nicht zu detailliert?«

»Absolut«, bekräftigt Henry. »Und falls *das* die Schule nicht vollständig überzeugt, dann tut es dein Artikel bestimmt.«

Das hoffe ich, denke ich. Den Artikel zu schreiben, war seltsam kathartisch. Ich habe alles, was ich hatte – alles, was ich in den vergangenen fünf Jahren erlebt habe, jede große Ungerechtigkeit und kleine Enttäuschung, all meine brüllenden Ängste und leisen Hoffnungen, all die Zeit, die ich in und außerhalb der Airington-Elitekreise verbracht habe –, in diese Worte gelegt. Jetzt will ich nur noch, dass sie etwas wert sind.

»Also.« Henrys Finger schwebt über dem Senden-Button auf dem Bildschirm. »Wollen wir?«

Ich kaue auf der Innenseite meiner Wange herum und versuche, so zu tun, als wäre mir nicht total übel bei dem Gedanken, dem Aufsichtsrat der Schule eine E-Mail zu schicken. »Wir wollen.«

Bevor ich Zeit habe, diesen ganzen Plan zu bedauern, verlässt die E-Mail mit einem lauten Zischgeräusch meinen Postausgang.

Jetzt gibt es kein Zurück mehr.

In der folgenden Stille höre ich laute Schritte, vermischt mit Babas und Xiaoyis Stimmen – irgendwas von wegen, sie sollen die Schuhe ausziehen. Die beiden müssen gerade gekommen sein.

Henry hört sie auch. Er kämmt sich rasch mit beiden Händen durchs Haar, als würde es nicht bereits perfekt sitzen, zupft seinen Hemdkragen zurecht und springt auf. Dann sieht er, wie ich ihn anstarre. »Was?«

»Was … was glaubst du bitte, wo du hingehst?«, platze ich heraus.

»Mich deinem Vater vorstellen, natürlich«, antwortet er und wendet sich der Tür zu. »Das gebietet die Höflichkeit …«

Ich packe ihn am Hemd und reiße ihn zu mir zurück. »Nein. Nein, nein, nein, nein. Das kannst du nicht.«

»Warum nicht?«

»Mein Dad redet im Moment praktisch nicht mit mir«, zische ich und weigere mich, seinen Ärmel wieder loszulassen. »Wenn er sieht, dass ich mit dir zusammen aus meinem Zimmer komme, wird er denken – er wird denken …«

»Ja?« Henry zieht eine Augenbraue hoch. Herausfordernd. Neckend. »Was wird er denken?«

Gott steh mir bei. *»Du weißt, was«,* fauche ich. Mein ganzes Gesicht brennt. »Der Punkt ist: Es ist eine total miese Idee.«

Aber anstatt sich entmutigen zu lassen, schenkt Henry mir dieses selbstgefällige, furchtbar attraktive Lächeln, das mir früher immer so unter die Haut ging. Das tut es noch immer irgendwie – nur, dass ich mich dabei jetzt viel zu sehr auf seine Lippen konzentriere. »Keine Sorge. Alle Eltern lieben mich. Ich bin mir sicher, ich werde einen guten Eindruck hinterlassen.«

Während ich noch das Für und Wider abwäge, Henry entweder unter dem Bett zu verstecken oder ihn meiner Familie vorzustellen, höre ich, wie Xiaoyis Stimme durch die Tür dringt. »… Yan Yan hier?«

»Sie hat im Augenblick Besuch«, antwortet Mama.

Tja, ich schätze, meine Entscheidung wurde soeben für mich getroffen.

Mit einem schnellen Warnblick an Henrys Adresse lasse ich sein Hemd los und betrete das Wohnzimmer.

Xiaoyi, Mama und Baba sitzen auf der Couch, einen Teller mit geschälten und gewürfelten Äpfeln vor sich, inklusive Zahnstochern am Tellerrand.

»Yan Yan!«, begrüßt Xiaoyi mich fröhlich, steht auf und

schlurft in ihren Pantoffeln zu mir herüber. »Wie ich höre, bist du jetzt unter die Verbrecher gegangen!«

Mama und Baba geben eine Reihe zutiefst missbilligender Geräusche von sich.

»Bitte, ermutige sie nicht noch«, murmelt Mama auf Chinesisch.

Aber Xiaoyi hat ihre Aufmerksamkeit bereits Henry neben mir zugewandt. Ich übertreibe nicht, wenn ich sage, dass ihre Augen im wahrsten Sinne des Wortes zu leuchten beginnen und ihr die Kinnlade bis zu den Füßen herunterklappt. Man könnte fast meinen, sie hätte mich noch nie mit einem großen, gut aussehenden, gut gekleideten Jungen in meinem Alter gesehen.

Okay, na schön. Hat sie auch nicht.

Trotzdem muss sie ja nicht gleich *so* überrascht aussehen.

»Oh!«, ruft sie aus und betrachtet Henry mindestens fünfmal von Kopf bis Fuß. »*Oh!* Wer ist das denn?«

»Freut mich sehr, Sie kennenzulernen«, sagt Henry, bevor ich antworten kann, und wechselt geschmeidig zu Mandarin, seine Worte an Baba und Xiaoyi gerichtet. Sein Lächeln ist strahlend und aufrichtig, sein Kopf in respektvollem Winkel geneigt. »Ich bin Henry Li. Ich gehe auf dieselbe Schule wie Alice. Ich wollte nur sehen, wie es ihr geht.«

Xiaoyi schmilzt förmlich dahin.

Baba wirkt weniger begeistert über Henrys Anwesenheit. Falten graben sich in seine Stirn. »Du bist den ganzen Weg von der Schule hierhergekommen, nur um unsere Alice zu sehen?«

Henry nickt. »Ja, *shushu*.«

Es ist die höfliche, angemessene Anrede, aber Babas Stirnrunzeln wird noch tiefer. Er steht auf und kommt näher, bis er und Henry sich direkt gegenüberstehen, und fragt ihn dann, ganz langsam: »Bist du … mit meiner Tochter zusammen?«

O. Gott. Ich hätte Henry definitiv zwingen sollen, sich unter dem Bett zu verstecken.

»Nein, nein, natürlich nicht«, beeile ich mich Baba zu versichern, doch Henry antwortet im selben Moment: »Ja.«

Ich reiße so schnell den Kopf herum, dass ich es in meinem Nacken knacken höre und mein Herz beginnt wie verrückt zu rasen. *Auf gar keinen Fall.* Henry beantwortet mein ungläubiges Starren mit einem Grinsen, und ich weiß wirklich nicht, ob ich ihn erwürgen oder mich in seine Arme werfen will.

Es ist alles sehr verwirrend.

»Allerdings nicht offiziell«, fügt Henry hinzu und dreht sich wieder zu Baba um. »Da wir noch zur Schule gehen, müssen wir uns natürlich zuallererst aufs Lernen konzentrieren. Aber ich warte gerne, und ich hoffe, dass wir in Zukunft ...«

»Alice' Zukunft ist im Augenblick sehr ungewiss«, schneidet Baba ihm das Wort ab, seine Miene ernst. »Darüber macht man keine Scherze.«

Henry lässt sich nicht beirren. Blinzelt noch nicht einmal. »Ich weiß, und ich meine das zu einhundert Prozent ernst. Was immer auch passiert, sie ist mehr als klug genug, es zu überstehen, und ich werde die ganze Zeit an ihrer Seite sein, um sie zu unterstützen.«

Es folgt eine lange Stille, während Baba Henry herausfordernd in die Augen schaut.

Mein Herz lässt mehrere Schläge aus.

»Hmpf«, macht Baba schließlich, was tatsächlich eine viel bessere Antwort ist, als ich erwartet hatte. Aus seinem Mund kommt das beinahe einer Einladung gleich, sich der Familie anzuschließen.

Ich atme vorsichtig und ganz leise aus. Henry zwinkert mir zu

»Moment mal!« Xiaoyi klopft sich plötzlich auf den Oberschenkel, als hätte sie gerade eine göttliche Eingebung gehabt, und alle außer Henry fahren zusammen. »Ist das *der* Henry Li? Der Junge, von dem du seit der achten Klasse sprichst? Dein«, sie malt mit den Händen Anführungszeichen in die Luft, *»größter akademischer Rivale*? Der, mit dem du dir jedes Mal den Preis teilen musst?«

Ich erröte. »Äh …«

Henry lehnt sich mit großem Interesse nach vorne. »Ach? Dann redet sie also oft von mir?«

»*Sehr* oft«, bestätigt Xiaoyi freimütig, und ich spiele mit dem Gedanken, aus der Stadt zu fliehen.

»Was hat sie denn sonst noch so gesagt?«, fragt Henry, ein Glänzen in seinen Augen. »Hat sie mal irgendwas davon erwähnt, dass …«

»Weißt du, was?«, gehe ich dazwischen, pike mit einem Zahnstocher ein Apfelstück auf und stecke es Henry in den Mund. »Vielleicht sollten wir erst mal was essen. Und … du weißt schon … in den nächsten drei Stunden nicht mehr reden. Oder überhaupt je wieder.«

Xiaoyi schaut mich amüsiert an. »Yan Yan, dein Gesicht ist ziemlich rot.«

»Ich … danke dir sehr, dass du mich darauf hinweist.«

Henry gibt ein Geräusch von sich, das verdächtig an ein gedämpftes Lachen erinnert. Ich blicke ihn tadelnd an und stecke ihm ein weiteres Apfelstück in den Mund, während ich mein Bestes tue, keine Reaktion zu zeigen, als seine Lippen meine Finger berühren, oder zu bemerken, wie warm seine Haut ist.

Im Zimmer ist es für herrliche drei Sekunden vollkommen still, bevor Xiaoyi wieder anfängt zu reden.

»Sag mir, was sind deine *shengchen bazi*?«, fragt sie Henry beiläufig.

Shengchen bazi: Die vier Säulen des Schicksals. Soll heißen: der exakte Zeitpunkt der Geburt eines Menschen, der dazu benutzt wird, sein Schicksal zu deuten – und seine Eignung für eine Ehe. Und dem Ausdruck auf Henrys Gesicht nach zu urteilen, weiß er genau, was Xiaoyi meint.

Während ich verzweifelt nach einer Möglichkeit suche, Xiaoyi davon abzubringen, irgendwelche zukünftigen Hochzeiten zu planen, piept mein Handy. Ich schnappe es mir sofort. Rufe meinen Posteingang auf: *Eine neue Nachricht*. Ich klicke darauf und …

Mein Magen schlägt Purzelbäume.

Obwohl mein Plan genau darauf abzielte, ist es trotzdem ein wenig nervenaufreibend, eine vage passiv-aggressive E-Mail vom Aufsichtsrat der Airington zu erhalten, in dem er einem schnellstmöglichen Treffen zustimmt.

»Was ist passiert?«

Ich erschrecke richtig, als ich Mamas Stimme höre. Ich hebe den Blick und sehe, dass mich alle anstarren: Henry mit grimmiger, wissender Miene, Baba und Mama mit Besorgnis und Xiaoyi mit freudiger Neugier. Wenn ich ihr jetzt meine *shengchen bazi* geben würde, frage ich mich, was für ein Schicksal würde sie mir dann wohl prophezeien? Wohin würden die heutigen Ereignisse führen?

»Es ist die Schule«, teile ich ihnen mit und bin froh, dass ich sie deswegen nicht anlügen muss. Dann drehe ich mich zu Henry um. »Wir müssen sofort los.«

Kapitel 19

»Andrew. Freut mich, dass du meine Nachricht erhalten hast.«

Andrew She fällt fast von seinem Stuhl, als er sieht, wie ich den Konferenzraum der Schule betrete. Er sitzt an einem riesigen ovalen Tisch, an den mindestens acht Leute passen, aber im Augenblick sind nur wir beide hier. Genau, wie ich es wollte. Es ist der perfekte Ort für eine private Unterhaltung: Wir sind weit weg von den Klassenzimmern, die Tür ist zu, der Raum ist fensterlos, und das Gebläse des Heizlüfters an der Decke ist laut genug, um zu übertönen, was sich zu einem äußerst interessanten Gespräch entwickeln dürfte.

»Alice«, krächzt Andrew. Leckt sich die Lippen. »Was – was machst du denn hier? Ich dachte, du hättest die Schule verlassen.«

Ich sage nichts. Setze mich auf den Stuhl ihm gegenüber, verschränke die Arme vor der Brust und warte, dass meine Worte bei ihm ankommen. Sehe zu, wie er sich unbehaglich windet.

Eins, zwei, drei ...

»Moment mal.« Er kneift die Augenbrauen zusammen, bis sie praktisch eine Linie bilden, wie ein dunkler Schnitt in seiner Stirn. »*Du* hast mir die Nachricht geschickt? Aber ich dachte, Henry ...«

»Na ja, du wärst wohl kaum hergekommen, wenn du gewusst hättest, dass ich mit dir reden will.« Meine Worte hängen schwer zwischen uns in der Luft, und ich bin gleichermaßen überrascht und begeistert davon, wie bedrohlich ich klinge. Und ich schauspielere noch nicht mal wirklich. Die Wut ist da. Alles, was ich tun muss, ist, an Andrews Entführungsvorschlag und die Tatsache zu denken, dass er in der Schule abhängt, als wäre alles ganz normal, als wäre er *unschuldig*, während ich mir allein in meinem Zimmer die Augen ausheule. »Hast du auch eine Mail von der Schule gekriegt?«

Andrews Augen weiten sich – und verengen sich dann zu schmalen Schlitzen. »Ja, hab ich. Die Schule hat mir alles über deine Anschuldigungen erzählt.« Er schüttelt den Kopf. »I...ich kann nicht glauben, dass du wegen der App gelogen hast.«

»Es war nicht direkt gelogen«, widerspreche ich ihm, lehne mich vor und stütze beide Ellenbogen auf dem Tisch ab. Es *könnte* sein, dass ich im Auto auf der Fahrt mit Henry hierher *beste Powerhaltungen* gegoogelt habe, und es *könnte* sein, dass er mich deswegen ausgelacht hat. Aber es scheint zu funktionieren. »Du hast mich definitiv angeheuert, um Peter zu entführen.«

»Du … du warst diejenige, die ihn entführt hat.«

»Aber nur auf deine Anweisung hin«, kontere ich. »Ich mag vielleicht deine Komplizin sein, aber du bist der wahre Schuldige.«

»Von wegen. Das wird der Anwalt meiner Familie beurteilen.«

»Nein. Wird er nicht.«

Andrew blinzelt mich an, seine Gesichtszüge für eine Sekunde entgleist. Ganz offensichtlich dachte er, seine Trumpfkarte mit dem teuren Anwalt würde genügen, um mich zum Schweigen zu bringen. Reiche Leute können manchmal so vorhersehbar sein.

»Es ist mein gutes Recht, dich wegen Verleumdung zu verklagen«, beharrt er, obwohl er bereits deutlich unsicherer klingt als eben. »Wir könnten eine umfassende Ermittlung anstoßen.«

»*Könntet* ihr«, stimme ich ihm zu, während ich zu einer weiteren der *zehn wirkungsvollsten Powerhaltungen aller Zeiten* wechsle, »aber ich persönlich würde das nicht tun.«

»Was …«

Mit zwei Fingern hole ich den BMW-Schlüssel heraus, den ich in der Hosentasche hatte, und halte ihn so hoch, dass das künstliche Licht auf das glänzende Metall fällt. Andrew erblasst. Der Heizlüfter über uns dröhnt noch lauter.

»Deine Männer haben den hier neulich Nacht verloren«, sage ich freundlich.

Er macht den Mund auf und zu wie ein Goldfisch. »Woher hast du …« Er verstummt. Trommelt mit den Fingernägeln auf die polierte Tischplatte. Sein Blick huscht zur Seite. »Was auch immer. Es spielt keine Rolle. Du kannst nicht wirklich beweisen, dass das Auto …«

»Kann ich nicht? Was, wenn ich den Schlüssel dem Nummernschild N150Q4 zuordnen konnte?«, schneide ich ihm das Wort ab. Wow, das fühlt sich sogar noch besser an, als vor der ganzen Klasse eine *Kahoot!*-Frage richtig zu beantworten. »Zusammen mit der Nachricht, die du mir über Beijing Ghost geschickt hast, ist die Beweislast gegen dich ziemlich erdrückend, ganz zu schweigen von dem Anwalt, den Henry mir zur Verfügung stellen wird.«

»Whoa, Moment mal – er stellt dir einen Anwalt zu Verfügung? *Henry Li? Dir?*« Andrew sieht aus, als würde ihm erst jetzt bewusst, wie meine Beziehung zu Henry genau aussieht –

und als würde er sich selbst dafür hassen, dass es ihm entgangen ist.

Ich zucke mit den Schultern. »Na ja, Henrys Firma hat zwölf Anwälte. Alle haben in Harvard, Tsinghua oder an der Peking-Universität studiert. Er kann ganz bestimmt einen von ihnen entbehren, falls ich irgendwelchen Ärger kriege.«

Eine dunkle Ader tritt auf Andrews Stirn hervor. Er schwitzt heftig – ob vor Hitze oder Nervosität, kann ich nicht sagen. Vielleicht beides.

So oder so, ich nutze die Gelegenheit, weiterzusprechen. »Na schön, Andrew, ich hab nicht viel Zeit, deshalb komme ich direkt zum Punkt. Wenn du mit dieser Sache vor Gericht gehst oder mich verklagst – wenn du es wagst, dich für dieses Verbrechen aus der Verantwortung zu ziehen –, dann wirst du mit ziemlicher Sicherheit verlieren. Außerdem wirst du mit absoluter Sicherheit Zeit, Geld und Ressourcen verschwenden ...«

»Du aber auch«, wirft Andrew ein.

»Ich weiß«, sage ich, meine Stimme weiterhin völlig ruhig. »Aber ich muss mir keine Sorgen um eine wichtige Position in einer Firma machen. Falls diese Sache zum Selbstläufer wird und die Nachrichten Wind davon kriegen, dass du und dein Vater jemanden angeheuert habt, um ein Kind zu entführen, nur, damit er seine Beförderung bekommt ... Nun, das würde nicht allzu gut für euch aussehen, oder?«

»Nein.« Er schüttelt den Kopf. Neuer Schweiß bildet sich an seinem Haaransatz, rinnt an seiner Wange hinunter. »Nein. *Nein*. Das ist nicht ...« Er verstummt, erstarrt, als wäre ihm gerade etwas klar geworden. Schaut zu mir hoch. »Du hattest auch noch andere Kunden auf Beijing Ghost, richtig?«

»Na und?«

»Sie könnten beweisen, dass du lügst. Beijing Ghost *war* keine Lern-App – es war eine *kriminelle App*. Wenn sie mich unterstützen …«

»Hast du eine Ahnung, wie viele dunkle Geheimnisse ich von den Leuten in unserer Stufe kenne?« Ich ziehe die Augenbrauen hoch. *Dachtest du ernsthaft, ich hätte vorher nicht selbst daran gedacht?*, füge ich im Kopf hinzu. »Selbst wenn ich sie nicht erpressen würde, erwartest du wirklich, dass sie vor der Schule oder der Polizei freiwillig gestehen, wofür sie mich angeheuert haben?«

Andrews Nasenflügel blähen sich auf, seine Lippen zu einer grimmigen Linie verzerrt. Ich habe recht, und das weiß er auch. Er sieht so geschlagen aus, so hilflos, sein kräftiger Körper tief über den Tisch gebeugt, dass er mir für einen Moment beinahe leidtut.

Beinahe.

»Okay, okay, okay. Du hast deinen Standpunkt absolut klargemacht«, brummt er schließlich. »Und was willst du jetzt von mir?«

Ich versuche, mir nicht anmerken zu lassen, wie seltsam diese neue Dynamik für mich ist: Sonst bin *ich* immer diejenige, die tut, was andere wollen, die verzweifelt genug ist, so ziemlich allem zuzustimmen.

»Spiel einfach bei meiner Geschichte mit«, erwidere ich. Mein Mund fühlt sich plötzlich ganz trocken an, wahrscheinlich vor lauter Aufregung, was als Nächstes kommt. Ich wünschte, ich hätte daran gedacht, eine Flasche Wasser mitzunehmen. In Henrys Firmenwagen lagen so viele auf dem Rücksitz. »Es wird sich bald eine Vertreterin des Aufsichtsrats der Schule mit uns treffen.«

Er runzelt die Stirn. »*Bald?* Wie bald?«

Ich schnappe mir mein Handy und schicke schnell eine Nachricht an Henry: Erledigt. Er antwortet sofort mit einem Daumen hoch. »Na ja … jetzt.«

Wie aufs Stichwort schwingt die Doppeltür des Konferenzraums auf und Henry und Chanel stolzieren wie in einer dramatischen Filmszene herein. Ernsthaft. Es würde mich nicht überraschen, wenn sie sich in Zeitlupe auf mich zubewegen würden, untermalt von anschwellender Hintergrundmusik. Da der Unterricht inzwischen zu Ende ist, tragen sie beide ihre eigenen Klamotten statt ihrer Uniformen. Henry sieht ablenkend attraktiv aus, in einem dieser schicken, maßgeschneiderten schwarzen Anzüge, in dem er auch an der Wall Street nicht fehl am Platz wirken würde, während Chanel einen eleganten Blazer mit Schulterpolstern und Goldknöpfen trägt.

Neben ihnen muss mein Pullover vom Discounter noch billiger und trauriger aussehen als ohnehin schon – was allerdings der Punkt ist. Als ich Chanel heute eine Nachricht geschickt und sie gefragt habe, ob sie uns bei diesem Treffen helfen würde, habe ich sie auch gebeten, sich so schick wie möglich anzuziehen, genau wie Henry.

Wenn mein Plan funktionieren soll, muss ich meinen Stolz hinunterschlucken und mich dem Verzweifelte-Schülerin-begeht-Verbrechen-nur-um-zu-überleben-Look wirklich verschreiben.

Direkt hinter Henry und Chanel erscheint eine Frau, bei der es sich nur um Madam Yao, die Vertreterin des Aufsichtsrats der Schule, handeln kann. Sie *betritt* den Konferenzraum weniger, als dass sie herein*gleitet*, ihre Bewegungen stromlinienförmig, wie ein Hai im Wasser. Alles an ihr ist elegant und beinahe verstörend präzise – von der zarten Perlenkette um ihren Hals über den von silbergrauen Strähnen durchzogenen, der Schwerkraft trotzenden Bob bis hin zu den harten Kanten und Linien ihres nicht lächelnden Gesichts.

Trotz ihrer hohen Absätze ist sie kleiner als ich, aber es gelingt ihr dennoch, alle anderen am Tisch zu überragen, bevor sie sich zu ihrem Platz am Kopfende begibt, wo sie kaum mit der Wimper zuckt, als Henry – ganz der perfekte Gentleman, der er ist – den Stuhl für sie hervorzieht.

Für einen langen Moment sagt sie kein Wort. Fixiert nur jeden von uns mit ihren kalten schwarzen Augen – zuerst Andrew, dann Chanel und Henry, die nun links und rechts neben mir stehen, und schließlich … mich.

Obwohl die heiße Luft auf höchster Stufe aus dem Heizlüfter bläst, klappern mir heftig die Zähne.

»Sun Yan, richtig?«, durchbricht sie dann endlich die Stille. Ihr Akzent ist teils britisch, teils malaysisch, teils irgendwas anderes, das ich nicht richtig zuordnen kann. Ich weiß nur, dass sie nach altem Geld aussieht und klingt und dass sie mich wahrscheinlich bereits hasst. »Ich glaube, wir haben per E-Mail miteinander kommuniziert.«

»Ja.« Ich versuche, ihren förmlichen Tonfall zu imitieren. »Vielen Dank für Ihre prompte Antwort.«

Sie ignoriert mich.

»Und das …« Sie wendet sich Andrew zu, der sich sofort auf seinem Stuhl versteift. »Das ist Andrew She? Der Schüler, der sich über die Lern-Anwendung namens Beijing Ghost bei dir gemeldet und dir Geld im Austausch für eine Entführung angeboten hat?«

Ich werfe Andrew einen schnellen, warnenden Blick zu.

Er verzieht den Mund, nickt jedoch. »J…ja, bin ich.«

»Gut.« Madam Yao schnieft. »Ich wünschte wirklich, wir

müssten dieses Treffen nicht aufgrund solch unglücklicher Umstände abhalten. Der Aufsichtsrat der Schule ist tief enttäuscht von Ihnen beiden, das ist Ihnen hoffentlich klar. Es ist schon schwer genug, eine der besten Schulen in ganz Peking zu leiten, ohne sich nebenbei mit einem potenziellen und überaus ernsten Rechtsstreit herumschlagen zu müssen. Peters Eltern sind noch immer *sehr* wütend, wie ihr euch gewiss vorstellen könnt, und *irgendjemand* wird die volle Verantwortung übernehmen müssen. Schließlich könnte die Airington ein derart niederträchtiges kriminelles Verhalten niemals billigen.«

Ich bezweifle, dass ihr Blick dabei nur zufällig auf mir landet. Dem leichten Ziel. Der Einzigen, die nicht die vollen Schulgebühren bezahlt, die nicht über die Mittel verfügt, durch eine Spende ein komplettes Schulgebäude zu finanzieren. Trotz Andrews Geständnis ist es für die Schule schlicht praktischer, wenn *ich* die Schuldige bin, nicht er.

Ich beiße die Zähne zusammen. Wenn ich ehrlich bin, hatte ein Teil von mir gehofft, die ganze Sache auf höfliche Weise regeln zu können, ohne auf Konfrontationskurs gehen zu müssen, aber ich fürchte, daraus wird nichts. Madam Yao kann mich noch nicht mal ansehen, ohne auf mich herabzuschauen.

Zeit, auf Angriff zu schalten.

»Jemand sollte die Verantwortung übernehmen«, stimme ich ihr zu und zwinge mich, ruhig zu bleiben. »Da fällt mir ein – haben Sie den Artikel gelesen, den ich Ihnen geschickt habe?«

Ihre Stimme klingt eiskalt. »Ich verstehe nicht, inwiefern das im Augenblick relevant ist.«

»Tun Sie nicht?« Es widerspricht jedem meiner Instinkte, so mit einer Autoritätsperson zu sprechen, aber ich mache weiter. »Weil der Artikel eine vollkommen andere Perspektive auf die

Ereignisse liefern sollte, die zu der Entführung geführt haben. *Meine* Perspektive. Sollte er veröffentlicht werden, was glauben Sie, auf wessen Seite sich die Öffentlichkeit dann stellen würde? Auf die der Schülerin aus der Arbeiterklasse, die sich gezwungen sah, ihrem reichen Klassenkameraden dabei zu helfen, ein Verbrechen zu begehen, nur um die Schulgebühren bezahlen zu können? Oder auf die des Klassenkameraden, der die ganze Sache aus Eigennutz geplant hat und den alle, die etwas zu sagen hatten, trotzdem von seiner Verantwortung freigesprochen haben?«

Madam Yao presst ihre dünnen Lippen zusammen, bis sie beinahe weiß sind. Ja, sie hasst mich definitiv.

»Ich wette, die Leute würden es ebenfalls interessant finden«, fahre ich fort, »dass ich überhaupt in diese schwierige Lage gebracht wurde. Ich meine, ein großes Ziel der Airington ist es, allen den Zugang zu ermöglichen, richtig? Schülerinnen und Schüler aus den unterschiedlichsten Verhältnissen willkommen zu heißen. Und dennoch verfügt die Schule über einen zwanzig Millionen RMB teuren Minigolf-Parcours, vergibt aber immer nur ein einziges Stipendium. Und es ist noch nicht mal ein *volles* Stipendium. Ist Ihnen überhaupt klar, wie viel Geld 150 000 RMB sind? Wie lange jemand, der nicht mindestens zur oberen Mittelklasse gehört, brauchen würde, um so viel zu verdienen?«

Je länger ich rede, desto wütender werde ich, und desto ruhiger wird meine Stimme. Ich muss an alle denken, die so sind wie ich, an Lucy Goh und Evie Wu und an die junge Frau im Restaurant mit Chanels Vater. An die Vernachlässigten, die Glücklosen, diejenigen, die mehr wollen als das, was ihnen gegeben wurde. Diejenigen, die sich von ganz unten nach oben krallen, kämpfen und quälen müssen, die in einem System spielen müssen, das darauf ausgelegt ist, sie verlieren zu sehen. Die immer als Erste bestraft und beschuldigt werden, wenn etwas schiefläuft. Die immer als Letzte gesehen, als Letzte gerettet werden.

Und ich weiß, dass sich daran innerhalb von ein paar Tagen oder auch Jahren nichts ändern wird, aber vielleicht kann es ja so anfangen: mit mir, wie ich Madam Yao gegenübersitze, mit Henry und Chanel an meiner Seite, und den Mächtigen die Macht wieder abringe, Stück für Stück für Stück.

»Sie sind der Ansicht, jemand sollte die Verantwortung übernehmen«, sagt Madam Yao steif, als ich kurz innehalte, um Luft zu holen. »Aber basierend auf allem, was ich hier höre, was ich gelesen habe, denken Sie nicht, dass Sie dieser Jemand sein sollten, korrekt?«

Ich lege die Hände flach auf den Tisch. »Okay, ich will ja gar nicht behaupten, ich wäre vollkommen unschuldig oder in Wahrheit das Opfer hier. Ich habe ein paar eindeutig falsche Entscheidungen getroffen, und es tut mir aufrichtig leid, dass Peter verletzt wurde. So weit hätte es niemals kommen dürfen. *Allerdings*«, füge ich hinzu, bevor sie erneut versuchen kann, mir die Worte im Mund herumzudrehen, »bin ich auch der Ansicht, dass diese Sache fair gehandhabt werden sollte und dass die Strafen im Verhältnis zu unserem Handeln stehen sollten, nicht zu unserem gesellschaftlichen Rang.«

»Selbstverständlich werden wir sie fair handhaben«, erwidert Madam Yao auf so herablassende Art, dass sie auch ebenso gut offen zugeben könnte, dass sie lügt. »Aber selbst wenn dem nicht so wäre, glaubst du wirklich, ein einziger unveröffentlichter Artikel könnte unsere Meinung ändern?«

Chanel schnaubt verächtlich.

Madam Yaos Blick richtet sich auf sie. »Ist daran vielleicht irgendetwas amüsant, Ms Cao?«

Alles in allem sollte es mich wohl nicht überraschen, dass Madam Yao kein Problem damit hat, Chanel sofort mit ihrem Namen anzusprechen, aber ich balle trotzdem automatisch die Fäuste.

»Oh, nein, eigentlich nicht«, antwortet Chanel, ihr Tonfall kess. »Aber ich würde die Macht eines *einzigen Artikels* an Ihrer Stelle nicht unterschätzen. Wissen Sie denn nicht, wie leicht solche Dinge heutzutage viral gehen können? Vor allem, wenn sie, auf welcher Plattform auch immer, von einem Account mit zwanzig Millionen aktiven Followern gepostet werden?«

Endlich: ein kleiner Riss in Madam Yaos steinerner Maske. »Ich fürchte, Sie müssen sich schon genauer ausdrücken. Was ist das für eine … Plattform, von der Sie da sprechen?«

Henry ergreift das Wort, eine Hand demonstrativ auf der Rückenlehne meines Stuhls: eine beiläufige Erinnerung an alle, dass er auf meiner Seite steht. »Nun, wie Sie vielleicht wissen, Madam Yao, leitet mein Vater das größte Technologie-Start-up in ganz China.« Ausnahmsweise korrigiere ich ihn nicht mit *das zweitgrößte*. »Mit unseren zahlreichen Apps erfreuen wir uns einer großen Anhängerschaft, ebenso wie auf diversen Social-Media-Plattformen. Außerdem verfügen wir über ausgezeichnete Verbindungen zu den Medien. Ressourcen, die wir jederzeit sofort nutzen können …«

»Und ich will ja nicht angeben, aber wir sind beide ziemlich beliebt in unserem sozialen Umfeld«, wirft Chanel ein und lächelt zuckersüß. »Ich kenne aus meiner Zeit in Australien mindestens, na, vierzig internationale Schülerinnen und Schüler, die mit dem Gedanken spielen, wieder auf eine Schule in Peking zu wechseln. Ich hatte *vor*, ihnen und ihren Familien die Airington zu empfehlen, aber jetzt … nachdem ich gesehen habe, wie Sie meine liebe Freundin Alice behandelt haben … bin ich mir da nicht mehr so sicher.«

»Genauso wenig wie ich«, fügt Henry hinzu, vollkommen ernst, und ich muss ein hysterisches Lachen hinunterschlucken, als ich den Ausdruck auf Madam Yaos Gesicht sehe. Ihre Lippen sind beinahe unsichtbar. »Mein Vater und ich könnten uns gezwungen sehen, noch einmal darüber nachzudenken, ob die Airington all diese gespendeten Gebäude tatsächlich verdient hat. Und ehrlich gesagt weiß ich wirklich nicht, ob ich überhaupt an einer Schule bleiben will, die gewisse Schüler über andere stellt.«

»Ich bin mir da auch nicht sicher«, wirft Andrew ein. Alle drehen sich ihm zu und starren ihn an. »Was?«, sagt er defensiv und rutscht auf seinem Stuhl nach unten. »Ich dachte nur, wir machen hier 'nen Punkt.«

»Ja, und du hast den Punkt gerade ruiniert, Andrew.« Chanel rollt mit den Augen. »Du gehörst hier nicht dazu.«

Andrew blickt finster drein. »Ich gehöre nie irgendwo dazu.«

»Tja, wenn du vielleicht aufhören würdest, andere Leute anzuheuern, um deine Klassenkameraden zu entführen …«, murmelt Chanel.

»Na, ich hätte schließlich niemand *anheuern* müssen, wenn ich, ihr wisst schon, in 'ner Gang wäre«, verteidigt sich Andrew. »Ich wette, die Mitglieder von BTS helfen sich bei solchen Sachen einfach untereinander.«

»Andrew«, sagt Henry mit einem genervten Seufzen, »du hast komplett missverstanden, was Chanel meinte.«

»Genau wie die allgemeine Situation hier«, ergänzt Chanel.

Madam Yao räuspert sich lautstark.

»Richtig. Tut mir *so* leid, Madam Yao«, entschuldigt sich Chanel mit gerade so viel Sarkasmus in der Stimme, dass sie damit durchkommt. »Was wollte ich sagen …?«

Madam Yao hebt eine blasse, perfekt manikürte Hand. Ein lächerlich protziger Smaragdklunker funkelt an ihrem Mittelfinger, unter einem schmalen Ring mit glänzenden Diamanten. »Sie haben bereits genug gesagt, Ms Cao. Sie alle.«

»Und?«, beharrt Chanel, vollkommen unbeeindruckt. »Was denken Sie?«

Ich halte den Atem an, mein Herz hämmert gegen meine Rippen.

Ich bin mir nur zu etwa achtundsiebzig Prozent sicher, wie Madam Yao darauf antworten wird – was, rein statistisch gesprochen, gar keine üble Quote ist. Aber wenn ich in meiner Zeit als Beijing Ghost irgendetwas gelernt habe, dann dass den Leuten hier ihr Ansehen über alles geht. Ansehen ist eine Währung, eine Quelle der Macht. Genauso wie Geld nur etwas wert ist, weil alle es für wertvoll halten, gilt die Airington nur als *Eliteschule* und *exklusiv*, weil reiche Eltern weiter ihre Kinder hierherschicken wollen.

Das würde sich jedoch ziemlich schnell ändern, wenn wir unsere Drohungen wahr machen würden.

»Ich denke«, beginnt Madam Yao, und in ihrer Stimme schwingen Gift und Resignation gleichermaßen mit, »dass Sun Yan hier gerade bewiesen hat, wie … wichtig sie für die Schülerschaft der Airington ist und wie viel sie zu diesem Thema zu sagen hat. Der Aufsichtsrat der Schule wird ihre und Andrews Rolle bei der Entführung noch einmal entsprechend überprüfen. Wenn Sie mich jetzt entschuldigen wollen …« Der Stuhl quietscht über den Boden, als sie ihn zurückschiebt, sich erhebt und dabei ihre ohnehin bereits makellose Seidenbluse mit verzerrter Miene glatt streicht. »Wie es scheint, habe ich einige Anrufe zu tätigen.«

Und damit verschwindet sie, einfach so, ihre Pfennigabsätze auf dem Weg zur Tür auf dem Boden klappernd.

Als sie weg ist, scheint die Temperatur im Raum wieder um ein paar Grad zu steigen. Ich strecke mich auf meinem Stuhl aus und atme lange und erschöpft aus. Bis eben war mir gar nicht klar, wie angespannt meine Muskeln waren.

Andrew blickt uns hoffnungsvoll an. »Also, äh, wollt ihr vielleicht noch abhängen oder …«

»Andrew, noch mal: *Du gehörst nicht dazu*«, unterbricht Chanel ihn, die Hände in den Hüften. »Und keine Ahnung, aber solltest du diese Zeit nicht dazu nutzen, über dein Handeln nachzudenken oder so?«

»Ja, ja, ich weiß«, grummelt er mit leerer Miene. »Kidnapping ist böse. Ist ganz schön hart, ein Verbrecher zu sein. Heure niemals kluge Leute an, um die Drecksarbeit für dich zu erledigen.«

Henry kneift mit Daumen und Mittelfinger seine Nasenwurzel. »Bitte, geh einfach.«

Während Andrew sich aus seinem Stuhl schält, immer noch schmollend und die ganze Zeit leise etwas vor sich hinmurmelnd, drehe ich mich zu Henry und Chanel um.

»Ich danke euch so sehr«, sage ich und hasse es, wie unbeholfen ich klinge. »Das … das bedeutet mir wirklich viel. Und Chanel – tut mir leid, dass ich dir die Nachricht so kurzfristig geschickt hab. Und dass ich dich in den letzten paar Wochen praktisch geghostet hab. Ich schwöre, ich …«

»Alice. O mein Gott.« Chanel schüttelt den Kopf und betrachtet mich mit einem Ausdruck liebevoller Ungläubigkeit. »Wir haben doch kaum was gemacht, außer unsere sprichwörtlichen Muskeln ein bisschen spielen zu lassen. *Du* warst diejenige, die sich diesen ganzen Plan ausgedacht und den Artikel geschrieben hat und all das. Außerdem«, fügt sie hinzu, ihre Stimme ernster, »war es echt abgefuckt, wie die Schule dich behandelt hat. Wenn ich das schon früher gewusst hätte …«

»Das konntest du nicht. Ich wollte nicht, dass du es weißt.«

Sie seufzt. »Na, wenigstens wissen wir es *jetzt*. Henry und ich haben uns beide schreckliche Sorgen um dich gemacht, weißt du?« Sie unterbricht sich kurz und knufft Henry in die Seite, der demonstrativ den Blick abwendet. »*Vor allem* Henry. Ich glaube nicht, dass ich ihn im Unterricht schon mal so geistesabwesend erlebt hab. Er hat sogar eine ganz simple Frage in Chemie falsch beantwortet, auf die *ich* die Antwort wusste.«

Ich ziehe die Augenbrauen hoch und langsam breitet sich ein Lächeln auf meinem Gesicht aus. »Wirklich?«

Henry gibt nur ein unverbindliches kehliges Geräusch von sich. Beschäftigt sich damit, seine Manschetten zurechtzuzupfen.

Ich will nicht lügen: Der Anzug steht ihm wirklich gut. Und es schadet auch nicht, dass er gerade einer der mächtigsten Personen der Airington meinetwegen gedroht hat. Und als er mich endlich doch anschaut und die rabenschwarzen Locken bis kurz über seine Augenbrauen herabfallen, während er sich auf die Unterlippe beißt, füllt etwas den engen Raum unter meinen Rippen aus. Ein wundervoller Schmerz, ein zartes Weh, das sich verdächtig nach Sehnsucht anfühlt. Und nicht nur das … Zum allerersten Mal, seit unser »China Erleben«-Ausflug so abrupt endete, gestehe ich mir ein, wie sehr ich ihn vermisst habe. *Gott*, ich hab ihn vermisst. Irgendwie tue ich es noch immer, obwohl er direkt vor mir steht.

Und ich muss komplett aus unserer Unterhaltung gedriftet sein, denn das Nächste, was ich mitkriege, ist, wie Chanel mich angrinst, als wüsste sie ganz genau, was ich denke. Dann fragt Henry: »Willst du jetzt wieder nach Hause?«, und mir wird ein bisschen schwindlig. Mein ganzer Körper fühlt sich überhitzt an, wie ein Laptop, der viel zu lange aufgeladen wurde. Ein elektrisches Kribbeln rauscht durch meine Adern.

Will ich jetzt wieder nach Hause?

»Nein, noch nicht«, antworte ich, schärfer als beabsichtigt. Henry spannt sich an, einen verdutzten Ausdruck auf seinem Gesicht. Chanel zwinkert mir zu. »Komm … komm einfach mit.«

Ohne ein weiteres Wort packe ich Henry am Handgelenk und führe ihn aus dem Gebäude, über den leeren Schulhof und in den Schutz eines kleinen, von den Schulgärten gut versteckten Pavillons. Blasse Chrysanthemen blühen in den Schatten wie frischer Schnee, beinahe von derselben Farbe wie die fünf hohen Säulen der Pagode.

Ich schiebe Henry gegen die nächstbeste und fange seinen Körper mit meinem ein.

So was sieht mir überhaupt nicht ähnlich.

Mein Herz schlägt doppelt so schnell wie üblich. Ich weiß, dass ich nicht klar denken kann, dass nach dem Treffen noch zu viel Adrenalin und Euphorie durch meine Blutbahn rauschen, aber in diesem Moment ist mir das egal. Es ist mir wirklich *völlig egal*, und das macht mir ein kleines bisschen Angst.

Aber es ist auch ziemlich aufregend.

»Okay«, sage ich, weil ich weiß, dass Henry darauf wartet, dass ich etwas sage. Es erkläre. »Okay, die Sache ist die: Es gibt keine Garantie, welche Entscheidung der Aufsichtsrat der Schule letzten Endes treffen wird, richtig? Und es gibt auch keine Garantie, wann oder wo wir uns wiedersehen werden oder ob ich das Schulgelände überhaupt je wieder betreten darf, deshalb denke ich einfach … Na ja, eigentlich denke ich schon seit einer ganzen Weile darüber nach, aber ich schätze, ich wollte es mir selbst nicht eingestehen oder hatte einfach Angst …« Ich breche ab, suche verzweifelt nach den richtigen Worten. Falls die richtigen Worte für diese seltsame Hitze in meiner Brust überhaupt existieren. »Es gibt so vieles, worauf wir keinen Einfluss haben, aber ich *habe* Einfluss auf das, was ich jetzt tue, mit dir, denn wenn ich es nicht tun würde, würde ich mir später wahrscheinlich selbst in den Hintern treten. Verstehst du, was ich meine?«

Wir stehen so nah voreinander, dass ich spüren kann, wie sich Henrys Muskeln anspannen, die subtile Veränderung in seiner Atmung höre, während ich auf seine Antwort warte. Nach einer beinahe unerträglich langen Stille antwortet er: »Ich … habe nicht den leisesten Hauch einer Ahnung, was du meinst.«

Ich unterdrücke ein frustriertes Seufzen und schaue ihn an. Schaue ihn *wirklich* an: den seltenen Anflug von mit Erheiterung vermischter Unsicherheit auf seinen eleganten Zügen, seine leicht geöffneten Lippen, das lodernde Schwarz seiner Augen.

Ich erinnere mich dunkel daran, dass ich noch vor gar nicht allzu langer Zeit dachte, wir könnten uns niemals küssen. An irgendwas von Starrköpfigkeit. Von Disziplin. Ich erinnere mich, dass ich noch vor einem Monat dachte, ich würde ihn furchtbar hassen, dass ich den Gedanken nicht ertragen konnte, mich auch nur im selben Raum mit ihm aufzuhalten.

Jetzt kann ich selbst die paar Zentimeter Entfernung zwischen uns kaum ertragen.

»Weißt du, was? Ich mach's einfach«, beschließe ich laut.

Henry erstarrt und guckt mich an, als würde ich eine andere Sprache sprechen. »Was?«

»Das hier.«

Ich schnappe keuchend nach Luft. Fixiere seine Lippen.

Dann, bevor ich doch noch den Mut verlieren kann, ziehe ich Henry Li an seinem Hemdkragen zu mir heran und küsse ihn.

Oder besser gesagt: Ich ramme mein Gesicht ungeschickt gegen seins, was exakt so geschmeidig und romantisch ist, wie es klingt. Mir bleibt noch nicht mal Zeit, zu registrieren, wie es sich anfühlt, weil er sofort mit einem gedämpften Jaulen den Kopf zurückzieht.

Ich lasse ihn los, ebenso beschämt wie entsetzt, und sehe, dass er einen Finger auf seinen Mundwinkel legt, einen verdutzten Ausdruck auf seinem Gesicht. Seine Lippen und Ohren glühen rot. »Alice. Du hast mich gerade *gebissen*.«

Na, Scheiße auch.

»Ich – das tut mir so leid«, brabble ich und widerstehe dem Drang, ans andere Ende des Universums zu flüchten. O mein Gott. Warum hab ich das grade getan? Was hab ich mir dabei gedacht? Warum bin ich überhaupt *am Leben*? »Ich schwöre, ich bin nicht – ich hab nicht …«

Ich verstumme, als ich sehe, wie Henry sich krümmt, seine Schultern bebend. Für einen grauenvollen Moment, in dem mir fast das Herz stehen bleibt, habe ich Angst, ich hätte ihn tatsächlich ernsthaft verletzt.

Dann wird mir bewusst, dass er lacht.

Und all meine Besorgnis verwandelt sich in Entrüstung.

»Das ist nicht komisch«, sage ich, meine Wangen heiß, meine Stimme peinlich schrill. »Das – das sollte ein sehr ernsthafter, ergreifender Moment werden, und du solltest dich hier und jetzt

Hals über Kopf in mich verlieben und erkennen, wie großartig ich bin …«

Der Rest meiner Worte erstirbt auf meiner Zunge, als Henry sich wieder aufrichtet, das Lachen noch immer in seinen Augen tanzend. Er nimmt mein Gesicht in seine Hände und presst seine Lippen auf meine.

Diesmal registriere ich den Kuss, alles daran – von der Wärme seiner Haut bis zur hauchzarten Berührung seiner Wimpern, als er die Augen schließt und …

Wow.

Es ist überhaupt nicht so, wie sie es in den Filmen immer beschreiben, als würden sämtliche Sterne auf einmal aufleuchten und ein Feuerwerk am tintenschwarzen Himmel explodieren. Es ist gleichzeitig stiller und gewaltiger, so einfach, wie nach Hause zu kommen und so schwindelerregend und alles umschließend wie der um uns aufkommende Wind. Es fühlt sich an, als hätten Tausende vermiedener, unterdrückter Augenblicke zu diesem einen Moment geführt – zu uns beiden, allein und losgelöst und schwach vor Verlangen –, und vielleicht haben sie das ja auch.

Ein tiefer, ziemlich peinlicher Laut entweicht meiner Kehle.

Henry reagiert darauf, indem er sich noch weiter in den Kuss lehnt – und die Welt ringsum verschwimmt. Alles, woran ich denken kann, sind seine Lippen, so verheerend weich auf meinen, und seine Hände, erst fest in meinem Nacken, dann tief in meinem Haar …

Es besteht die winzige Chance, dass er besser in alldem ist als ich.

Und nur dieses eine Mal lasse ich ihn.

Kapitel 20

Ich erinnere mich kaum noch an die Autofahrt von der Airington zurück zu unserer Wohnung. Ich habe zugestimmt, mich von Henrys Chauffeur fahren zu lassen – teils, weil ich so viel Zeit wie möglich mit Henry verbringen wollte, teils, weil ich mir nicht sicher war, ob ich mich bei der Fahrt mit der U-Bahn nicht komplett verirren würde. Mein Kopf fühlte sich ganz taub an, heiß, als stünde er in Flammen. Ich konnte nicht geradeaus denken. Ich konnte noch nicht mal richtig *atmen*.

Aber noch schlimmer: Ich konnte nicht aufhören, auf Henrys Lippen zu starren, selbst als er mich zur Haustür begleitete und mir zum Abschied zuwinkte. Das ist, vermute ich, einer dieser unerwarteten Nebeneffekte beim Küssen, vor denen mich nie jemand gewarnt hat: Nachdem man einmal jemanden geküsst hat, sind die Möglichkeiten, ihn erneut zu küssen, endlos.

Aber jetzt, als ich mich wieder in unserem überfüllten Wohnzimmer niederlasse, ist das Letzte, was ich im Kopf habe, irgendwann noch mal mit Henry Li rumzumachen.

Xiaoyi und Mama haben die Wohnung verlassen, während ich in der Schule war – Xiaoyi ist bei der Fußmassage und Mama muss irgendwas im Krankenhaus regeln –, deshalb sind Baba und ich allein.

»Ich habe einen Anruf von Schule gekriegt«, eröffnet Baba mir, als er den Raum betritt.

Ich beobachte ihn aufmerksam von der Couch aus, versuche, seine Miene einzuschätzen, seinen Tonfall. Ich habe nicht übertrieben, als ich Henry erklärte, Baba und ich würden zurzeit kaum miteinander reden. Er spricht mich nur an, wenn es unbedingt nötig ist, und immer mit tiefer Enttäuschung in der Stimme. Aber die praktisch permanent zwischen seine Augenbrauen gegrabene Falte scheint ein wenig geglättet zu sein, und er kommt direkt auf mich zu. Alles gute Zeichen.

»Einen Anruf?«, frage ich mit gespielter Überraschung.

»Ja.« Er setzt sich ans andere Ende der Couch und die Federn quietschen unter seinem Gewicht. »Sie haben mir von App erzählt … Wie heißt sie … China Ghoul?«

Mein Pulsschlag beschleunigt sich.

»Meinst du Beijing Ghost?«

Er nickt langsam und fährt auf Mandarin fort: »Warum hast du mir oder den Lehrern denn nicht schon viel früher erzählt, dass du zu der Lerngruppe gehört hast?«

»Ich schätze …« Ich suche nach den richtigen Worten, nach einer Antwort, die nahe genug an der Wahrheit liegt, ohne alles zu offenbaren. »Ich hatte Angst, es würde verdächtig wirken. Ich meine, ich hab eine Menge Geld mit der App verdient – allein durch Nachhilfe. Über 100 000 RMB. Ich hatte Angst, du oder die Schule würden mich zwingen, es wieder zurückzuzahlen.«

Babas Augen weiten sich vor Schock. »*Einhunderttausend*?«

»Ja«, bestätige ich. »Das ist eine Menge, ich weiß. Deshalb hab ich mir ja solche Sorgen gemacht …«

»Und das hast du alles nur damit verdient, deinen Klassenkameraden beim Lernen zu helfen? Sonst nichts?«

Ich muss lachen, obwohl an der Frage eigentlich überhaupt nichts komisch ist. »Na ja, Mama und du habt fast euer ganzes Einkommen für meine Schulgebühren ausgegeben«, erwidere ich. »Überrascht es dich da wirklich, dass andere Kinder ebenfalls in ihre Ausbildung investieren wollen?«

»Hmpf«, ist alles, was er erwidert, aber ich kann sehen, dass er mir glaubt.

»Trotzdem«, fahre ich fort, leiser. Ernsthafter. »Es tut mir wirklich leid, wie das alles gelaufen ist. Ich wollte nur ... Als Andrew mir das Geld angeboten hat, war alles, woran ich denken konnte, wie hart Mama und du arbeitet, um für die Schulgebühren aufkommen zu können – wie hart ihr *meinetwegen* arbeitet. In dem Moment kam mir sein Angebot wie die einfachste Lösung für alles vor. Als könnte ich euch, wenn ich den Auftrag erfülle, alles wieder zurückzahlen.« Ich schlucke schwer und presse die Hände zusammen, um nicht mehr so zu zappeln. Jedes Wort fühlt sich an wie Zähneziehen. »Aber ich war irrational und gierig und einfach ... unglaublich dumm. Und ich verstehe, wenn ... wenn du mir nicht verzeihen kannst oder wenn du vorhast, bis in alle Ewigkeit von mir enttäuscht zu sein, aber ... ich wollte mich bei dir entschuldigen, Baba. Das ist alles.«

Baba holt ganz tief Luft, während ich selbst den Atem anhalte und einen weiteren Vortrag erwarte. Aber es kommt keiner.

Stattdessen legt er vorsichtig eine Hand auf meinen Kopf, ganz sanft, wie er es immer getan hat, als ich noch ein Kind war, wenn ich Angst hatte oder verletzt war oder nachts nicht einschlafen konnte. Als ich überrascht den Blick hebe, ist sämtliche Wut aus seinen Augen verschwunden.

»Alice«, sagt er. »Deine Mama und ich arbeiten nicht so hart, damit du uns alles wieder zurückzahlst. Wir arbeiten so hart, damit du ein besseres Leben führen kannst. Ein einfacheres Leben. Und dich auf die Airington zu schicken … war unsere Entscheidung. Unser Einkommen für deine Schulgebühren auszugeben … war ebenfalls unsere Entscheidung. Du solltest dich in keiner Weise verpflichtet fühlen, die Last unserer Entscheidung auf deinen Schultern zu tragen. Ist das klar?«

Peinlich berührt stelle ich fest, dass sich mir die Kehle zusammenschnürt, mir das Herz aufgeht und von Hoffnung erfüllt wird. Von so viel starrköpfiger Hoffnung.

Ich bringe ein knappes Nicken zustande und Baba lächelt mich an.

Vielleicht wird ja doch alles gut, denke ich.

»Apropos Airington …« Er zieht seine Hand wieder zurück und legt sie in seinen Schoß. »Sie haben Peter Ohs Eltern bereits über die neuen Entwicklungen informiert. Da du allem Anschein nach eine weniger zentrale Rolle bei der ganzen Sache gespielt hast, als ursprünglich angenommen, haben sie sich entschlossen, von einer Klage abzusehen.«

»Aber?«, hake ich nach, weil ich die Veränderung in seinem Tonfall wahrnehme.

»Peters Eltern werden zwar nicht klagen, aber … sie *setzen* die Airington unter Druck, dich zu zwingen, die Schule nach diesem Halbjahr zu verlassen. Und nach dem Anruf vorhin habe ich den Eindruck, die Schule möchte das auch.«

Oh.

Ich beiße mir auf die Innenseite meiner Wange und warte darauf, dass die Wut und Panik mit voller Wucht zuschlagen und die Fragen in meinem Kopf explodieren wie eine Feuerwerksbatterie: *Was werde ich als Nächstes tun? Wer werde ich ohne die Airington sein?*

Und auch wenn ich mich all das frage, ganz dunkel, breitet sich eine unerwartete Ruhe in mir aus. Eine Art Resignation. Tief in meinem Inneren habe ich ohnehin damit gerechnet, dass so etwas passieren würde. Es war ausgeschlossen, dass ich nach einem Verbrechen von diesem Ausmaß *völlig* ungeschoren davonkomme.

»Ich verstehe«, sage ich, und die Gelassenheit in meiner eigenen Stimme überrascht mich. Seltsamerweise klinge ich ruhig, zuversichtlich wie Chanel oder Henry. Nachdem ich am absoluten Tiefpunkt war, Andrew zur Rede gestellt und mich gegen eine Vertreterin des Aufsichtsrats der Schule behauptet habe, fühle ich mich bereit, es mit allem aufzunehmen. Oder zumindest alles zu überleben. »Wir finden schon eine Lösung.«

»Wofür findet ihr eine Lösung?«

Baba und ich drehen uns um, als wir das schwache Klimpern von Schlüsseln hören, das leise Klicken der Wohnungstür, die sich hinter Mama schließt. Sie trägt den alten Mantel, den sie in Amerika im Schlussverkauf erstanden hat, ihr Haar zu einem straffen Dutt zusammengebunden, der die Schärfe ihrer Augen und ihres Kinns betont.

»Es ist … nichts, worüber du dir Sorgen machen müsstest. Ich erklär dir beim Abendessen alles«, sage ich, als sie in die Küche geht, um ihre übliche Routine nach der Arbeit zu durchlaufen: Gesicht waschen und zwanzig Sekunden lang ihre Hände schrubben. Ich überlege einen Moment und erhebe mich dann ebenfalls.

Als Mama wieder auftaucht, habe ich die kleine Papierschachtel bereits auf die Couch gelegt, das Weiß der Verpackung beinahe blendend im Kontrast zu den alten senfgelben Polstern. Es ist ein albernes kleines Geschenk, wahrscheinlich absolut alltäglich für andere Familien – aber da Geschenke in unserem Haus so eine Seltenheit sind, habe ich mich schon länger gefragt, wann ich es Mama überreichen soll. Und nach Babas Neuigkeiten eben scheint mir jetzt ein ebenso guter Zeitpunkt zu sein wie jeder andere.

»Was ist das?«, fragt Mama und betrachtet die Schachtel.

»Das hab ich für dich gekauft. Mit meinem eigenen Geld, natürlich«, füge ich hastig hinzu.

Mama öffnet die Schachtel vorsichtig, als hätte sie Angst, sie könnte sie mit einer einzigen falschen Bewegung kaputt machen, und ein Flakon mit teurer Handcreme fällt in ihre offene Hand. Sie sagt nichts, starrt nur auf das hübsche Fläschchen, auf das filigrane Blumenmuster, das sich an der Seite emporschlängelt, auf den oben aufgedruckten, deutlich erkennbaren Markennamen.

»Ich … ich weiß, dass deine Hände nach der Arbeit immer supertrocken sind …«, erkläre ich ihr, hauptsächlich, weil mich die Stille nervös macht. Wird sie es für Geldverschwendung halten? »Und als wir neulich einkaufen waren, dachte ich, ich könnte … Angeblich soll sie auch dabei helfen, Narben zu heilen.« Ich ringe die Hände. »Aber wenn du sie nicht willst, kann ich sie auch einfach zurückgeben …«

Mama schlingt die Arme um mich und drückt mich ganz fest an sich. *»Sha haizi«,* flüstert sie in mein Haar. *Törichtes Kind.*

Und als ich mich an sie schmiege, ihren vertrauten Geruch einatme, denke ich: *Vielleicht hatte ich vorhin recht.*

Vielleicht wird wirklich alles gut.

Drei lange Telefonate und unzählige Runden E-Mails später – alle mit dem ominösen Betreff *Re: Vorfall Alice* – stehe ich wieder vor dem Schultor der Airington, eine leichte Tasche in meinen Händen.

Nach mehreren Verhandlungen sind die Schule, Peters Eltern und ich zu einer Einigung gelangt: Ich verlasse die Airington im Dezember, darf meine letzten Tage hier aber in der Schule verbringen, meine Hausarbeiten für dieses Halbjahr fertigstellen und mich von meinen Freunden und Lehrern verabschieden.

»Name?«

Der Wachmann starrt mich durch die Eisenstäbe an und ich habe plötzlich ein überwältigendes Déjà-vu.

»Alice Sun«, antworte ich und schenke ihm ein kleines Lächeln. Es ist schon komisch, wie sehr ich alles hier vermissen werde, jetzt, wo ich weiß, dass ich gehe – selbst diesen Typen, der sich nie an meinen Namen zu erinnern scheint.

Und der mich nun misstrauisch beäugt.

»Warum lächelst du?«

»Nur so …« Ich zeige auf den tiefblauen Himmel über uns, an dem nicht eine einzige Winterwolke in Sicht ist. »Ist ein schöner Tag, das ist alles.«

Er hebt den Blick, schaut wieder mich an, dann noch mal nach oben, und Verwirrung legt sich auf seine Züge. Er sieht jung aus, irgendwo Mitte zwanzig. Ich frage mich, ob er gerade seinen Collegeabschluss gemacht hat, wie lange er schon in Peking lebt und warum er sich entschieden hat, hier zu arbeiten. Ich hasse es, dass mir all diese Dinge erst jetzt in den Sinn kommen. »Äh, ja, schätze, das ist es wohl …« Er räuspert sich. »Welche Klasse?«

»Zwölfte.«

Aber ich bin nicht diejenige, die antwortet.

»Hi, Mr Chen«, begrüße ich ihn, als er sich dem Tor nähert, und hoffe, er kann das nervöse Zittern in meiner Stimme nicht hören. Er war immer der Lehrer, den ich am meisten respektiert habe – und der, bei dem ich am meisten Angst habe, ihn zu enttäuschen.

Seinem Ausdruck nach zu urteilen, wie sein Blick zu meiner Tasche wandert und Verständnis in seinen Augen aufflackert, ist er in Sachen *Vorfall Alice* auf dem neuesten Stand. Trotzdem sieht er nicht wirklich wütend aus.

»Na, jetzt steh nicht einfach da wie eine Fremde«, sagt er und winkt mich zu sich. »Komm rein. Es gibt da etwas, worüber ich mich mit dir unterhalten will.«

»Wenn ich dich jetzt fragen würde, wie die Hauptaussage von *Macbeth* lautet, was würdest du dann antworten?«, will Mr Chen wissen, als wir sein Büro betreten.

Es ist leise hier. Sauber. Die Bücherregale sind ordentlich gefüllt, die Wände beinahe komplett hinter reihenweise Auszeichnungen und Zeugnissen von Harvard, der Peking-Universität und TED verdeckt. Ich bin so damit beschäftigt, daraufzustarren, dass ich seine Frage beinahe vergesse.

»Ähm …« Ich versuche, meine Gedanken zu ordnen. Es liegt eine doppelte Bedeutung in der Frage, da bin ich mir ganz sicher. »Dass … kein Handeln folgenlos bleibt? Dass Ehrgeiz nicht unkontrolliert bleiben sollte?«

Er nickt zufrieden und bedeutet mir, Platz zu nehmen. »Gut, gut. Ich wollte nur vorab mein Gewissen beruhigen – aber solange du deine Lektion gelernt hast …«

»Habe ich«, versichere ich hastig. »Wirklich.«

Er nickt wieder und sagt dann: »Wie ich höre, wirst du die Airington nach diesem Halbjahr verlassen. Hast du dich schon entschieden, welche Schule du im neuen Jahr besuchen wirst?«

»Nein, noch nicht. Es gibt da gewisse ... Hindernisse, die ich umschiffen muss.«

Mr Chen wirkt nicht überrascht. Ich schätze, seit meine Eltern in der Schule waren, wissen die meisten hier, dass ich nicht aus einer der reicheren Familien stamme.

»Gut.« Er klatscht plötzlich in die Hände und reißt mich aus meinen Gedanken. »Ich habe da vielleicht eine Lösung.«

Ich starre ihn an. »Ha...haben Sie?«

»Also, ich hätte wahrscheinlich vorher mit dir darüber sprechen sollen, aber ... Eine Freundin von mir, Dr. Alexandra Xiao, hat vor einiger Zeit ihre eigene internationale Schule im Bezirk Chaoyang eröffnet. Sie ist natürlich viel kleiner als die Airington, und sie hat auch kein Wohnheim, deshalb müsstest du dich selbst um eine Unterkunft kümmern. Die Umgebung ist auch nicht die beste – direkt neben dem Schulgelände befindet sich ein Fischmarkt, auch wenn Alex schwört, dass man sich nach einer Weile an den Geruch gewöhnt ...« Er lacht leise und ich hab das Gefühl, ich sollte auch lachen, aber ich kann nicht. Ich kann nichts tun, außer mich an die Kante meines Stuhls zu krallen und zu beten, dass er mir das sagen will, was ich glaube.

»Wie dem auch sei, sie haben noch ein paar Plätze frei. Ich habe ihr deine familiäre Situation erklärt, ihr deine Zeugnisse und ein paar deiner jüngsten Arbeiten gezeigt und ihr erklärt, dass du eine meiner besten Schülerinnen bist ...«

Ich reiße die Augen auf. »Haben Sie?«

»Habe ich. Weil es wahr ist«, erwidert er schlicht. »Und da Alex weiß, dass ich niemals übertreibe, kann sie dir vielleicht sogar ein Stipendium anbieten. Du müsstest vorher natürlich trotzdem noch eine Aufnahmeprüfung ablegen, aber ich bin mir sicher, die bestehst du mit Leichtigkeit.« Er schweigt einen

Moment, um mir Zeit zu geben, das alles sacken zu lassen. »Also, was sagst du?«

Ich verknote mir fast die Zunge, als ich ihm antworte: »Na… natürlich, das ist … Wann ist die Prüfung? Gibt's auch Probeklausuren? Brauche ich Referenzen oder …« Ich breche ab, um mich wieder ein wenig zu beruhigen, und mir kommt eine offensichtlichere Frage: »Warum … warum helfen Sie mir?«

Mr Chen blickt zu seinem Bürofenster hinaus, auf die Schülerinnen und Schüler, die lachend den Kopf in den Nacken werfen, Bücher unter die Arme geklemmt, und in Gruppen von einem Klassenzimmer zum nächsten schlendern. Sorgenfrei. Glücklich. Sonnenlicht ergießt sich um sie, über sie, strömt durch die Wutong-Bäume. Schließlich antwortet er: »Wusstest du, dass ich der Allererste in meinem Dorf in Henan war, der ein College besucht hat? Anschließend bin ich mit meiner Mutter in die Staaten gezogen. Mein Vater kam nicht mit uns – er sprach kein Wort Englisch, aber er hat versucht, meine Ausbildung zu finanzieren, so gut er konnte, indem er jeden Morgen Süßkartoffeln verkaufte …« Er schüttelt den Kopf. »Ich verstehe es – wie hart das ist. Und auch wenn es wichtig ist, zu lernen, wie man sich bis an die Spitze kämpft … ist es immer schön, wenn es ein paar andere Leute gibt, die uns nach oben helfen, findest du nicht auch?«

Danke, versuche ich zu sagen, aber die Dankbarkeit schwillt so mächtig in meiner Brust an und bis in meine Kehle hinauf, dass sie mir die Stimme raubt.

Aber er scheint es auch so zu verstehen.

»Es ist seltsam«, fügt er hinzu, und sein Blick wandert zu den Zeugnissen an der Wand hinüber. »Es gab eine Zeit, in der mich niemand wirklich wahrnahm. In der ich für den Rest der Welt unsichtbar zu sein schien …« Er lächelt ein wenig, so als würde er einen Insiderwitz mit sich selbst teilen. Als würde eine entfernte Erinnerung zu ihm zurückkehren, die nur für ihn selbst Sinn ergibt.

Mein Herz gerät ins Stolpern. Bleibt stehen. *Wäre es möglich …?*

»Und wann hat sich das geändert?« Meine Stimme ist kaum lauter als ein Flüstern. »Als Sie an einer guten Uni angenommen wurden? Anerkennung erhielten?«

Er schüttelt den Kopf. »Nein. Nein, ganz im Gegenteil. Nachdem ich es nach Harvard geschafft hatte und dort all diese Auszeichnungen erhielt … kam ich mir unsichtbarer denn je vor. Die Leute machten mir zwar reichlich Komplimente, gratulierten mir überschwänglich, kannten meinen Namen, aber nichts von alldem spielte wirklich eine Rolle. Erst als ich fortging, um Englisch zu unterrichten – als ich etwas tat, das mir wirklich etwas bedeutete und mir das Gefühl gab, ich selbst zu sein – wurde alles besser.« Er sieht mich an, Fältchen um seine Augen. »Descartes hatte unrecht, weißt du? Als er sagte: ›Um gut zu leben, musst du ungesehen leben.‹ Um gut zu leben, muss man zuerst lernen, sich selbst zu sehen. Verstehst du, was ich meine?«

Das tue ich. Das tue ich wirklich.

Henry und ich treffen uns noch vor Sonnenaufgang an den Koi-Teichen.

Ich betrachte ihn genau, während er sich mir mit schnellen, entschlossenen Schritten nähert. Sein Haar ist immer noch ein wenig feucht vom Duschen und hängt in dunklen Wellen in seine Stirn. Seine Wangen sind rosa von der Kälte des frühen Morgens. Er sieht gut aus. Vertraut. Verletzlich, auf die bestmögliche Art.

Du wirst mir fehlen, denke ich.

»Pünktlich wie immer«, sage ich und gehe die letzten Meter auf ihn zu.

Er schenkt mir sein seltenes Henry-Li-Lächeln: weich und wunderschön und so unfassbar aufrichtig, dass es dir den gottverdammten Atem raubt. »Na, du darfst schließlich nicht fehlen.«

Eine Sekunde lang glaube ich fast, er hätte meine Gedanken gelesen. »Fehlen?«

Er zieht eine Augenbraue hoch. »Bei der Preisverleihung?«

»Oh.« Ein leises, überraschtes Lachen entweicht meinen Lippen. In einer anderen Zeit, die mir jetzt vorkommt, als wäre sie eine Ewigkeit her, wäre die Preisverleihung das Highlight meines Tages gewesen. Vielleicht sogar eins der Highlights meines Lebens. »Die hätte ich ja fast vergessen.«

»Das ist nur verständlich«, erwidert er, und sein Lächeln wird noch breiter. »Da ich ohnehin sämtliche Preise einheimsen wer…«

Ich knuffe ihn kräftig mit dem Ellenbogen in die Seite und er lacht.

»Werd bloß nicht frech«, warne ich ihn. »Nur weil ich auf eine andere Schule gehe, heißt das nicht, dass ich dich bei unseren IB-Prüfungen nicht schlagen werde.«

»Wir werden sehen«, ist alles, was er erwidert, die Herausforderung in seinem Tonfall deutlich hörbar.

Ich muss ein Grinsen unterdrücken. *Herausforderung angenommen.*

Wir spazieren um den zugefrorenen Teich herum, durchbrechen die Stille mit unseren Schritten, atmen die frische Winterluft ein. Ich stecke die Hände in meine warmen Blazertaschen und blicke über den leeren Schulhof zu unserer Linken, erinnere mich daran, wie ich dort zum ersten Mal unsichtbar wurde. Es ist seltsam, aber ich habe diese Kälte schon lange nicht mehr gespürt. Ich bin mir nicht sicher, ob ich sie jemals wieder spüren werde.

»Also«, sage ich, als wir uns einer Steinbank nähern, uns darauf niederlassen und seine Schulter sanft gegen meine prallt. »Hast du meinen Geschäftsvorschlag gekriegt?«

»Ja. Die ganzen fünfundzwanzig Seiten.« Seine Augen leuchten. »Und die Zusammenfassung. Und die Zusammenfassung der Zusammenfassung. Und das kommentierte Schaubild. Und das Inhaltsverzeichnis ...«

»Entschuldige, wenn ich *gründlich* bin«, erwidere ich, ein wenig verstimmt. »Aber ich will, dass diese App richtig gut wird, weißt du?«

»Ich weiß«, sagt er, nicht mehr neckend. Er zögert, fädelt dann seine schlanken Finger zwischen meine, und ich muss mich wirklich konzentrieren, um nicht zu vergessen, wie man atmet. Ich glaube nicht, dass ich mich jemals an diese Nähe gewöhnen werde, oder an die Art, wie er mich jetzt ansieht, so als wäre er genauso voller Ehrfurcht wie ich, dass wir das hier einfach tun können. Einfach hier sitzen, im Beinahe-Dunkeln Händchen halten und sagen, was wir meinen. »Vertrau mir, das wird sie. Schließlich werden wir gemeinsam daran arbeiten, deine Werbestrategie ist echt clever, der Aufbau ist total durchdacht ... sie kann nur perfekt werden.«

Diesmal kann ich das Grinsen, das sich auf meinem Gesicht ausbreitet, nicht unterdrücken.

Die Idee kam mir vor ungefähr einer Woche, als wir Beijing Ghost in eine erfundene Lern-App verwandelten. Ich habe vor, diese App tatsächlich zu entwickeln – eine App, die dabei hilft, reiche, privilegierte Kids von internationalen Privatschulen mit Schülerinnen und Schülern wie mir, mit geringem Einkommen, zu vernetzen. Sie soll in beide Richtungen funktionieren: Die Gebühren für Nachhilfe oder Unterstützung bei den Hausaufgaben beginnen ab 400 RMB pro Sitzung für Leute aus wohlhabenderen Familien, sind für alle aus der Arbeiterklasse aber komplett kostenlos. Darüber hinaus bietet sie weniger Privilegierten die Möglichkeit, Beziehungen zur Pekinger Elite aufzubauen.

Ich habe außerdem beschlossen, das Punktesystem beizubehalten. Am Ende jedes Jahres erhalten die drei punktreichsten Arbeiterklasse-Nutzerinnen und -Nutzer ein volles Stipendium für eine Schule ihrer Wahl, gesponsert von Henrys Firma.

»Oh, und ich hab den Geschäftsvorschlag auch an Chanel geschickt«, eröffne ich Henry.

Er wirkt nicht überrascht. »Natürlich hast du das. Was sagt sie?«

»Sie ist dabei«, antworte ich – eine gewaltige Untertreibung. Als ich Chanel vor drei Tagen per WeChat von der Idee erzählt hab, hat sie zuerst laut gekreischt und dann sofort angefangen, Slogans zu brainstormen, bevor sie ihre Fuerdai-Freunde angerufen hat. »Ich meine, ihre genauen Worten waren: *Scheiße, ja!* Außerdem findet sie, wir drei sollten uns einmal pro Woche treffen, um alles zu besprechen, angefangen heute Abend bei einem Feuertopf. Sie lädt uns ein.«

Henrys Mundwinkel zucken kurz nach oben. »Ich schätze, dann werden wir uns wohl ziemlich oft sehen. Selbst wenn du weg bist.«

»Selbst wenn ich weg bin«, bestätige ich, und das Gewicht dieser Worte, dieser Realität, lässt uns beide wieder in Schweigen verfallen. Ich weiß nicht, was ich sonst noch sagen soll, deshalb lege ich nur den Kopf an seine starke Schulter. Er lässt es zu.

»Was glaubst du, was du machen wirst?«, fragt er ein paar Augenblicke später. »In Zukunft?«

»Keine Ahnung. Ich will …«

Ich breche den Satz ab. In meinem Kopf wirbelt alles durcheinander. Ich will so vieles, so unbedingt. Mein Herz sehnt sich immer noch schmerzlich nach all den hell leuchtenden Dingen, die außerhalb meiner Reichweite liegen. Ich will klüger sein und reicher und stärker und einfach … *besser*.

Aber ganz ehrlich? Ich will auch glücklich sein. In etwas Bedeutendes, Erfüllendes investieren, selbst wenn es schwierig und vielleicht nicht die allerpraktischste Option ist. Ich will mehr Zeit mit Mama und Baba und Xiaoyi verbringen, endlich mit Chanel abhängen, auf ein richtiges Date mit Henry gehen. Ich will lachen, bis mir der Bauch wehtut, schreiben, bis ich etwas zu Papier gebracht habe, das mir Freude macht, und lernen, meine kleinen privaten Siege zu genießen. Lernen zu akzeptieren, dass auch diese Dinge es wert sind, sie zu wollen.

»Ich glaube, zunächst mal will ich mich mehr auf Englisch konzentrieren«, überlege ich laut. Es nur auszusprechen, fühlt sich … richtig an. So als hätte mein Herz die ganze Zeit darauf gewartet, dass mein Verstand endlich aufholt. »Mich vielleicht in den Ferien für einen Journalistik-Kurs einschreiben. Ich hab schon eine Liste mit geeigneten Optionen zusammengestellt – mit allen, die ein volles Stipendium anbieten …«

»Hört sich großartig an«, erwidert er, und es klingt absolut aufrichtig.

»Ja?«

»Ja.«

»Dann wäre das beschlossen«, sage ich und neige den Kopf zur Seite, um ihn anschauen zu können. »Du wirst der Chef des besten Technologie-Start-ups in ganz China, und ich werde eine renommierte, preisgekrönte Journalistin oder Englisch-Professorin. Gemeinsam werden wir …«

»Das grandioseste Power-Paar des Landes?«, beendet er den Satz für mich.

»Ich wollte eigentlich *die Welt erobern* sagen«, gebe ich zu. »Aber okay. Wir können auch kleiner anfangen.«

Er lacht und es klingt wie pure Magie. Wie Vogelgesang.

Ich richte den Blick in den Himmel empor, meine Finger noch immer mit seinen verflochten. In der Ferne hebt sich die Dunkelheit bereits wie ein Schleier, das erste Licht der Morgendämmerung ergießt sich über die Pekinger Skyline, ein Versprechen auf all die wundervollen und schrecklichen und sonnendurchfluteten Tage, die noch kommen werden.

Danksagungen

Ich muss etwas gestehen: Als ich im spärlichen Licht meines Wohnheimzimmers im College den ersten Entwurf für dieses Buch schrieb, hielt ich oft inne und träumte davon, eines Tages die Danksagungen zu schreiben. Dass dieser alberne Traum nun tatsächlich wahr wird, habe ich sehr, sehr vielen Menschen zu verdanken.

Danke an meine Superheldin von einer Agentin, Kathleen Rushall, die immer an dieses Buch geglaubt hat, und an mich. Schon nach unserem ersten E-Mail-Austausch wusste ich, dass es einfach traumhaft wäre, dich an meiner Seite zu haben, und ich bin noch immer von permanenter Ehrfurcht erfüllt, wie meisterlich du alles bewältigst. Nichts von alldem wäre möglich gewesen ohne deine Begeisterung, dein Wissen und deine Anleitung. Danke auch an das gesamte Team der Andrea Brown Literary Agency für all eure unglaubliche Arbeit.

Danke an Rebecca Kuss, die direkt ins Herz meiner Geschichte geblickt und die Türen in die Verlagswelt geöffnet hat, ebenso wie an Claire Stetzer, die sich meiner angenommen und mir das Gefühl gegeben hat, zu Hause zu sein. Mein endloser Dank gebührt auch den brillanten Bess Braswell, Brittany Mitchell, Laura Gianino, Justine Sha, Linette Kim und allen bei Inkyard Press für eure Hingabe und Unterstützung.

Danke an die fantastische Katrina Escudero für alles, was du getan hast.

Ein weiterer Dank geht an meine ehemaligen Lehrer:innen: Mr Locke, der meine schriftstellerischen Ambitionen bereits unterstützte, als ich noch eine sehr nervige Siebtklässlerin war; Mr Mellen, der mir beigebracht hat, wie man einen Aufsatz strukturiert, und mein Interesse an Geisteswissenschaften weckte; Ms Nuttall, die mir verkündet hat, ich sei Schriftstellerin, und mir dabei geholfen hat, es wirklich zu glauben; Ms Devlin, die mich jeden Tag mit ihrer Leidenschaft und ihrem Wissen inspiriert und eine wahre Heilige ist.

Mein großer Dank auch an all die Autorinnen, die ich so sehr bewundere, als Schriftstellerinnen wie als Menschen. An Chloe Gong, eine stete Inspirations- und Serotoninquelle – vergiss nie, dass ich immer eins deiner größten Fangirls sein werde. An Grace Li, eine der Ersten, die dieses Buch gelesen haben und die genauso unglaublich nett wie talentiert ist. An Gloria Chao für ihre Freundlichkeit und Großzügigkeit, und dafür, dass sie den Weg mit ihren Worten geebnet hat. An Zoulfa Katouh, deren Buch mich ebenso zu Tränen gerührt hat wie ihre lieben Nachrichten zu meinem eigenen – ich bin so froh, dich zu kennen. An Vanessa Len, die mich von Anfang an unglaublich unterstützt und mir geduldig erklärt hat, wie Steuern funktionieren. An Em Liu, die das Herz meines Buches und all die kleinen Anspielungen erkannt hat. An Miranda Sun, die schon die Werbetrommel für mich gerührt hat, als ich damals bei meiner Agentin unter Vertrag ging, und für ihre wunderbare Gesellschaft online. An Roselle Lim, die sich die Zeit genommen hat, dieses Buch zu lesen und einen so wunderbaren Klappentext zu schreiben – ich könnte mich nicht geehrter fühlen.

Danke an Sarah Brewer, die sich als Allererste an einen meiner frühen, ziemlich peinlichen Versuche eines Buchs gewagt und trotzdem so nette Dinge darüber gesagt hat. Deine Ermutigung hat meinem Teenager-Ich mehr bedeutet, als ich in Worte fassen kann.

Ein riesiges Dankeschön auch an all die wundervollen Buch-Blogger:innen, Bibliothekar:innen und Vorableser:innen. An alle, die auf Twitter mit mir gefeiert haben, als meine Buchankündigung live ging, die nettesten Kommentare zu meinen fremdschamwürdigen TikTok-Videos und Instagram-Posts hinterlassen haben, meinen Auszug in der Facebook-Gruppe Beta Readers and Critique Partners mochten und mein Buch auf Goodreads hinzugefügt haben, als es noch nicht mal ein Cover oder einen Klappentext gab. Ihr seid der Grund, warum ich das hier mache und machen kann.

Danke an Phoebe Bear und Fiona Xia, dass ihr so unglaubliche Freundinnen seid. Phoebe, weißt du noch, wie ich beim Brunch diese Idee für ein neues Buch erwähnte und du meintest: »Scheiße, das würd ich sofort lesen«? Ich bin dir unendlich dankbar, dass du es getan hast. Und Fi, die mich immer angefeuert hat, obwohl sie immer noch nicht weiß, was YA ist – ich werde dich auch immer bei allem anfeuern, was du tust. Danke auch an die Khorovians, mit die warmherzigsten und talentiertesten Menschen, die ich kenne.

Danke an Taylor Swift, dass sie existiert.

Danke an meine kleine Schwester, Alyssa Liang, die mein erster und größter Fan ist. Danke für deine Wortspiele und deine Geduld, deine ständige Versicherung, dass dieses Buch wirklich nicht schlecht ist, und für deine Begeisterung, die oft sogar meine eigene übersteigt. Obwohl ich mich damit abgefunden hatte, ein

Einzelkind zu bleiben, bin ich jeden Tag dankbar dafür, keins zu sein.

Und last but not least: danke an Mama und Baba, die stolzer auf mich sind, als ich es verdiene, und viel weniger streng als die Eltern in diesem Buch. Der einzige Grund, warum ich es überhaupt irgendwohin schaffe, ist das Wissen, dass immer ein Zuhause auf mich wartet, mit warmer Kleidung und geschnittenem Obst und all meinen Lieblingsgerichten.

Foto: © privat

Autorin

Ann Liang machte ihren Abschluss an der University of Melbourne. Sie wurde in Peking geboren und pendelte in ihrer Jugend immer wieder zwischen China und Australien, hat aus irgendeinem Grund aber trotzdem einen amerikanischen Akzent. Wenn sie nicht gerade schreibt, verbringt sie ihre Zeit mit überambitionierten To-do-Listen, Binge-Watching von Dramen und tiefschürfenden Gesprächen mit ihrem Labradoodle darüber, wer ein braver Hund ist.

Von Ann Liang sind bei cbj erschienen:
This Time It's Real (16693)

Foto: © privat

Übersetzerin

Doris Attwood ist Diplom-Übersetzerin. Nach ausgedehnten Reisen durch Neuseeland und Kanada arbeitet sie nun seit vielen Jahren als freiberufliche Übersetzerin. Am liebsten übersetzt sie Kinder- und Jugendbücher, aber auch Filmuntertitel und Drehbücher, Fantasy-Romane und Reiseführer. In ihrer Freizeit liest sie gerne, genießt auf Trekkingtouren mit ihrem Mann die Natur und testet mit Freunden neue Backrezepte.

Mehr zu unseren Büchern auch auf Instagram

Ann Liang

This Time It's Real

384 Seiten, ISBN 978-3-570-16693-2

Als Elizas Essay über ihre rauschende Liebesbeziehung viral geht, ist sie über Nacht sowas wie berühmt. Nur blöd, dass alles frei erfunden ist, und es den Freund, um den sie jetzt sämtliche Mädchen beneiden, überhaupt nicht gibt. Zu einem richtigen Problem wird das allerdings erst, als ein absolutes Trendmagazin ihr eine eigene Kolumne anbietet. Auf einmal scheint Elizas allergrößter Traum in Reichweite. Sofern sie es schafft, die Lüge aufrechtzuerhalten. Doch zum Glück hat Eliza die rettende Lösung: Ein Fake-Boyfriend muss her! Und dafür hat sie auch schon den perfekten Kandidaten. Caz Song, Mädchenschwarm an ihrer Schule. Model. Schauspielstar. Und aktuell verfolgt von einem kleinen Image-Problem, das eine romantische Liebesbeziehung leicht aus dem Weg räumen könnte.